D1428825

HOMELAND
LA TRAQUE

ANDREW KAPLAN

HOMELAND
LA TRAQUE

Traduit de l'anglais (États-Unis)
par Marc Saint-Upéry

ÉDITIONS FRANCE LOISIRS

Titre original : *Homeland : Carrie's run*
Éditeur Original : HarperCollins publishers, New York, États-Unis

Édition du Club France Loisirs,
avec l'autorisation des Éditions du Seuil

Éditions France Loisirs,
123, boulevard de Grenelle, Paris
www.franceloisirs.com

À mon fils, Justin, qui rend la vie meilleure,
et
aux hommes et aux femmes
des services secrets américains qui, dans l'ombre,
cherchent la denrée la plus rare : la vérité.

— *Campus de Princeton, 5 heures du mat' en plein hiver, tout le monde dort, tu vois l'ambiance ? Eh bien moi, j'étais déjà en jogging à la porte du dortoir 1915. Parce que le glamour, ça n'a jamais été mon truc. J'étais plutôt une espèce de* nerd, *la fille qui ne flirtait pas avec les garçons mais qui était promise à un bel avenir. Je commençais à courir sans toucher au chrono. Silence total, pas un chat, un froid tellement glacial que ça faisait mal de respirer. Je courais jusqu'à Nassau Street, la rue commerçante de Princeton. Les boutiques étaient encore fermées et les lampadaires se reflétaient sur la chaussée glacée. Et puis demi-tour vers le campus par Washington Road, la fac de sciences politiques, le bâtiment Frist, et je terminais sur la piste du stade. Je faisais une pause, le froid condensait mon souffle en petits nuages, le ciel virait au gris, puis j'enclenchais le chrono et j'avalais les 1 500 mètres comme si ma vie en dépendait. J'essayais de ne pas forcer le rythme, mais je te jure, Saul, que des fois, même si ça me tuait dans les derniers deux cents mètres, j'avais l'impression que j'aurais pu continuer à courir sans m'arrêter.*

— Mais c'est quoi, ce que tu cherches, Carrie ? Franchement, qu'est-ce que tu veux ?

— Je sais pas. Être une fois encore la fille qui courait sur cette piste, éprouver son innocence. Ce type cache quelque chose, Saul, j'en mettrais ma main à couper.

— Tout le monde a quelque chose à cacher. C'est humain.

— Non, mais quelque chose de grave, un truc vraiment très dangereux. On ne peut pas laisser passer ça encore une fois.

— Attends un peu, le problème, c'est pas seulement que tu risques ta vie, et nos carrières à tous les deux par-dessus le marché. C'est une question de sécurité nationale. L'Agence est en jeu. Tu es sûre que c'est ce que tu veux ?

— Tu sais, je viens juste de me rendre compte d'un truc. Je crois que je ne serai plus jamais cette fille.

— Mais peut-être que tu ne l'as jamais été.

2006

AVANT BRODY

1

Quartier d'Achrafieh, Beyrouth, Liban

Rossignol était en retard.

Carrie Mathison était assise dans l'obscurité de la salle de cinéma. Deuxième fauteuil, à quatre rangées de l'entrée. Elle se posait sérieusement la question de suspendre toute l'opération. Théoriquement, ce n'était qu'un premier contact. « Juste un échange de signaux en haute mer. » C'est comme ça que Saul Berenson, son chef et mentor, lui avait décrit la chose pendant son séjour à la Ferme, le centre d'entraînement de la CIA en Virginie. Le temps de photographier mentalement ce type, Taha al-Douni, nom de code Rossignol, de le laisser l'identifier rapidement pour la prochaine fois, de chuchoter l'heure et le lieu du prochain rendez-vous, et puis ciao. Rien que du très classique.

D'après le règlement, en cas de retard du contact, il fallait attendre quinze à vingt minutes avant de suspendre l'opération. On ne prenait un autre rendez-vous que si le contact offrait une justification béton pour son absence. Pas question d'accepter une excuse ordinaire, genre la conception moyen-orientale de la ponctualité, où les retards allaient d'une demi-heure à une demi-journée. Ni l'embouteillage traditionnel du vendredi soir sur l'avenue Fouad-Chéhab, à cause du cinq à sept des hommes d'affaires beyrouthins qui donnent rendez-vous à leurs maîtresses dans les garçonnières discrètes de Hamra.

Sauf que Carrie tenait absolument à rencontrer al-Douni. Son informatrice était Dima, une beauté maronite liée à l'Alliance du 14-Mars – la coalition des forces chrétiennes et sunnites autour de Saad Hariri. Elle faisait la fête tous les soirs sur la terrasse du restaurant Le Gray, au centre-ville. D'après elle, il y avait deux trucs chez al-Douni qui ne pouvaient pas manquer de susciter la convoitise de la CIA : premièrement, il était officier de la sanguinaire Direction générale de la Sûreté, Idarat al-Amn al-Amm, le principal service de renseignements syrien, donc une voie d'accès au cœur même du régime de Bachar al-Assad ; deuxièmement, il avait besoin d'argent. Sa voluptueuse maîtresse égyptienne avait des goûts de luxe et lui coûtait les yeux de la tête, toujours d'après Dima.

Carrie consulta de nouveau sa montre. Vingt-neuf minutes de retard. Mais qu'est-ce qu'il pouvait bien foutre ? La salle était aux trois quarts pleine et depuis le début du film personne n'était entré. Harry Potter, Ron et Hermione bavardaient dans un café lorsque deux hommes en bleu de travail apparurent sur l'écran. Là aussi ça sentait le grabuge, pensa Carrie.

Ses nerfs étaient tendus comme des arcs, mais ça ne voulait pas nécessairement dire grand-chose.

Elle se méfiait de ses propres sentiments, et elle se disait souvent que son système nerveux avait le même constructeur incompétent que celui du réseau électrique déficient de Washington. Bipolaire, c'est comme ça que les médecins la décrivaient. Les épisodes hypomaniaques alternent avec les phases de dépression, lui avait jadis expliqué un psychiatre recommandé par le dispensaire de Princeton. Sa sœur Maggie était nettement plus directe : « Tu passes de : "Je suis la plus intelligente, la plus belle et la plus géniale de l'univers" à : "Je veux me suicider." » Cela dit, elle avait quand même un très mauvais pressentiment.

Je ne peux pas attendre plus longtemps, pensat-elle. Dans le café d'Harry Potter, la bataille faisait rage et les combattants agitaient leurs baguettes magiques comme des rayons laser. Au milieu du vacarme et des effets spéciaux, c'était le moment parfait pour s'éclipser, personne ne ferait attention à elle. Elle se leva et se dirigea vers le hall d'entrée.

Une fois dans la rue, elle se sentit exposée, trop voyante. C'est presque toujours le cas des Occidentales au Moyen-Orient. Pas moyen de passer inaperçue, à moins de porter l'attirail islamique intégral, *abaya* et voile, en espérant que personne ne s'approchera de trop près pour vous inspecter. Mais avec sa taille élancée, ses longs cheveux blonds et sa bonne mine de parfaite Américaine, Carrie risquait de ne tromper personne, sauf à bonne distance. Et de toute façon, ça ne marcherait pas dans les quartiers nord de Beyrouth, où la tenue de rigueur était autant le hijab que le jean moulant dernier cri, et parfois les deux en même temps.

La nuit était tombée pendant la séance de cinéma. La circulation était intense et l'avenue Michel-Bustros baignait dans le jeu d'ombres et de lumières des phares de voitures et des fenêtres illuminées des grands immeubles de bureaux. Carrie scruta les environs en quête de badauds suspects. Les rendez-vous manqués avec des contacts étaient toujours potentiellement dangereux. Soudain, son cœur se glaça.

Rossignol était assis à la table d'un café, sur le trottoir d'en face, et la regardait fixement. Catastrophe. Il n'avait pas compris les instructions transmises par Dima, la veille, chez Le Gray ? Il était complètement cinglé ? Pire encore, il fit signe à Carrie d'un geste qui signifie : « Dégage » aux États-Unis mais indique l'inverse au Moyen-Orient : « Viens ici. » En une fraction de seconde, toutes les pièces du puzzle se mirent en place. C'était une embuscade. Al-Douni, un homme de la DGS, un professionnel aguerri du renseignement, n'aurait jamais commis une erreur aussi grossière.

Qu'ils soient de la DGS syrienne ou du Hezbollah, ces types ne se gêneraient pas pour assassiner un agent américain, ni pour le prendre en otage. Et une belle espionne blonde de la CIA, c'était le gros lot. Elle se voyait déjà enfermée dans un placard pendant des années, torturée, violée, tandis que ses ravisseurs se pavaneraient devant les caméras pour dénoncer l'interventionnisme américain au Moyen-Orient. Car non

16

seulement leur otage serait une espionne, mais pour beaucoup d'hommes de la région, les Occidentales étaient toutes des salopes. Rossignol réitéra son geste et, au même moment, elle aperçut deux Arabes qui sortaient d'une camionnette de son côté de la rue. Ils se dirigeaient vers elle.

Ils voulaient l'enlever. Elle n'avait pas une seconde à perdre. Si elle ne prenait pas la bonne décision, elle finirait captive. Elle retourna dans le cinéma.

— J'ai oublié quelque chose, marmonna-t-elle en arabe en montrant son ticket au guichetier.

Une fois dans la salle, elle dut plisser les yeux pour les réhabituer à l'obscurité. Sur l'écran, Hermione était en train d'effacer la mémoire de l'un des assaillants du café. Carrie emprunta la sortie de secours latérale et se retrouva dans une ruelle. Ils allaient certainement la poursuivre jusque dans le cinéma. Elle retourna vers l'avenue Michel-Bustros. Du coin de l'immeuble, elle inspecta discrètement le terrain. Rossignol avait quitté le café. Les deux hommes devaient être dans le cinéma.

Au premier carrefour, elle accéléra et emprunta une rue étroite et moins fréquentée. Combien étaient-ils ? Elle maudissait ses talons aiguilles, accessoire obligé de son incognito : en dehors des porteuses d'*abaya*, aucune Beyrouthine qui se respecte n'oserait jamais se montrer en public en chaussures plates. S'ils sont vraiment sérieux, ils sont plus de deux, pensa-t-elle tout en se déchaussant.

La rue bordée d'arbres était obscure. Les passants étaient peu nombreux, même si elle se doutait qu'une foule n'aurait pas dissuadé ses assaillants. Les deux hommes de la camionnette apparurent au coin de la rue. L'un d'eux sortit quelque chose de sa veste, apparemment un pistolet doté d'un silencieux. Carrie se mit à courir. Ils sous-estimaient son passé de joggeuse ; elle n'aurait aucun mal à les distancer.

Soudain, elle entendit un bruit sourd et ressentit une douleur à la jambe. Une marque blanche sur le trottoir trahissait un impact de balle. Ils lui tiraient dessus. Elle se mit à slalomer et porta la main à sa jambe. Son jean était déchiré et taché de sang. Sans doute un morceau de trottoir qui avait ricoché, pensa-t-elle, courant éperdument, pieds nus sur le bitume. Au carrefour suivant, elle s'engagea dans une rue vide. Trouver quelque chose, vite. À gauche, une grande villa derrière une grille en fer forgé ; en face, une église orthodoxe au dôme illuminé, d'un blanc étincelant dans l'obscurité.

Elle se précipita vers la porte latérale de l'église et tira frénétiquement sur la poignée. Fermée à clé. Son cœur battait à tout rompre : les deux hommes la talonnaient. Ils avaient des pistolets à silencieux. Les freins d'une Mercedes crissèrent violemment au carrefour quelques mètres plus loin. Quatre hommes en sortirent d'un seul élan. Meeerde ! Elle se rua vers la porte principale de l'église, l'ouvrit d'un coup sec et poursuivit sa course dans la nef.

Il y avait peut-être une douzaine de fidèles, pour la plupart des femmes vêtues de noir qui arpentaient l'église, allumaient des cierges ou embrassaient des icônes. D'autres restaient immobiles face à l'autel avec ses arches et ses icônes dorées. Un jeune prêtre barbu en soutane noire vint à sa rencontre dans l'allée centrale.

— Le Christ est parmi nous, dit-il en arabe.

— Certainement, mon père. J'ai besoin d'aide. Est-ce qu'il y a une autre sortie ? lui répondit Carrie en arabe.

D'un coup d'œil en biais, il lui signala la bonne direction. Elle se précipita vers le côté de l'église, tandis que la porte principale s'ouvrait brusquement, laissant passer les quatre hommes de la Mercedes. Deux d'entre eux brandissaient des fusils automatiques. Une femme cria et les fidèles commencèrent à courir dans tous les sens. Mais le prêtre marcha droit vers les tueurs.

— *Bess* ! s'écria-t-il. Ça suffit ! Vous êtes dans la demeure du Seigneur !

Un des hommes le bouscula sans ménagement en se précipitant vers l'alcôve où Carrie avait disparu. Un rideau y masquait une porte.

Carrie se rua dehors. Elle avait le choix entre une petite allée piétonnière qui menait à une avenue et un parking bordé d'une haie. Elle choisit le parking. Le bruit sourd d'une balle lui fit faire une embardée et une brèche dans la haie lui offrit une échappée vers l'avenue Charles-Malek, une artère majeure et très fréquentée. Elle poursuivit sa course au milieu de la chaussée, esquivant les voitures qui klaxonnaient furieusement. Le feu passa au vert et le flot de véhicules se déplaça autour d'elle. Sur le trottoir de la rue perpendiculaire, trois des sbires de la Mercedes la

cherchaient. Ils allaient la repérer dans quelques
secondes.

Elle était en plein milieu de la circulation.
Elle sentit une main baladeuse lui tripoter le
cul depuis la fenêtre d'une voiture circulant en
sens inverse. Pas le temps de s'offusquer et de
chercher le coupable, il fallait absolument sortir
de la ligne de mire de ses assaillants. Vite.

Un taxi collectif s'approcha. Il restait un siège
disponible à l'arrière. Elle fit un signe au chauffeur et cria : « *Hamra !* » Il allait vers l'ouest,
c'était la bonne direction. La CIA possédait une
planque dans le quartier mitoyen de Ras Beyrouth. Il fallait y parvenir sans se faire repérer,
et rapidement ! Le taxi pila, déclenchant une fan-
fare de klaxons derrière lui. Carrie sauta sur le
siège arrière.

Elle salua les autres passagers d'un discret :
« *Salam 'alaykoum* », enfila ses chaussures et
tira un hijab noir de sa poche : changement de
look. Tandis qu'elle jetait un pan du foulard par-
dessus son épaule, elle scruta les alentours. Un
de ses poursuivants désignait le taxi en expli-
quant quelque chose à ses complices. Elle se
tassa sur son siège pour être mieux dissimulée
par les deux autres passagers de la banquette
arrière : une femme âgée vêtue de gris, qui la
fixait avec un intérêt soutenu, et un jeune homme
en survêtement, sans doute un étudiant. Le siège
à côté du chauffeur était occupé par une jeune
fille totalement absorbée dans une conversation
sur son portable.

L'étudiant et la femme lui rendirent son salut :
« *Wa 'alaykoum salam.* »

— Où ça, à Hamra ? l'interrogea le chauffeur
tout en accélérant pour gagner quelques mètres
en se faufilant dans un espace entre deux voitures.

— La Banque centrale, répondit-elle sans révéler l'adresse exacte de la planque.

Elle était peut-être encore suivie, et c'était
suffisamment proche de sa véritable destination.
Elle tendit deux billets de mille livres libanaises
au chauffeur, sortit un poudrier de son sac et
orienta le miroir de façon à pouvoir observer la
circulation. Rien de suspect. Si la camionnette ou
la Mercedes la suivaient, elles étaient trop loin
pour qu'on les voie. Mais ils étaient toujours à
ses trousses, elle en était convaincue. Elle mettait
les occupants du taxi en danger, il fallait qu'elle
descende au plus vite. Elle rangea le poudrier
et écarta une mèche de cheveux qui la gênait.

— Ce n'est vraiment pas prudent, lui dit la
femme. Rester au milieu de la circulation, comme
ça.

— Je fais plein de choses imprudentes.

Consciente que la curiosité de sa voisine était
un peu trop intense, elle ajouta : « Mon mari me
le dit tout le temps » en exhibant l'alliance qu'elle
portait systématiquement lors de ses rendez-
vous avec des contacts. Elle n'était pas mariée,
mais cette précaution lui permettait d'éviter ce
que son assistant, Virgil, avait baptisé un « plan
Everest » : coucher avec quelqu'un sans en avoir

vraiment envie, comme une montagne qu'on escalade juste parce qu'elle est là.

Le taxi remontait maintenant l'avenue du Général-Fouad-Chéhab, principal axe est-ouest du centre de Beyrouth, et la circulation était un peu plus fluide. Si ses assaillants devaient attaquer le véhicule, ce serait maintenant ou jamais. L'adolescente du siège avant continuait à parler dans son portable : « Je sais, *ya amar*. Ciao. » Elle raccrocha et commença aussitôt à envoyer des textos.

Arrivé à la hauteur d'un grand bâtiment rectangulaire, la tour Murr, le chauffeur emprunta la rue Fakhreddine. Toutes les constructions étaient neuves dans ce secteur, le bâti ancien avait été entièrement détruit pendant la guerre civile. Un peu plus loin, des grues géantes se dressaient au-dessus de nouveaux chantiers. Le taxi tourna à gauche et, au bout de quelques centaines de mètres, il ralentit pour laisser descendre un passager.

Carrie jeta un coup d'œil à travers la lunette arrière. Ils étaient là. Quatre voitures seulement séparaient le taxi de la Mercedes, qui cherchait à se rapprocher. Si elle se risquait à quitter le véhicule, elle ne ferait pas dix mètres avant d'être cueillie au vol. Que faire ? Le taxi stationna devant un grand immeuble. Tout son corps se raidit. C'était le moment rêvé pour attaquer. Il suffisait qu'ils se garent le long du véhicule pour lui bloquer l'accès à la circulation. Elle risquait d'être prise au piège. Il fallait agir, et vite.

La femme âgée salua les autres passagers et

quitta le taxi. Carrie se précipita dehors à sa suite et lui saisit le bras.

— Je croyais que vous alliez à la Banque centrale, dit la passagère.

— J'ai un gros problème. Madame, s'il vous plaît...

La femme l'examina, intriguée.

— Quel genre de problème ?

Elles arrivèrent à l'entrée de l'immeuble. Le taxi redémarrait et la Mercedes se garait à sa place.

— Un problème très grave. Le pire. Courez avec moi, madame, parce que sinon nous y passerons toutes les deux, lui dit Carrie tout en l'entraînant fermement.

Elles se ruèrent dans le hall et parvinrent aux ascenseurs.

— N'appuyez pas sur le bouton de votre étage. Choisissez un étage supérieur et redescendez par l'escalier. Verrouillez votre porte et n'ouvrez strictement à personne pendant au moins une heure. Je suis vraiment désolée, dit Carrie en lui pressant le bras.

— Attendez, dit la femme en fouillant dans son sac à main. Il y a une Renault rouge dans le garage de l'immeuble, c'est ma voiture.

Elle lui tendit les clés.

— Portez plainte dans une heure, lui répondit Carrie en les lui prenant. Vous connaissez le centre commercial du Crowne Plaza ?

La Libanaise hocha la tête.

— Je vais essayer de la laisser là-bas, dit Carrie tout en se précipitant vers la porte qui donnait sur le garage.

Avant que la vieille dame disparaisse dans l'ascenseur, Carrie lui lança un « *choukran* » en guise de remerciement.

Elle trouva la Renault rouge au milieu d'une rangée de voitures, garée devant un muret. Carrie démarra. Elle ajusta le rétroviseur : ils étaient là, les deux types de l'église. Elle manœuvra en marche arrière et fonça vers la sortie. Ils se lancèrent à sa poursuite. L'homme qui lui avait déjà tiré dessus visa la voiture. Instinctivement, elle baissa la tête, braquant à la sortie du parking, l'accélérateur à fond. Une balle atteignit le véhicule, étoilant la lunette arrière.

Elle braqua à nouveau, droit vers le tireur. Elle allait passer juste à sa hauteur. Au dernier moment, elle freina brusquement, plaquée contre son siège. Une nouvelle balle traversa la vitre latérale, frôlant son visage. Elle accéléra, déclenchant un concert d'avertisseurs dans son sillage. Elle chercha à se faufiler dans la circulation. Un coup d'œil dans le rétroviseur lui confirma que la voiture des tueurs était toujours garée devant l'immeuble. Elle en aperçut un qui courait vers la Mercedes. Pourvu qu'ils n'aient rien fait de mal à cette pauvre femme ! Et pourquoi lui tiraient-ils dessus ? Qu'est-ce que c'était que cette histoire ? Qu'il s'agisse du Hezbollah ou de la Syrie, un agent de la CIA était un otage de luxe. Mais une femme morte, même une espionne américaine, ne valait pas grand-chose.

Sans mettre son clignotant, elle vira brusquement à droite dans une rue étroite, manquant de renverser un piéton. L'homme lui tendit le pouce, équivalent de : « Va te faire foutre ! » au Moyen-Orient. Toujours sans ralentir, elle prit la prochaine à gauche. Rien dans le rétroviseur. Pour le moment, personne ne la suivait.

Nouveau virage à gauche rue de Rome et retour sur Hamra, étroite et bondée. Aucun véhicule ne pouvait la rattraper avec cette circulation. Une foule de passants de tous âges arpentait les trottoirs. La plupart étaient élégamment vêtus, quelques femmes portaient un hijab. Les enseignes lumineuses des cafés et des restaurants scintillaient. On entendait du rap à l'entrée d'une boîte de nuit.

Elle continua vers l'ouest dans Hamra, au milieu du chaos coloré de la ville, l'œil rivé au rétroviseur. Elle ouvrit la fenêtre, laissant entrer la musique, les voix des passants et les effluves de shawarma et de tabac à la pomme dans les cafés à narguilé. Pas de Mercedes ou de camionnette en vue. Peut-être que ses poursuivants avaient changé de véhicule, mais il semblait bien qu'elle les avait semés. Elle restait quand même sur ses gardes. Ils allaient passer toute la ville au peigne fin. S'ils avaient interrogé le chauffeur du taxi collectif, ils savaient qu'elle se dirigeait vers Hamra. Ils pouvaient être n'importe où. Et pourvu qu'ils n'aient rien fait à la propriétaire de la Renault. Il était temps de se débarrasser de cette voiture.

Elle aperçut l'enseigne lumineuse du grand hôtel Crowne Plaza, le dépassa et entra dans le parking du centre commercial. Au bout d'un quart d'heure, elle finit par trouver une place.

Elle laissa les clés sur le tapis de sol, quitta le parking et se fondit dans la foule des clients du centre commercial. Pour s'assurer qu'elle n'était pas suivie, elle emprunta plusieurs sorties, revint sur ses pas et changea plusieurs fois d'étage en épiant les miroirs et les vitrines. Après une dernière vérification, elle abandonna les lieux et emprunta la rue Gemayel en direction du campus de l'université américaine.

Toujours aux aguets, elle fit deux fois le tour du pâté de maisons, puis reprit la rue en sens inverse. C'était la meilleure façon de repérer d'éventuels poursuivants, même s'ils décrochaient. Elle commença à respirer ; apparemment, elle les avait semés. Mais elle savait bien qu'ils allaient fouiller Hamra de fond en comble. Il fallait absolument qu'elle rejoigne la planque.

L'important était d'éviter la foule de la rue Hamra. Elle y était trop repérable. Elle se dirigea vers l'université et se mêla à un petit groupe d'étudiants. Elle leur demanda où on vendait des *manakish*, une espèce de pizza orientale. C'était presque comme être de retour à la fac. Les deux jeunes Libanaises et leur compagnon jordanien l'invitèrent à se joindre à eux dans un boui-boui du coin, mais elle préféra poursuivre son chemin. La planque n'était pas loin, rue Adonis, à vingt minutes à pied. Une petite rue résidentielle bordée d'arbres. Un appartement au huitième étage. Elle était arrivée.

En sortant de l'ascenseur, elle inspecta le couloir et la cage d'escalier, sur le qui-vive. Elle examina le chambranle de la porte de l'appartement.

Pas de signe d'effraction. Le judas dissimulait un objectif de caméra. Elle le regarda fixement et frappa comme convenu, deux fois deux coups secs, prête à prendre la fuite si quelque chose clochait. Pas de réponse. Elle frappa à nouveau, puis sortit la clé de son sac et ouvrit la porte.

L'appartement avait l'air vide. Ce n'était pas bon signe. En temps normal, il y avait toujours quelqu'un. Quelque chose n'allait pas. Elle vérifia que les rideaux étaient tirés, referma la porte derrière elle et inspecta les deux chambres, une pour les lits de camp, une autre pour le matériel. Les armes étaient dans une commode. Elle récupéra un pistolet Glock 28 et quatre magasins. C'était l'arme idéale : petite, légère, faible recul, des cartouches 380 très pénétrantes. Elle le chargea et mit les magasins restants dans son sac à main.

Depuis la fenêtre, cachée derrière le rideau, elle examina la rue éclairée par un unique lampadaire. Si jamais quelqu'un l'épiait, il était bien caché dans l'ombre des arbres ou des véhicules en stationnement.

— Putain, j'ai vraiment besoin d'un verre, se dit-elle à haute voix.

Il y avait des bouteilles d'alcool dans un buffet, dans la salle de séjour. Les images des caméras de sécurité installées derrière le judas, dans le couloir et sur le toit défilaient sur l'écran d'un ordinateur portable posé sur une table basse. Rien à signaler. Elle trouva une bouteille de Grey Goose à moitié vide et se servit avec un léger sentiment de culpabilité. Mais tant pis, au point où elle en était, elle n'en avait vraiment rien à foutre. Fouillant dans son sac à main, elle avala une pilule de clozapine avec sa vodka – tiens, il fallait qu'elle pense à se réapprovisionner au marché noir de Zarif. À sa montre, il était 19 h 41. Qui était de garde à Beyrouth, à cette heure-ci ? Linda, Linda Benitez, jusqu'à minuit.

Mais avant d'appeler il fallait faire le point. Quelque chose ne collait pas. C'était Dima qui avait arrangé le contact avec Rossignol, mais elle ne faisait pas partie des agents recrutés par Carrie depuis son arrivée à Beyrouth. Dima était une informatrice de Davis Fielding, le chef de poste de la CIA à Beyrouth. Carrie était furieuse : les coupables allaient le payer cher. Sauf qu'elle ne savait pas si Dima était un agent double ou si elle aussi était victime de Rossignol. Peut-être même qu'elle était en danger, à supposer qu'elle soit encore vivante.

Mais comment la joindre ? Impossible de l'appeler sur l'un des deux téléphones de la planque. Le premier servait uniquement à recevoir les appels, et le deuxième était une ligne de haute sécurité réservée aux échanges avec l'ambassade, à Aoukar, au nord de la ville. Pas question d'utiliser son portable, ils risquaient de la repérer avec un GPS. Réfléchissons. Mettons que ce soit la DGS ou le Hezbollah. Comment l'avaient-ils identifiée ? Dima, ça ne pouvait être que Dima. Ce qui voulait dire qu'elle avait trompé Fielding. C'est lui qui l'avait encouragée à établir le contact.

« On ferait n'importe quoi pour avoir un contact au sein de la DGS. » C'est ce que lui avait dit Fielding, ajoutant qu'elle n'avait pas besoin de renfort. « J'ai totalement confiance en Dima. Elle ne nous a pas livré beaucoup d'infos, mais ce qu'elle a, c'est top. » Quel salaud, pensa-t-elle. Est-ce qu'il couchait avec elle ? Et au lit, elle était top, aussi ? Carrie avait demandé que Virgil Maravich l'accompagne. Virgil était le technicien de génie de l'agence à Beyrouth, un des grands virtuoses de la surveillance, des écoutes et de l'effraction. Mais Fielding avait soi-disant besoin de Virgil pour une autre mission. « T'es une grande fille. Tu peux te débrouiller toute seule. » Sous-entendu : « Si tu n'y arrives pas, tu n'as pas ta place à Beyrouth, on n'accepte que les champions, ici. »

« C'est comme ça qu'on fonctionne, à Beyrouth », lui avait déclaré Fielding dès le premier jour. Il était affalé dans un fauteuil en cuir dans son bureau du dernier étage de l'ambassade, avec vue sur le bâtiment néomauresque de la mairie. Fielding était un grand gaillard blond qui commençait à prendre de l'embonpoint. Son nez couperosé trahissait son amour de la bonne chère et de l'alcool. « Ça passe ou ça casse. Et au Moyen-Orient, être une femme n'est pas une excuse. Si tu merdes, si tu déconnes, t'as une chance sur cent d'en réchapper. Et même si tu t'en sors vivante, t'es définitivement grillée. Beyrouth a l'air civilisée, comme ça – plein de boîtes de nuit, de jolies femmes en vêtements griffés, des restaus de luxe, les gens les plus sophistiqués de la planète –, mais il ne faut pas s'y fier, c'est toujours le Moyen-Orient. Un seul faux pas et ils auront ta peau – avant de retourner faire la fête. »

Alors merde, qu'est-ce qui se passait ? C'était un contact de Fielding qui avait tout arrangé, c'était Fielding qui l'avait encouragée à y aller, et c'était lui qui l'avait sciemment privée de renfort. Mais ça faisait longtemps qu'il était chef de poste. D'après lui, c'était une opération de routine, pas de raison que ça tourne mal. Elle avait failli se faire enlever, voire tuer. Ce n'était clairement pas l'objectif visé. Elle respira profondément. C'était dingue. Elle se sentit un peu bizarre. Peut-être que la clozapine ne faisait pas effet ?

Carrie se leva. Il fallait agir, mais quoi faire au juste ? Elle commença à ressentir des picotements. Oh non, pitié, pas ça. Est-ce qu'elle était en train de plonger dans une de ses phases hypomaniaques ? Elle fit le tour de la pièce, s'approcha de la fenêtre. Elle avait une envie irrésistible d'écarter les rideaux. Allez-y, mes salauds, regardez, c'est bien moi ! Allez, Carrie, arrête de déconner, tout va bien, il faut juste laisser à la vodka et à la clozapine le temps de faire leur effet. Et ce n'était peut-être pas très malin de mélanger les deux. Lentement, très lentement, elle écarta un pan de rideau et regarda dehors.

La Mercedes était garée en double file devant l'immeuble. Trois hommes se dirigeaient vers l'entrée. Elle était foudroyée. Une terrible envie de pisser l'obligea à serrer convulsivement les cuisses.

Impossible. C'était une planque. Comment l'avaient-ils découverte ? Carrie était certaine qu'ils n'avaient pas pu la suivre. Après les avoir semés en voiture, elle s'était assurée que personne ne la pistait à pied dans le labyrinthe autour de Hamra. Que faire ? Ils étaient déjà dans l'immeuble. Elle n'avait que quelques secondes pour disparaître. Elle décida d'appeler l'ambassade sur la ligne de haute sécurité. Quelqu'un décrocha à la deuxième sonnerie.

— Bonsoir. Services culturels de l'ambassade des États-Unis.

Malgré la légère distorsion produite par le système de brouillage, Carrie reconnut la voix de Linda Benitez. Elle ne la connaissait pas très bien, c'était juste quelqu'un qu'elle saluait en passant.

Carrie prononça le mot de passe de la semaine :

— Amarillo. L'opération Rossignol était une embuscade.

— Vous confirmez que vous faites opposition ?

— Pas le temps. Achille en danger. Merde, vous me recevez ?

Achille était le nom de code de la planque.

— Confirmer Achille. Coordonnées et statut.

Non seulement Linda enregistrait la conversation, mais elle se conformait à un protocole établi et reportait tout par écrit. Elle voulait savoir si Carrie était encore opérationnelle, si elle pouvait se déplacer, ou bien si elle était déjà captive et si on l'avait obligée à appeler.

— J'évacue les lieux. Dites à qui vous savez que je le verrai demain, dit Carrie avant de raccrocher brusquement.

Elle eut un instant d'hésitation, en équilibre sur la pointe des pieds, comme une ballerine.

Sortir le plus vite possible, mais pour aller où, et comment ? Ils étaient trois, plus ou moins un dans la Mercedes. Ils allaient se répartir entre les escaliers et l'ascenseur.

Alors par où sortir ? Rien de prévu dans le protocole. C'était une planque, ça n'était pas censé arriver.

Pas question de rester sur place. S'ils ne rentraient pas par la porte, ils essaieraient de passer par la fenêtre, par le balcon ou même par le mur d'un appartement mitoyen. Il y aurait des coups de feu. Elle pourrait peut-être tirer une balle ou deux, mais pas trois. On n'était pas dans *Règlements de comptes à OK Corral*. Le couloir était exclu, de même que les escaliers ou l'ascenseur. Ils l'attendraient au tournant, ils étaient même probablement tout près de la porte, prêts à faire sauter le verrou.

Restaient la fenêtre et le balcon. Carrie se dirigea vers la chambre à coucher. Des bruits suspects venant du couloir la firent sursauter. Elle consulta l'écran de l'ordinateur. Les trois hommes étaient dans le couloir. Ils appliquaient méthodiquement à chaque porte un appareil d'écoute ultrasensible. Ils n'étaient plus qu'à quelques secondes de la planque.

Elle courut vers l'armoire et commença à la fouiller frénétiquement, à la recherche d'une corde ou d'autre chose. Elle voulait s'échapper par la fenêtre. Il n'y avait que des vêtements d'hommes, complets, chaussures et ceintures de cuir. Des ceintures ! Elle en attacha trois à la suite, obtenant une courroie assez longue, puis courut de nouveau à l'ordinateur.

Les trois hommes étaient juste derrière la porte, en train d'y fixer des explosifs ! Elle se précipita dans la chambre, sauta sur le balcon et fixa la boucle de sa courroie à la rampe en fer forgé. Du côté de la rue, la Mercedes était toujours là, mais il n'y avait personne en vue qui puisse la repérer. Elle inspecta le balcon de l'appartement du dessous ; impossible de savoir s'il était occupé. D'ailleurs, qu'est-ce que ça pouvait bien faire, merde ! Ils allaient faire sauter la porte, voire l'appartement. Il ne lui restait que quelques secondes.

Elle ajusta la courroie sur la rambarde et tira d'un coup sec. Ça avait l'air solide. Enfin, elle l'espérait. Elle chevaucha la rambarde et se laissa glisser le long de la courroie. L'appartement du dessous n'était pas éclairé. Personne à l'intérieur. Les bras tendus, elle tâtonna du bout des orteils contre la rambarde du balcon inférieur. Surtout ne pas regarder en bas. Elle se propulsa vers l'avant et atterrit sur le balcon. Une violente explosion secoua tout l'immeuble.

Ils avaient fait sauter la porte. Ses oreilles bourdonnaient. Elle brisa la baie vitrée du balcon avec son Glock, passa sa main dans l'orifice et ouvrit la porte.

Piétinant le verre brisé, Carrie se rua vers l'entrée, traversa le couloir en trombe, descendit les escaliers quatre à quatre et atterrit au rez-de-chaussée. La porte de service donnait sur une ruelle derrière l'immeuble. Elle l'emprunta avant de s'engager prudemment dans une rue latérale. La voie était libre. Personne autour de la Mercedes. Elle ôta de nouveau ses chaussures et se mit à courir à perdre haleine. Sa frêle silhouette disparut dans l'obscurité.

2

Beyrouth, centre-ville, Liban

— Qu'est-ce qui s'est passé ? Et ne me raconte pas de conneries, Carrie, je ne suis pas d'humeur, déclara Davis Fielding en se frottant les mains comme s'il avait froid.

Son bureau était situé dans un immeuble vieillot de la rue Maarad, près de la place de l'Étoile et de sa célèbre tour de l'Horloge. Il était censé abriter les Assurances maritimes du Moyen-Orient, une société fictive créée par la CIA mais qui offrait une couverture tellement réaliste qu'elle vendait de véritables polices d'assurance.

— Justement, j'aimerais bien le savoir, parce que Rossignol, c'était ton idée, et Dima, ton agent. Moi, j'ai simplement hérité de l'opération, répondit Carrie.

Elle se sentait sale et exténuée ; elle n'avait pas changé de vêtements depuis la veille, après un sommeil trop bref sur le divan du salon de Virgil. Elle avait passé la nuit à fouiller Beyrouth à la recherche de Dima.

— N'essaie pas de me refiler le bébé, grommela Fielding. Dima travaillait pour toi, c'est toi qui l'as débriefée, c'est toi qui m'as proposé de

35

contacter Rossignol, et je t'ai donné mon feu vert pour une première approche, un point c'est tout. C'était un contact préliminaire, rien de plus. Résultat des courses, tu t'embarques dans une traque d'enfer et tu me trimballes une bande de tueurs jusqu'à la planque ! Tu mets en péril tout le travail de l'Agence à Beyrouth. Déjà qu'on était obligés de marcher sur des œufs.

Son index tapotait rageusement la surface du bureau.

— Ce n'est pas moi qui les ai amenés à la planque, se défendit Carrie.

Il était complètement idiot, ou quoi ? Il aurait plutôt dû la féliciter d'avoir échappé à ses poursuivants.

— J'ai réussi à m'en sortir. J'étais totalement clean. Et pour plus de sûreté, une fois la bagnole garée dans le parking du Crowne Plaza, j'ai traîné une heure dans le centre commercial et j'ai crapahuté dans tous les sens dans le quartier. Personne ne m'a suivie, ni à pied ni en voiture. Pas de surveillance électronique, rien, et ils m'ont quand même pas matée au télescope depuis la frontière syrienne ! C'est la vérité, Davis. Et la vérité, c'est qu'on a une grosse faille dans notre sécurité.

— Mais bien sûr. La vérité, c'est que t'as complètement déconné et que tu cherches des excuses. Je t'avais prévenue, Mathison, c'est pas comme ça qu'on fonctionne à Beyrouth. Alors reprenons les choses depuis le début. D'abord, où est Dima ?

— J'aimerais bien le savoir. Après le ratage du contact et ma fuite de la planque, j'ai passé la moitié de la nuit à sa recherche. Alors au lieu de m'engueuler, si on envisageait l'hypothèse qu'elle soit un agent double ? C'est peut-être elle qui m'a piégée. Parce que sincèrement je trouve que tu lui fais un peu trop confiance.

— Mais qui dit que t'as été piégée ? Peut-être que t'as simplement paniqué parce que Rossignol s'est trompé d'heure ou d'endroit, ou peut-être qu'il était bourré, je sais pas. Putain, Carrie, c'était une simple reconnaissance, le temps de l'identifier, de lui laisser reluquer tes seins et de fixer le rendez-vous suivant. Avoue que t'as paniqué.

Le visage cramoisi, Fielding la fixait d'un regard glacial.

— N'importe quoi. Tu n'y étais pas, moi si. Il m'a fait signe. Comme ça, dit-elle en imitant le geste d'al-Douni. Le type est un professionnel chevronné du renseignement et il fait signe à un contact qu'il n'a jamais vu ? Tu rigoles, ou quoi ? On n'est pas des mémères dans un jardin public.

— Mais c'est peut-être comme ça qu'ils opèrent, à la DGS. Peut-être qu'il croyait que c'était toi qui te plantais. T'es une femme, bordel de merde, et on est au Moyen-Orient, aucun mec va te prendre au sérieux. Et vu ce qui s'est passé hier soir, y a de quoi.

Son cœur battait à tout rompre. Qu'est-ce que c'était que cette histoire ? Elle avait failli se faire enlever ou se faire tuer à cause d'une opération qui avait sérieusement merdé. Son chef était censé la soutenir, pas lui passer un savon.

— Ils étaient deux dans la camionnette et quatre dans la Mercedes, et ils ont essayé de me kidnapper, putain ! Ils m'ont tiré dessus. Tiens, regarde.

Elle lui montra la blessure sur sa jambe.

— Ouais, et puis tu les as baladés jusqu'à la planque, ce qui était probablement leur objectif dès le début. Je te garantis que ça va finir dans ton 201.

Le 201, c'était le dossier personnel des employés de la CIA.

Carrie se leva.

— Écoute, Davis, dit-elle en s'efforçant de garder son calme, il y a autre chose derrière tout ça. Pourquoi ils auraient ciblé un agent de la CIA ? Si Rossignol était un agent double, ils auraient pu nous rouler dans la farine pendant des années et nous aurions avalé tranquillement tous leurs bobards. Comment t'expliques ça ?

Fielding était furieux.

— Reste assise. Qui t'a autorisée à te lever ? Je n'en ai pas encore fini avec toi.

Carrie obtempéra. Elle tremblait de colère. Elle aurait pu lui arracher les yeux. Elle ressentait une drôle d'énergie. Merde, un début de crise hypomaniaque ? Elle était en train de perdre pied, elle aurait pu tuer son chef. Contrôle-toi, Carrie, du calme.

— C'est Dima qui a arrangé le contact. Elle fait forcément partie des suspects, expliqua-t-elle en essayant de se contenir.

— Et son portable ?

Elle secoua la tête.

— Il n'y avait rien non plus dans la boîte aux lettres.

En cas d'urgence, elles devaient communiquer en dissimulant des messages dans un arbre du parc de Sanayeh. Après avoir cherché Dima dans toutes les boîtes de nuit de la ville, Carrie était allée au parc en pleine nuit : le creux de l'arbre était vide. Elle avait laissé une marque à la craie sur une branche pour indiquer à Dima qu'elle devait la contacter le plus vite possible, mais elle commençait à envisager le pire.

— Tu l'as cherchée ailleurs ?

— Chez Le Gray, au Whiskey, au Palais, chez elle – et oui, j'ai fait gaffe à pas être suivie –, j'ai cherché partout. Personne ne l'a vue nulle part. J'ai crocheté la serrure de son appartement : pas un chat. Apparemment, elle n'y avait pas mis les pieds depuis plusieurs jours.

— Qu'est-ce que ça prouve ? Si ça se trouve, elle est en train de s'éclater avec un play-boy saoudien plein aux as.

— Si ça se trouve, elle est en train d'être torturée, ou bien elle est déjà morte. Il y a une grosse faille dans notre sécurité, Davis, tu peux pas fermer les yeux sur ça.

— Ouais, enfin, c'est ta version.

Fielding se mordit les lèvres.

— Quoi d'autre ?

— La planque était vide, comment tu l'expliques ?

Il haussa les épaules.

— Problèmes budgétaires. Washington nous serre la vis. C'est eux qui décident. On a dû faire des économies. Bon, alors soi-disant t'étais complètement clean ? Ils t'ont attaquée et tu leur as échappé. T'es bien sûre que personne ne t'a suivie jusqu'à la planque ? Et cette femme qui t'a refilé sa voiture ?

Il la fixait d'un regard perçant.

— Elle offre sa voiture à une parfaite inconnue. C'est un peu bizarre, quand même.

Carrie avala sa salive.

— C'était un geste courageux, une forme de solidarité féminine. Elle voyait bien que j'étais en danger.

En fait, elle avait compris que j'étais désespérée, pensa-t-elle.

— Ou alors elle était complice des tueurs et elle les a mis sur ta piste. Ou bien disons qu'elle s'est laissé « convaincre », dit-il en faisant le geste d'arracher un ongle à quelqu'un.

Quel pauvre malade. Où est-ce qu'il allait chercher toutes ces conneries ?

— Elle ne savait pas du tout où j'allais. Je lui ai dit que je laisserais la voiture au Crowne Plaza, et c'est ce que j'ai fait. Elle n'avait aucune idée de l'emplacement de la planque.

— Non, mais comme tout le monde à Beyrouth, elle sait que le Crowne Plaza est rue Hamra. Donc tu ne pouvais pas être bien loin. Ils n'avaient plus qu'à ratisser le secteur. Ils devaient être au moins cinquante dans la foule du vendredi soir, et t'en as même pas repéré un.

Fielding secoua la tête d'un air excédé.

— Tout ce que je vois, c'est que c'est du travail d'amateur.

— Non mais je rêve ! Je réussis à me dépêtrer

40

d'un piège mortel tendu par le Hezbollah, et c'est moi, la coupable ?

Elle se leva, complètement dégoûtée. Il n'était quand même pas en train de la virer ?

— Mais qu'est-ce que tu racontes ? T'aurais préféré qu'ils m'assassinent ou qu'ils me capturent ?

— Tout ce que je dis, c'est que Beyrouth, pour toi, c'est fini. T'es grillée, et en plus on doit trouver une nouvelle planque à cause de toi.

— Et mes agents ? Ils comptent sur moi.

Son cœur battait comme un tambour. Elle n'avait jamais été virée et elle en était malade.

— Pour l'instant, je m'occupe de Dima et de tes autres informateurs. Ta mission est terminée. Carol s'occupera des questions administratives et de ton avion. Et j'appelle Berenson. C'est à cause de lui que je t'ai sur les bras.

— Avec tout le boulot que j'ai fait, je suis virée comme une malpropre, alors que je n'y suis pour rien ?

— Prépare tes valises, Carrie, tu vas à Langley. Ils trouveront peut-être quelque chose d'utile pour t'occuper. Tout le monde n'est pas taillé pour le terrain.

Elle serra les mâchoires. Elle savait qu'il n'y avait rien à faire.

— Tu commets une grosse erreur, Davis, je n'ai pas été suivie. Il y a une faille dans notre sécurité. Tu dois enquêter.

— On va y réfléchir, dit-il en lui faisant signe de sortir et en décrochant le téléphone.

Sur la route de l'aéroport, Virgil Maravich quitta l'avenue Hafez-El-Assad au croisement de la rue Imam-Moussa-El-Sader. À ses côtés, Carrie portait une *abaya* noire qui la recouvrait entièrement.

— Je devrais vraiment pas faire ça, dit-il. Sans compter que Dahiyeh n'est pas exactement le bled le plus hospitalier de la planète.

Évidemment, il avait raison. Ce quartier chiite misérable du sud de Beyrouth était contrôlé par des miliciens du Hezbollah armés jusqu'aux dents. On risquait de se faire arrêter à tous les carrefours. Le secteur était encore plein d'immeubles à moitié détruits par les bombardements et de terrains vagues couverts de mauvaises herbes et de décombres, héritage de la guerre civile et des attaques israéliennes.

— Je te remercie pour ton aide. Mais c'est quoi, son problème, à ce type ? dit-elle en secouant la tête.

— Fielding ?

Virgil sourit.

— C'est une huile, il est bien connecté. Il connaît la musique. Dans l'affaire Rossignol, il fallait faire tomber une tête, et comme ça pouvait pas être lui, il a décidé que ce serait toi.

— C'est dégueulasse.

Elle observa Virgil, un grand maigre au crâne dégarni. Elle l'avait connu lors de sa première mission à Beyrouth et déjà leur premier sujet de conversation avait été Fielding.

— Il t'a sorti son petit boniment habituel ? « C'est comme ça qu'on fonctionne, à Beyrouth.

Un seul faux pas et ils auront ta peau – avant de retourner faire la fête. » Quel connard.

C'est Virgil qui lui avait suggéré de porter une alliance quand elle sortait la nuit ou qu'elle avait un rendez-vous. « Ta vie sexuelle ne me regarde pas, mais ici, si t'as pas envie que tout le monde s'en mêle et si tu veux éviter les mains baladeuses, il vaut mieux laisser croire aux mecs que tu appartiens déjà à un mâle. C'est comme ça qu'ils raisonnent : on touche pas à la propriété d'autrui, c'est un tabou plus fort que le viol. Avec l'alliance, t'as le choix, au moins. »

Virgil ne l'avait jamais attirée. Quant à savoir ce que lui-même ressentait, elle n'en avait pas la moindre idée, et c'était mieux comme ça. Il était marié, mais il ne parlait jamais de sa femme. De toute façon, ce n'était pas le problème de Carrie, ils étaient collègues, deux compagnons d'armes. Elle le respectait, et sans doute éprouvait-il le même sentiment à son égard. Même si elle avait été tentée, ils étaient bien conscients qu'une relation sexuelle risquait de tout gâcher, et ils avaient absolument besoin de pouvoir compter l'un sur l'autre.

— Bienvenue à la CIA, la vraie, dit Virgil avec une moue sarcastique.

Il nourrissait le mépris typique des hommes de terrain pour les bureaucrates de Langley.

— Pas besoin d'ennemis, on a déjà un nid de scorpions à domicile. Désolé que ça te soit tombé dessus.

Ils arrivèrent à Ghobeiry. Le quartier était plein de gosses qui shootaient dans des boîtes de conserve et feignaient de se tirer dessus avec des bouts de bois. Les hommes jouaient à la *tawla*, une espèce de backgammon, en sirotant un thé à la terrasse d'une échoppe. Les façades étaient couvertes de portraits géants des martyrs, des types souvent tellement jeunes que leurs barbes peintes avaient l'air postiches. Et partout, le drapeau vert et jaune du Hezbollah pendait comme un linge.

Avant même qu'elle mette les pieds au Liban, Saul l'avait prévenue : « Beyrouth est comme Istanbul, un pied sur chaque continent. Le centre de Beyrouth, c'est Paris avec des palmiers. Dahiyeh, c'est le Moyen-Orient. »

— Où est-ce que t'as rendez-vous ? demanda Virgil.

— Au supermarché. Elle n'arrive pas à sortir facilement.

— On fait comment ?

— Tu restes dans la bagnole, moteur en marche, au cas où il faudrait dégager rapidement. Si on te demande ce que tu fais là, tu dis que t'es mon chaperon.

— Essaie d'éviter de te faire reluquer de trop près. Avec ta frimousse d'Irlandaise, même en *niqab* et en *abaya*, tu ne trompes personne, dit-il d'un ton moqueur.

— Merci, Virgil. C'est sympa, je sais que je peux compter sur toi.

Elle l'interrogea du regard.

— À quoi je dois ça ?

Il se tourna vers elle. Tout cet attirail islamique, c'était trop bizarre.

— Tu veux vraiment savoir ?

— Oui.

Il secoua la tête.

— Ça reste entre nous, mais c'est quand même toi, la plus brillante, ici. Et puis t'es pas désagréable à regarder non plus, hein. Ça m'étonne pas que Fielding puisse pas t'encadrer. Je te demande juste une faveur.

— Vas-y.

Il remonta un peu plus haut dans la rue, sous le regard de quatre jeunes miliciens armés de kalachnikov qui fumaient leur narguilé à la terrasse d'un café. Carrie tira son *niqab* sur son visage.

— C'est de la folie, murmura-t-il en contemplant le spectacle.

— Il faut que j'y aille. Elle n'a confiance qu'en moi. Je ne peux pas la laisser tomber.

— Tout ce que je te demande, c'est de pas en faire trop. Dès que t'as fini, on obéit à Fielding, je t'emmène à l'aéroport.

— Ça sera rapide.

— Y a intérêt.

Il s'engagea dans une rue étroite. Des sacs de sable étaient empilés devant une mosquée peinte en beige.

— Je crois pas qu'on va être bienvenus pendant très longtemps.

Carrie hocha la tête. Le jeu en valait la chandelle. De tous ses informateurs, c'était Fatima Ali qu'elle préférait. Son nom de code était « Julia » – elles s'étaient connues à la sortie d'une salle de cinéma et Fatima lui avait confié sa passion pour les films américains et son admiration pour Julia Roberts. Sous son *niqab* et son *abaya*, Julia était une belle brune à l'esprit vif, mais elle souffrait d'une endométriose qui l'empêchait d'avoir des enfants. C'est pour cette raison que son mari Abbas la maltraitait.

Il la frappait presque tous les jours, la traitant de *sharmuta* (prostituée) et de *khara* (merde) stérile. Un jour, il l'avait si violemment tabassée à coups de démonte-pneu qu'elle avait fini à l'hôpital avec un tibia brisé, une fracture du crâne, la mâchoire fracassée et trois autres fractures. Il avait pris comme deuxième épouse une adolescente édentée. Une fois enceinte, la jeune coépouse avait pris le pouvoir à l'instigation d'Abbas, se permettant de gifler Julia ou de se moquer d'elle chaque fois qu'elle la contrariait.

Julia ne pouvait pas quitter son mari parce qu'Abbas était le chef du Harakat al Mahnum, la brigade de l'Organisation des opprimés, une branche militaire du Hezbollah. Si elle l'abandonnait, il irait à sa recherche et la tuerait. Le cinéma était sa seule évasion. Pour la recruter, Carrie n'avait rien eu d'autre à faire que de l'écouter. Sauf que son départ signifiait que Julia se retrouvait sans protection. Elle se devait de la prévenir en personne.

Virgil se gara sur un parking en terre battue derrière un petit supermarché. Il sortit un Sig Sauer automatique et avertit Carrie :

— Dépêche-toi, parce que, ici, je fais pas vraiment le poids avec ça.

Elle lui fit signe de ne pas s'inquiéter. Au

moment d'entrer dans le supermarché, elle entendit retentir l'appel à la prière de midi depuis le haut-parleur d'une mosquée voisine. Elle ne s'attendait pas à être aussi émue. Beyrouth allait lui manquer.

Elle emprunta un panier à provisions et se dirigea vers le rayon épicerie. Julia, elle aussi en *niqab* et en *abaya*, examinait une boîte de Poppins, une marque de céréales populaire au Liban. Carrie l'imita et en mit une dans son panier.

— Ça fait plaisir de te voir, dit Carrie en arabe. Comment vont ton mari et ta famille ?

— Bien, *alhamdulillah*, Dieu merci, répondit Fatima en la tirant anxieusement par la manche et en chuchotant : Qu'est-ce qui s'est passé ?

Carrie lui avait transmis un bref message caché sous une urne du cimetière musulman de la rue Ahmad-Moukhtar-Bayhoum, consistant en un seul mot : *yaqut*, « rubis » en arabe. C'était le mot de passe pour un contact d'urgence. Le mari de Julia contrôlait tous ses appels et son courrier électronique, et c'était le seul moyen de communiquer avec elle.

— Je dois quitter Beyrouth. Une autre mission, murmura Carrie.

— Pourquoi ?

— Je peux pas te le dire.

Elle prit Julia par la main, à la façon d'un enfant.

— Tu vas me manquer. Je voudrais pouvoir t'emmener.

— Moi aussi, j'aimerais bien venir, répondit Fatima, le regard perdu. Pour toi, l'Amérique, c'est la réalité, mais pour moi, c'est un décor de cinéma, un lieu imaginaire.

— Je reviendrai, je te le jure.

— Qu'est-ce que je vais devenir ?

— Ils vont te donner un autre contact.

Les yeux de Julia s'embuèrent, elle secoua la tête et essuya ses larmes avec sa manche.

— Tout va bien se passer, je te le promets, lui dit Carrie.

— Non, je n'y crois pas. Je ne veux pas parler à quelqu'un d'autre. Il faut qu'ils te laissent retourner à Beyrouth.

— Sois raisonnable, Julia. C'est tout simplement impossible.

— Alors *incha'Allah*, ils n'obtiendront plus rien de moi.

— S'il y a une urgence, utilise la boîte aux lettres du cimetière. Je vais demander à quelqu'un de la surveiller.

— Il y a quelque chose qu'il faut que je te dise.

Elle s'assura qu'aucune oreille indiscrète ne pouvait les écouter.

— Il va y avoir une attaque contre l'Amérique, un truc énorme.

— Comment tu le sais ?

Fatima avait l'air d'un animal traqué. Elle s'écarta en faisant signe à Carrie de la suivre. Personne à proximité.

— J'ai entendu Abbas parler sur son portable spécial, celui qu'il n'utilise que dans des circonstances exceptionnelles.

— À qui parlait-il ?

— Je sais pas. Mais il était super-attentif, c'était certainement quelqu'un d'important.

— Et cette attaque, c'est quoi ? chuchota Carrie. Tu as des détails ? Une date, un lieu, comment vont-ils procéder ?

— Je crois pas qu'ils le lui aient dit. Je suis même pas sûre que c'est le Hezbollah. Mais c'est pour bientôt.

— Pour quand ?

— Je sais pas. Mais il a dit : « *Qariban jiddan* », tu comprends ?

— Je vois. Très bientôt.

Elle se pencha à l'oreille de Fatima.

— Tu as une idée du lieu de l'attaque ou de son importance ?

Fatima secoua la tête.

— Mais quand il a su de quoi il s'agissait, Abbas s'est écrié : « *Allahu akbar.* »

Dieu est grand, se dit Carrie. Elle haussa les épaules.

— Mais c'est un truc qu'on dit tout le temps.

— Oui, mais sa façon de le dire, je peux pas bien t'expliquer, ça m'a fait peur. J'aimerais pouvoir vous aider plus que ça. Il va se passer quelque chose de terrible.

— Tu nous aides déjà beaucoup, je te promets. Comment tu te sens ?

— Pas très bien.

Elle était de nouveau aux aguets.

— Je peux pas rester plus longtemps. On pourrait nous voir.

— Je sais. *Choukran.*

Carrie lui pressa la main.

— Moi aussi, il faut que j'y aille. Sois prudente.

— Carrie, tu es ma seule amie. Pense à moi. Sinon, je crois que je suis perdue pour toujours.

Un coup de klaxon. Virgil. Carrie saisit la main de Fatima et la porta à sa joue.

— Moi aussi.

3

Langley, Virginie

Après quatre ans à Beyrouth, plus un séjour en Irak, ça faisait bizarre de rouler entre les arbres sur l'autoroute George-Washington pour aller au bureau, comme une employée lambda. Carrie tendit au garde le badge qu'elle avait récupéré dans son coffre. Le quartier général de la CIA était plein de visages inconnus et, dans l'ascenseur, personne ne lui prêtait attention. Maquillée et en tailleur, elle se sentait déguisée. Je ne suis pas chez moi, ici, pensa-t-elle. Peut-être même que je ne l'ai jamais été.

Elle avait passé une nuit blanche. Et quand elle fermait les yeux pour se forcer à dormir, c'était l'image de son père, Frank Mathison, qu'elle voyait. Pas sous son apparence actuelle, mais à l'époque de son enfance dans le Michigan. Elle avait six ans. Il avait perdu son emploi chez Ford. Sa mère était venue se réfugier dans la chambre qu'elle partageait avec sa sœur. Elles étaient blotties toutes les trois sous les couvertures. Frank avait déambulé toute la nuit en divaguant. Un miracle était sur le point de se produire, c'est un code informatique qui le lui avait révélé.

Elle était en CP. En plein mois de décembre, son père les avait emmenées à New Baltimore, sur le lac St. Clair. Il n'arrêtait pas de parler du fameux miracle, et c'est comme ça qu'ils s'étaient retrouvés à se geler sur le quai pendant deux jours, près du château d'eau, à bonne distance du centre et de ses décorations de Noël, face aux eaux grises du lac.

— Attendez encore un peu, ça va venir, vous allez voir, ça va venir.

Sa mère était excédée.

— Mais c'est quoi qui va venir, Frank ? C'est quoi, ce grand miracle ? Jésus-Christ va marcher sur les eaux ? Parce que si c'est Jésus qui vient avec ses anges, dis-lui de nous apporter des radiateurs, on est complètement frigorifiées, les filles et moi.

— Regarde le château d'eau, Emma. C'est mathématique, tu comprends ? L'univers entier est mathématique. Les ordinateurs, c'est mathématique. Tout est mathématique. Et regarde bien, il est juste au bord du lac.

— Qu'est-ce que les maths ont à voir avec ça ? Qu'est-ce que tu racontes ?

— Je l'ai mesuré. Il y a exactement trente-sept miles entre notre porte d'entrée et le château d'eau. C'est là que le miracle va se produire. Trente-sept.

— Trente-sept miles ? Quel rapport ?

— C'est un nombre premier, Emma. Celui du code informatique. Et l'eau, c'est la vie. Moïse a frappé le rocher et il en est surgi de l'eau. À Cana, le Christ a changé l'eau en vin. Regardez.

Ça va venir. C'est ici que ça va se passer. Vous comprenez ?

— Mais, Frank, ce n'est qu'un putain de château d'eau !

Et finalement, ils étaient tous rentrés à Dearborn. Son père ne desserrait pas les dents et il conduisait comme un fou. Sa mère hurlait :

— Ralentis, Frank ! Tu veux nous tuer ?

Et sa sœur aînée, Maggie, qui pleurait à côté d'elle en suppliant :

— Papa, arrête ! Mais arrête !

Le lendemain, au moment de partir à l'école, sa mère lui avait dit :

— Pas un mot sur ton père, t'as compris ?

Ce n'est que plus tard qu'elle s'en était rendu compte. Elle aussi souffrait du même mal étrange que son père, le même mal qui poussait ses parents à se disputer en hurlant en plein milieu de la nuit. Maggie l'avait suppliée de rester dans son lit, mais elle était sortie de la chambre sur la pointe des pieds. Ils étaient là, dans la cuisine, au milieu des assiettes brisées et des taches de nourriture sur le mur. Sa mère s'époumonait :

— Trois semaines ! Trois semaines sans mettre les pieds au bureau et sans rien dire à personne ! Et tu t'étonnes qu'ils t'aient viré ? Qu'est-ce que tu voulais qu'ils fassent ? Qu'ils t'offrent une promotion ?

— J'étais occupé. Tu verras, Emma, tout va bien se passer. Ils vont me supplier de revenir. Tu ne comprends pas ? C'est à cause du miracle. Tout le monde est à côté de la plaque, personne n'a compris. Tu te souviens des numéros d'immatriculation *des voitures que nous avons croisées en revenant de New Baltimore ? C'est un code. Il faut juste que j'arrive à le déchiffrer, avait expliqué Frank.*

— Mais de quoi tu parles ? Est-ce que quelqu'un a la moindre idée de ce que tu racontes ? Qu'est-ce qu'on va faire ? Qu'est-ce qu'on va devenir ?

— Pour l'amour de Dieu, Emma, tu crois qu'ils peuvent utiliser ces ordinateurs sans moi ? Je te garantis qu'ils vont me rappeler d'un moment à l'autre. Ils vont me supplier de revenir.

— Oh, mon Dieu, oh, mon Dieu ! Mais qu'est-ce qu'on va devenir ?

Et voilà qu'on la virait elle aussi, comme son père.

Saul Berenson, chef des opérations clandestines au Moyen-Orient, l'attendait dans son bureau du troisième étage. Elle respira un bon coup et frappa à sa porte.

Saul était une espèce de grand ours mal léché avec une barbe hirsute de rabbin. Il était penché sur son ordinateur. C'était lui qui avait recruté Carrie par une froide journée de mars, dans les locaux du Centre d'orientation professionnelle de Princeton, pendant sa dernière année de fac.

Dans le bureau de Saul régnait le désordre habituel, un capharnaüm où il était le seul à pouvoir se retrouver. Un Winnie l'ourson en peluche était affalé sur une étagère à côté de deux photos : un portrait de Saul avec George Bush père – l'homme auquel le siège central de la CIA devait son nom – et un autre en compagnie de James Woolsey, un ancien directeur de l'Agence, et du président Bill Clinton.

Elle s'assit. Saul leva les yeux.

— Tu as trouvé un logement ? dit-il en ajustant ses lunettes pour mieux l'observer.

— Un deux-pièces à Reston.

— Bien situé ?

— Pas loin de la route 267. On va parler immobilier ?

— De quoi veux-tu parler ?

— T'as vu l'info que m'a filée Julia ? Il faut que je retourne à Beyrouth.

— Pas question, Carrie. Je crois que tu te rends pas bien compte du nombre de personnes que tu as braquées contre toi, et jusqu'à quel niveau de la hiérarchie.

— Je viens d'échapper à une embuscade du Hezbollah, Saul. T'aurais préféré que je sois capturée et qu'ils m'exhibent sur Al Jazeera ? Parce que vu comment j'ai été traitée, je commence à avoir l'impression que c'est ce que vous vouliez, Davis et toi.

— Arrête de dire des conneries. Ce n'est pas aussi simple, dit-il en se grattant la barbe. Ce n'est jamais aussi simple.

— Pas du tout. C'est extrêmement simple, au contraire : j'ai été piégée, et maintenant Beyrouth est en danger, avec un connard de chef de poste qui veut me mettre ses problèmes sur le dos.

Saul ôta ses lunettes. Sans elles, son regard était moins intimidant.

— Tu ne me facilites pas les choses, Carrie.

Il essuya les lunettes sur son tee-shirt et les remit.

— T'as l'habitude, non ?

Cette remarque le fit sourire.

— Ça, je ne peux pas le nier. T'as toujours été une emmerdeuse.

— Alors, pourquoi tu m'as embauchée ? Je ne suis pas la seule Américaine à parler arabe, dit-elle en s'enfonçant dans son fauteuil, les yeux fixés sur Winnie et son tee-shirt rouge.

Saul lui avait expliqué un jour que le petit ours était une parfaite métaphore de la condition humaine. Il suffisait de changer une seule lettre sur son tee-shirt pour comprendre l'obsession majeure de l'humanité : au lieu de *honey* (miel), *money*.

— Écoute, Carrie, un chef de poste à la CIA, c'est comme le capitaine d'un navire. C'est une des dernières dictatures parfaites qui subsistent sur la planète. S'il estime qu'il ne peut pas avoir confiance en ton jugement, je ne peux pas y faire grand-chose.

Elle se redressa, tendue.

— T'es son patron. Vire-le, me vire pas moi.

S'il te plaît, Saul, s'il te plaît, crois-moi, pensa-t-elle. Il était le seul en qui elle avait confiance, le seul qui avait foi en elle. S'il cessait de la soutenir, elle n'avait plus rien, elle n'était plus rien.

— Je n'y peux rien. Réfléchis un peu. Je suis comme l'amiral de la flotte. Si je commence à mettre en doute le jugement des capitaines et à les virer pour ça, ils vont essayer de deviner ce que je pense au lieu de penser par eux-mêmes, et ils ne me serviront plus à rien, ni à moi ni à l'Agence. Je dois tenir compte de la situation dans sa globalité.

Elle se leva brusquement.

— C'est des conneries !

Est-ce qu'il ne comprenait pas ? C'était Saul, il était censé être de son côté.

— C'est vraiment des conneries. C'est pas du tout une question de morale ou de sécurité. C'est de la politique, et ça pue.

Elle le regarda fixement.

— Depuis quand t'es avec eux, Saul ? Avec ces salauds qui sont prêts à vendre leur pays pour faire avancer leur petite carrière minable ?

Saul écrasa son poing sur le bureau. Elle sursauta.

— Je te défends de me parler sur ce ton ! Tu sais très bien que c'est faux. Si c'est comme ça que tu as parlé à Fielding, pas étonnant qu'il t'ait virée. Et tu sais le pire, Carrie ? Tu sais le pire ? Eh bien l'info que nous a refilée ta petite protégée, Julia, elle est tellement grave qu'au moment où t'es entrée dans ce bureau j'étais en train d'essayer de trouver un moyen de te renvoyer à Beyrouth.

Oh génial, merci. Elle était extraordinairement soulagée. Saul croyait encore en elle. Il savait qu'elle avait raison. Il suffisait d'arriver à contourner la bureaucratie. Elle devait juste lui montrer qu'elle n'avait pas changé, qu'elle savait encore défendre son point de vue.

— Tu vas remonter jusqu'au directeur ? On va agir ?

— C'est passé à l'échelon supérieur, dit-il en levant les yeux au plafond. Mais ça ne dépend pas de moi. Des menaces de ce genre, on en reçoit tous les jours.

— Oui, mais tu sais bien qu'elle nous a toujours transmis des infos de premier choix. Tu te rappelles l'assassinat de Hariri ? C'est du solide, Saul.

— Du solide ? Vraiment ? Ta Julia, elle ne nous a donné aucun détail. Rien. Une attaque imminente, on ne sait pas où, on ne sait pas quand, on ne sait pas comment, et on ne connaît pas la cible. On ne sait même pas si c'est le Hezbollah, ou quelqu'un qui a fait passer l'info au Hezbollah pour faire diversion. On est censés faire quoi ?

— Alors on se contente de transmettre le message et on croise les doigts ? C'est comme ça qu'on protège l'Amérique, aujourd'hui ?

— Me sors pas ce genre de salades, Carrie. J'ai fait savoir à Estes et au directeur adjoint qu'on était fortement convaincus que c'était du solide. La balle est dans leur camp. J'ai aussi demandé à Fielding de continuer à enquêter à Beyrouth.

— Fielding, dit-elle d'un air dégoûté.

Elle se leva et se dirigea vers la fenêtre, contemplant la pelouse et le parking.

— Il y a un gros problème de sécurité, à Beyrouth. T'es au courant pour la planque ?

— Fielding dit que c'est en te suivant qu'ils l'ont découverte.

Au bout de plusieurs clics, il trouva ce qu'il cherchait sur son ordinateur et le lui lut à haute voix :

– « Mathison a fait preuve d'un amateurisme patent en ayant recours en désespoir de cause à un contact libanais anonyme. Une femme inconnue de nos services lui aurait offert sa voiture par pure bonté. Après avoir abandonné le véhicule dans le parking d'un lieu public très fréquenté, Mathison n'a pas réussi à se défaire de ses poursuivants présumés et les a directement menés à l'emplacement de la planque de la rue Adonis, avec comme conséquence la liquidation de cette planque et une faille de sécurité majeure qui a gravement compromis nos opérations. »

Saul l'observa par-dessus ses lunettes.

— Je fais quoi, avec ça ?

Il ne croyait pas à cette histoire, pensa-t-elle. Ce n'était pas possible. Pas Saul.

— Tu peux dire à Fielding de se torcher le cul avec. J'étais complètement clean. J'étais clean en voiture à Hamra et j'étais encore plus clean à pied à Ras Beyrouth. Y avait personne là-bas, ni dedans ni dehors. Ces types ont débarqué sans crier gare, comme s'ils avaient toujours eu l'adresse de la planque. Je me suis fait piéger.

— Par qui ? demanda Saul en levant la main. Ça commence où, cette histoire ?

— Ça commence par Rossignol.

Carrie s'appuya sur le bureau.

— Et par Dima. Laisse-moi retourner à Beyrouth, Saul. Je vais les coincer tous les deux. Et trouver d'où vient la fuite.

Il secoua la tête.

— Impossible. Écoute, Carrie, même si j'étais convaincu que tu as raison, et même en supposant que Fielding soit 100 % à côté de la plaque, je ne peux rien faire.

— Pourquoi ? T'as des raisons d'avoir peur de lui ?

Ça ne ressemblait pas à Saul.

— Il a des relations, tu comprends ?

Saul avait l'air dégoûté.

— Fielding et Estes, le directeur de la cellule antiterroriste, sont tous les deux des protégés de Bill Walden.

— Le grand patron ?

— Ouais. C'est tous des vieux copains de promotion. Et Walden a des ambitions politiques. Il ne fait pas bon se frotter à lui. Toi, tu n'es qu'un agent subalterne qui s'est mis dans le pétrin ; une femme, en plus. Bref, c'est du tout cuit, les huiles ne vont pas se compliquer la vie. Sans compter qu'on en est à notre énième réorganisation du service. Et moi, je suis un peu obligé de maintenir de bons rapports avec Estes. C'est pas si simple.

— Alors qu'est-ce qu'on fait ?

Saul hocha la tête.

— Fielding t'a dans le collimateur, et pour le moment je n'y peux rien. Si tu te rebiffes ouvertement, je ne pourrai pas t'aider. C'est comme ça, dit-il en levant les bras au ciel.

— Alors je suis censée être une gentille petite fille. Ferme ta gueule, baisse la tête et laisse-les faire ce qu'ils veulent.

— Préserve-toi pour la prochaine bataille. Écoute, si ça peut te consoler, je suis d'accord avec toi sur un truc. Toute cette histoire avec Rossignol, ça sent vraiment le roussi. Au minimum, Fielding n'aurait jamais dû te laisser y aller sans renfort. Et je n'ai pas l'intention de te laisser gaspiller tes talents.

Il se leva et s'approcha d'elle. Il me croit, pensa Carrie avec un soupir de soulagement. Il me soutient toujours.

— Alors ? dit-elle.

— Tu te rappelles ce que je t'ai dit, à la Ferme, quand je t'ai fait sortir avant la fin de ta formation ? Hein, ma petite poupée blonde, mon petit Einstein en jupons, tu te rappelles ce que je t'ai dit ?

— Que je pouvais compléter ma formation sur le terrain, et tu m'as raconté une histoire de marigot.

— Ouais, que tu étais un trop gros poisson pour ce petit marigot. Et que tu étais faite pour nager dans la mer.

— Sauf que, des fois, pour nager avec les requins, faut être un peu requin soi-même. Oui, je me souviens. Alors c'est quoi, ton idée ?

— Ta mission, c'est coincer Rossignol et essayer de tout savoir sur cette attaque. Mais on va le faire depuis Langley.

— Je ne comprends pas.

— Tu seras notre agent de liaison avec le Département Moyen-Orient et la cellule antiterroriste. Alec est passé officieusement sous leur contrôle.

Alec était le nom de code de l'Agence pour le seul poste auquel la CIA n'assignait pas un territoire, mais une cible spécifique : le réseau Al-Qaïda.

— Tu es officiellement sous les ordres d'Estes.

Il était tout près d'elle ; elle reconnut la marque de son après-rasage, Polo, de Ralph Lauren.

— Mais en fait tu travailles pour moi.

— Alors on va espionner nos collègues, maintenant ?

— Pourquoi pas ? C'est tout à fait dans nos cordes.

— Bon, mais l'info de Julia, qu'est-ce qu'on en fait ? Une attaque imminente, Saul, un truc énorme, tu le sais aussi bien que moi.

Il respira un bon coup.

— On a combien de temps ?

— Quinze jours peut-être. D'après le mari de Julia, c'était pour bientôt. Très exactement, il a dit : « *Khaliban Zhada* », « Très bientôt ».

4

Georgetown, Washington, DC

Le déclic, ç'avait été la chanson. Shania Twain, 1998. Troisième année de fac à Princeton. L'année de *Il faut sauver le soldat Ryan* et de *Shakespeare in Love*. L'année de sa première expérience sexuelle digne de ce nom. Pas des pelotages d'adolescent lorsqu'il n'y avait personne à la maison, ni des émois érotiques de lycéenne, non, la grande révélation. C'était avec John, son prof de sciences politiques, un grand type incroyablement brillant, qui l'avait initiée à la tequila, au sexe oral et au jazz.

— *Quand j'étais gosse, on n'écoutait que Madonna, Mariah Carey, Luther Vandross ou Boyz II Men. Tout ce que je savais du jazz, c'est que des fois mon père écoutait des trucs de Dave Brubeck.*

— *Tu rigoles ? Tu ne connais rien au jazz ? Miles Davis, Charlie « Bird » Parker, Dizzy Gillespie, Coltrane, Louis Armstrong ? La musique la plus incroyable du monde ? Le seul truc vraiment original que l'Amérique ait produit, et tu n'y connais rien ? Au fond, je t'envie.*

— *Pourquoi ?*

— *T'as un nouveau continent entier à explorer,*

et tu n'imagines même pas à quel point c'est génial.

— Mieux que le sexe ?

— C'est justement ça qui est cool, ma jolie, on peut faire les deux en même temps.

1998, c'était aussi la dernière fois qu'elle avait couru le 1 500 mètres. Ça faisait un bail. Elle en était à sa troisième margarita, assise dans un pub de M Street à Georgetown, quand elle avait repéré le clip de Shania sur l'écran au-dessus du bar.

— Tu te souviens de ça ? 1998. J'étais à la fac, dit-elle au type qui buvait une Heineken à côté d'elle sur son tabouret.

Dave était un quadragénaire aux cheveux bouclés, un avocat en complet-veston qui travaillait au ministère de la Justice et qui s'efforçait discrètement de vous laisser remarquer qu'il portait une Rolex. De temps à autre, il caressait distraitement le bras de Carrie, comme si de rien n'était, comme si tous les deux ne savaient pas exactement ce qu'ils étaient en train de faire. On distinguait la marque pâle d'une alliance sur la peau de son annulaire ; soit il était divorcé, soit il se payait une petite escapade.

— Moi, j'étais stagiaire dans un cabinet d'avocats. Mon truc, c'était Puff Daddy. « *Been around the world, uh-huh, uh-huh.* »

Sa façon de fredonner en secouant les épaules oscillait entre le grotesque et le vaguement sexy. Il n'était pas moche, mais elle ne savait pas encore si elle le voulait dans son lit.

Elle devait faire un gros effort pour ne plus

penser au boulot. C'est pour ça qu'elle était sortie ce soir-là. Ses recherches stagnaient. Non seulement elle ne trouvait pas de réponses, mais les questions se multipliaient et devenaient de plus en plus troublantes.

Elle avait passé trois jours sans décoller de l'ordinateur, dormant la tête sur son bureau, se nourrissant de biscuits secs au distributeur automatique et passant au peigne fin toutes les infos de la cellule antiterroriste sur les contacts entre la DGS syrienne et le Hezbollah au Liban. Témoignages directs, observations *de visu*, contacts téléphoniques, e-mails. Cette masse informe de données était l'insipide bouillie quotidienne dont se nourrissaient les pros du renseignement. Saul avait raison, c'était un peu comme exploiter une mine de diamants : « Toute la merde qu'il faut remuer pour arriver enfin à voir quelque chose qui brille. Quelque chose d'exploitable. »

Les infos les plus intéressantes étaient d'ailleurs souvent celles qu'elle avait elle-même recueillies grâce à Julia.

À part ce qu'en avait dit Dima, il n'y avait pas grand-chose sur Taha al-Douni, alias Rossignol. Diplômé en ingénierie mécanique de l'université de Damas, c'est d'abord à Moscou qu'il avait été repéré par l'Agence, neuf ans plus tôt. Une histoire d'achat d'armes à Rosoboronexport, la grande entreprise d'État russe. Il avait été pris en photo dans une grande avenue enneigée de Moscou, la circulation était intense, c'était peut-être la rue Tverskaïa. Il était plus jeune, plus mince, attifé d'un pardessus et d'une grosse chapka en fourrure, mais c'était bien Rossignol, le type qui lui avait fait signe à la terrasse d'un café de Beyrouth.

Pas d'adresse, rien sur sa femme ni ses enfants, rien sur sa fonction à la DGS. Dis-moi quelque chose, Rossignol. Où est-ce que tu travailles ? Quel est ton rang dans la hiérarchie ? Quel est ton rôle dans les relations entre la DGS et le Hezbollah ? C'est quoi, ton but ? Qui tu baises ? Mais elle avait beau fouiller dans les dossiers de la cellule antiterroriste, le seul truc substantiel, c'était l'épisode de Moscou.

Quant à la fameuse attaque terroriste contre les États-Unis, c'était encore pire. L'info de Julia était complètement isolée, il n'y avait aucun autre indice. Pas étonnant que personne ne lui ait plus rien demandé à ce sujet.

Et puis, le troisième jour, au dernier moment, elle était enfin tombée sur quelque chose. Une simple photo de la NSA provenant d'un satellite espion israélien. Rossignol assis à une table de café à narguilé. On distinguait une inscription incomplète en arabe sur les carreaux du mur. Elle avait zoomé sur l'image, puis l'avait passée au Photoshop pour essayer de mieux déchiffrer l'inscription. Ça aurait pu être un café d'Amman ou du Caire. Dans un souk, peut-être.

Mais un détail bien plus important que l'endroit où avait été prise la photo apparaissait : le compagnon de table de Rossignol. Elle n'avait même pas eu besoin de lire la légende fournie par les Israéliens. Tout le personnel de l'Agence à Beyrouth l'avait dans le collimateur depuis longtemps, mais rares étaient ceux qui l'avaient vu : Ahmed Haidar, un membre d'Al-Majlis al-Markazis, le Conseil central du Hezbollah, le saint des saints.

Al-Douni, alias Rossignol, était donc bien réel. Dima ne les avait pas trompés sur ce point. Le contact était avéré entre la DGS et le Hezbollah. Elle aurait voulu être de retour à Beyrouth pour en parler avec Julia. Abbas avait-il rencontré Rossignol ? Que savait-il de lui ? Était-il impliqué dans l'assassinat de Hariri ?

Et puis une autre question demeurait sans réponse : où était passée Dima ? Maintenant qu'elle connaissait le lien entre Rossignol et Ahmed Haidar, sa disparition était encore plus intrigante. Il y avait de quoi devenir dingue. Et rien de sérieux du côté de l'Agence à Beyrouth, juste un vague message de Fielding à Saul disant qu'il avait enquêté et que personne n'avait vu Dima depuis l'incident de la planque. Rien non plus sur l'imminence d'une attaque terroriste aux États-Unis. Là pour le coup, s'il avait enquêté, il n'en disait rien. Quel connard.

Elle s'était mise à examiner frénétiquement tous les dossiers en provenance de Damas sur la DGS, sans perdre le moindre détail. Saul avait raison, un énorme tas de merde.

Et puis elle avait fini par tomber sur un élément intéressant. Dans les années 1990, un agent chevronné de la CIA, Dar Adal, avait géré une taupe syrienne, Nabil Abdul-Amir, nom de code « Ananas ». Le type appartenait au niveau intermédiaire de la hiérarchie de la DGS. D'après Adal, il était fiable. Ananas était alaouite, baasiste et lié au clan Assad. Pendant plus de quarante ans, Hafez al-Assad puis son fils Bachar avaient gouverné la Syrie d'une main de fer, au nom de la minorité alaouite, une petite secte musulmane parente du chiisme, et d'une organisation nationaliste panarabe, le parti Baas. Ananas, cousin éloigné de la famille Assad, était donc la taupe idéale. Un peu trop idéale, sans doute.

Pour favoriser l'ascension d'Ananas dans la hiérarchie de la DGS, Adal l'avait alimenté d'infos éparses sur la position d'Israël en matière de négociations sur le Golan. La source de ces renseignements était censée être une taupe israélienne avec laquelle il se réunissait clandestinement à Chypre, mais en réalité il s'agissait d'un Juif new-yorkais qui parlait hébreu. Lorsqu'Ananas avait essayé de trouver d'autres contacts israéliens pour son propre compte, risquant ainsi de dévoiler le jeu de la CIA aux yeux du Shin Bet, Adal avait apparemment décidé – l'histoire était assez obscure et cette partie du dossier avait été expurgée – de livrer Ananas soit au Mossad, soit à un tueur à gages. La taupe de la DGS avait donc fini assassinée, en même temps que sa maîtresse et que l'enfant de celle-ci. Les trois corps avaient été retrouvés sur un bateau en cale dans la marina de Limassol, à Chypre.

Carrie s'était redressée, les yeux dans le vide. Qui avait bien pu expurger le dossier ? Comment et pourquoi ? C'était pourtant une affaire ancienne. Qu'est-ce qui se passait ?

Et pourquoi avait-on si peu de matériel sur la

DGS ? Les gens de Damas ne faisaient visiblement pas bien leur boulot, mais il y avait un bout de temps que Fielding était chef de poste à Beyrouth, au moins depuis le début des années 1990. Et tout le monde connaissait les liens entre la DGS et le Hezbollah. Rafic Hariri avait été assassiné l'année précédente et la photo israélienne de Rossignol attablé avec Ahmed Haidar prouvait que ces liens existaient. Il y avait un truc pas clair dans le fonctionnement du poste de Beyrouth.

Il était 20 heures passées et elle continuait à travailler. Estes, un grand Noir imposant qui dirigeait la cellule antiterroriste, était sorti de son bureau et, alors qu'il allait vers l'ascenseur, il avait vu de la lumière. Il s'était approché du box de Carrie.

— Vous travaillez sur quoi ?

— La DGS. Depuis la fin des années 1990, on n'a plus grand-chose dessus, apparemment.

Estes avait froncé les sourcils.

— Je croyais que vous bossiez sur AQPA.

C'était en effet d'Al-Qaïda dans la péninsule arabique, à savoir surtout au Yémen, que Carrie était censée officiellement s'occuper depuis son retour à Langley.

— Il y a un rapport entre les deux ?

— Je suis pas sûre.

Son cœur s'était accéléré. Elle n'était pas supposée enquêter sur les Syriens.

— Des indices un peu vagues.

— Ça m'étonnerait. Quel rapport entre les alaouites syriens et AQPA ? Dans le conflit entre chiites et sunnites, ils ne sont pas du tout du même côté. Vous n'allez pas me dire que vous bossez encore sur Beyrouth, non ?

Merde, il est malin, avait pensé Carrie. Le schisme entre chiites et sunnites était vieux de plusieurs siècles et portait sur la succession de Mahomet. Pour les chiites, le quatrième calife Ali et ses héritiers étaient les uniques successeurs légitimes du prophète. Et vu que les alaouites syriens étaient une branche du chiisme, il y avait peu de chances qu'ils s'allient à une organisation sunnite salafiste radicale comme Al-Qaïda. Estes avait fait Stanford et Harvard, et une telle incohérence ne pouvait pas lui échapper. Il fallait qu'elle soit plus vigilante. Baisse de régime : elle n'avait rien pris depuis son retour de Beyrouth. Vingt-quatre heures sans clozapine et elle en sentait déjà les effets. Ne te laisse pas aller, Carrie.

— Oui, mais parfois leurs intérêts coïncident.

Estes avait réfléchi quelques secondes.

— C'est vrai.

— Et l'attaque contre les États-Unis ? Vous avez trouvé quelque chose ?

— Absolument rien confirmant l'info de votre contact. Il faut que vous nous trouviez autre chose, Carrie.

Elle mourait d'envie de lui demander de la renvoyer à Beyrouth, mais elle avait préféré s'abstenir.

— Je fais de mon mieux.

— Je sais. Si vous avez du nouveau, tenez-moi au courant, lui avait-il dit en se dirigeant vers l'ascenseur.

Elle l'avait regardé s'éloigner. Elle aimait la couleur de sa peau, la souplesse avec laquelle il se déplaçait malgré son gabarit. Elle avait même commencé à fantasmer : comment ça serait de faire l'amour avec lui ? Lent, fort, intense ? Elle avait serré les cuisses, étonnée de sa propre réaction. Ça prenait des proportions dingues, et une simple séance de masturbation ne suffirait pas. Il était peut-être temps qu'elle se trouve un homme. Elle avait vraiment besoin de faire l'amour, mais rien que du sexe, pas de complications.

Bon, laisse tomber Ananas, laisse tomber Rossignol, Dima et compagnie. Offre-toi une pause et laisse ton inconscient travailler à ta place. Il y avait un truc qui lui échappait. Rossignol, Ahmed Haidar, le Conseil central du Hezbollah, tout ça collait plus ou moins, mais pourquoi tout d'un coup Rossignol aurait-il voulu tuer ou capturer une fille de la CIA ?

Au bénéfice de qui ? De la DGS ? Du Hezbollah ? De quelqu'un d'autre ? Et pourquoi la découverte de la planque n'avait-elle pas mis Beyrouth en alerte rouge ? Et ces dossiers expurgés de Damas ? Quel rapport entre tout ça et l'attaque mentionnée par Julia ? Trop de pièces manquantes. Elle avait fini par éteindre son ordinateur et sa lampe de bureau.

Carrie était donc rentrée chez elle pour se changer. Restait à résoudre le problème des médicaments. *Yallah*, comme elle regrettait sa pharmacie de la rue Rachid-Nakhlé, à Zarif, juste en face de l'Hôpital des médecins. Il lui suffisait de rentrer dans la boutique et de tendre l'ordonnance rédigée par un vieux toubib libanais qui était prêt à lui prescrire n'importe quoi du moment qu'elle le payait cash, en dollars ou en euros. Tous les médicaments du monde étaient à sa disposition, et personne ne posait de questions. Comme disait Julia, au Moyen-Orient, « il y a les règles et puis il y a les besoins. Allah est miséricordieux. Il y a toujours une solution ».

Ici, la solution, c'était sa sœur, et elle n'était pas spécialement ravie de devoir la solliciter. Maggie était spécialiste en médecine interne, elle travaillait dans le West End et était propriétaire d'une maison dans le quartier de Seminary Hill, à Alexandria, en Virginie. Le problème de Carrie, c'est qu'il n'était pas question de demander une ordonnance à un psychiatre. Si jamais quelqu'un de l'Agence s'en apercevait, sa maladie deviendrait officiellement un problème de sécurité et sa carrière serait terminée. Donc pas d'ordonnance, pas de trace. Bon, elle appellerait Maggie et lui rendrait visite le lendemain. Ce soir, elle avait besoin de se distraire.

Chemisier de soie rouge légèrement décolleté, minijupe noire et veste assortie, c'était sa tenue sexy habituelle. Elle s'habillait et se maquillait en écoutant la version de *Round Midnight* – un morceau sublime qui parlait de New York la nuit, de sexe, de solitude et de nostalgie –, et c'était reparti.

Un coup d'œil dans le miroir et ce qu'elle y vit lui plut. Avec son maquillage et ses longs cils, elle avait un look d'enfer. C'était la nature qui la rendait si séduisante, parce que la nature n'avait qu'un objectif : la procréation. Oui, pensa-t-elle, elle était belle, aucun homme ne lui résisterait, aucun. La seule idée qu'elle pouvait conquérir tous les hommes de la terre si ça lui chantait, que c'était elle qui décidait, agissait comme un aphrodisiaque. Elle n'avait qu'à les laisser s'approcher, ils la suivraient comme des toutous. La nature.

Et cette musique, putain. Miles et Coltrane. Le top du top. Carrie se sentait rayonnante, invincible. Elle percerait les mystères de Beyrouth. Elle retrouverait Dima, elle aurait la peau de Rossignol. Elle empêcherait l'attaque terroriste et Fielding n'aurait plus qu'à fermer sa gueule. Saul serait fier d'elle. Elle n'en doutait pas une seconde, elle en avait des picotements d'excitation.

La musique la faisait frissonner au plus intime de sa chair. C'est comme ça qu'elle était sortie, qu'elle était montée dans sa voiture et qu'elle avait pris la route. Reston Parkway, route 267, route 29, Key Bridge, Georgetown, « She's Funny That Way » de Lester Young en fond musical. Oui, elle était belle, elle était sexy, elle était irrésistible.

Assise au bar à côté de Dave l'avocat, elle se pencha un peu pour qu'il puisse mater ses seins. Ils étaient petits, mais juste la bonne taille pour tenir au creux d'une main d'homme. Et d'ailleurs, qu'est-ce qu'ils en savent, les mecs ? Ils vous pelotent n'importe comment, les pauvres, ils ne se rendent même pas compte que s'ils savaient les caresser intelligemment, doucement mais fermement, en exerçant juste la bonne pression, en prenant leur temps, toutes les femmes craqueraient.

— Vous faites quoi, dans la vie ? demanda Dave.

— Qu'est-ce que ça peut te foutre ? Ne tournons pas autour du pot. Tout ce qui t'intéresse, c'est coucher avec moi, non ? Non mais dis-moi tout de suite si je me trompe, parce que je te parie à dix contre un que t'es marié. Tu sais, enlever son alliance, ça trompe que les imbéciles, et même les imbéciles finissent par saisir le truc, tu ne crois pas, monsieur l'avocat ? Alors allons droit au but : on sort d'ici et tu me baises à fond, ou on s'enracine ?

Dave n'en revenait pas. Il la regarda avec une pointe d'appréhension.

— Toi aussi, tu as une alliance, lui fit-il remarquer.

— Eh oui, je suis déjà prise. Alors pas question de tomber amoureux. Pas même un petit béguin. Pas de fixette, pas de romance, pas de plan d'avenir, pas de conneries. C'est ce soir ou jamais. À prendre ou à laisser. Mais si t'as les chocottes, si tu penses à ta gentille petite femme et à tes gosses dans leur gentille petite banlieue résidentielle, lève-toi et dégage, laisse ton tabouret à quelqu'un qui sait ce qu'il veut dans ce monde de malades.

— Ah ben toi, t'es vraiment spéciale.

— T'imagines même pas.

Il posa sa bouteille de bière et se leva.

— On y va ?

— Où ça ?

— Chez toi.

— T-t-t-t, dit-elle en secouant la tête. Pas question que tu connaisses mon adresse.

Elle avala le reste de sa margarita.

— Et puis quoi, champion, tu vas pas me dire que tu peux t'offrir une Rolex, mais que tu peux pas te payer une paire de capotes et une chambre d'hôtel, non ?

Il l'aida à mettre sa veste et enfila son manteau. Dehors, la nuit était claire, fraîche et venteuse. Une file d'immeubles de deux étages s'étalait à perte de vue le long de M Street. Il l'enlaça. Sa voiture était une Lincoln. La bagnole typique de l'avocat qui se la pète, pensa-t-elle.

— Tu veux aller où ?

— Le Ritz Carlton n'est pas trop loin.

La radio était réglée sur une station de hip-hop. Il pense que ça fait plus cool, se dit Carrie.

— Mets-moi du jazz. WPFW, 89.3.

Il trafiqua le bouton radio jusqu'à ce qu'elle reconnaisse le piano de Dave Brubeck et le sax de Paul Desmond.

— Les deux Dave, lâcha-t-elle. Toi et Dave Brubeck.

Il esquissa une grimace. Il devait penser au fric. Comment allait-il expliquer cette dépense sur sa carte de crédit à sa femme ou à son patron ?

— Si on allait au Latham, un peu plus loin sur M Street ?

— Va pour le Latham. Ils devraient en faire une pub : « Hôtel Latham, le plaisir assuré. »

Elle se pencha brusquement et plaqua sa bouche contre l'entrejambe de Dave. La surprise lui fit faire une embardée.

— Doucement, cow-boy. C'est pas le moment de nous envoyer dans le décor.

Elle sentit son sexe se durcir sous ses lèvres à travers le tissu. Elle se releva.

Les néons des bars, les lumières des vitrines et les feux de signalisation projetaient des motifs géométriques sur les vitres de la Lincoln, en phase avec le rythme du jazz, une espèce de séquence abstraite et répétitive, un peu comme dans l'art islamique. Tout ça a du sens, forcément, pensa Carrie en caressant l'entrejambe de Dave, c'est quelque chose d'important. Et tout d'un coup, elle se rendit compte qu'elle était en plein milieu d'une crise.

Bipolaire. Elle avait tiré le bon numéro à la loterie génétique, grâce à son père. C'est à cause de ça qu'il avait été viré et qu'ils avaient dû quitter le Michigan pour le Maryland. Pas maintenant, supplia-t-elle, par pitié, pas maintenant.

— Un moment, dit-il.

Elle se redressa pour le laisser réserver la chambre depuis son portable. Quelques minutes plus tard, ils pénétraient dans le hall de l'hôtel, passaient à la réception, montaient dans l'ascenseur et se précipitaient dans la chambre, s'arrachant leurs vêtements et échangeant des baisers fougueux avant de tomber sur le lit. Dave prit un préservatif dans la poche de son pantalon, qu'il avait jeté sur le sol à côté du lit. Au moment où il allait éteindre la lumière, Carrie eut une révélation. Le motif du papier peint formait une espèce de damier sur le mur, mais la silhouette obscure de Dave se détachait sur ce fond géométrique, comme un vide menaçant. Oh non, c'était reparti. Ne te laisse pas aller, Carrie. Oui, un vide se découpait sur le damier comme le vide de la disparition de Dima. Et au milieu de ce vide, ils étaient tous connectés, Dima, Rossignol, Ahmed Haidar. Un motif géométrique, sauf que ce n'était pas la bonne couleur. Le papier peint était gris, alors qu'il aurait dû être bleu. Carrie avait désespérément besoin qu'il soit bleu. Elle n'arrivait pas à penser à autre chose. Des formes vides dessinant un damier bleu, sauf qu'il n'était pas bleu.

— Qu'est-ce que tu es belle, dit Dave en se blottissant contre ses seins, lui caressant le sexe d'un mouvement de plus en plus précis.

Son haleine puait la bière et, tout d'un coup, elle eut une sensation atroce, quelque chose de terrible émanait du vide du damier. Elle rejeta la tête en arrière, le souffle court. Dave se frottait contre elle. Il prit son pénis et le guida dans le sexe de Carrie, qui soupira lourdement. Elle fixait le mur. Le damier ondulait maintenant, et même pas de la bonne couleur.

— Arrête, arrête ! lui cria-t-elle.

Dave l'étreignit encore plus fort et accentua son va-et-vient.

— Arrête ! Ne me touche pas ! Arrête tout de suite ou tu vas le regretter, espèce de salaud !

Il obéit et se retira.

— Putain, ça veut dire quoi, ça ? C'est quoi, ce petit jeu ?

— Excuse-moi, mais je ne peux pas. C'est pas que je ne veux pas, mais je ne peux pas, je peux pas, je peux pas, je peux pas. Le problème, c'est pas le sexe, j'ai vraiment envie de baiser, je veux te sentir dans moi, mais j'y arrive pas et je ne sais pas pourquoi. C'est à cause de mes médicaments, je suis sous traitement. C'est ce damier. Il y a un vide. C'est pas la bonne couleur. Je peux même pas le regarder.

— Tourne-toi.

Il l'agrippa par les hanches pour la retourner sur le ventre.

— On va le faire comme ça, t'auras pas besoin de regarder.

— Mais puisque je te dis que je ne peux pas, merde ! Tu comprends pas ? Même sans regarder, je le vois ! Faut qu'on arrête, faut que tu t'en ailles. Ben oui, je suis folle, OK ? Une sale putain blonde complètement cinglée que t'as rencontrée dans un bar, voilà ce que je suis. Excuse-moi, vraiment, excuse-moi, Dave. C'est bien ça, ton nom ? J'ai un problème, un gros problème. J'avais envie de toi, vraiment, mais j'y arrive pas.

Le motif du papier peint se reproduisait à l'infini, vertigineux, comme l'ornementation géométrique d'une coupole de mosquée.

— J'y arrive pas. Pas comme ça.

Dave se leva et commença à se rhabiller.

— Ouais, t'es vraiment cinglée. C'est bien ma chance d'être tombé sur une salope aussi tarée que toi.

Carrie se mit à hurler :

— Va te faire foutre ! Va retrouver ta petite femme ! Dis-lui que t'es resté travailler tard au bureau, espèce de sale menteur ! J'ai une meilleure idée : baise-la en imaginant que c'est moi, t'en auras deux pour le prix d'une !

Il la gifla brutalement.

— Ferme-la. Tu veux qu'on se fasse arrêter ? Je me barre. Tiens, dit-il en lui jetant un billet de vingt dollars. Paie-toi un taxi.

Il mit son manteau et fouilla ses poches pour s'assurer qu'il n'avait rien oublié.

— Elle est complètement malade, cette salope, murmura-t-il en refermant la porte derrière lui.

Carrie tituba comme une ivrogne jusqu'à la salle de bains et vomit dans le lavabo.

5

Alexandria, Virginie

— Ça a commencé quand ? lui demanda Maggie.

Elles étaient à Alexandria, dans le 4 × 4 de Maggie, près de la station de métro Van Dorn et du centre commercial Landmark. C'était plus sûr que le bureau de Maggie ou son domicile ; personne ne risquait de les voir. Sa sœur aînée était la seule de la famille à savoir qu'elle travaillait pour la CIA.

— Hier soir, répondit Carrie. J'ai senti la crise commencer à monter un peu avant, mais c'est vraiment parti pendant la soirée. Les margaritas n'ont probablement pas arrangé les choses.

— Pourquoi tu ne m'as pas appelée plus tôt ?

— Je bossais sur un truc important.

— Tu travailles non-stop, tu ne prends même pas le temps de dormir, je parie que tu bouffes presque rien, tu commandes chinois ou tu avales des biscuits, c'est tout.

— Écoute, j'étais au bureau, hyper-concentrée sur une enquête. J'avais pas envie de m'arrêter.

— Carrie, tu sais bien que tout ça, ce sont les symptômes avant-coureurs d'une crise hypo-maniaque.

Elle écarta une mèche de cheveux des yeux de sa sœur.

— Tu es ma petite sœur et je t'aime, mais tu devrais me laisser te prescrire un bon traitement. Tu pourrais vraiment vivre une vie normale, je te jure que c'est possible.

— Mag, on en a déjà parlé mille fois. Que ça soit toi ou un psy, qui dit traitement dit ordonnance, qui dit ordonnance dit trace administrative, et à partir de là, pour l'Agence, ça devient un problème de sécurité, je peux faire une croix sur mon boulot. Et vu que je n'ai pas de vie personnelle, comme tu me le dis toi-même assez souvent, qu'est-ce qui me reste ?

Maggie la regarda en clignant des yeux à cause du soleil qui inondait le pare-brise. Il faisait exceptionnellement doux pour un mois de mars. Les passants avaient déboutonné leur veste, ils étaient parfois même en chemise ou en tee-shirt.

— Justement, tu devrais peut-être changer de métier. C'est pas une vie. On est tous très inquiets pour toi, papa, moi, les enfants.

— Ah, commence pas avec ça. Et ne mêle pas papa à cette affaire. Il est plutôt mal placé pour parler de « vie normale ».

— Quel effet te fait le lithium ?

— Horrible. Ça m'abrutit complètement. J'ai l'impression d'observer la réalité à travers une vitre épaisse. Mon QI plonge de cinquante points. Un vrai zombie. J'ai horreur de ça.

— Oui, mais au moins tu es cohérente. Ce n'était pas le cas quand je t'ai vue hier soir.

Pour l'amour de Dieu, Carrie, tu ne peux pas continuer comme ça.

— Tu sais, j'allais bien à Beyrouth. J'arrivais à obtenir tous les médicaments que je voulais. La clozapine marche super bien, et j'étais en pleine forme. Je suis normale, Maggie, tu serais étonnée de voir à quel point je suis performante dans mon boulot. Trouve-moi un bon stock de clozapine et tout le monde sera content de tante Carrie. Tes filles seront ravies.

Maggie avait deux enfants, Josie, sept ans, et Ruby, cinq ans.

— Si tu crois que tu peux t'en sortir à coups d'automédication et en avalant n'importe quoi, tu es encore plus cinglée que tu ne le penses.

Carrie posa sa main sur le bras de sa sœur.

— Je sais bien, et t'as raison. Écoute, je sais que tu n'apprécies pas trop mon boulot, ou que tu ne le comprends pas, mais ce que je fais est important. Je te promets que si tes gosses dorment tranquilles la nuit, c'est en partie grâce à moi. Il faut absolument que tu m'aides, t'es la seule à pouvoir le faire. Sinon, je suis dans la merde.

— Mais est-ce que tu as seulement une idée du risque que je prends ? Je pourrais perdre le droit d'exercer la médecine. C'est déjà limite de rédiger des ordonnances pour papa, mais lui, au moins, il est suivi, je coordonne avec son psychiatre. Entre son traitement et le fait que je m'occupe de lui, il va à peu près bien depuis deux ans. Tu devrais passer plus de temps avec lui, je sais que ça lui ferait plaisir. Il est presque normal, maintenant.

— Va raconter ça à maman.

Elles se turent toutes les deux. C'était le grand drame de la famille, une plaie qui refusait de guérir. Leur mère, Emma, avait disparu.

— *Bon, tu veux pas que je rencontre ton père. Et ta mère ?*

C'est ce que lui avait demandé son amant de Princeton, John, le prof de sciences po, un soir où ils étaient au lit.

— *Je sais pas où elle est.*

— *Comment ça, tu sais pas où elle est ? Elle est morte ?*

— *J'en sais rien.*

— *Je comprends pas.*

— *Moi, si, je comprends, c'est le seul truc que je sais.*

— *Eh ben tu m'expliques et on sera deux à comprendre.*

— *Elle est partie, c'est tout. Un jour, elle m'a dit qu'elle allait à la pharmacie et qu'elle revenait tout de suite. On ne l'a jamais revue.*

— *Vous avez essayé de la retrouver ? Vous avez alerté la police ? Elle n'a jamais essayé d'entrer en contact ?*

— *Si, si. Mais en fait non.*

— *Waouh ! Pas étonnant que tu ne parles jamais de ta famille.*

— *C'était le jour de mon départ pour Princeton. C'est ce jour-là qu'elle a disparu, et moi de mon côté, je suis partie aussi, avec mes beaux petits souvenirs d'enfance et une valise. Tu piges ? Elle était enfin libre. C'était moi la plus jeune, le bébé de la famille. Et maintenant j'étais assez grande pour qu'elle n'ait plus besoin de s'occuper de moi. T'imagines un peu l'effet que ça m'a fait ? Comment ça m'a bouffée ? T'es sûr que t'as toujours envie de la baiser, ta jolie petite étudiante blonde, John ? T'es sûr que t'as envie d'être avec moi ?*

— Laisse-moi au moins te faire un test, lui dit Maggie. La clozapine peut avoir des effets secondaires négatifs. Hypoglycémie, agranulocytose, tu sais ce que c'est ? C'est un déficit de globules blancs, ça peut être sérieux. Laisse-moi te tester.

Carrie l'agrippa par le bras.

— Écoute, tu saisis vraiment pas ? C'est pas possible. Donne-moi juste ces putains de pilules et laisse-moi me remettre au boulot. Faut que j'y aille, tu comprends, c'est important.

Maggie lui tendit un sac en plastique.

— Tiens, trois semaines d'échantillons. Ça va t'aider à te stabiliser et tenir le coup, mais c'est la dernière fois. Je te jure, Carrie, je ne peux pas continuer comme ça, ça va mal finir pour toutes les deux. Il faut que tu réfléchisses sérieusement à te faire traiter par un psychiatre. Avec un vrai spécialiste, t'auras toutes les ordonnances que tu veux.

— Chut ! Laisse-moi écouter…

Carrie augmenta le volume de l'autoradio.

— … cinq soldats américains du 502ᵉ régiment d'infanterie, responsables d'un poste de contrôle à proximité de la ville d'Abbassiyah, au sud de Bagdad, dans le fameux « triangle de la mort » irakien, se seraient introduits au domicile d'une famille de cette localité et sont accusés par les autorités irakiennes du viol et de l'assassinat d'une adolescente de quatorze ans, du massacre de toute sa famille et de l'incinération de leurs cadavres. Les accusés affirment pour leur part que cette attaque est le fait de rebelles sunnites. D'après les sources officielles de l'armée américaine et du gouvernement de coalition, une enquête a été ouverte. Un porte-parole du général Casey, commandant de la Force multinationale en Irak, a déclaré : « Nous ferons tout pour connaître la vérité sur cet incident déplorable. »

Carrie baissa le volume.

— Merde, ça va pas arranger nos histoires. Il faut que j'y aille. Merci pour ça, Maggie, dit-elle en indiquant les pilules. Merci d'être venue me chercher. J'irai voir les filles dès que possible, je te promets.

— Ce truc en Irak, ça a quelque chose à voir avec ce que tu fais ?

Carrie la regarda dans les yeux.

— Tout a à voir. Les gens n'imaginent même pas. Je t'appelle, dit-elle en sortant de la voiture.

— Et papa ? Tu devrais quand même venir lui parler un jour.

— Toujours la même, tu lâches jamais le morceau. OK, un de ces jours.

Elle arriva à Langley juste à temps pour une réunion générale organisée par David Estes. Tout le personnel de la cellule antiterroriste était convié. Après l'incident d'Abbassiyah, il fallait s'attendre à une recrudescence des attentats antiaméricains, en Irak et ailleurs.

— C'est à croire qu'on n'était pas suffisamment impopulaires auprès des Arabes, ou que la population irakienne n'avait pas suffisamment de raisons de nous détester. Quelques petits connards de GIs ont trouvé le moyen de fournir à Al-Qaïda son meilleur argument de propagande depuis le 11 Septembre !

Estes était furieux.

— Tous les Américains au Moyen-Orient sont des cibles potentielles. Et je vous rappelle également que nous avons des indices non confirmés, mais provenant d'une source crédible, selon lesquels une attaque de grande envergure en territoire américain serait imminente, ajouta-t-il sans se tourner vers Carrie. Alors vous êtes tous invités à passer au crible la moindre info disponible en provenance du Moyen-Orient et d'Asie du Sud. Il faut tout vérifier, et au moindre soupçon de menace, si douteuse soit-elle, vous m'en informez directement et sur-le-champ. Il va falloir déployer des ressources supplémentaires à Bagdad. Saul, tu t'en occupes.

Saul acquiesça.

— Il va y avoir des retombées en pagaille. Les médias vont être à la fête avec cette histoire, et j'ai déjà signalé au directeur de l'Agence qu'il fallait s'attendre à une augmentation significative du nombre de victimes américaines, civiles et militaires, tant à l'intérieur qu'à l'extérieur de la « Zone verte ». Mais j'ai besoin de projections plus détaillées. Il faut que je puisse informer l'état-major interarmées et la Maison-Blanche de ce qui nous attend. Et avec ça, je veux un rapport

complet sur toutes les activités des milices sunnites dans le triangle de la mort. C'est le boulot
du Département d'analyse des données, mais ça
te concerne aussi, Saul. Je veux tout ça sur mon
bureau à 17 heures. Je veux être au courant du
moindre pet de bourricot entre Bagdad et Al
Hillah. Ceux d'entre vous qui ne sont pas réaf-
fectés en renfort du personnel de Bagdad devront
prendre le relais de leurs camarades. Bon, maintenant, au boulot, on n'a pas de temps à perdre.

Une heure plus tard, Carrie, embusquée dans
le couloir, intercepta Saul sur le chemin de
l'ascenseur.

— Pas maintenant, Carrie. J'ai une réunion au
septième étage.

Le septième étage, c'était celui de la direction.

— Rossignol a rencontré Ahmed Haidar. Fielding
le savait certainement, mais il n'en a jamais parlé,
lui dit-elle.

Saul cligna des yeux derrière ses lunettes comme
une chouette aveuglée par la lumière du jour.

— Comment tu le sais ?

— Une photo satellite israélienne récupérée
par la NSA. Ils sont dans un café, au Caire ou à
Amman, je sais pas.

— Conclusion ?

— La DGS et le Hezbollah travaillent main dans
la main. C'est peut-être l'assassinat de Hariri, ou
c'est peut-être une opération à venir, comme celle
signalée par Julia, et un truc comme Abbassiyah
peut leur servir de prétexte. Qu'est-ce que t'en
penses, Saul, qu'est-ce qui se passe ?

— Personnellement, j'en sais rien. C'est pour ça que je t'ai embauchée. Qu'est-ce que tu veux ?

— J'ai besoin d'un contact à Fort Meade. Avec qui je peux parler ?

Fort Meade, une base militaire dans le Maryland, était le siège de la National Security Agency, la NSA.

— Pas question. Il y a un protocole à suivre, et je ne vais pas te laisser tout chambarder comme un éléphant dans un magasin de porcelaine. T'as déjà suffisamment de problèmes comme ça.

Il regarda sa montre.

— Il faut que j'aille m'occuper de cette merde. Mais qu'est-ce qu'ils espéraient, au juste ? dit-il en martelant comme un forcené le bouton de l'ascenseur. Tous ces gosses qu'on envoie plusieurs fois de suite sur le front, la moitié qui viennent de la Garde nationale, bref, de pauvres civils de merde, ils sont souvent déjà victimes de stress post-traumatique, et qu'est-ce qui les attend en Irak ? Des cadavres décapités, des explosifs à tous les coins de rue, des « alliés » prêts à te poignarder dans le dos à la moindre occasion, et des millions de femmes que t'as le droit de regarder, mais surtout pas de toucher. Putain, qu'est-ce qu'ils s'imaginaient ?

Il entra dans l'ascenseur.

— Pas question de contacter Fort Meade, Carrie, je suis formel.

Cause toujours, pensa-t-elle. Pas moyen d'avancer sans la NSA. Elle finirait bien par trouver quelqu'un.

6

Fort Meade, Maryland

Elle roulait sur l'Interstate 295 dans le Maryland. Si elle prenait la 495 au lieu de continuer vers le nord, elle pouvait faire un détour par Kensington, la petite ville où sa famille s'était installée après leur départ du Michigan, lorsque son père avait obtenu un emploi à Bethesda.

Le collège de la Sainte-Trinité. Toutes les élèves étaient catholiques. Bonnes sœurs, jupes écossaises et hockey sur gazon. « Capitale mondiale de la masturbation », c'est comme ça que l'avait baptisé Maggie. Avant de tomber malade pendant sa deuxième année de fac, Carrie était une élève modèle : déléguée de classe, deuxième aux 1 500 mètres au championnat du Maryland, major de sa promotion, destinée aux universités les plus prestigieuses. On parlait d'une bourse pour Princeton ou pour Columbia. Et sa mère qui allait de plus en plus mal.

— *C'est le championnat de l'État, maman, j'aimerais vraiment que tu viennes.*

— *Parles-en à ton père, Carrie, je sais qu'il veut y aller.*

— *Tu sais bien que c'est pas possible. Il va y*

*avoir des recruteurs des grandes universités. Papa
risque de tout gâcher. Il a toujours tout gâché.*

— *Vas-y seule, Carrie, tout va bien se passer.*

— *C'est quoi, ton problème, maman ? T'as peur
que je gagne ?*

— *Qu'est-ce que tu racontes ? J'espère bien que
tu vas gagner. Mais ça n'a pas vraiment d'importance.*

— *T'as peur que j'arrive à faire quelque chose
de ma vie, c'est ça ? Que l'une d'entre nous arrive
à échapper à cet asile de fous et que ce soit pas
toi ?*

— *Arrête de dire des bêtises, Carrie. Le jeu est
complètement truqué. Même les gagnants finissent
par perdre.*

Seigneur Dieu ! Un miracle que je n'aie pas
fini encore plus cinglée. Elle quitta l'autoroute
à Patuxent et roula vers le poste de garde. Un
grand immeuble rectangulaire aux vitres obscures
se dressait devant elle : le quartier général de
la National Security Agency, la « Maison noire »,
comme on dit dans le jargon du renseignement.

Une demi-heure passa entre le contrôle d'identité et l'attribution d'un badge de visiteur. Carrie fut conduite dans une salle de conférences
déserte meublée d'une longue table en acajou.
Un type filiforme en chemise et nœud papillon
entra. Il avait l'air tout droit sorti des années
1950.

Il s'assit en face d'elle et se présenta :

— Jerry Bishop. Eh ben dites donc, c'est pas
souvent qu'on a l'occasion de recevoir une visite

de quelqu'un de McLean. Que nous vaut cet honneur ? Abbassiyah ?

— Oui, si vous avez des infos, ou du nouveau sur les activités d'Al-Qaïda, j'aurai peut-être une chance de passer à la postérité, ce dont je ne me plaindrais pas, dit-elle avec un sourire, laissant flotter un vague parfum de séduction.

— En ce moment, c'est plutôt la routine, à part les tombereaux d'insanités jihadistes sur Internet : empoisonner l'eau de New York, attaquer les raffineries de pétrole et les usines chimiques américaines, etc. Et leur fantasme préféré : crasher un avion privé chargé d'explosifs sur le Capitole. Entre nous, je vois pas en quoi le massacre de quelques congressistes serait un problème pour l'Amérique, observa-t-il d'un ton sarcastique. Sinon, on observe une légère augmentation des communications téléphoniques avec certaines tribus salafistes du Sinaï, à El Arish. Ça concerne plutôt les Israéliens, dit-il en haussant les épaules. C'est à peu près tout.

— Il y a des stations balnéaires dans le sud du Sinaï qui attirent des touristes israéliens, américains, européens, des amateurs de plongée. Et c'est une région que le gouvernement égyptien ne contrôle pas vraiment. C'est peut-être une piste.

— Peut-être. Je vous fais passer l'info. Mais je suppose que ce n'est pas pour ça que vous êtes venue ?

Elle sortit les photos de Taha al-Douni, alias Rossignol, d'Ahmed Haidar, de Dima et de Davis Fielding, et les posa sur la table, les identifiant une par une pour son interlocuteur.

— Ces trois-là ont été prises à Beyrouth, signala-t-elle à propos de Rossignol, de Dima et de Fielding. Et celle-là, c'est vous qui nous l'avez fournie à partir d'un satellite israélien.

— Qu'est-ce que vous voulez exactement ?

— Tout ce que vous avez sur ces quatre personnes. Conversations téléphoniques, e-mails, tweets, rapports de surveillance, cartes postales de leurs grands-mères, tout.

Il eut un petit rire sec.

— Bon, vous savez qu'ici on travaille plutôt sur la quantité que sur la qualité, non ? On ratisse très, très large : info publique ou privée, téléphones portables, un texto envoyé par Abou Machin à sa maman, etc. On décrypte, on traduit, on utilise des algorithmes pour essayer de séparer le bon grain de l'ivraie, et après on envoie tout ça chez vous, à la CIA, et aussi à la DIA, au NSC, au FBI, bref à tout le monde. Rien de plus. C'est plutôt vous qui êtes censés rassembler les pièces du puzzle.

— Je vais vous faciliter la tâche. Ce qui m'intéresse, c'est juste ces quatre personnes, et sauf pour al-Douni et Haidar, seulement à Beyrouth.

Il la fixa d'un air interrogateur.

— Vous travaillez pour Estes, non ?

— C'est mon supérieur direct dans cette affaire. Et à toutes fins utiles, je vous signale que Saul Berenson, directeur des opérations clandestines au Moyen-Orient, est également au courant de ma présence ici, mentit Carrie.

Il prit la photo de Fielding et se tourna vers Carrie.

— On n'a pas vraiment l'habitude de décrypter les communications d'un chef de poste de la CIA. Qu'est-ce qui se passe, au juste ?

— Je ne peux rien vous dire.

— Mais il y a un problème à Beyrouth, non ? Qu'est-ce que c'est ?

— Ça non plus, je ne peux pas vous le dire. Mais réfléchissez un peu. Est-ce que je vous aurais contacté si on n'avait pas un gros problème ?

— Je ne peux en parler à personne ?

— Motus et bouche cousue. Ça pourrait compromettre toute l'opération.

— Attendez. Vous n'êtes pas en train de me dire qu'on a une taupe à Beyrouth ?

— Je n'ai absolument rien dit de tel, répondit-elle sèchement. Pas de spéculations. Et ma visite ici est top secret. Vous savez bien que c'est comme ça qu'on fonctionne, Jerry, c'est notre boulot, c'est tout.

— Bon, comment vous voulez que je vous passe l'info ? Un e-mail via JWICS ?

Jerry faisait allusion au Joint Worldwide Intelligence Communications System, le réseau informatique de haute sécurité réservé à l'encryptage des messages top secret, le saint des saints de la communication entre les services de renseignements et les hautes sphères du gouvernement américain.

— Non, vous me la gravez là-dessus.

Elle lui tendit un disque dur externe en même temps que les photos.

— Houla, vous faites vraiment dans le genre discret. Suivez-moi.

Ils empruntèrent l'ascenseur jusqu'à l'un des étages souterrains, puis un couloir sans fenêtres, avant de traverser une série de bureaux hermétiquement fermés et bardés de caméras de surveillance. Les portes s'ouvraient tantôt avec une carte magnétique, tantôt avec une carte magnétique et un code clavier. Pour franchir la dernière porte, il fallut tout à la fois la carte, un code et l'empreinte biométrique d'une veine de la main de Bishop. Un mur de la pièce était entièrement couvert d'écrans diffusant des images satellites de divers lieux de la planète. Une partie de ces écrans transmettaient en direct l'activité en cours sur une série de sites urbains stratégiques en Irak. Une nuée d'analystes étaient penchés sur leurs ordinateurs. Bishop l'entraîna vers un groupe qui travaillait dans une section à part.

— Ça, c'est une partie de la section Moyen-Orient. Vous ne les connaissez sans doute pas, mais vous avez déjà eu l'occasion d'utiliser leur travail.

Carrie les salua. Un des analystes, un rouquin aux cheveux en bataille mais à la barbe bien taillée, était assis dans un fauteuil roulant. Il la jaugea d'un coup d'œil intéressé, puis retourna à son écran. Bishop leur expliqua ce que Carrie cherchait. Il distribua les photos à quatre d'entre eux et leur transmit une série d'instructions.

Le rouquin se vit attribuer la photo de Fielding. Il se tourna vers Carrie.

— Si vous voulez, vous pouvez vous asseoir à côté de moi pendant que j'examine ça.

— OK, si ça peut faire avancer mes affaires, lui dit Carrie.

— Ça fera avancer les miennes, dit le rouquin en souriant.

Il avait un côté BCBG qui n'était pas dépourvu de charme.

— J'aimerais voir comment vous procédez, si ça ne vous dérange pas, dit-elle à Bishop avant de s'asseoir à côté du rouquin.

Elle remarqua ses jambes très minces moulées dans un jean serré.

— Je m'appelle James. James Abdel-Shawafi. Vous pouvez m'appeler Jimbo.

— Vous n'avez pas vraiment le type arabe.

Le rouquin sourit.

— Père égyptien, mère d'origine irlandaise.

Carrie lui demanda s'il parlait arabe :

— *Hal tatakallam al-'arabiya ?*

— *Aiwa.* Oui, bien sûr. Vous voulez commencer par quoi ? Téléphones ? E-mails ?

— Vous lisez dans mes pensées. Téléphones.

Elle lui montra une liste de cinq numéros de Fielding à l'ambassade, dont la ligne sécurisée et son portable.

— Pas besoin, regardez.

Jimbo entra dans une base de données et lança une recherche sur Fielding, obtenant aussitôt onze numéros. Carrie était abasourdie. La plupart des agents de la CIA avaient au moins deux portables privés, mais onze numéros, c'était vraiment beaucoup.

— Vous voulez remonter jusqu'à quand ?

— Plusieurs années, si possible. Commençons par les trois derniers mois.

— Pas de problème, mais il va y avoir une tonne de données.

Il cliqua sur la fonction « recherche ».

Après quelques secondes d'attente, l'écran commença à se couvrir d'une série de données et de chiffres, avec la date et l'heure correspondantes.

— Merde, c'est pas possible ! s'écria Jimbo, incrédule.

— Quoi ?

— Regardez, dit-il en pointant l'écran, il y a un hiatus.

— Où ça ?

Il surligna une partie des données.

— Apparemment, votre Fielding ne s'est pas du tout servi de trois de ses portables pendant près de cinq mois.

— Il n'en avait peut-être pas vraiment besoin. Il en a huit autres.

— Oui, mais ils étaient tous les trois très peu actifs jusqu'en octobre dernier, vous voyez ? C'est pas normal... Attendez une minute. J'ai un droit d'accès spécial réservé aux administrateurs de bases de données.

Il ouvrit une nouvelle fenêtre et entra un code.

— Avec ça, j'ai accès à la totalité de la base. J'ai bien dit la totalité, l'univers tout entier.

Une nouvelle série de données s'inscrivit sur l'écran.

— Incroyable ! murmura-t-il.

Il ouvrit une série d'interfaces systèmes.

— Eh ben, mon salaud !

— Qu'est-ce que c'est ?

— Les données ont été effacées. Regardez, dit-il en montrant à Carrie une série de caractères incompréhensibles.

— Et ça arrive souvent qu'une base de données de la NSA soit expurgée ?

Il se tourna vers elle.

— C'est la première fois que je vois un truc pareil. La première fois !

— Et ça a été effacé quand ?

Il étudia l'écran.

— Ça aussi, c'est bizarre. Il y a deux semaines, le 2 mars.

Tiens donc. Carrie réfléchit un moment. Bingo ! Le 2 mars, c'était le jour où elle avait quitté Beyrouth. Règle numéro deux, pensa-t-elle en se souvenant d'un truc que Saul lui avait dit pendant sa formation. « Il n'y a que deux règles. Règle numéro un : ce boulot peut avoir votre peau, par conséquent il ne faut jamais faire confiance à un informateur, ni à personne d'ailleurs. Règle numéro deux : les coïncidences, ça n'existe pas ; je répète, ça n'existe pas. »

— Mais qui peut autoriser une chose pareille ? demanda-t-elle à Jimbo.

— Je ne sais pas.

Il se pencha vers elle et lui souffla à l'oreille :

— Ça ne peut venir que du plus haut niveau de la hiérarchie.

7

George Bush Intelligence Center, McLean, Virginie

En examinant les fichiers concernant Dima sur le disque dur qu'elle avait rapporté de la NSA, Carrie constata que le dernier appel enregistré sur son portable correspondait au numéro d'un salon de coiffure de Ras Beyrouth, à 15 h 47, le jour de sa disparition. Après ça, plus rien. Elle remonta dans le temps, s'efforçant d'identifier tous les numéros contactés. Le salon de coiffure servait-il d'intermédiaire, ou voulait-elle juste se faire faire une permanente ? Un appel d'Estes l'interrompit.

— Carrie, dans mon bureau, tout de suite.

Excellent. C'était peut-être au sujet du mail qu'elle lui avait envoyé sur les Sawarka, une tribu bédouine salafiste du nord de la péninsule du Sinaï, et sur une possible attaque terroriste contre des touristes à Charm el-Cheikh et à Dahab. Des infos qu'elle avait recueillies à la NSA. Sur le chemin du bureau d'Estes, elle pensa aussi à Dima. Pourquoi n'avait-elle pas refait surface ? On n'avait strictement aucun indice, même pas un cadavre. Dans le cas contraire, Virgil l'aurait certainement contactée.

Saul était lui aussi dans le bureau d'Estes, et quand elle vit la tête qu'il faisait, elle comprit que quelque chose n'allait pas.

Estes lui fit signe de s'asseoir sans lui adresser le moindre sourire. De son côté, Saul détournait le regard. Aïe, ce n'est pas bon signe, pensa-t-elle.

Le soleil de l'après-midi brillait à travers la vitre, mais le reflet de la silhouette d'Estes bouchait presque complètement la vue. Dans la cour séparant le centre George Bush de l'ancien immeuble du quartier général, quelques employés en chemise étaient assis sur la pelouse. Drôle de climat, se dit-elle. Une électricité un peu folle activait frénétiquement ses circuits neuronaux et son esprit fonctionnait avec une acuité presque suspecte. Il va se passer quelque chose, pensa-t-elle.

Estes alla droit au but :

— Qu'est-ce qui vous a pris, Carrie ? Vous avez perdu la tête ?

— Euh, vous parlez de quoi, au juste ? De quoi s'agit-il ?

— Ne vous avisez pas de nier votre visite à la NSA. De votre propre initiative et sans autorisation. Vous avez une idée du nombre de règles que vous avez violées ?

— Je t'avais dit de ne pas y aller, Carrie, commenta Saul d'un ton calme.

— Comment l'avez-vous appris ? demanda-t-elle à Estes.

— J'ai reçu un mail extrêmement aimable d'un responsable de niveau intermédiaire de la NSA, un certain Jerry Bishop. Il m'a signalé à quel point il avait apprécié votre visite, déplorant la concurrence stérile entre nos services et m'informant gentiment que, bien que ce ne soit pas tout à fait conforme au règlement, ce genre de collaboration informelle lui paraissait une excellente idée, et même que nous devrions le faire plus souvent. C'est tout juste s'il ne me proposait pas de partir en vadrouille avec lui et d'aller faire griller des marshmallows sur un feu de camp. Sauf que moi, ce genre de collaboration, ça ne m'intéresse pas. On consomme leur production, c'est tout. Et on n'a pas le temps ni les ressources de trier leur merde. Je ne veux pas en entendre parler. Et plus important encore, dit-il en faisant un vague geste vers le plafond, là-haut non plus ils ne veulent pas en entendre parler.

— Même quand c'est productif ? J'ai repéré quelque chose. Les Bédouins du Sinaï. Vous avez dit que vous vouliez être directement informé du moindre indice. Je vous ai envoyé un e-mail.

Elle n'osait pas tourner les yeux vers Saul.

— Génial. Les Bédouins du Sinaï. J'alerte tout de suite Lawrence d'Arabie. Mais où est-ce que vous vous croyez, Carrie ? Vous avez une idée de notre situation budgétaire ? Vous savez que le Sénat rêve de nous serrer la vis au moindre soupçon de dépense injustifiée, et vous, vous allez vous promener à Fort Meade la bouche en cœur, en piétinant un protocole que nous avons mis des années à établir avec la NSA.

Il secoua la tête.

— Beyrouth m'a averti que vous déconniez complètement, je me suis laissé convaincre du contraire par Saul. Mais là, franchement, vous dépassez les bornes.

— Et les infos sur les Sawarka ?

Elle mourait d'envie de mentionner les étranges lacunes de la base de données de la NSA et le dossier expurgé de Damas, mais quelque chose lui dit de ne rien en faire. Mieux valait s'en tenir aux jihadistes.

— Saul a transmis l'info aux services de renseignements égyptiens. Ils ont dit qu'ils s'en occuperaient, et les Israéliens aussi. Mais la question n'est pas là.

Carrie se leva brusquement.

— Elle est où, alors, la question, David ? dit-elle d'un ton provocateur. On m'a virée de Beyrouth en plein milieu d'une mission et on a une informatrice qui a disparu de la surface de la terre après que le Hezbollah et la DGS ont essayé de faire la peau à un de vos agents sur le terrain – moi, en l'occurrence. Et non seulement personne n'a encore enquêté sérieusement là-dessus, mais personne n'a eu l'intelligence de poser cette simple question : « Pourquoi ? » Et par-dessus le marché, je vous donne une info opérationnelle provenant d'une source hyper-crédible sur une possible attaque terroriste de grande envergure contre les États-Unis, et pour l'instant tout le monde a l'air de s'en foutre, à part moi. Alors, oui, elle est où, votre putain de question ?

Cette fois, elle eut le courage de regarder Saul. Il était vert.

— Rasseyez-vous. Je ne le dirai pas deux fois, lui ordonna Estes d'un ton impérieux.

Elle obtempéra. Il respira un bon coup.

— Écoutez, Carrie. Ce n'est pas l'armée, ici. On ne se contente pas de donner des ordres et on sait que nos agents sont capables d'agir de manière indépendante et de penser par eux-mêmes. Autant essayer de domestiquer des chats sauvages, mais c'est le prix que nous payons pour avoir des professionnels de qualité capables d'aller fouiller là où personne n'en aurait l'idée afin de protéger leur pays. Ça vous laisse une marge de manœuvre appréciable, mais là, vous avez franchi la ligne rouge. Vous avez pris l'initiative de recourir à des ressources extérieures à celles de l'Agence sans consulter personne. Le prétexte du « besoin de savoir » a des limites bien définies, raison pour laquelle nous n'autorisons les contacts inter-agences que dans le cadre du protocole officiel. Le boulot de la NSA, c'est de nous fournir des données, point. Ils n'ont pas l'expertise analytique qui puisse leur permettre de transformer les données brutes en informations valides. Ça, c'est notre boulot. C'est exactement ce que font la plupart des gens ici, analyser les données. Si nous sous-traitons une partie de notre boulot à la NSA, le Congrès a le droit de se demander à quoi nous servons et pourquoi ils nous paient. Quant à votre fameuse info sur une prétendue attaque imminente, vous avez franchement intérêt à m'en donner un peu plus. Et pour finir, pendant que vous faites joujou dans votre bac à sable avec les Bédouins du Sinaï et les gugusses de Beyrouth, vous négligez complètement Al-Qaïda, en particulier en Irak, alors que je vous ai demandé de vous concentrer là-dessus, unique raison pour laquelle vous êtes encore là.

— Mais je travaille aussi sur l'Irak. Je... balbutia Carrie.

— Arrêtez vos conneries, Carrie. On n'a pas de temps à perdre. Avec Abbassiyah, nos ennemis ont gagné le gros lot. Alors vous ne pouvez pas n'en faire qu'à votre tête, ça, je ne peux pas me le permettre. Ce n'est pas comme ça que ça marche. De toute façon, j'ai prévenu la DRH. Vous ne travaillez plus pour la cellule antiterroriste. Et vous êtes aussi débarquée du Service des opérations clandestines. C'est fini pour vous.

Il interrogea Berenson du regard.

— Saul ?

Carrie se sentait complètement K-O. Elle avait envie de vomir. Ce n'était tout simplement pas possible. Ils ne se rendaient vraiment pas compte de ce qui se passait ? Des fichiers manquants, une possible attaque terroriste, et ils voulaient virer la seule personne à avoir repéré quelque chose ?

Saul se pencha vers elle, les mains jointes, comme s'il était en prière.

— Carrie, nous ne doutons pas de tes qualités. Ton instinct et tes compétences linguistiques sont indéniables. Mais tu nous as forcé la main. Tu vas être réaffectée.

Elle était donc sanctionnée, mais pas licenciée. Elle se sentit soulagée.

— Je croyais que je n'appartenais plus au Service des opérations clandestines ?

— C'est exact, répondit Saul en tournant les yeux vers Estes. Tu es transférée au Département d'analyse des données.

— À compter d'aujourd'hui, ajouta Estes. Le travail de terrain, c'est fini pour vous, Mathison.

— Qui est-ce qui t'a prise en grippe ?

La voisine de bureau de Carrie s'appelait Joanne Dayton. Elle était blonde aux yeux bleus avec quelques rondeurs, mais tout de même assez jolie. Adolescente, elle aurait pu être pom pom girl, mais elle était plutôt marginale au lycée, elle faisait partie de la bande des fumeurs de hasch, pas de celle des stars du lycée. « Sinon, je n'aurais jamais atterri à la CIA », avait-elle ajouté.

— David Estes, répondit Carrie.

— Ah bon ?

Joanne commençait à trouver ça intéressant.

— Ça m'étonne que tu travailles encore ici.

Elle se rapprocha de Carrie. On était entre filles.

— Et qu'est-ce que t'as fait ?

Oui, qu'est-ce que j'ai fait ? pensa Carrie. Elle ne s'était pas laissé kidnapper ni tuer. Et depuis le début de la traque avenue Michel-Bustros, à Beyrouth, elle n'avait pas eu une seconde de répit.

— J'ai fait mon boulot, c'est tout.

Son nouveau patron était d'origine russe, un grand échalas aux cheveux longs et aux membres disproportionnés par rapport à son torse rachitique. On disait qu'il avait été blessé en Bosnie, mais personne n'avait l'air d'en savoir plus. Il s'appelait Yerushenko, Alan Yerushenko.

« Je ne sais pas pourquoi ils vous ont virée du Service des opérations clandestines et je ne veux pas le savoir, lui avait dit Yerushenko en la fixant à travers ses lunettes noires. Bon, ici on n'est peut-être pas des stars comme chez vous, mais sachez que ce que nous faisons est aussi important. Je veux un rapport quotidien sur les progrès de vos recherches. »

Va te faire foutre, avait-elle pensé.

— C'est quel genre, Yerushenko ? demanda-t-elle à Joanne.

— Un peu maniaque, mais ça pourrait être pire. Il n'est pas totalement débile, juste un petit peu, répondit sa collègue en souriant.

Yerushenko l'avait affectée aux données collectées par les analystes du Service des opérations clandestines à partir des infos des agents de terrain de la CIA en Irak. « Évaluez leur degré de probabilité en termes de crédibilité et de précision. *A priori*, la plupart sont à peine crédibles et les autres sont encore pires. »

Carrie commença par les rapports sur AQI, Al-Qaïda en Irak. Leur leader était un personnage énigmatique qui avait adopté le nom de guerre d'Abou Nazir. La première fois qu'elle en avait entendu parler, c'était il y a un an, en suivant une piste à Bagdad. Mais la figure d'Abou Nazir restait insaisissable, une espèce de fantôme dont on ne savait pas grand-chose, sinon qu'on le soupçonnait de se cacher dans la province d'Anbar, où il avait intimidé les chefs tribaux locaux en coupant les têtes de tous ceux qui lui faisaient obstacle. Il allait même parfois jusqu'à les empaler au bout d'une perche plantée sur le bord de la route, en guise de macabre signalisation. On parlait aussi d'un de ses lieutenants, un certain Abou Oubaïda, tout aussi impitoyable et encore plus mystérieux.

Mais Carrie n'arrivait pas à se concentrer. Elle se sentait dégoûtée, humiliée. Pourquoi cette sanction ? Pourquoi Saul l'avait-il abandonnée ? Et pourquoi ne l'avait-on pas écoutée ? D'ici à quelques jours ou quelques semaines, l'Amérique risquait de subir une attaque majeure et tout le monde avait l'air de s'en foutre. Elle alla se réfugier dans les toilettes. Assise sur la cuvette, elle enfouit son visage dans ses mains, se retenant à grand-peine de hurler à pleins poumons.

Elle ressentit un léger picotement, comme des fourmis dans une jambe ankylosée. Qu'est-ce qui se passe ? Sans doute un coup de stress, un rush hormonal provoqué par une secousse émotionnelle qui neutralisait l'effet de ses médicaments. Elle se frotta le bras pour faire cesser le fourmillement. Rien à faire. Et puis elle comprit soudain le problème : vu qu'elle était à court de clozapine, elle avait commencé à n'en prendre qu'une fois tous les deux jours. C'était une nouvelle crise, elle sombrait dans une phase dépressive.

Elle se sentait prise au piège. Il fallait absolument qu'elle rentre chez elle.

8

Reston, Virginie

Pendant une semaine et demie, elle avait réussi à s'habiller, à se maquiller, à se traîner au bureau et à faire plus ou moins semblant de travailler. Elle avait fini par épuiser les quelques pilules de Maggie. Elle avait le sentiment d'être exilée, abandonnée, de tomber dans un trou noir. Impossible de se concentrer. Elle devait relire trois ou quatre fois les dossiers qu'elle consultait pour enregistrer les informations.

Quels salauds. Elle avait toujours considéré Saul comme le vrai père qui lui manquait, ou plutôt comme l'oncle juif plein d'humour et de sagesse que tout un chacun souhaiterait avoir. Quant à Estes, elle avait cru qu'il appréciait sa ténacité et la qualité de son travail.

Elle leur avait fourni une info opérationnelle de premier ordre, et non seulement ils n'avaient pas réagi, mais ils l'avaient sanctionnée. Sa carrière était finie, foutue, pensa-t-elle. Elle passait de plus en plus de temps réfugiée dans les toilettes. Elle n'avait plus rien. Elle n'était plus rien.

Et puis elle cessa d'aller au bureau. Il fallait absolument qu'elle essaie d'en savoir plus sur l'attaque imminente dont lui avait parlé Julia, mais elle n'avait pas le courage de faire quoi que ce soit. Elle arrêta de prendre ses médicaments.

Elle restait prostrée dans un coin de sa chambre de l'appartement de Reston, complètement obscur et silencieux. Depuis quand n'avait-elle rien mangé ? Deux jours ? Trois jours ? Quelque part dans sa tête, une voix lui disait : « Ce n'est pas ta faute, c'est la maladie. » Mais au fond elle s'en foutait, qu'est-ce que ça pouvait bien changer ?

Elle avait envie de pisser mais n'avait même pas la force de se traîner jusqu'aux toilettes. C'était quand, la dernière crise grave ? Quelle importance, d'ailleurs ? Elle était toute seule dans le noir. Une ratée, comme son père.

Son père.

Thanksgiving. Première année de fac. Maggie était en quatrième année à NYU. Elle avait appelé Carrie pour lui dire qu'elle allait fêter Thanksgiving dans le Connecticut avec la famille de son petit ami, Todd.

— Papa est tout seul, il faut que tu y ailles.

— Pourquoi moi ? Toi aussi tu peux venir. Il a besoin de nous deux.

C'était Thanksgiving. Peut-être que maman finirait par appeler. Toutes ces années de mariage, ça ne comptait donc pour rien ? Et ses deux filles, qu'est-ce qu'elles lui avaient fait ? Qu'elle coupe les ponts avec Frank, c'était une chose, mais Maggie et Carrie ? Elle connaissait le numéro de téléphone de Maggie à Morningside Heights et elle savait dans quelle résidence universitaire était logée Carrie à Princeton. Elle aurait pu les joindre facilement sans que Frank soit au courant. Est-ce qu'ils étaient tous cinglés dans la famille ?

Son père l'avait appelée deux jours avant Thanksgiving.

— Ta sœur ne vient pas.

— Je sais, papa. C'est à cause de son petit ami. Je crois que c'est de plus en plus sérieux entre eux. Mais moi, je viens. À mercredi, j'ai hâte de te voir.

C'était un pieux mensonge ; elle appréhendait terriblement de se retrouver seule avec lui dans cette maison vide.

— Tu n'es pas obligée de venir, Caroline. Je sais que tu as plein de choses plus importantes à…

— Papa, ne dis pas de bêtises, c'est Thanksgiving. Occupe-toi d'acheter la dinde. Je serai là mercredi après-midi. Je me charge du reste, je ferai la cuisine, ça marche ?

— Mais non, écoute, il n'y a pas de souci, c'est peut-être mieux que tu ne viennes pas.

— Papa, arrête, s'il te plaît ! J'ai dit que je serai là mercredi, et je serai là.

— Tu as toujours été une fille exemplaire, Carrie. Ta sœur aussi ; elle n'est sans doute pas aussi jolie et intelligente que toi, mais à elle non plus on ne peut rien reprocher. Je suis désolé, vous méritiez mieux que ce qu'on vous a offert, ta mère et moi.

— Papa ! Arrête de dire des bêtises ! On se voit mercredi.

— Je sais. Au revoir, Carrie.

Il avait raccroché brusquement, laissant sa fille suspendue au téléphone.

Elle aurait pu appeler Maggie et insister pour qu'elle vienne, mais elle n'en avait rien fait. Maggie était mieux avec Todd et sa famille. Son père avait l'air bizarre au téléphone, pas vraiment en forme. Carrie avait fait un petit calcul : elle avait un partiel le mardi matin, mais après ça, la fac fermait pour les vacances. Elle allait lui faire une surprise, partir mardi juste après l'examen et arriver chez lui dans l'après-midi.

Ce mardi-là, elle était montée dans un autocar Greyhound à Mount Laurel, direction Silver Spring. Comme prévu, elle était arrivée à Kensington dans l'après-midi. C'était une belle journée fraîche et ensoleillée, les couleurs de l'automne étaient splendides. Elle avait pris un bus local qui l'avait déposée tout près de la petite maison de bois où elle avait grandi et qui avait l'air désormais nettement plus décatie que dans son souvenir. Il ne fait rien pour l'entretenir, avait-elle pensé en ouvrant la porte.

Une minute plus tard, elle appelait les urgences.

Happy Thanksgiving, papa, s'était-elle dit en montant dans l'ambulance à ses côtés.

La différence, c'est que maintenant Frank habitait chez Maggie, avec son gentil petit mari et leurs beaux enfants, un parfait exemple de famille américaine réussie. Mais Carrie, elle, avait tout faux, et en plus elle était malade comme son père.

Pas de mari, pas d'enfants, pas de vie personnelle, tout foutait le camp, même son travail. Elle était seule, complètement seule. Même Saul l'avait abandonnée. Elle aurait pu habiter la lune. Exactement le contraire de Dima, la jeune célibataire qui ne ratait pas une fête, qui ne pouvait pas supporter la solitude et qui ne sortait jamais sans un homme, même si les hommes défilaient trop vite dans sa vie, comme c'était la coutume chez les filles branchées des quartiers chics de Beyrouth.

Dima n'était jamais seule. C'était sans doute un indice, mais de quoi ? Elle avait tout simplement disparu de la surface de la terre.

— Peut-être que cette salope est avec ma mère.

Carrie avait prononcé cette phrase à haute voix, convaincue que c'était son premier moment de lucidité depuis plusieurs jours.

9

McLean, Virginie

Le lendemain, elle fit enfin l'effort de se rendre au bureau. Cette histoire de Dima la tracassait, une fille qui n'était jamais seule. Et puis elle voulait régler ses comptes avec Saul, mais pas au siège de l'Agence ; il fallait qu'elle trouve un endroit tranquille pour lui parler.

En se maquillant, elle contempla son visage ; il avait une allure spectrale. Voilà ce que je suis, pensa-t-elle, un fantôme au milieu de la fête. Mais avant de retourner dans les limbes, elle obligerait Saul à l'écouter. Oui, il allait bien devoir l'écouter.

Elle arriva à McLean. Joanne était préoccupée.

— Mais où est-ce que tu étais passée ? Yerushenko était sur le point de te virer. Heureusement, tu as de la chance, il est pris toute la journée par une réunion sur la situation post-Abbassiyah.

— Ah oui, ça c'est sûr, j'ai de la chance.

La journée était interminable. Carrie avait parfois carrément l'impression que les aiguilles de l'horloge tournaient à l'envers. Les mêmes questions ne cessaient de la hanter. Qui avait expurgé la base de données de la NSA ? Et les dossiers de Beyrouth ? Qui était Dar Adal ? Quel rapport avait-il avec tout le reste ?

Ou plutôt pourquoi ? Quelqu'un cherchait à cacher quelque chose, mais quoi ? Qu'est-ce qui avait mal tourné ? Pourquoi personne ne réagissait sur Beyrouth et sur les infos transmises par Julia ? Que des questions et pas l'ombre d'une réponse. Et l'impression que le temps s'était figé.

Ce soir-là, elle attendit dans sa voiture sur le parking que Saul sorte. Il quitta les lieux vers 23 heures et elle le suivit jusqu'à son domicile à McLean. C'était une maison blanche de style colonial dans une rue sombre bordée d'arbres et sans trottoirs. Il y a longtemps de cela, il l'avait invitée à déjeuner chez lui. Elle le laissa entrer, attendit vingt minutes, puis alla sonner à sa porte.

L'épouse de Saul vint lui ouvrir en chemise de nuit et robe de chambre. Mira était une Indienne de Bombay que Saul avait rencontrée en Afrique. Carrie ne l'avait vue qu'une fois.

— Bonjour, Mira. Vous vous souvenez de moi ? Il faut que je voie Saul.

— Oui, je me souviens, répondit Mira sans la laisser entrer. Il vient juste de rentrer.

— Je suis vraiment désolée, c'est important.

— Avec l'Agence, c'est toujours important.

Elle s'écarta pour laisser passer Carrie.

— Un de ces jours, vous allez peut-être réaliser que ce qui compte vraiment dans la vie, c'est justement ce que vous ne jugez pas important.

Elle fit un signe de la tête.

— Il est là-haut.

— Merci.

Carrie grimpa l'escalier. La porte de la chambre était entrouverte. Elle frappa et entra. Saul était encore en pantalon mais avait déjà mis sa chemise de pyjama. Il mangeait un yaourt. Le lit était fait et elle trouva qu'il était bien petit. Est-ce qu'ils dormaient ensemble ? Saul posa son yaourt.

— C'est qui, ce Dar Adal ?

— D'où est-ce que tu sors ce nom ?

— Un dossier de la cellule antiterroriste. C'est sur ça que David et toi m'avez fait bosser à mon retour de Beyrouth. Sauf qu'il y a plein de passages expurgés et pratiquement rien sur la DGS, que ce soit dans les archives de Damas ou dans celles de Beyrouth. Un énorme tas de paperasse, mais avec pas grand-chose de substantiel dedans. Tu peux me dire ce qui se passe vraiment ?

— Rentre à la maison, Carrie. La journée a été longue.

— Qui c'est, ce type ?

— C'est de l'histoire ancienne, un épisode pas très glorieux.

Saul détourna les yeux.

— Je ne peux rien pour toi, Carrie, n'insiste pas, vraiment je ne peux pas. Rentre chez toi.

— Je ne sortirai pas d'ici tant que tu ne m'auras pas expliqué ce qui se passe.

Il secoua la tête.

— Ne fais pas l'enfant, Carrie ! Tout ça, c'est fini. J'ai fait ce que j'ai pu.

— Ce n'est pas juste.

— Ah, tu viens de te rendre compte que le monde n'est pas juste ? Eh bien il va falloir que tu t'y habitues, ça t'évitera pas mal de déceptions. Écoute, c'est chez moi ici, et tu n'as aucun droit d'y mettre les pieds, je suis sérieux, j'exige que tu partes.

Son visage était impassible comme celui d'une statue.

— Mais écoute-moi, merde !

— Je t'écoute, Carrie, sauf que tu n'as rien à me dire, tu te contentes de venir pleurnicher.

— La base de données de la NSA a été expurgée, et à Fort Meade ils m'ont dit qu'ils avaient jamais vu un truc pareil, jamais. Tout a été effacé le jour même où j'ai quitté Beyrouth. Qui est-ce qui a les moyens de faire ça ?

Il y eut un moment de silence. On entendait la télévision dans la chambre principale au rez-de-chaussée. Le talk-show de Jay Leno. Ils font chambre à part, pensa-t-elle. Elle sentit qu'elle empiétait sur leur intimité. Saul avait raison, qu'est-ce qu'elle foutait là ?

— Qu'est-ce qui a été expurgé, exactement ? demanda finalement Saul.

— Sur les onze portables de Davis Fielding, il y en a trois pour lesquels on n'a plus une seule trace d'activité depuis plusieurs mois.

— Merde, dit Saul en s'asseyant au bord du lit.

Elle prit place à côté de lui.

— Qu'est-ce qu'Estes a contre moi ?

Saul ôta ses lunettes et les essuya avec le revers de sa veste de pyjama.

— Il n'a rien contre toi. Un jour j'ai remarqué

115

qu'il te matait avec insistance pendant que tu sortais de son bureau, avant de se tourner vers moi sans rien dire. C'était sans doute un truc typique de mec, mais de toute façon il est tout à fait conscient de tes qualités.

— Ah ouais, il trouve que j'ai un beau cul. Ça ne veut pas dire qu'il m'apprécie.

— Pour une raison ou pour une autre, ça ne lui a pas plu que tu ailles mettre ton nez dans une histoire qui ne te regarde pas.

Il remit ses lunettes.

— Et puis pour l'Irak, il comptait vraiment beaucoup sur toi. Une jolie fille intelligente qui parle aussi bien l'arabe, il avait des ambitions pour toi, mais ta visite à la NSA a tout gâché, je ne sais pas pourquoi.

— Cette histoire de Sénat et de menace budgétaire, tu n'y crois pas non plus ?

— Pas vraiment. Mais ce que tu me racontes sur les fichiers de la NSA, ça change tout. Je n'ai plus le choix, il faut qu'on comprenne ce qui se passe à Beyrouth.

— Saul, je t'en prie, laisse-moi retourner là-bas. Virgil et moi, on est capables de mener l'enquête.

— Je ne peux pas. J'ai Estes sur le dos, et il est obsédé par l'Irak, en quoi il n'a pas tort, et aussi par tout ce qu'Al-Qaïda mijote contre les États-Unis. Quelque chose se prépare, et c'est pour bientôt, très bientôt, et ça ne sera pas dans le Sinaï – même si tu as sans doute aussi raison là-dessus et que tout le monde a l'air de s'en foutre. Le problème, c'est AQI, Al-Qaïda en Irak, et Abou Nazir, et quand ils passeront à l'attaque, ce sera à Washington ou à New York.

— Est-ce que ça pourrait être lié à ce que Julia m'a raconté ?

Il fronça les sourcils.

— Difficile d'imaginer un lien entre Abou Nazir et le Hezbollah. C'est pas vraiment le grand amour entre les chiites et les sunnites.

— Mais ce n'est pas exclu ?

— Pas totalement. Écoute, j'ai généralement confiance en ton instinct, mais il ne faut pas trop s'investir sur cette piste, sauf s'il y a des indices sérieux.

— Alors qu'est-ce que tu veux que je fasse ?

— Deux choses, dit-il en lui tapotant la main. D'abord convaincre Estes. S'il protège Fielding, c'est à cause du directeur, Bill Walden. Il faut vraiment que tu le retournes. Deuxièmement, ne sous-estime pas le Département d'analyse des données ni Yerushenko. Ce n'est pas pour rien que je t'ai fait transférer chez eux.

— Je croyais que c'était une sanction.

Saul sourit.

— Ouais, tu parles d'une punition, enfermée dans la caverne d'Ali Baba. En fait, en tant qu'analyste, tu as automatiquement accès à tout ce que tu veux. J'ai bien dit à tout ce que tu veux. C'est le saint des saints, c'est finalement eux qui ont le plus de pouvoir au sein de l'Agence. Et si tu trouves quelque chose, si tu tombes sur quelque chose de vraiment intéressant, je te garantis que Yerushenko va te soutenir à fond, aussi barjo et fils de pute qu'il soit.

117

— Estes a compris le sens de ta manœuvre ?

— Je crois que oui. Tu aurais dû voir sa tête quand j'ai suggéré de te transférer. Ne le sous-estime pas, Carrie. Ce type joue du billard à cinq bandes. Il aurait pu te virer, briser ta carrière pour cette histoire de NSA. Au lieu de ça, quand je propose de t'envoyer au Département d'analyse des données, il ne pipe pas mot. Et il y a plus important encore : il aurait pu t'isoler, par exemple interdire à ce type, Bishop, de communiquer de nouveau avec toi. Il ne l'a pas fait. Et en te transférant, il nous couvre tous les deux, lui et moi. Si quelqu'un pose des questions, il peut dire que tu as été sanctionnée et en apporter la preuve.

Carrie appuya sa tête entre ses mains.

— Tu aurais pu m'expliquer tout ça, ça fait deux semaines que je flippe à mort.

Elle faisait un effort surhumain pour ne pas éclater en sanglots. Elle aurait voulu serrer Saul très fort dans ses bras et ne plus jamais le lâcher. Il ne l'avait pas abandonnée, il croyait en elle. Un frisson de soulagement la parcourut.

— Non, je n'aurais pas pu te l'expliquer, vraiment je ne pouvais pas. D'ailleurs, Estes avait peut-être une autre raison de vouloir te transférer.

Elle le regarda sans comprendre, avant de saisir l'allusion.

— Tu ne veux quand même pas dire que…

— Je ne suis pas sûr. Mais tu sais bien ce que c'est qu'avoir une jolie fille sous ses ordres, il y a plein de mecs qui n'hésiteraient pas à profiter de la situation. David est humain, même si je crois que ce n'est pas son genre, il est super-réglo, il ne ferait jamais un truc pareil.

— Alors tu crois que...

Saul haussa les épaules et détourna le regard.

— Je te dis que je ne sais pas. Il paraît qu'il a des problèmes de couple, mais ce ne serait pas le seul.

C'était probablement une allusion à son propre mariage, pensa Carrie. Est-ce qu'Estes faisait chambre à part, lui aussi ? Est-ce que tout le monde était comme ça à l'Agence ? Est-ce que travailler à la CIA garantissait la destruction de votre vie personnelle ?

— Bon, alors, tu veux que je trouve un truc pour retourner David ?

— Le plus vite possible. Tu es une brave petite catholique, non ? Tu peux lui faire « voir la lumière », comme on dit chez vous.

— Ça fait un bout de temps que je ne me sens plus ni très catholique ni très brave. Et puis venant d'un Juif, je trouve ton commentaire plutôt marrant.

— Eh, c'est que nous, les Juifs, on est des marrants, justement.

10

Glen Burnie, Maryland

Elle avait rendez-vous le matin avec Jimbo Abdel-Shawafi dans un centre commercial de Glen Burnie, une banlieue au sud de Baltimore, pour déjeuner chez Chick-fil-A. Il lui avait envoyé un texto : « Déjà fè l'amour x un handiKP ? »

Réponse immédiate : « T'arrives à banD ? »

« Si c pour toi, je fè un effort. »

« J'ai 2 GROS besoins. »

« On se voit 2 toute façon ? Faut k j t montre un truc. »

Le rouquin l'attendait à une table dans son fauteuil roulant. Il était encore tôt et l'aire de restauration était à moitié vide.

— Pourquoi se donner rendez-vous ici ? lui demanda-t-elle.

— Parce que c'est suffisamment éloigné de nos deux boulots pour éviter de tomber sur un collègue, dit-il en se penchant vers elle. Et puis il y a une rampe d'accès. En plus c'est pas cher, et j'aime le sandwich au poulet.

Il avala une bouchée.

— Alors qu'est-ce que tu as pour moi ? dit-elle

en attaquant sa salade avec une fourchette en plastique.

— On a réactivé notre système de traçage des métadonnées téléphoniques. J'ai programmé mes flux d'entrée de façon à être aussitôt alerté en cas de mouvement. Il n'y avait rien de spécialement intéressant, alors juste pour m'amuser un peu, j'ai activé un logiciel de reconnaissance de visages pour tous les individus désireux de voyager aux États-Unis, et regarde ce que j'ai trouvé.

Il lui tendit son ordinateur portable et lui montra une photo d'identité provenant d'un formulaire de demande de visa de tourisme en ligne. Carrie la reconnut immédiatement.

Elle avait changé de coiffure – au lieu d'être longs, noirs et lisses, ses cheveux étaient courts avec des mèches de couleur –, mais c'était bien Dima. Vivante, Dieu merci.

— C'est elle ? demanda Jimbo en mettant la photo originale que Carrie lui avait laissée à côté de la photo de l'écran.

— Oui, dit Carrie, le cœur battant.

— Et il y a aussi ça.

Une autre fenêtre de l'écran de Jimbo affichait une réservation pour un vol de British Airways Beyrouth-New York avec escale à Londres, une page de passeport libanais et le formulaire de demande de visa.

— Tu as vu le passeport et la réservation ? Elle utilise un faux nom : Jihan Miradi.

— Putain, j'ai vraiment envie de t'embrasser.

— Te retiens pas, répondit Jimbo en souriant.

Elle se leva, fit le tour de la table et l'embrassa sur la joue.

— Ah, je crois que t'as raté la cible.

— Je t'adore, Jimbo. Et je te suis hyper-reconnaissante. Mais bon, on reste copains, c'est tout.

— Enfin, un petit bisou, c'est toujours ça de gagné.

— Si tu en veux d'autres, déniche-moi des trucs comme ça. Tu as une idée de l'endroit où elle se trouve maintenant ?

Il lui fit un clin d'œil.

— La réservation est passée par une agence de voyages. *A priori*, elle est toute seule.

— Alors ça, ça m'étonnerait, dit Carrie sans vraiment y réfléchir.

Mais maintenant qu'elle y pensait, elle était convaincue que c'était vrai.

Jimbo lui montra une copie de la réservation : Unicorn Travel, rue Pasteur. Carrie savait à peu près où c'était, dans le centre de Beyrouth, pas loin du port.

— À New York, elle descendra au Waldorf Astoria. Apparemment, elle n'est pas fauchée.

— Ce n'est pas son argent. Elle sait convaincre les hommes qu'elle a de gros besoins.

— Elle n'est pas la seule à être douée pour ça.

Carrie lui jeta un regard furieux.

— On ne fonctionne pas toutes comme ça. Si c'est ça que tu crois, tu te plantes grave.

— Excuse-moi, c'est pas du tout ce que je voulais dire.

Son visage s'éclaira d'un sourire.

— Tu crois qu'elle me plairait, ta Dima ?

— Tout ce qui porte un jupon a l'air de te plaire. Mais oui, je crois qu'elle te plairait vraiment.

Tout d'un coup, les pièces du puzzle se mettaient en place. Dima lui avait bien tendu un piège en la livrant à Rossignol, qui voulait l'enlever ou l'assassiner. Après sa disparition, et juste après les incidents d'Abbassiyah, voilà qu'elle refaisait surface à New York. Il était clair qu'elle était en mission. Mais pour qui ? La DGS, le Hezbollah ? Pas logique. Si quelqu'un devait venger les victimes d'Abbassiyah, ce serait Al-Qaïda. Tout ça avait dû être planifié. Il manquait donc une pièce quelque part. Probablement à Beyrouth.

Elle réexamina les documents de réservation de Dima. Elle était censée arriver à New York dans quatre jours. Estes avait mobilisé tout le personnel de la cellule antiterroriste en vue d'une attaque sur le sol des États-Unis. Saul disait que la cible serait New York ou Washington. Et si c'était lié au voyage de Dima ?

Qu'est-ce qui était prévu cette semaine au Waldorf Astoria, ou à New York ? Carrie voulait retourner au Département d'analyse des données le plus vite possible pour y consulter son ordinateur.

— Merci, Jimbo, dit-elle en posant sa main sur son bras. Ce que tu as trouvé, c'est un truc énorme, vraiment énorme.

Les yeux bleus de Jimbo plongèrent dans les siens. Des yeux vraiment magnifiques, pensat-elle.

— On peut se revoir, un de ces jours ?

Elle hésita un instant.

— Non, je ne crois pas.

Il prit une profonde inspiration, appuya ses deux mains sur les accoudoirs et lâcha le morceau :

— C'est à cause du fauteuil roulant ?

Elle baissa la tête.

— Il y a peut-être un peu de ça, je ne dis pas. Mais ce n'est pas l'essentiel.

— Je ne te plais pas du tout ?

— Je ne sais pas. J'ai horreur de ces situations. C'est toujours un problème pour une femme – et de toute façon, là n'est pas la question.

Elle fit une pause.

— Tu me plais, Jimbo. Le truc, c'est que justement je n'ai pas envie de te faire du mal, parce que malheureusement c'est comme ça que je fonctionne avec les mecs. Je sais que tu vas me dire que c'est des conneries, mais je t'assure, je te fais une faveur.

— Excuse-moi, mais ça a *vraiment* l'air d'être des conneries.

— Sauf que ça n'en est pas. Je suis sincère. Et puis j'ai une sorte de relation avec quelqu'un.

Elle pensait à Estes.

— Tu sais, Carrie, tu es vraiment super. Tu ne devrais pas garder ça pour toi toute seule. En attendant, tiens.

Il lui tendit une clé USB contenant toutes les données qu'il venait de lui montrer.

— Je te jure que je ferai un effort, mais pas aujourd'hui. Ce truc-là, lui dit-elle en signalant la clé USB, ça va sauver des vies. Tu as mis le doigt sur quelque chose de vraiment important.

— Attends, ce n'est pas tout.

— Quoi ?

— J'ai recommencé à tracer l'activité des trois portables suspects de Fielding. Là-dessus, tu as tous ses appels depuis que ses contacts ont été effacés. Ça concerne en fait un seul numéro. Une femme.

— Tu es incroyable !

Elle l'embrassa sur le front.

— Merci.

— Tout le plaisir est pour moi. Mais attention, il y a un truc : on m'a fait savoir qu'il y avait des gens qui n'appréciaient pas trop les contacts inter-agences.

— Ouais, on m'a suggéré la même chose.

Elle mourait d'envie de retourner à Langley le plus vite possible. Elle devait trouver un moyen de convaincre Estes. C'était quoi, cette expression que lui avait sortie Saul, un truc vaguement catholique ? « Lui faire voir la lumière. » Il la connaissait vraiment bien, la petite lycéenne du collège de la Sainte-Trinité.

Dima était dans un avion en route pour New York. Il fallait absolument la stopper. Elle apportait la mort avec elle.

11

F Street, Washington, DC

David Estes était déjà installé lorsque Carrie arriva au Monaco, un hôtel de charme avec colonnades en façade et marquise rouge, juste en face de la National Portrait Gallery. Le maître d'hôtel lui jeta un regard interrogateur, mais elle secoua la tête et se dirigea directement vers le bar. Le patron de la cellule antiterroriste dînait avec un homme à l'embonpoint respectable, sans doute un député bien en vue.

Elle avait mis sa tenue la plus sexy, une mini-robe Terani sans manches et passablement moulante, avec un décolleté plongeant qui ne laissait pas grand-chose à l'imagination. Au moment où elle s'approchait du bar décoré dans le style brasserie, trois hommes sautèrent de leur tabouret pour lui offrir leur place. Elle était contente : la petite robe faisait son effet.

De retour à Langley, après son déjeuner avec Jimbo, il lui avait fallu moins de trente secondes pour comprendre : dans deux jours, le Parti républicain donnait une soirée au Waldorf Astoria pour lever des fonds. Le vice-président, le gouverneur du New Jersey et le maire de New York étaient invités. Des cibles évidentes.

Elle ne pouvait pas s'en remettre au FBI, même s'il fallait évidemment l'informer. De toute façon, il fallait qu'elle se rende à New York. Pour Carrie, Dima n'était pas une simple photo, elle la connaissait. Son problème maintenant était bien de « faire voir la lumière » à Estes.

Le client dont elle avait pris la place au bar était un quadragénaire à l'allure distinguée en costume Armani. Dix contre un qu'il faisait du lobbying, pensa Carrie. Ce type gagnait sa vie en faisant du trafic d'influence.

— Vous êtes dans le lobbying ?

Le type confirma avec un sourire extatique.

— Vous prenez quoi ? lui demanda-t-il.

— Une margarita, Patron Silver pour la tequila.

Il fit signe au barman et lui transmit la commande.

— Vous travaillez où ?

— Au Département d'État. Encore une bureaucrate, dit-elle en haussant les épaules.

Elle se tourna vers la table d'Estes.

— C'est qui, ce type qui dîne avec le Noir, là ? Je l'ai déjà vu quelque part.

Jouer les idiotes était souvent la meilleure tactique.

— Vous ne le reconnaissez pas ? lui répondit l'homme avec un clin d'œil. C'est Hal Riley, le président de la Commission budgétaire du Congrès, un pilier du Capitole.

— Vous le connaissez, vous ?

Carrie sentait que M. Armani risquait de décoller du sol tant ses chevilles enflaient.

— J'ai joué au golf avec lui mardi, c'est un brave type, mais...

Il se pencha vers l'oreille de Carrie.

— Il ne boit que du Mulligan. Qu'est-ce que vous en concluez ?

— Qu'il est un peu mafieux, comme la moitié de la ville. Vous avez l'air de bien le connaître.

Elle se demandait combien de temps elle allait devoir attendre avant qu'Estes se rende compte de sa présence.

— Le grand Noir, par contre, je ne sais pas qui c'est, continua Armani. Le vice-directeur d'une quelconque agence fédérale, sans doute.

— Probablement, dit-elle en fixant Estes.

Il allait bien finir par la repérer, mais il ferait mieux de ne pas trop tarder. Vingt minutes de plus et Armani allait lui mettre la main au cul en susurrant des propositions de week-end aux Bahamas.

Enfin, Estes leva les yeux et aperçut Carrie. Il se pencha vers le député et lui dit quelque chose avant de quitter la table et de s'approcher du bar.

Armani tenta d'engager la conversation :

— J'étais justement en train de dire à cette charmante dame...

L'ignorant complètement, Estes s'adressa directement à Carrie :

— Qu'est-ce que vous voulez ? Ne me dites pas que vous me suivez.

— Il faut que je vous parle.

Il fronça les sourcils.

— Ce n'est vraiment pas très professionnel. On parlera demain, dans mon bureau.

Il fit mine de s'éloigner, mais elle le rattrapa par la manche.

— Non, il faut que je vous parle maintenant. Il y a urgence.

— Je suis en train de dîner avec le député Riley. C'est…

— Oui, je sais qui c'est. Débarrassez-vous de lui.

Estes fixa Carrie avec un léger tremblement de la mâchoire. Il retourna à sa table, échangea quelques mots avec le député et le serveur, puis revint au bar.

— On ne peut pas parler ici, dit-il en jetant un œil à Armani. Partons.

Ils récupérèrent chacun leur pardessus et s'installèrent dans le hall, près de la cheminée.

— J'espère bien que c'est vraiment important, dit Estes. Je suis en train d'essayer de convaincre ce connard de ne pas tailler dans notre budget, vu que les terroristes n'ont pas déposé les armes.

— On ne peut pas parler ici non plus, répondit Carrie en scrutant les alentours. Washington est un village. J'ai réservé une chambre à l'étage, ça sera plus discret.

Estes ne cacha pas sa surprise et réagit durement.

— Vous êtes folle ? Qu'est-ce que c'est que cette histoire ?

— C'est une affaire qui concerne l'Agence, qu'est-ce que vous voulez que je vous dise ?

— J'espère que vous n'êtes pas en train de

vous foutre de ma gueule, Carrie. De quoi s'agit-il, au juste ? C'est du harcèlement ?

— Ne dites pas de bêtises. Pourquoi est-ce que je vous harcèlerais ? Je sais où vous travaillez. Allons-y.

Tandis qu'elle se dirigeait vers l'ascenseur, il hésita un instant à la suivre.

Une fois à l'étage, ils parcoururent sans un mot le couloir élégamment décoré. Elle ouvrit la porte. Estes appuya sur l'interrupteur, mais Carrie préféra allumer une lampe de chevet et éteindre le plafonnier.

— Bon, vous allez me dire ce que vous voulez, maintenant ?

Estes ne put terminer sa phrase : Carrie s'était jetée dans ses bras et l'embrassait fougueusement.

Il se dégagea de son étreinte.

— Si vous croyez me piéger comme ça, Carrie, vous commettez une erreur gravissime.

— J'ai deux choses à vous dire, David, deux, pas plus – après ça vous pourrez me virer ou faire de moi ce que vous voulez. Un : Dima, le contact qui m'a entraînée dans un piège à Beyrouth, est encore vivante. C'est elle qui m'avait connectée avec Rossignol. Un type qui entre parenthèses travaille pour le Hezbollah, ce que votre copain Fielding s'est bien gardé de vous dire, et qui a essayé de me tuer ou de me kidnapper. Vous saisissez ? Vous m'avez passé un savon pour avoir pris contact avec la NSA, mais c'est justement grâce à la NSA que j'ai obtenu cette info. Et cette fameuse Dima, eh bien elle est en route pour New York. Juste après Abbas-siyah, vous croyez que c'est une coïncidence ?

Carrie se garda toutefois de lui dire où Dima se rendait exactement à New York, au cas où il aurait voulu l'empêcher d'intervenir.

Elle se pressa de nouveau contre lui.

— Et deux : j'ai envie de toi, et ça n'a rien à voir avec le boulot. Prends-moi et vire-moi après si tu veux, je m'en fous.

— Vous vous rendez compte que je suis marié ?

— Je m'en fous complètement. C'est plus fort que moi, j'ai envie de toi et je sais que toi aussi.

Elle essaya de l'embrasser encore, mais il détourna son visage. Elle insista, le couvrant de baisers sans arriver à atteindre ses lèvres.

— Écoute, si tu m'affirmes que tu n'as pas envie de moi, si tu me promets que tu n'y as jamais pensé, j'arrête tout de suite et je te jure que je n'essaierai même plus de t'approcher.

Ses lèvres trouvèrent enfin les siennes et ils s'embrassèrent longuement et avec passion. Elle lui mordit la lèvre inférieure, savourant le goût du sang. Il la repoussa.

Il s'essuya.

— Tu es une vraie salope !

— Eh oui, je suis comme ça. Qu'est-ce que tu peux y changer ?

Elle l'embrassa et lui saisit la main pour la plaquer sur ses seins. Il était beaucoup plus grand, elle devait faire un effort pour l'étreindre tout entier, et elle adorait ça. Collée contre son corps, elle sentait son sexe se durcir.

— Vas-y, dis-moi que tu n'en as jamais eu envie.

— C'est vrai, j'en avais envie, murmura-t-il.

Elle dégrafa sa robe et s'en débarrassa, restant en soutien-gorge et petite culotte. Elle posa sa main entre ses cuisses.

— Regarde, je mouille. Fais quelque chose, susurra-t-elle en l'attirant vers le lit.

Par la fenêtre, on distinguait la masse blanche du musée, tel un iceberg illuminé.

— Je crois que ce n'est vraiment pas une bonne idée, dit-il en commençant à se déshabiller.

— Tu as raison, c'est une très mauvaise idée.

— Je vais le regretter. On va le regretter tous les deux.

Il avait déjà à moitié enlevé sa cravate et sa chemise.

— Je suis d'accord.

— Je ne peux pas faire ça. Je ne peux pas.

Il s'arrêta un instant, debout devant la fenêtre. Carrie dégrafa son soutien-gorge.

— Si tu n'as pas envie de moi, dis-le, et on arrête tout de suite.

Elle s'allongea sur le lit et souleva les hanches pour enlever sa culotte.

— Mais j'en ai marre de cette existence de mort-vivant. Et toi, tu n'en as pas marre ? Ou peut-être que quand on est chef, on voit les choses autrement ?

— Tu es vraiment diabolique, dit-il en ôtant son pantalon et son caleçon.

Il se jeta sur elle.

— Tu peux encore dire non, murmura-t-elle en agrippant son sexe pour le guider.

Elle enroula ses jambes autour des hanches d'Estes et se serra encore plus fort contre lui.

— Seigneur, ça faisait tellement longtemps, soupira-t-elle tandis qu'il la pénétrait.

12

Amtrak Acela Express, New Jersey

Express Acela Washington-New York, quatre jours plus tard, destination Pennsylvania Station. Carrie contemplait le paysage monotone du New Jersey qui défilait à toute vitesse par la fenêtre. Assis à côté d'elle, Saul Berenson travaillait sur son ordinateur portable. Elle était perdue dans ses pensées, quelque part entre Beyrouth et le corps nu de David Estes, qui ravivait ses fantasmes chaque fois qu'elle pensait à lui.

Elle adorait sa carrure d'athlète et le poids de ce grand corps sur le sien. Dans sa jeunesse, David avait fait partie de l'équipe de football américain de l'université, et il en avait conservé des qualités qui renforçaient son sex-appeal. Elle aimait le grain de sa peau et sa couleur, le contraste du blanc et du noir, comme les touches d'un piano. Ça lui faisait penser au jazz, à Thelonious Monk, à Bud Powell, à Princeton et à son initiation sexuelle.

Troisième année de fac. Elle avait commencé à apprendre l'arabe, à étudier le Moyen-Orient et à fréquenter John, son professeur et amant. Première nuit ensemble dans son appartement, à fumer de l'herbe en écoutant des CD de jazz, et à faire l'amour dans toutes les positions possibles et imaginables. Le lendemain, au petit déjeuner, expresso, chips, cookies au chocolat et Billie Holiday.

— J'étais tellement jeune. C'était les années 1960, au fin fond de l'État de New York. Le Vietnam, les Stones, Creedence Clearwater. J'étais plutôt solitaire, je restais debout tard le soir dans ma chambre à écouter la radio. Un jour, ils ont passé une chanson de Billie Holiday, « Strange Fruit ». Une chanson qui en dit plus sur le destin des Noirs américains que tous les films et les bouquins sur le sujet. Alors j'ai eu une espèce de flash : tout était dans la musique, il suffisait d'écouter.

Mais Carrie n'écoutait pas, elle commençait déjà à planer. Elle se sentait légère, tellement légère que si on ne la retenait pas elle risquait de s'envoler comme un ballon très haut dans le ciel et de ne plus jamais redescendre.

Ce soir-là, il était censé l'emmener à une fête, mais il lui avait posé un lapin. Furieuse, elle y était allée toute seule. Les invités buvaient et dansaient comme des fous, et Carrie descendait tequila sur tequila ; elle avait l'impression que rien ni personne ne pouvait lui faire de mal. Les conversations tournaient autour de la série X-Files et de Dolly, la brebis clonée.

Il y avait un type plutôt beau gosse vêtu d'un pull élégant. Il s'était arrangé pour lui faire savoir qu'il était membre du Colonial, un des clubs les plus exclusifs de Princeton. Est-ce qu'on finirait par en arriver à cloner des êtres humains ? C'était la question qu'il avait posée à Carrie, et elle avait démarré au quart de tour. Tout y était passé : l'impossibilité de la répétition à l'infini, l'inévitable dégénérescence du clonage, le lien de tout ça avec Charlie Parker et le jazz, et les motifs répétés des mosaïques islamiques. Elle était intarissable, elle se sentait belle et séduisante, et tant pis pour John. Mais elle ne se rendait pas compte que le type du Colonial et les autres invités commençaient à la regarder de travers et à prendre leurs distances. Elle avait fini par voir ces deux filles qui la regardaient bizarrement elles aussi. Elles échangeaient des propos qui n'avaient pas l'air très flatteurs, du genre : « Mais qu'est-ce qui lui prend, à celle-là ? », mêlés d'une touche de commisération. Alors elle s'était levée et avait couru à perdre haleine jusqu'au dortoir.

De retour dans sa chambre, elle avait arraché ses vêtements. Assise nue sur son lit, elle avait griffonné furieusement sur son carnet, noircissant des quantités de pages à toute vitesse. Elle écrivait sur la musique et les lois de l'univers, oui, tout l'univers n'était qu'une gigantesque partition musicale. Sept heures plus tard, alors que le jour s'était déjà levé, elle s'était retrouvée avec un manifeste de quarante-cinq pages intitulé Comment j'ai réinventé la musique et qui expliquait la relation entre les mélodies de jazz, Jackson Pollock, les mathématiques, la mécanique quantique et la théorie einsteinienne de la relativité générale. Parce que tout était lié. Ce salaud de John avait raison : il suffisait d'écouter.

C'est alors qu'elle avait pris sa veste et son

ordinateur portable. Toujours nue, elle avait dévalé les escaliers et s'était retrouvée dans la rue. Elle avait couru pieds nus dans la neige, manquant de renverser au passage un petit homme à lunettes de type latino. Elle ne l'avait jamais vu auparavant, mais il avait l'air d'un professeur. Elle l'avait saisi par le revers et lui avait fourgué de force son manifeste.

— Lisez ça, faites-le publier. Ce manuscrit va changer le monde. L'univers entier est musique, mais jusqu'à aujourd'hui on a tout fait de travers, on était dans l'impasse. Moi, j'ai réussi à tout réinventer, vous comprenez ? Tout se tient, bordel de merde, tout est lié dans l'esprit de Dieu.

— Vous vous sentez bien, mademoiselle ? Vous résidez à Butler ? lui avait dit l'homme, effaré.

Quelques étudiants s'étaient arrêtés pour contempler le spectacle.

— Lisez ça tout de suite ! Vite ! C'est le texte le plus important du monde. Regardez !

Elle lui avait montré la première page.

— Quelqu'un connaît cette jeune femme ? s'était enquis le professeur.

Personne n'avait pris la peine de répondre ou de réagir.

— Elle est complètement nue, avait observé une étudiante.

— Et elle n'a pas de chaussures, avait ajouté un jeune homme.

— Mais qu'est-ce que vous racontez ? avait hurlé Carrie. Vous ne vous rendez pas compte ? Parker et Monk, ce qu'ils ont fait, c'est libérer la musique de toute cette merde européenne. Ils ont compris

137

les lois de l'arithmétique musicale. *Putain, mais ce que vous avez entre les mains, c'est le secret de l'univers !*

Le petit homme s'était alors tourné vers les étudiants.

— *Je suis le professeur Sanchez. Aidez-moi, s'il vous plaît. Il faut l'emmener à l'hôpital.*

Toujours intarissable, elle avait été transportée au CHU, où on l'avait traitée à la carbamazépine, sans autre effet que de la faire vomir. Après quoi on l'avait bourrée de calmants. La journée entière et les deux semaines suivantes s'étaient complètement effacées de sa mémoire.

C'était un traitement au lithium dans une clinique privée qui l'avait ramenée à la réalité. Le temps s'était envolé. Elle s'était retrouvée chez elle, dans le Maryland.

— *Tu viens d'avoir une crise,* lui avait dit son père. *Je suis vraiment désolé, Caroline. Tu comprends ce que je vis, maintenant ? Parfois, je me dis que c'est la meilleure et la pire des expériences.*

— *C'est toi qui m'as refilé cette saloperie. Je ne veux plus jamais te voir, je ne veux plus jamais me sentir aussi mal.*

— *Tu crois vraiment que tu as le choix ?*

Quelques jours après son retour à Princeton, elle avait reçu un appel de John.

— *Qu'est-ce qui s'est passé ? On m'a dit que tu avais fait une crise. Il faut que je te voie.*

— *Laisse tomber. Moi, je n'en ai pas envie.*

— *Mais qu'est-ce qui se passe ? Laisse-moi venir.*

— *Pas question. Et je t'interdis de m'appeler. Je suis sérieuse.*

— *Mais pourquoi ? Donne-moi au moins une raison, tu me dois bien ça.*

— *Tu te rappelles la jolie fille avec qui tu aimais bien coucher, celle avec qui tu te sentais si intelligent ? Eh bien elle a disparu, oublie-la, elle n'existe plus.*

— *Carrie, dis-moi. Qu'est-ce qui s'est passé ? C'est à cause de ta famille ?*

— *Oui, si on veut. C'est génétique. Écoute, John, tu vas te trouver une autre petite étudiante, tu es doué pour ça, et tu vas l'éblouir avec tes histoires sur Billie Holiday et Charlie Parker. Alors fais-moi une faveur, oublie-moi.*

— *Je crois que je suis amoureux de toi.*

— *N'importe quoi ! Ce que tu aimais, c'est ton image dans mes yeux. Rien à voir avec moi. C'était pratiquement de la masturbation, pas de l'amour.*

— *Oui, enfin, tu t'es bien amusée quand même, tu ne vas pas le nier,* avait lâché John, agacé.

— *C'est vrai, mais maintenant fous-moi la paix, je ne plaisante pas,* avait-elle dit avant de raccrocher.

Elle retourna au bureau avec une idée obsédante : Dima n'agissait pas seule. Qui étaient ses complices et comment allaient-ils s'y prendre pour liquider le vice-président et les hôtes du Waldorf Astoria ?

Elle avait convaincu Joanne de l'aider dans ses recherches, mais c'était insuffisant. Le temps pressait, l'attaque était imminente. Elle pénétra dans le bureau de Yerushenko.

Il leva les yeux vers elle.

— C'est à quel sujet ?

Elle lui raconta tout. Mais vraiment tout : Dima et Rossignol à Beyrouth ; l'avertissement de Julia ; les fichiers manquants ; l'arrivée de Dima aux États-Unis sous un faux nom ; la réunion du Waldorf Astoria avec le vice-président et les notables du Parti républicain. La conversation dura deux heures. Quand elle eut fini, Yerushenko décida de mobiliser tout le service et lui prêta le grand tableau d'affichage blanc de son bureau pour y coller ses photos et ses notes.

— Je dois dire que je ne m'y attendais pas, lui avoua-t-elle. Vu la façon dont j'ai été transférée et tout le reste, je ne pensais pas obtenir votre soutien.

— Ça n'a rien à voir avec vous, répondit Yerushenko. Simplement, votre histoire a l'air de coller : un agent double lié à la DGS et peut-être au Hezbollah, une tentative d'enlèvement ou d'assassinat sur un membre de la CIA – qui travaille pour moi, maintenant –, et voilà que l'agent double disparu de la circulation après cette affaire refait surface et prend l'avion pour les États-Unis juste après Abbassiyah. Et comme par hasard, elle réserve une chambre au Waldorf Astoria à la veille d'un petit pince-fesses auquel assiste le vice-président. Il faudrait vraiment être complètement taré pour ne pas prendre ça au sérieux. Et au passage, je vous signale que je ne me fie pas nécessairement à l'avis de mes collègues pour juger des compétences de mes agents. Je suis capable de me faire un avis tout seul, merci.

Tout le service se mit au travail. Première tâche : passer au crible les visiteurs de sexe masculin – « Connaissant Dima, je suis sûre que ça sera un homme » – en provenance du Moyen-Orient, entrés sur le territoire américain ces deux derniers mois, ou bien prévoyant d'y entrer avant le cocktail au Waldorf Astoria. D'après les listes fournies par le Département d'État américain et les douanes, plusieurs milliers de personnes répondaient à ce critère.

— Nous cherchons une connexion, expliqua Carrie à ses collègues. Tout individu en provenance de Beyrouth ou étant passé à un moment ou à un autre par Beyrouth, même si son vol venait d'ailleurs. Tous ceux dont on peut retracer le moindre lien avec la DGS syrienne ou avec Damas. *Idem* pour ceux qui pourraient avoir une relation quelconque avec Rossignol ou avec Dima, ou bien qui sont entrés en communication avec eux, et même ceux qui ont été au même endroit en même temps qu'eux. Bref, on ne néglige aucune piste, même indirecte.

Il ne restait plus que quelques jours avant le cocktail. L'équipe faisait les trois-huit en se restaurant à la cafétéria, voire aux distributeurs automatiques. De temps en temps, Joanne allait fumer une cigarette aux toilettes et entraînait Carrie pour qu'elle lui tienne compagnie.

Au bout de trois jours, il restait quatre suspects possibles. Les trois premiers étaient Mohammed Hegazy, un médecin égyptien qui rendait visite à son frère à Manhattan ; Ziad Ghaddar, un homme d'affaires libanais séjournant au Best Western de l'aéroport Kennedy ; et Bassam al-Shakran, un représentant en produits pharmaceutiques jordanien qui avait visité Bagdad et Beyrouth au cours des deux derniers mois. Il était arrivé d'Amman depuis trois jours et logeait chez un cousin à Brooklyn. Le dernier, Abdel Yassine, était un jeune Jordanien lui aussi originaire d'Amman, débarqué à New York avec un visa d'étudiant pour faire ses études au Brooklyn College.

Le troisième jour, Saul leur posa la question sans détour :

— Si vous n'en aviez qu'un à choisir, ce serait lequel ?

Ils étaient réunis tous les trois dans le bureau de Yerushenko, devant le mur couvert de Post-it, de feuilles, de photos. Tous ces documents étaient reliés entre eux par des lignes de couleur tracées au feutre qui dessinaient une toile d'araignée surréaliste.

— Les deux Jordaniens, dit Carrie en indiquant leurs photos sur le mur. Le cousin du représentant habite à Gravesend.

Elle pointa ce quartier du sud de Brooklyn sur la carte.

— Le deuxième est inscrit au Brooklyn College, à la limite de Midwood et Flatbush. Ils n'habitent pas très loin l'un de l'autre. J'ai demandé à Joanne de vérifier ce que fait le cousin.

— Et alors ? demanda Yerushenko.

— Vous allez aimer. Il a une boîte de matériel de fitness. Tapis roulants, appareils de musculation, ce genre de trucs. Vente et service après-vente.

— Il y a une salle de gym au Waldorf ? demanda Saul.

Elle confirma. Les deux hommes échangèrent un regard lourd de sens.

— Attendez, ne me dites rien, dit Yerushenko. Le Waldorf est un de ses clients.

— Bingo, dit Carrie. Ils ont leurs entrées à l'hôtel.

Ils étudièrent le tableau sur le mur. Deux des lignes représentaient une connexion possible entre les Jordaniens, mais essentiellement parce qu'ils étaient tous les deux d'Amman. Seul le représentant était allé à Beyrouth, mais d'après les infos dont ils disposaient il y était allé trois fois. Le traçage des appels de son portable fourni par la NSA montrait que sa dernière visite remontait à deux semaines.

— C'est tout ce qu'on a sur les Jordaniens ? demanda Saul.

— Non, il y a ça aussi.

Carrie pointa la reproduction d'un article de journal en arabe illustré par la photo d'un jeune homme. Une ligne au marqueur reliait cette image et la photo accompagnant la demande de visa d'al-Shakran.

— C'est la notice nécrologique du frère d'al-Shakran. Il a été tué en Irak.

— Merde, dit Saul. Il est mort au combat ?

— Je ne sais pas. La notice n'en parle pas et nos agents à Amman n'ont pas encore pu me fournir d'infos à son sujet. Il faut l'envisager comme une possibilité.

— Et un mobile, commenta Saul.

— Mais bon, ils vont procéder comment ? demanda Yerushenko. Une bombe ?

— Peut-être, dit Saul, mais je penche plutôt pour des armes à feu. Des fusils d'assaut feraient bien l'affaire.

— Mais où est-ce qu'ils se les procureraient ? La législation de l'État de New York ne va pas leur faciliter les choses, remarqua Yerushenko.

— Il y a plein de possibilités, expliqua Carrie. Dans le Vermont, les lois sont beaucoup plus laxistes et ce n'est pas si loin de New York. En réalité, ce n'est pas si difficile que ça. Je vous parie qu'ils ont déjà tout ce dont ils ont besoin.

— Et la sécurité ? Le vice-président est protégé par une escorte des services secrets et il y aura des détecteurs de métaux à l'entrée de la salle. Ils doivent bien le savoir, non ?

— Une fois dans l'hôtel, tout ça, c'est des broutilles. S'ils ont des fusils d'assaut, ils n'ont qu'à se frayer un chemin en mitraillant tout sur leur passage. Ils peuvent faire un beau massacre avant même que l'escorte du vice-président ait le temps de réagir, dit Carrie.

— Mais à la fin, ils vont quand même se faire descendre, observa Yerushenko.

Cette remarque fit sourire Saul et Carrie.

— Oui, sauf que ça leur est égal. Et il leur suffira d'une ou deux balles bien ajustées pour abattre le vice-président dès le départ. Les autres victimes, pour eux, c'est juste la cerise sur le gâteau, expliqua Saul.

— Qu'est-ce qu'en pensent David Estes et la cellule antiterroriste ? demanda Carrie.

Saul ne lui cacha pas son étonnement.

— Je ne sais pas ce que tu lui as raconté, mais tu l'as convaincu à fond. Il nous soutient sur toute la ligne, et il a même obtenu l'appui du directeur.

Gare de Trenton. À travers la vitre, Carrie contemplait les passagers qui descendaient du train et la foule qui grossissait sur le quai. Tous ces gens qui vivaient tranquillement leur petite vie sans avoir la moindre idée de ce qui se préparait si l'Agence n'arrivait pas à stopper les terroristes.

— On a rendez-vous avec qui ? demanda-t-elle à Saul.

— Le capitaine Koslowski, cellule de contre-espionnage de la police de New York. Soit lui en personne, soit un de ses hommes qui nous attendra à Penn Station.

— Et le FBI ?

— On ne peut pas le tenir complètement à l'écart, mais je préfère gérer ça autant que possible avec la police de New York.

Carrie hocha la tête. Elle avait envie de raconter à Saul sa conversation de la veille au soir avec Virgil, mais préféra s'abstenir. Elle avait juste eu le temps de passer quelques heures avec David au Hilton de Tysons Corner et s'était levée à 6 heures pour prendre le train pour New York.

— Ma femme me quitte, lui avait dit David. Elle ne m'a même pas parlé de toi, ni exigé que j'arrête de te voir. « Tu peux rester avec ta pute », c'est tout ce qu'elle a dit. C'est terminé.

— Et nous deux ?

— Je ne sais pas. Qu'est-ce que tu en penses ?

— Je ne sais pas non plus.

Au moment de passer chez elle pour faire ses valises, elle en avait profité pour contacter Virgil. Elle voulait savoir s'il avait eu des nouvelles de Dima ou de Rossignol depuis son départ de Beyrouth, mais il n'était au courant de rien. En revanche, Fielding l'avait chargé d'espionner un diplomate bahreïni bourré de fric qui menait la grande vie à Ras Beyrouth.

— Si jamais tu t'intéresses à la vie sexuelle des Bahreïnis en goguette, j'ai un bon paquet d'images.

— Laisse ça à Fielding, avait répondu Carrie. C'est à peu près le seul genre de truc qu'il est capable de comprendre.

— Ouais, j'avoue que je ne sais plus trop si je fais de l'espionnage ou du film porno, lui avait dit Virgil avant de raccrocher.

Rien de nouveau à Beyrouth, donc. C'était quand même étrange. Où était passée Dima pendant tout ce temps ? Elle n'était certainement pas restée en ville ; Dima n'était pas le genre de fille qui passait inaperçue, surtout à Beyrouth, où tout le monde espionne tout le monde. Et pour qui travaillait-elle ? Pour les chrétiens de l'Alliance du 14-Mars, pour le Hezbollah, pour les Syriens, pour les Iraniens ? Après Abbassiyah, tout le monde partait de l'hypothèse qu'en cas d'attaque terroriste les responsables seraient sunnites, comme Al-Qaïda. Mais peut-être que les

Iraniens avaient un plan pour faire croire que c'étaient les sunnites, justement.

Et puis tout d'un coup, alors que le train sortait de la gare de Trenton, une idée la traversa. Son corps était tendu à l'extrême. Peut-être que c'était justement l'inverse. Peut-être qu'Al-Qaïda en Irak utilisait Dima et ses connexions syriennes pour attaquer le Waldorf Astoria et faire porter le chapeau aux Iraniens ?

Mais oui, bon sang, c'était tout à fait plausible. Quand elle ne travaillait pas à Beyrouth, sa mission officielle au Département d'analyse des données était Al-Qaïda. Et puis l'année précédente à Bagdad, elle avait aussi passé une bonne partie de son temps à étudier Al-Qaïda, en particulier les quelques infos disponibles sur Abou Nazir, le chef de l'organisation en Irak. Un truc qu'elle avait découvert, c'est qu'il était particulièrement tordu, il ne faisait jamais les choses simplement, jamais. Un attentat au Waldorf Astoria impliquant les réseaux syro-iraniens, c'était tout à fait son style, et ça lui servirait ensuite à Bagdad.

Ils arrivaient à Penn Station. Saul rangea son ordinateur. Il y avait sans doute encore autre chose, mais Carrie n'arrivait pas à savoir quoi exactement.

13

New York

Koslowski les attendait sur le quai avec un de ses hommes. C'était un grand gaillard aux cheveux blond filasse d'un mètre quatre-vingts, en jean et blouson de cuir. Son assistant, Gillespie, portait un coupe-vent et une casquette de base-ball des Yankees. Malgré leurs vêtements civils, on les repérait tout de suite.

— Saul, ça fait plaisir de te voir. Et vous, vous devez être l'agent Mathison, c'est ça ? dit Koslowski en montrant son badge à Carrie. Bon, votre fameuse Dima – nous, on l'appelle par son nom de code, Jihan –, eh bien on se demande si elle ne risque pas de se déguiser, de mettre une perruque par exemple. Vous seriez capable de la repérer dans une foule pareille ? ajouta-t-il en indiquant les passagers qui descendaient du train. Tout ce qu'on a, c'est la photo de sa demande de visa.

— Capitaine, je vous garantis que je pourrais la repérer même dans la foule du Yankee Stadium, lui assura Carrie.

Koslowski se tourna vers son assistant en souriant.

— Bon, eh bien je crois qu'on a affaire à de vrais professionnels. Contents de travailler avec vous.

Ils se dirigèrent vers la sortie de la gare.

— On va où ? demanda Saul.

— On est installés sur la 48e Rue, près du siège de l'ONU. C'est de là qu'on dirigera les opérations. Notre QG est dans le Queens, trop loin de la cible.

Il fronça les sourcils.

— On a quatre commandos Hercule sur pied de guerre – c'est nos forces spéciales à nous. Et un bon nombre d'agents de police à l'extérieur du Waldorf, avec sécurité renforcée à mesure qu'on s'approche de la cible.

— Très bien, vous avez mis le paquet, on voit que vous prenez ça au sérieux, dit Saul. Et la surveillance des Jordaniens ?

— Profil bas, comme prévu quand on en a discuté. On ne veut pas éveiller leurs soupçons. Et on couvre les quatre suspects que vous nous avez signalés. On a obtenu un mandat pour écouter leurs téléphones fixes et les antennes à proximité de leur logement. Les appels sont tracés.

Carrie s'inquiéta de savoir si les agents postés aux écoutes parlaient l'arabe, sans quoi ils ne seraient pas d'une grande utilité.

— Oui, la rassura Koslowski.

— Et Dima, je veux dire Jihan, elle est arrivée quand ?

— Son avion vient d'atterrir. Elle en train de passer la douane à JFK. Il y a apparemment un truc intéressant dans ses bagages.

— Ah bon ? dit Saul.

— Un violoncelle. Avec un gros étui, évidemment.

— Mais elle ne joue d'aucun instrument, observa Carrie.

Koslowski hocha la tête d'un air maussade.

— C'est bien ce qu'on soupçonnait.

Se tournant vers Saul, il désigna Carrie.

— Voilà une dame qui connaît son boulot.

— Quoi d'autre ? dit Saul.

— Il y aura quelqu'un du FBI sur place, l'agent spécial Sanders. Et puis il faut aussi qu'on coordonne avec les gars des services secrets qui protègent le vice-président. On ne leur a encore rien dit.

— Excellent. Sur ce coup, on préfère bosser avec vous plutôt qu'avec le FBI. Et pas question que le vice-président Chasen, ou le gouverneur, ou qui que ce soit, annule l'événement trop tôt, dit Saul.

Ils débouchèrent sur la Septième Avenue, bondée de véhicules et de passants. L'après-midi était d'une fraîcheur revigorante. Koslowski et Gillespie échangèrent un regard typique de flic.

— On est exactement sur la même longueur d'ondes. Il faut les attirer dans le piège et les coincer au dernier moment. Sauf qu'évidemment, dès que le FBI va débarquer, tout le monde va se chamailler sur les compétences des uns et des autres…

Koslowski les conduisit à une voiture de police garée en face de Penn Station et surveillée par un agent en uniforme.

Saul le rassura.

— Je m'occuperai de l'agent Sanders. David Estes, qui dirige la cellule antiterroriste de Langley, nous soutient à fond.

Gillespie prit le volant et fit le tour du pâté de maisons pour rejoindre la Huitième Avenue, qu'ils remontèrent vers le nord.

Leur bureau était au trente-sixième étage d'un immeuble d'acier et de verre, avec vue sur le siège de l'ONU et l'East River. Y cohabitaient les sièges de plusieurs entreprises et quelques consulats. Gillespie leur expliqua qu'ils disposaient d'une connexion sécurisée avec le quartier général de l'unité antiterroriste de la police de New York, dans le Queens. Une quarantaine d'employés occupaient les locaux, quelques-uns en civil, la plupart en tee-shirt bleu de l'unité antiterroriste. Ils étaient concentrés sur leurs ordinateurs ou surveillaient les écrans plats qui affichaient des prises de vue de rues de Manhattan, en particulier cinq pâtés de maisons adjacents au Waldorf Astoria, sans compter les images des caméras de sécurité installées dans l'hôtel.

Saul et Carrie installèrent leurs ordinateurs sur une grande table de conférences.

— C'est quoi, la couverture maximale de votre système de vidéosurveillance ? demanda Saul.

— Pratiquement tout le sud de Manhattan. Pour l'instant, on ne surveille pas les logements des suspects, mais on va sans doute y venir.

— Et Dima-Jihan ? demanda Carrie.

— On a des agents en civil qui la suivent dans

une voiture banalisée. Aux dernières nouvelles, ils sont sur l'avenue Van-Wyck. À ce propos, on a besoin de vous sur Jihan, pour être sûr que c'est bien elle qu'on surveille.

Carrie acquiesça.

— D'accord, mais on ne peut pas prendre le risque qu'elle me voie. Il faut faire ça par caméra ou autrement. Si jamais elle m'aperçoit, toute l'opération va foirer.

Un fonctionnaire plus âgé en costume cravate se joignit à eux. Vu son âge et sa tenue, Carrie supposa que c'était un supérieur hiérarchique de Koslowski.

— Autre chose : faites bien comprendre à vos hommes qu'on la veut vivante. Un cadavre n'a pas grand-chose d'intéressant à raconter.

Les trois flics froncèrent les sourcils. Le plus âgé s'expliqua :

— Vous savez, nous, notre priorité, c'est la sécurité de nos agents et celle des civils – sans parler du vice-président.

— Notre patron, le commissaire adjoint Cassani, dit Koslowski.

Saul intervint :

— Nous comprenons parfaitement, c'est votre opération. Mais nous savons aussi ce qui risque de se passer avec un groupe de pros armés jusqu'aux dents, les nerfs à vif et bourrés d'adrénaline. Tout ce qu'on vous demande, c'est que, si on est obligés d'éliminer Dima et ses complices, vous en preniez directement la responsabilité. On ne peut pas laisser ce genre de décision à un petit Rambo qui croit qu'il va sauver l'humanité. Cette femme détient des informations vitales pour la sécurité des États-Unis.

— On fera de notre mieux, dit Cassani en faisant signe à ses deux collègues. Mais priorité à la sécurité.

Une policière noire vint chuchoter quelque chose à l'oreille de Koslowski.

— Ah, OK, dit-il. Elle est déjà au niveau du Midtown Tunnel. Elle va arriver à l'hôtel dans quelques minutes. Avec son violoncelle.

Il leur montra un des écrans de surveillance. Dans le flux de véhicules qui débouchaient du tunnel sur la 37e Rue, un taxi transportait un passager avec un violoncelle. Carrie n'arriva pas à bien identifier Dima. Une seconde plus tard, le taxi était sorti de l'image.

— Pourquoi un violoncelle ? demanda Cassani.

— À votre avis ? dit Saul en s'adressant à Koslowski. Un étui à violoncelle, c'est quand même pratique pour dissimuler des fusils d'assaut en attendant le début de la fête, non ?

Koslowski hocha la tête.

— Exactement. On a contacté le directeur de l'hôtel. Ils vont la mettre dans une chambre du vingt-cinquième étage. Bien entendu, la chambre est sur écoute, et il y a aussi de la surveillance dans le couloir.

— Ça, c'est une erreur, dit Carrie. Qu'elle soit du 14-Mars ou de la DGS, c'est une pro, et elle n'est pas idiote. Elle va repérer votre système d'écoute en un quart de seconde. Il faut la changer de chambre, tout de suite ! Et pas la peine d'écouter son téléphone fixe, elle ne s'en servira pas, sauf éventuellement pour communiquer avec la réception. Ce qu'elle va faire d'ici une heure ou deux, c'est se procurer des téléphones portables prépayés. C'est ceux-là qu'il faut mettre sur écoute.

Koslowski l'approuva et se leva précipitamment en sortant son portable. Gillespie et Cassani contemplèrent Carrie avec admiration. Cassani sourit.

— Eh bien, mademoiselle Mathison, bienvenue à la fête.

14

New York. Carrefour de l'avenue Lexington et de la 49ᵉ Rue

21 h 46. Message vocal sur le répondeur de la Petra Fitness Equipment Company, à Brooklyn : « *Hada ho Jihan. Mataa takun baladiya aneyvan gahiza ?* » C'était la voix de Dima. « Jihan à l'appareil. Dans combien de temps est-ce que je vais recevoir ma commande ? »

Le message avait été intercepté à partir de l'émetteur de Brooklyn, tout près de l'entreprise de matériel de fitness. Il ne fallut pas plus d'un quart d'heure à l'équipe de Koslowski pour identifier le numéro qui appelait et découvrir qu'il correspondait à un portable prépayé acheté par Jihan dans une boutique AT&T de la 37ᵉ Rue, à quelques minutes du Waldorf Astoria en taxi. Dans l'hôtel, deux policières de l'unité antiterroriste étaient déguisées en femmes de chambre et trois hommes se faisaient passer pour des agents de sécurité de l'établissement. Contactés par leurs supérieurs, ils confirmèrent que Jihan n'était pas dans les locaux pour l'instant. Carrie avait traduit le message vocal pour Koslowski.

Koslowski se félicita :

— Ça démarre plutôt bien.

Une des fausses femmes de ménage inspecta la chambre de Jihan. Le violoncelle était posé contre le mur et son étui était vide. Apparemment, pas d'armes ni d'explosifs, rien de louche.

— La surveillance des suspects va commencer quand, exactement ? demanda Saul à Koslowski.

— Un peu après minuit, dit-il en regardant sa montre. C'est une surveillance totalement passive, deux caméras cachées, une sur le toit de l'immeuble en face de la boîte de fitness, l'autre à Gravesend devant l'appartement du cousin du représentant jordanien. Deux commandos Hercule s'installeront dans des suites de l'hôtel à partir de 3 heures ce matin. Ils ont ordre de ne pas bouger jusqu'à ce qu'on leur donne le feu vert.

— L'idée, c'est qu'ils investissent la chambre de Jihan juste avant le début de l'opération, non ? demanda Saul.

— Exactement, dit Koslowski en se servant une tasse de café.

Mais en moins d'une heure tout ce beau plan commença à prendre l'eau. Il y eut d'abord un appel du quartier général de l'unité antiterroriste dans le Queens. Quand Koslowski vint transmettre la nouvelle à Carrie et à Saul, il faisait une tête d'enterrement.

— Pour nous couvrir en attendant d'installer les caméras, on avait envoyé un hélicoptère faire des analyses infrarouges des appartements des deux Jordaniens. Abdel Yassine, l'étudiant, n'est pas chez lui, et nous ne savons pas où il est.

— Étudiant, mon œil, il a trente ans, grommela Gillespie.

— Ce n'est pas tout, ajouta Koslowski. Voilà deux photos satellites du même endroit : le siège et le parking de la Fitness Equipment Company. Regardez bien.

Saul et Carrie examinèrent les clichés.

— Merde ! s'exclama Carrie.

— Quoi, qu'est-ce qui se passe ? s'étonna Saul.

— Une des camionnettes a disparu.

— OK, mais qu'est-ce que ça change ? demanda Gillespie. On part de l'hypothèse qu'ils vont livrer les armes à l'intérieur d'une machine de remise en forme. Alors, bon, une des camionnettes est en service, où est le problème ?

— Le problème, c'est qu'on ne sait pas ce qui se passe et pourquoi ils ont besoin de cette camionnette. Le problème, c'est qu'il y a une inconnue, et ça a manifestement quelque chose à voir avec Yassine, dit Carrie.

— Qu'est-ce que vous comptez faire ? demanda Saul.

— On voulait d'abord vous consulter pour voir si vous aviez des idées, répondit Koslowski. Nous, on pensait lancer une alerte générale sur Yassine et la camionnette avec comme message : « Ne s'approcher en aucun cas et ne pas essayer d'appréhender le suspect. »

— Pas question, dit sèchement Carrie. On a un tas de flics de base qui ne savent pas de quoi il s'agit, et s'ils s'approchent de trop près, même par inadvertance, ils risquent d'alerter Yassine. Là, on n'est même plus dans l'inconnu, on plonge dans l'incontrôlable. J'insiste, nous ne savons pas encore de quoi il retourne.

— Elle a raison, dit Saul.

— C'est de ma faute, observa Carrie.

— Comment ça, c'est de votre faute ? s'étonna Koslowski.

— Il y a autre chose qui est en train de se passer. Ça fait un moment que ça me travaille, parce que les pièces du puzzle ne coïncident pas. Si Dima, enfin Jihan, est de la DGS ou du Hezbollah, ça veut dire que la Syrie ou les chiites libanais sont dans le coup, et aussi sans doute l'Iran ; mais les sunnites, non, vraiment, je ne vois pas. En fait ça n'a rien à voir avec Abbassiyah, j'aurais dû y penser plus tôt, dit-elle en repoussant rageusement son ordinateur portable.

Par la fenêtre, elle contempla les lumières des immeubles de la Première Avenue. Mon Dieu, pensa-t-elle, le 11 Septembre, c'était pas très loin d'ici.

— Il ne faut pas culpabiliser. Aucun d'entre nous n'y a pensé non plus, dit Koslowski.

— Qu'est-ce que vous allez faire ? demanda Saul à Koslowski.

— Lancer la surveillance sur trois sites : l'appartement du cousin de Gravesend, l'entreprise de matériel de fitness et l'appartement de l'étudiant. On sait où ils vont, au Waldorf. On les y attend de pied ferme, dit-il d'un air sombre.

Carrie se leva.

— J'ai besoin de me changer et de prendre une douche. Je ne peux pas rester ici, il faut que je réfléchisse.

Saul avait l'air préoccupé.

— Ça fait plusieurs jours que tu n'arrêtes pas. Fais une pause.

— On vous a réservé des chambres au Marriott, dit Koslowski. Lexington et 49e Rue. Vous pouvez y aller à pied. Allez vous rafraîchir un peu et manger quelque chose.

Carrie prit sa veste et salua Saul.

— On se voit un peu plus tard.

— Attendez, dit Koslowski. Le sergent Watson va vous accompagner.

Il appela la jeune policière noire qui était venue lui transmettre les nouvelles, quelques minutes auparavant.

— Leonora !

Carrie esquissa une moue de protestation.

— Je suis une grande fille, capitaine. Je n'ai pas peur de la grande ville et je ne vais pas me perdre.

— Ce n'est pas le problème. Votre rôle est irremplaçable, et Dieu sait ce qui peut vous arriver dehors. Imaginez que vous tombiez sur Jihan en pleine rue. Je ne peux pas vous laisser partir sans escorte.

Il sourit.

— Et puis ça vous fera un peu de compagnie. Payez-vous une petite bouffe aux frais du NYPD. Dès que vous vous sentez prête, vous revenez.

Carrie et Leonora prirent le chemin du Marriott. L'atmosphère nocturne était vive et fraîche, la foule et la circulation étaient celles d'un jour de semaine comme les autres. Carrie se fit enregistrer à la réception du Marriott. Une fois arrivée à l'étage, Leonora inspecta la chambre. Carrie se déshabilla tandis que la policière allumait la télé.

— Ça a l'air d'être un type correct, ce Koslowski, lui lança Carrie.

— C'est un des officiers les plus réglos, lui répondit Leonora. Mais il ne faut pas s'y tromper, il aime bien faire compliqué.

Sous la douche, les yeux fermés, Carrie laissa courir l'eau chaude sur son corps. Elle avait l'impression de se laver de tout ce qui venait de se passer ces dernières semaines, depuis son départ de Beyrouth. Elle pensa à ce que Leonora venait de lui dire sur Koslowski. Compliqué.

Compliqué.

C'est là que ça fit tilt. Putain de merde ! Et dire que ça la travaillait depuis le début. Elle en fut tellement secouée qu'elle faillit se précipiter complètement nue hors de la douche. Debout sous le jet, elle prit une grande inspiration.

Garde ton calme, réfléchis bien. Elle se sentait au mieux de sa forme, d'une lucidité absolue, son traitement fonctionnait à merveille. Oui, c'était bien ça.

Il aime bien faire compliqué. Ce salaud d'Abou Nazir. Elle se rappela ce qui lui avait furtivement traversé l'esprit dans le train. Et si elle avait raison ? À cause de Dima et de ce qui s'était passé avec Rossignol à Beyrouth, tout le monde était convaincu depuis le début que c'était une opération du Hezbollah ou de Téhéran. Mais si c'était Al-Qaïda en Irak ?

Abou Nazir aimait bien faire compliqué. C'était son style, sa signature. Il n'y aurait pas qu'un seul attentat. Si ça se trouve, le Waldorf Astoria n'était qu'une diversion ! Qu'est-ce que Julia avait dit à propos de son mari, déjà ? « ... sa façon de le dire..., ça m'a fait peur... » ? Une deuxième attaque indépendante de l'autre, un truc énorme, bien plus grave que l'assassinat du vice-président. Abou Nazir pourrait se vanter auprès des sunnites qu'il s'agissait de représailles pour Abbassiyah. S'il réussissait son coup, il deviendrait un véritable héros à leurs yeux. Il pourrait se rendre maître de la totalité de la province d'Anbar. Et la clé du mystère, c'était Abdel Yassine et la camionnette manquante !

Il fallait absolument les retrouver. Vite. Avec la même tactique que pour Dima au Waldorf : attendre jusqu'au dernier moment, piéger les assaillants et les éliminer.

Elle sortit de la douche, enfila un jean propre, un top et une veste. Avec ses cheveux encore mouillés, elle n'était pas vraiment présentable, mais peu importe.

Elle interpella Leonora :

— Allons-y. On doit retourner au bureau.

— On ne va pas manger ? demanda la policière en se levant. Je vous assure que ce n'est pas souvent que le NYPD nous paie le repas.

— Je m'en fous, dit Carrie en se dirigeant vers la porte. On peut commander chinois.

— Mais pourquoi ? Il y a du nouveau ?

— Je crois que je sais où est la camionnette.

15

Red Hook, Brooklyn, New York

— Déjà de retour ? dit Saul en les voyant arriver.

Il était avec Koslowski et un petit groupe qui inspectait les images des caméras de sécurité installées sur plusieurs sites dans Brooklyn.

— Je crois que je sais où trouver la camionnette, dit Carrie en ôtant sa veste et en s'asseyant.

Leonora la rejoignit autour de la table de conférences, de même que Saul, Koslowski, Gillespie et une poignée d'officiers.

— Eh bien allez-y, Mathison, on est tout ouïe, dit Koslowski. Qu'est-ce que vous avez trouvé ?

— Je suis complètement idiote. C'était pourtant évident. On sait que Bassam al-Shakran, le représentant en produits pharmaceutiques, a voyagé en Irak et que son frère y a été tué. Depuis le début, à cause de Dima, de Jihan je veux dire, et de Rossignol à Beyrouth, on pensait que c'était le Hezbollah ou les Iraniens. Mais les Jordaniens sont sunnites, pas chiites. Comme Al-Qaïda. Et si l'attaque était organisée par Abou Nazir en Irak ?

— Si c'est le cas, qu'est-ce que ça change ? demanda Gillespie.

— Abou Nazir ne se contente jamais d'une seule cible.

— Jamais ? s'étonna Gillespie.

— Écoutez, j'étais sur le terrain en Irak et j'ai continué à étudier ce type à Langley. Je sais sur lui tout ce qu'on peut savoir. Il ne s'est effectivement jamais cantonné à une attaque, jamais.

— Vous voulez dire que le Waldorf ne serait qu'une diversion ? demanda Koslowski en la fixant intensément.

Elle hocha la tête.

— Oui, pour un autre attentat bien plus spectaculaire.

— Quoi, par exemple ? dit Gillespie.

— C'est à vous de me le dire. Je suis sûre que l'unité de contre-espionnage du NYPD a dressé une liste de cibles potentielles avec une échelle de probabilité.

— Ça, c'est sûr : l'Empire State Building, le Chrysler Building, l'immeuble de Bank of America, la statue de la Liberté, Times Square, Grand Central Station, le siège de l'ONU, la Bourse, la Réserve fédérale, le Lincoln Center, le Yankee Stadium – même si on est hors saison –, Madison Square Garden, les ponts, les tunnels, vous avez le choix. C'est New York, vous savez, la liste est interminable, répondit Gillespie.

— Ces types sont basés à Brooklyn. On a pensé à quelque chose là-bas ? dit Saul.

— Le pont de Brooklyn, suggéra Leonora.

— Intéressant, dit Carrie.

— Pourquoi ? demanda Koslowski.

— Il y a une photo célèbre du 11 Septembre qui montre une foule fuyant Manhattan à pied par le pont de Brooklyn.

— Ah oui, je me rappelle, c'était une des images les plus frappantes. Et qu'est-ce que ça voudrait dire ?

— Cette photo est devenue emblématique au Moyen-Orient. Il paraît qu'Ayman al-Zawahiri aurait déclaré à l'époque : « La prochaine fois, on va leur couper leur route de secours. »

Il y eut un bref moment de silence. Tout le monde était new-yorkais, ici, pensa Carrie. Elle avait ravivé des souvenirs douloureux.

— Et la camionnette ? demanda Saul. C'est quoi, ton idée ?

— Eh bien, mettons que la cible soit l'Empire State Building, le pont de Brooklyn ou un truc du même style. Cette fois, ils ne vont pas faire crasher des avions, donc ils vont sûrement utiliser des explosifs. Une camionnette bourrée d'explosifs. Alors réfléchissez, quel type d'explosif ?

Saul frappa du poing sur la table.

— Mais oui, évidemment, du HMTD. Vu qu'ils sont venus en avion, ils ont dû passer par les contrôles de sécurité, ils n'ont donc rien pu transporter avec eux.

— Oui, du HMTD, de l'hexaméthylène diamine de tripéroxyde, dit Koslowski. On a toujours pensé qu'ils utiliseraient quelque chose comme ça : un truc pas cher, puissant, et qu'on peut fabriquer à partir de trois produits ménagers courants, en vente libre et que vous pouvez acheter

164

n'importe où sans éveiller le moindre soupçon. Ça a toujours été notre hypothèse : du HMTD ou des fertilisants.

Autour de la table, les autres membres de l'équipe approuvaient.

— Sauf que le HMTD présente un inconvénient, observa Carrie.

— Oui, c'est un produit très instable, extrêmement volatil. À la moindre secousse, ou si la température monte un peu trop, boum ! dit Gillespie en claquant des doigts.

— Hyperdélicat à manipuler à température ambiante.

— Je crois que je vois à quoi Carrie fait allusion, dit Koslowski. La seule façon d'empêcher le HMTD d'exploser avant le moment voulu, c'est de le réfrigérer.

— Exactement. Il faut surveiller tous les entrepôts frigorifiques de New York, en commençant par Brooklyn, dit Saul. C'est là qu'on va retrouver notre camionnette.

— Il y a une autre éventualité, signala Koslowski. Ils pourraient avoir caché les explosifs dans un de leurs appartements, ou dans leur entreprise de matériel de fitness.

— J'y ai pensé, dit Carrie. Mais dans ce cas ils auraient besoin de plusieurs frigos, parce qu'il faut au moins une tonne d'explosifs pour faire sauter une cible de la taille du pont de Brooklyn, ce qui suppose une sacrée consommation d'électricité. On peut demander à la compagnie d'électricité de vérifier leurs factures. S'ils constatent un gros pic de consommation quelque part, c'est là que ça se passe.

— Je m'en occupe tout de suite, je vais les secouer. De toute façon, à New York, tout le monde déteste la compagnie d'électricité, dit Gillespie en se levant pour aller téléphoner.

Carrie regarda sa montre : 3 heures du matin passées. Quand elle releva les yeux, elle vit le regard de Koslowski posé sur elle.

— Pas mal, Carrie, lui dit-il avec un grand sourire. Si jamais un jour vous quittez la CIA, je vous trouve du boulot chez nous.

— Je m'en souviendrai, capitaine, répondit-elle en jetant un regard furtif à Saul, qui était concentré sur son écran d'ordinateur.

Quarante minutes plus tard, un policier apparut avec les nouvelles.

— On a trouvé la camionnette. Il est sur un parking tout près d'un entrepôt frigorifique de Red Hook. On a dit aux collègues qui l'ont trouvé de ne pas intervenir. La patrouille est passée devant sans s'arrêter, c'est une nouvelle recrue qui l'a repéré. Nos hommes ont vite remarqué le logo de la Petra Fitness Equipment Company, même s'il a été recouvert à la peinture par celui d'une pizzeria.

— Où exactement à Red Hook ? demanda Saul.

— À cinq minutes du pont de Brooklyn par la voie express Brooklyn-Queens. Soit à dix minutes de Manhattan, répondit le policier.

Saul se tourna vers Koslowski.

— Et maintenant, qu'est-ce qu'on fait ?

— Il va falloir mobiliser plus de ressources, répondit Koslowski en se levant pour appeler sur son portable. J'appelle le commissaire.

— Vous avez dit : « ressources » ?

L'homme qui venait de prononcer ces mots était accompagné par une demi-douzaine de collègues en costume cravate et par un commando d'une vingtaine d'hommes en tenue de combat marquée du signe HRT en lettres fluo (Hostage Rescue Team, équipe de sauvetage des otages).

— Agent spécial Sanders, dit-il en se présentant à Carrie et à Saul.

— Il ne manquait plus que ça, le FBI, marmonna Gillespie entre ses dents.

Sanders s'adressa à Carrie.

— Vous devez être l'agent Mathison. Je suppose que c'est à cause de vous qu'on nous a fait venir ici. J'espère que vous savez ce que vous faites.

— Je pourrais vous dire exactement la même chose, répondit sèchement Carrie.

— Ça y est, ils sont partis, dit Leonora en indiquant un des écrans.

Une caméra cachée sur le toit d'un bâtiment en vis-à-vis filmait le siège et le parking de la Petra Fitness Equipment Company. Deux hommes venaient de monter dans une des camionnettes de la société. Ils reconnurent l'un d'eux à partir d'une image de vidéosurveillance un peu floue qu'ils avaient fait agrandir : c'était Bassam al-Shakran, le représentant. Quant au chauffeur, c'était un inconnu de type moyen-oriental.

Il était 9 h 46. Carrie se frotta les yeux. Ils n'avaient pas fermé l'œil de la nuit et ils avaient encore une longue journée devant eux. Elle venait juste de sortir des toilettes, où elle s'était cachée pour prendre ses médicaments avant de se rafraîchir le visage sous le jet du robinet.

— Supposons qu'ils aillent au Waldorf. Par où vont-ils passer ? demanda Saul.

— Le plus rapide pour eux serait d'emprunter Shore Parkway jusqu'à la voie express qui débouche sur le pont de Brooklyn, dit Gillespie.

— Par conséquent, pas moyen de savoir pour l'instant si leur cible est le pont ou l'hôtel, commenta l'un des hommes du FBI.

— Si, dit Carrie en observant la camionnette sur l'écran. Ils ne peuvent pas attaquer le pont avec cette camionnette. Ils vont au Waldorf.

— On a des hélicos de surveillance ? demanda Sanders.

— Oui, là, signala Koslowski en indiquant l'un des écrans qui montrait une rue de Brooklyn vue du ciel. C'est un AW-119, il vole assez haut pour qu'on ne l'entende pas. Vous voyez la camionnette ?

Le toit blanc du véhicule se détachait au milieu de la circulation.

— L'hélico ne peut pas les suivre en permanence, dit Saul, il finirait par être repéré.

La camionnette tourna à droite pour s'engager sur l'autoroute.

— Les pilotes le savent. Tenez, les voilà. Ils sont sur la Belt Parkway. Ils se dirigent vers Manhattan, apparemment.

— On pourrait les arrêter tout de suite, dit Sanders. Il suffirait de mettre en place un barrage routier et de laisser mes tireurs d'élite s'en occuper. Comme ça, ils n'arriveraient même pas au Waldorf.

Koslowski n'avait pas l'air convaincu.

— Je ne crois pas que ce soit une bonne idée.

Carrie renchérit :

— Si vous faites ça, les médias vont débarquer et l'autre équipe sera aussitôt au courant. Dans ce genre de scénario, on ne sait pas comment ils vont réagir. Qu'est-ce qui se passe s'ils repèrent votre barrage routier et choisissent d'improviser ? Vous voulez un massacre de civils ? On ne sait pas exactement ce qu'il y a dans cette camionnette. Quelques kilos de C-4 suffiraient pour faire un sacré trou au milieu de Park Avenue. Il faut éviter ça à tout prix.

Sanders la fixa.

— Vous êtes consciente, mademoiselle Mathison, que vous êtes ici dans un rôle de pure observation.

— Eh bien voilà, justement, je viens de vous transmettre mes observations, agent spécial Sanders, répondit Carrie du tac au tac.

Gillespie avait du mal à étouffer un fou rire.

— Écoutez, on se calme, dit Koslowski. On a deux commandos Hercule en place deux étages au-dessus de la chambre de Jihan, tous des anciens marines, des commandos Delta ou de la CIA. On a un troisième commando dans les bureaux d'UBS sur la 49ᵉ Rue et un quatrième dans les locaux de Federal Express sur Park Avenue. Sans parler des agents du NYPD prêts à verrouiller tous les accès au pâté de maisons du Waldorf. Et quand je dis verrouiller, je vous garantis qu'on ne laissera même pas entrer une mouche.

— Et cette femme, Jihan, on est sûrs qu'elle est dans l'hôtel ? demanda Sanders.

— D'après la caméra de sécurité du couloir, elle est entrée dans sa chambre à 00 h 17 et n'en est pas ressortie, dit Gillespie.

— On peut rembobiner pour la voir entrer ? dit Koslowski.

— Montrez-moi l'image à 00 h 16, ordonna Gillespie à un de ses hommes, qui entra la donnée sur son ordinateur.

L'écran montrait qu'à 00 h 16 une jeune femme élégante et svelte aux longs cheveux blonds était sortie de l'ascenseur en direction de sa chambre.

— Arrêt sur image.

— Vous connaissez cette femme ? demanda Sanders à Carrie.

— En tant qu'agent double à Beyrouth, oui.

— Voire agent triple, susurra Saul.

— C'est bien elle ? Aucun doute là-dessus ? insista Sanders.

— Elle porte une perruque blonde, mais oui, c'est bien Dima, alias Jihan.

— Et elle n'a pas bougé depuis ? demanda Koslowski au policier chargé de l'ordinateur.

— Non. Hier soir, elle a commandé un petit déjeuner pour 11 heures du matin. Apparemment, elle se lève tard.

— OK. Continuez à surveiller le couloir, c'est tout. Et vous autres, même chose avec ses

170

portables et le fixe de la chambre. Je veux être tenu au courant en temps réel du moindre de ses mouvements. N'ayez pas peur de m'interrompre.

Saul leva le nez de son ordinateur.

— Et les deux autres suspects, le médecin égyptien et l'homme d'affaires libanais, Ghaddar. Du nouveau de ce côté-là ?

— Eux aussi sont étroitement surveillés. À part le fait que notre médecin égyptien semble particulièrement intéressé par les prostituées de la Dixième Avenue, leur identité a l'air authentique, répondit Gillespie.

— Et la camionnette ? Elle est où, maintenant ? demanda Carrie.

Gillespie jeta un coup d'œil à l'écran qui retransmettait les images prises de l'hélicoptère.

— On dirait Fort Hamilton. On distingue les eaux de la baie. Ils sont près du pont Verrazano.

Sanders intervint à son tour :

— Et l'autre camionnette ? Celle qui était garée près de l'entrepôt frigorifique et qui est censée transporter le HMTD ?

— C'est là qu'on aurait besoin de votre équipe d'intervention rapide, dit Koslowski. Le problème, c'est qu'on ne sait pas s'ils ont des guetteurs. Sinon, on pourrait se mettre en position et descendre ce salaud d'Abdel Yassine dès qu'il pointerait le bout de son nez.

— On ne sait pas du tout où il est en ce moment ? demanda Saul.

Koslowski secoua la tête.

— On a essayé de vérifier s'il avait acheté un téléphone portable et on trace tous les appels à l'intérieur du secteur Midwood-Flatbush de Brooklyn depuis deux jours. Mais rien pour l'instant.

— Quand est-ce qu'il va passer à l'action, d'après vous ? demanda Sanders à Carrie.

— Fin d'après-midi, début de soirée. Ils ne voudront sans doute pas attirer les soupçons des autorités avant de lancer leur opération au Waldorf. Le vice-président arrive à l'hôtel à 20 h 35. Probable que Yassine et ses complices éventuels seront à l'entrepôt à partir de 18 heures.

— Et il est où, cet entrepôt ?

— À Red Hook, une zone industrielle de Brooklyn au bord de l'East River.

— Ce matin, on va positionner discrètement nos hommes et on verrouillera le secteur, dit Sanders.

— OK, mais pas d'uniforme, pas d'insignes, rien qui attire l'attention des habitants. Si quelqu'un donne l'alarme, ça peut tout faire capoter, commenta Carrie.

— Je ne vois pas pourquoi les habitants vous préoccupent. Ils ne sont pas censés coopérer ? demanda Sanders.

Koslowski esquissa un léger sourire.

— Vous vous souvenez de ce film, *Casablanca* ? À un moment, Humphrey Bogart explique à l'officier nazi qu'il y a certains quartiers de New York dans lesquels il déconseille fortement à l'armée allemande de pénétrer.

— Et alors ?

— Il parlait de Red Hook, justement.

16

Park Avenue, New York City

Ils étaient deux. Bassam al-Shakran, le voyageur de commerce jordanien, et un autre homme qu'ils n'arrivaient pas à identifier pour l'instant. Sur l'écran, deux hommes débarquaient de leur camionnette ce qui ressemblait à un tapis de course emballé dans du plastique et le transportaient sur un diable jusqu'à l'entrée de service de l'hôtel Waldorf Astoria.

— C'est lui. C'est Bassam, dit Carrie.

— Et l'autre, c'est qui, son cousin ? demanda Gillespie.

— Oui, c'est Mohammed al-Salman. Regardez, dit Leonora en leur montrant sur un ordinateur un article en arabe illustré par une photo de deux hommes en costume cravate aux côtés d'un imam.

Il y était question d'une donation qu'ils avaient faite à la mosquée locale.

— Lui, c'est Mohammed.

— Vous aviez vu juste, dit Koslowski à Carrie.

Ils scrutaient maintenant les images des caméras de sécurité à l'intérieur de l'hôtel. Les deux hommes avaient fait entrer le tapis de course dans l'ascenseur de service, mais d'après la caméra de sécurité du dix-huitième étage, seul l'un d'entre eux était sorti de l'ascenseur pour le transporter jusqu'à la salle de gym.

— Voilà Mohammed, mais où est Bassam ?

— Regardez. Le plastique qui recouvre la machine a été découpé, remarqua Carrie.

Tout le monde se tourna vers l'écran qui montrait les images du couloir menant à la chambre de Dima-Jihan.

— Et voilà Bassam, dit Gillespie.

Le Jordanien traversa le couloir jusqu'à la chambre de Jihan et toqua à sa porte.

— Qu'est-ce qu'il transporte ? Un sac de sport ?

— Oui, un sac de sport, dit Gillespie d'un air sombre. Vous pariez qu'il y a quoi, dedans ?

La porte de la chambre s'ouvrit un instant, laissant entrevoir la femme en perruque blonde qui fit entrer Bassam. Elle accrocha un écriteau « NE PAS DÉRANGER » sur la poignée et referma. Le couloir était vide.

— Et maintenant ? dit l'agent Sanders, qui venait juste de téléphoner à son unité d'intervention rapide pour lui donner l'ordre de se rendre à Red Hook.

— Maintenant, on attend, dit Carrie.

— On attend quoi ?

— Que Mohammed revienne.

— Parce que vous croyez qu'il va revenir ?

— Il va certainement les rejoindre.

Même en comptant sur l'élément de surprise, affronter l'escorte du vice-président ne pouvait pas être l'affaire d'un seul homme. Et Dima n'allait pas jouer les pistoleros, ce n'était pas son genre. Par conséquent, le cousin Mohammed allait forcément revenir à l'hôtel.

Koslowski était au téléphone avec Tom Raeden, le chef des commandos Hercule. Ils étaient positionnés dans leurs suites du Waldorf. On les voyait sur un des écrans. Raeden était un grand type d'un mètre quatre-vingts aux cheveux blonds coupés court et aux épaules de footballeur américain. Koslowski leur dit de se tenir prêts. Ils allaient probablement intervenir d'ici à quelques heures.

— Quoi de neuf à Red Hook ? demanda Koslowski à Sanders.

— Nous avons contacté la propriétaire de l'entrepôt, une certaine Mme Perez. On a déjà deux hommes à l'intérieur. Il y a un autre entrepôt, de pièces automobiles, juste en face dans la même rue. Nos hommes se sont déguisés en ouvriers du bâtiment et sont en train d'y cacher des caméras, et des tireurs d'élite se sont postés sur les toits. Ils resteront invisibles jusqu'au dernier moment. On va bientôt pouvoir vous montrer les images de surveillance. On a aussi averti les types de l'escorte du vice-président, ça fait partie de nos accords avec eux. Pour l'instant, ils maintiennent l'horaire de la visite.

— On ne devrait pas leur bloquer le passage ? demanda Koslowski.

— Dès que leur véhicule démarrera, ils se retrouveront coincés, répondit Sanders. On a deux gros camions blindés qui vont bloquer les deux extrémités de la rue au moment où nos hommes vont passer à l'attaque.

— Parfait, dit Koslowski. J'espère qu'on aura les images le plus vite possible.

— Et quand vos hommes vont pénétrer dans la chambre d'hôtel, demanda Saul, on verra quelque chose ?

— Normalement, oui, répondit Koslowski. Deux d'entre eux auront des caméras sur leurs casques. Ça risque d'être un peu agité, mais on verra la même chose qu'eux.

— Et voilà, dit Sanders en signalant deux écrans.

L'un d'eux transmettait l'image de la porte de l'entrepôt frigorifique depuis le trottoir d'en face. C'était un immeuble en béton sans fenêtres avec des barbelés sur le toit.

— On dirait une forteresse, murmura l'un des agents de l'unité antiterroriste.

L'autre caméra était installée en hauteur et filmait le parking, avec la camionnette au logo de Giovanni's Pizza peint à la va-vite.

— Elle est perchée où, celle-là ? demanda Koslowski.

— Sur un poteau téléphonique, répondit l'un des agents du FBI.

— Quelle heure est-il ? demanda quelqu'un.

— Midi, dit Gillespie en regardant sa montre.

— Ça va être une longue journée, observa Sanders.

Deux agents de l'unité antiterroriste apportèrent des sandwichs et des boissons gazeuses.

Tout le monde se servit et commença à manger tout en bavardant.

— Le voilà ! s'exclama Carrie, la bouche pleine.

Un homme était apparu sur l'écran qui affichait la vue du bureau de Federal Express sur Park Avenue.

— Qui ça ?

— Mohammed. Le cousin.

Il portait un complet marron et marchait vers l'entrée du Waldorf Astoria.

— Vous avez de bons yeux. Il a changé de vêtements, dit Koslowski.

Mohammed entra dans l'hôtel. Les caméras de sécurité de la réception puis celles des couloirs prirent le relais. Il montait dans l'ascenseur. Une minute plus tard, il croisait une femme de chambre dans le couloir – en réalité un des agents de Koslowski – et toquait à la porte de Dima.

— Tout ce qu'il leur reste à faire, maintenant, c'est attendre, dit Koslowski.

— Pareil pour nous, dit Saul.

— Où ont-ils laissé la camionnette ? demanda Sanders.

— Probablement dans un parking. Ils ont dû repartir en métro, dit Koslowski. J'ai des agents en civil qui passent tous les parkings de Midtown au peigne fin.

— Dites-leur de ne pas s'approcher de la camionnette. Elle est probablement piégée, observa Saul.

— Oui, c'est ce qu'on pense aussi, lui répondit Koslowski. On va devoir évacuer les lieux et faire intervenir les démineurs.

Une demi-heure plus tard, il recevait un appel d'un de ses hommes.

— On a retrouvé la camionnette sur un parking de la 56e Rue Ouest, à hauteur de la Neuvième Avenue, annonça Koslowski avant de retourner à son téléphone.

— Répétez à vos hommes de ne surtout pas s'en approcher. Il faudra attendre que les lieux soient complètement évacués, et s'occuper de la camionnette après la fin des opérations au Waldorf et à Red Hook, dit Saul.

— Je viens de leur dire, répondit Koslowski.

— Bordel de merde, le voilà ! s'écria l'un des agents du FBI en désignant un écran.

— On est sûrs que c'est lui ? demanda Gillespie.

— Absolument, dit Koslowski en comparant avec sa photo sur la table. Abdel Yassine. Bienvenue à la fête. Mais qui est le type qui l'accompagne ?

— Aucune idée, répondit Carrie, mais dites à vos hommes d'essayer d'éviter de le descendre. S'il fait partie d'une cellule locale, une fois l'opération bouclée on aimerait bien pouvoir attraper ses petits copains.

— Et voilà, dit Gillespie, tandis que la camionnette sortait de l'image.

Le soleil était déjà bas sur l'horizon, juste au-dessus des toits des immeubles. Il allait bientôt faire nuit.

— Il est quelle heure ? demanda Koslowski.

— 17 h 11, vérifia Leonora sur sa montre.

— Dites à vos hommes de se tenir prêts, dit Koslowski à Sanders.

— Les vôtres aussi, répondit Sanders, suspendu au téléphone.

Koslowski alerta Raeden et son équipe, ainsi que les autres agents infiltrés dans l'hôtel. Il demanda à Gillespie de se préparer à verrouiller complètement les pâtés de maisons adjacents au Waldorf Astoria, mais de ne pas bouger avant que les commandos Hercule passent à l'attaque.

— Dès qu'on aura donné le feu vert, plus personne, je dis bien plus personne, ne doit pouvoir entrer ou sortir de l'hôtel.

Tous les yeux étaient rivés sur deux écrans et surveillaient simultanément les abords de l'entrepôt frigorifique de Red Hook et le couloir de la chambre de Dima, toujours enfermée avec les deux Jordaniens. Ils n'avaient pas bougé de la journée. La police avait installé des capteurs sonores sous le plancher de la chambre du dessus, mais ils n'avaient enregistré pratiquement aucune conversation ni signe d'activité notable. Le technicien d'écoute avait toutefois mentionné des claquements métalliques, peut-être quelqu'un qui chargeait des armes à feu ou vérifiait leur bon fonctionnement.

Du côté de Red Hook, la camionnette de la pizzeria se garait sur l'aire de livraison de l'entrepôt. Yassine et son complice inconnu en sortirent, vêtus de combinaisons blanches. Ils poussaient un diable.

— Tous en position, ordonna Sanders par téléphone. À l'attaque !

Dix hommes en tenue de combat, armés de fusils d'assaut HK33, se ruèrent hors de l'immeuble d'en face et se séparèrent en deux groupes positionnés de chaque côté de la porte de l'entrepôt.

Carrie savait qu'au moins deux tireurs d'élite étaient postés sur le toit de l'immeuble. On ne voyait pas sur les écrans les camions et les hommes censés bloquer les deux extrémités de la rue, mais on comprenait, aux chuchotements de Sanders, qu'eux aussi se déployaient.

Gillespie et Koslowski échangèrent un regard de connivence et ce dernier appela Raeden.

— C'est bon, à toi de jouer, Tom.

— C'est parti, annonça Gillespie à l'officier qui commandait l'équipe de policiers positionnés à l'extérieur du Waldorf Astoria.

Carrie savait qu'à l'intérieur de l'hôtel les deux commandos Hercule étaient déjà dans les escaliers pour rejoindre l'étage de Dima et des Jordaniens. Ils avaient ordre d'appréhender et d'isoler toute personne s'interposant sur leur passage. Les membres du commando débouchèrent sur l'écran, avec une des fausses femmes de chambre armée d'un Beretta 9 mm.

Ils se déployèrent des deux côtés de la porte de la chambre, protégés par leurs gilets pare-balles et armés de fusils d'assaut M4A1 et de carabines à canon scié.

— Capitaine, dites-leur qu'on la veut vivante, dit Carrie à Koslowski.

Ce dernier ne répondit pas, les yeux rivés sur l'écran. La fausse femme de chambre frappa à la porte.

Pendant ce temps, Yassine et son complice sortaient de l'entrepôt avec six gros cartons entassés sur leur diable.

Carrie n'avait jamais vu une telle quantité de HMTD, au moins 500 kilos. Elle n'en croyait pas ses yeux. Ils comptaient vraiment causer de très gros dégâts.

Ils furent soudain encerclés par les hommes du FBI, qui les tenaient dans leur viseur en leur criant de lâcher les cartons et de mettre les mains en l'air. Les deux terroristes hésitèrent quelques secondes.

Yassine mit la main à sa poche. Son portable ! Il va déclencher les explosifs, s'alarma Carrie, il faut l'abattre sur-le-champ !

Une balle lui troua le front. Le diable commença à rouler tout seul. Il va basculer, ça va tout faire péter ! Ils vont tous y passer ! Tandis que Yassine s'écroulait sur le trottoir, le diable oscillait dangereusement. Elle avait l'impression de voir la catastrophe se dérouler au ralenti. Le chargement était sur le point d'exploser. Deux des hommes du FBI abattirent le complice de Yassine.

Ne tirez pas sur les cartons ! Il suffisait d'une balle pour tout faire sauter. Ils regardèrent avec horreur les cartons se déverser dans la rue. L'un d'eux s'ouvrit sous le choc de la chute, une substance blanche se répandit sur le sol : du HMTD.

Silence.

Carrie respira un bon coup : ils avaient vraiment eu un sacré coup de bol ! Le HMTD était sans doute encore assez froid pour rester stable, sans quoi personne n'aurait survécu. Les hommes du FBI s'affairaient autour des cartons éparpillés et des deux cadavres.

— Morts tous les deux, annonça Sanders.

Ils avaient eu une chance incroyable. Il fallait immédiatement remettre le HMTD en chambre froide, on ne pouvait pas le laisser au milieu de la rue, pensa Carrie avant de fixer son attention sur le deuxième écran.

— Service de nettoyage, dit la fausse femme de chambre avant de s'écarter de la porte.

— Pas maintenant, revenez un peu plus tard, répondit Dima.

Raeden fit un signe de la tête à ses hommes. L'un d'eux introduisit une carte magnétique dans la serrure – sans doute un passe, pensa Carrie –, agrippa la poignée et poussa la porte.

— Je vous ai dit : « Pas maintenant », insista la voix de Dima.

Les policiers firent irruption dans la chambre. Carrie entrevit la silhouette de Bassam al-Shakran, une arme à la main, sans doute un AR-15. Dima poussa un cri.

Suivit une séquence d'images chaotiques, transmises par la caméra fixée sur le casque d'un des policiers. Bassam se jeta de côté et tira dans le tas. Au milieu de la fusillade générale, son cousin visa Raeden avec son AR-15. La caméra, désormais au niveau du sol, filmait la pièce de travers. Qu'est-ce qui se passait ? Raeden était-il mort ? Les membres du commando avaient-ils été tous abattus ? On ne voyait plus que des jambes en mouvement, sans savoir à qui elles appartenaient.

Tout s'était déroulé en quelques secondes.

— Je ne vois rien. Où est Dima ? Elle est encore en vie ? s'exclama Carrie.

Gillespie hurlait des ordres au téléphone pour que ses hommes verrouillent le quartier. Tout aussi hystérique, Sanders communiquait avec l'escorte du vice-président. Koslowski scrutait l'écran tout en prenant un appel sur son portable, probablement un des membres du commando.

— Alors, merde, elle est vivante ou pas ?

Koslowski se tourna vers Carrie. Pas un muscle ne bougeait sur son visage.

17

Lenox Hill, New York City

Dima fut admise à l'hôpital de Lenox Hill, le service d'urgence le plus proche, au coin de Park Avenue et de la 77ᵉ Rue. Carrie, Saul et Koslowski empruntèrent une voiture de police pour s'y précipiter. Plusieurs autres membres des commandos Hercule étaient sur place à cause de Raeden, qui avait été blessé par une rafale d'AR-15.

Un petit groupe de médecins et de policiers était rassemblé autour d'un espace fermé par des rideaux. Deux agents stoppèrent Carrie.

— Jihan est là ?

Koslowski fit signe à ses hommes de laisser passer Carrie. Un interne et une infirmière prenaient des notes sur un ordinateur. Dima gisait sur une civière, les yeux ouverts.

— Elle est morte ? demanda Carrie.

— Elle était déjà morte à son arrivée aux urgences, dit le médecin. Vous êtes de sa famille ?

— Non, pas vraiment, répondit Carrie en contemplant la blouse ouverte de Dima et la mare de sang sur sa poitrine.

Pourquoi tu as fait ça ? Ton truc, c'étaient les boîtes de nuit, pas les mosquées. À quoi tu jouais ? Qui t'a entraînée sur cette voie ? Carrie ne supportait pas de voir la jeune femme ainsi exposée aux yeux de tous. Elle saisit un drap plié au pied de la civière et en recouvrit le corps et le visage de Dima.

Puis elle se rendit au chevet de Raeden, qui était entouré de ses hommes. Il était torse nu et avait sur la poitrine, à la hauteur du cœur, une ecchymose rougeâtre de la taille d'une main.

— Ça va ? lui demanda Carrie.

Il hocha la tête.

— Grâce au gilet pare-balles. J'ai vraiment eu du cul.

— Sauf que c'est pas le cul que ce salaud a visé.

Ce commentaire d'un de ses hommes suscita les ricanements de ses camarades.

— C'est vous, Mathison ? lui demanda Raeden.

— Oui.

— Je suis désolé, mais on a été obligés de l'abattre.

— Oui, c'est dommage. Je me posais des questions auxquelles elle seule pouvait répondre.

Lorsqu'elle s'éloigna de l'aile où Raeden était installé, elle vit que David Estes avait rejoint Saul, Koslowski et Sanders devant un téléviseur fixé au mur, près de la salle des infirmières. Ils regardaient une conférence de presse à laquelle participaient le commissaire adjoint Cassani, le maire et le chef de la police. C'était le maire qui parlait.

— Je tiens à souligner encore une fois que grâce à l'excellent travail de l'unité antiterroriste de la police de New York, en étroite collaboration avec le FBI, nous avons réussi à déjouer une tentative d'attentat terroriste contre notre ville sans qu'un seul policier ni un seul civil soient blessés. Il n'y a aucune victime et aucun dommage matériel. C'est là un magnifique exemple de nos efforts quotidiens pour mieux protéger nos citoyens.

— On dirait qu'il a fait ça tout seul, grommela Sanders.

— Typique venant d'un politicien. Ils sont vraiment doués pour s'attribuer le mérite d'actions auxquelles ils n'ont pas participé, dit Saul.

— Il y a à peine une heure, il n'était même pas au courant de ce qui se passait, commenta Sanders avec une moue de dégoût.

Il se tourna vers Carrie.

— Entre parenthèses, vous aviez raison. Leur cible était bien le pont de Brooklyn. On a trouvé un plan dans leur camionnette.

— Comment pensaient-ils s'y prendre ? dit Saul.

— Apparemment, ils voulaient garer la camionnette juste à côté d'un pylône de suspension, expliqua Sanders.

— Et ça aurait marché ?

— Aucune idée. Seule une bonne équipe d'ingénieurs saurait nous le dire, mais de toute façon, en pleine heure de pointe, ils auraient fait un beau massacre.

Estes détacha son regard du téléviseur et se tourna vers Carrie.

— Vous allez bien ?

— Dima est morte. Il fallait absolument que je l'interroge. J'ai un tas de questions, David, dit-elle en le regardant dans les yeux. Un tas.

Il jeta un coup d'œil autour de lui et interrogea une infirmière :

— Il y a un endroit où on peut parler tranquille ?

— Oui, il y a une chapelle dans le couloir.

— Allons-y, dit-il à Carrie.

— Je viens avec vous ? demanda Saul.

— Non, non, on a juste besoin d'une minute, lui répondit Estes en s'engageant dans le couloir.

La chapelle était une salle vide remplie de chaises pliantes, avec une croix et une menora sur un buffet aligné contre le mur du fond.

— J'avais besoin de te voir, dit Estes. On a encore beaucoup de choses à se dire.

— Je n'ai vraiment pas la tête à ça, David, vraiment pas. Je connaissais cette femme, je la connaissais bien. C'était une jolie fille pas très maligne qui aimait faire la fête et séduire les hommes. Sa seule raison de travailler pour nous, c'était le fric. Elle ne rêvait pas du paradis des jihadistes, elle. Ce qu'elle voulait, c'était rencontrer un beau gosse plein aux as qui s'occupe d'elle. Alors qu'est-ce qu'elle pouvait bien foutre dans cette affaire ? Comment en est-elle arrivée là ? Est-ce que tu en as la moindre idée ?

— Non, mais ce que nous savons très bien tous les deux, c'est que tu ne lâcheras pas le morceau tant que tu n'auras pas la réponse.

Elle respira un bon coup.

— Ça, c'est sûr. Et toi, qu'est-ce que tu fais ici ?

— Il fallait absolument que je te voie.

Son regard balaya la pièce.

— Mais pas ici. Rejoins-moi au New York Palace, sur Madison Avenue. Chambre 4208. Avec vue sur Saint-Patrick et le Rockefeller Center.

— Qu'est-ce que j'en ai à foutre, David, je ne suis pas là pour faire du tourisme.

— Écoute, dit-il en regardant sa montre, j'ai rendez-vous avec Cassani, le maire et les types de l'escorte du vice-président. C'est le genre de conneries auxquelles je suis obligé de consacrer une partie de mon temps. Il y a vraiment des moments où j'envie mes subordonnés, ceux qui font le vrai boulot de terrain. Viens ce soir, on pourra parler.

— Et je reste en exil à l'analyse des données ? Peut-être que tu peux te passer de mes services, mais Yerushenko, lui, il m'apprécie.

— On en parle ce soir, dit-il en se dirigeant vers la porte.

Carrie était attablée avec Saul au bar de l'hôtel Marriott. Il était presque minuit, mais la salle était pleine d'hommes d'affaires et de jeunes femmes élégantes et d'une minceur incroyable. Le bruit ambiant empêchait d'entendre le son du téléviseur qui repassait les moments forts du championnat national de basket-ball.

— Tu as quelque chose à me dire sur lui ? lui demanda Saul.

— Non, dit-elle en poussant du bout de l'ongle la tranche de citron vert dans sa margarita. Tu risquerais d'avoir envie de t'en mêler.

— Et toi, tu n'as pas envie que je m'en mêle ?

— Non, surtout pas.

Un grand éclat de rire retentit depuis le bar, puis une exclamation :

— Putain, vous avez vu le double pas de Dwyane Wade ? Incroyable !

— Écoute, Carrie, je t'ai dit de lui faire voir la lumière, pas de tomber dans ses bras.

— Je ne suis pas tombée dans ses bras, dit-elle en continuant à jouer avec son verre.

— Alors c'est quoi, cette histoire ?

Elle le fixa droit dans les yeux.

— Ça ne te regarde absolument pas. Et d'ailleurs, peu importe ce qui se passe entre Estes et moi, ou ce que tu penses qui se passe. Aujourd'hui, à New York, il y a des gens qui sont encore en vie grâce à moi, peut-être même des gens qui sont ici ce soir. Par conséquent, tu n'as pas le droit de me sermonner, je ne mérite pas ça.

— Je sais, répondit Saul d'une voix douce en avalant une longue gorgée de single malt. Tu as fait un boulot incroyable. Tout le monde a fait un boulot incroyable.

Elle secoua la tête, agitant sa chevelure blonde.

— On a eu beaucoup de chance. Quand les types du FBI ont commencé à mitrailler comme des fous autour du stock de HMTD, j'étais vraiment paniquée. Une balle aurait suffi pour pulvériser la moitié de Brooklyn.

— Oui, la chance, ça compte aussi. Napoléon disait qu'il préférait avoir des généraux chanceux plutôt que des généraux intelligents.

— Eh bien bravo, Napoléon, dit-elle en posant la main sur son bras. Ne joue pas les papas, Saul, j'en ai déjà un et c'est largement suffisant. Tu sais, si je devais choisir entre être capturée et torturée par les talibans et revivre toute mon enfance, j'aurais quelques hésitations.

— Je ne pensais pas que c'était à ce point. Et tu as raison, j'ai un peu tendance à vouloir te surprotéger. Mais c'est quand même moi qui t'ai recrutée. Je ne sais pas si c'était une faveur, d'ailleurs.

Il leva les yeux vers l'écran de télévision. Toujours du basket-ball ; les commentateurs parlaient de LeBron James.

— Qu'est-ce qui t'attire, chez lui ?

— Tu veux dire sexuellement ? Bon, c'est sûr qu'il me plaît, mais quand même, tu me connais, il y a un peu plus que ça, dit-elle en finissant son verre.

— Oui, je te connais et je sais ce que tu vaux. Ce que tu as accompli aujourd'hui, vraiment, chapeau. Et si j'ai envie de te protéger, ce n'est pas uniquement par culpabilité. C'est parce que tu es une vraie pro, Carrie, quelqu'un d'exceptionnel.

Elle récupéra sa veste.

— Cette histoire n'est pas finie. Il y a encore trop de questions sans réponse. Tu sais ce qu'il me reste à faire ?

— Oui. Aller à Beyrouth.

— Eh ben tu vois, lui dit-elle en posant la main sur son épaule. Toi au moins, tu me comprends.

— Et Estes ?

— Alors ça, c'est la question à un million.

190

— Sois prudente, lui dit-il tout en faisant signe à la serveuse de lui resservir un scotch.

— Pourquoi ? Qu'est-ce que je risque ?

— De finir par trouver ce que tu cherches.

Carrie prit un taxi entre le Marriott et le New York Palace. Dans la cour de l'hôtel, les arbres étaient illuminés comme des sapins de Noël. Je me balade d'hôtel en hôtel comme une pute, pensa-t-elle. Cette idée l'amusa : ils devraient confier la rubrique « hôtels » des guides touristiques aux prostituées, c'est elles qui les connaissent le mieux, après tout.

Elle se dirigea directement vers l'ascenseur et monta au quarante et unième étage. David Estes lui ouvrit. Il était en manches de chemise, sans cravate, un verre de vin rouge à la main.

— Tu avais raison, dit-elle en enlevant sa veste, il y a une belle vue sur le Rockefeller Center.

— Qu'est-ce que tu bois ?

— Tu as de la tequila ?

— Laisse-moi vérifier.

Il revint du minibar avec une petite bouteille de José Cuervo et un verre.

— Glaçons ?

Elle fit la moue.

— José Cuervo. Dans un hôtel aussi chicos, on s'attendrait à mieux. À la tienne.

Elle ouvrit la bouteille et but directement au goulot.

— À la tienne, répondit Estes en avalant une gorgée de vin avant de reposer son verre.

Il la prit dans ses bras, la serra contre lui et l'embrassa avec fougue, laissant glisser ses mains vers le bas de son dos. Elle lui rendit son baiser, puis se ravisa et le repoussa.

— C'est de ça que tu voulais parler ? Tu ferais aussi bien de commencer par déposer une liasse de billets sur la commode.

— Arrête, tu sais très bien que je ne vois pas les choses comme ça. Je n'arrête pas de penser à toi. Si mon mariage est foutu, c'est à cause de toi. Je ne sais pas encore ce que tu représentes pour moi, mais certainement pas une pute.

Elle s'assit sur le canapé, contempla les gratte-ciel. Certains avaient les fenêtres encore éclairées malgré l'heure tardive.

— Écoute, David, c'est vrai que tu me plais, j'aime faire l'amour avec toi, et peut-être même plus que ça. Sauf qu'on n'est pas dans une relation « normale », on bosse ensemble dans une boîte où tout le monde espionne tout le monde. Impossible de garder ça secret. Alors, qu'est-ce que tu proposes ?

Il s'assit en face d'elle, penché vers son visage, les mains sur ses genoux.

— Je ne sais pas. J'ai envie de toi, et ce n'est pas seulement une histoire de cul. Je ne sais pas où on va. Tu sais, toi ?

— Oui, à peu près, et ça risque de très mal finir, pour toi comme pour moi. Ça ne va pas marcher. Femme au foyer, ce n'est pas mon genre, et tu finirais par me prendre en grippe. Je travaille pour la CIA, et j'ai une foule de questions sans réponse. Il est temps de regarder les choses en face.

Il prit une profonde inspiration et se tassa sur sa chaise.

— Je crois que j'ai besoin d'un verre de plus.

— Je crois qu'on en a besoin tous les deux.

Il revint du minibar avec deux flacons de vodka Grey Goose, qu'il servit dans deux verres avec des glaçons.

— On trinque à la santé de qui ?

— À la santé de la vérité, répondit Carrie.

— Ça tombe bien, j'ai fait mon master à Harvard, et *Veritas*, c'est justement la devise de Harvard.

Il leva son verre.

— Tchin-tchin.

— Bon, avant qu'on en vienne à nous deux, il faut que je te parle de la montagne de merde qu'il y a derrière cette histoire, et je ne sais même pas par où commencer. Par Beyrouth, peut-être.

Il hocha la tête.

— Beyrouth. Qu'est-ce qui se passe à Beyrouth ?

— Écoute, David, tu n'es quand même pas né de la dernière pluie ! Je sais bien que ni toi ni Saul n'avez cru un mot des conneries de Fielding, mais ça ne vous a pas empêchés de m'exiler du Département des opérations clandestines. Pourquoi ? Et puis je découvre que les dossiers en provenance de Beyrouth et de Damas ont été expurgés. Mais il y a pire : Fielding avait onze téléphones, et tous les appels effectués sur trois d'entre eux pendant plusieurs mois ont été éliminés des fichiers de la NSA. Et devine quel jour ?

— Plus ou moins au moment où tu as quitté Beyrouth, non ?

Elle ne cacha pas sa surprise.

— Comment tu le sais ?

— Je ne le savais pas, dit-il en la fixant droit dans les yeux, mais je soupçonnais quelque chose. C'est très mauvais signe, vraiment très mauvais.

— Qui a pu faire une chose pareille ?

— La question n'est pas seulement qui, mais pourquoi. C'est ça, le plus important.

Elle posa la main sur son genou.

— Tu me crois, maintenant ?

— Oui, dit-il en posant sa main sur la sienne, d'un air préoccupé. Ça craint vraiment.

— Qui peut être responsable de ça ?

— Je ne sais pas. Mais la relation entre Fielding et le directeur Bill Walden remonte à un sacré bout de temps.

— Donc c'était plus pratique de mettre ça sur le dos de Carrie Mathison, c'est ça ?

— Oui, mais sans t'écarter tout à fait. Saul croit vraiment en toi, Carrie. Avec moi, c'est plus compliqué.

— Parce que je te plais.

Il détourna les yeux. Il y eut un moment de silence.

— Ce n'est pas tout, dit-elle.

— Quoi ?

— Cette fille, Dima. Au départ, c'était une informatrice de Fielding, mais c'est moi qui la gérais.

— Et alors ?

— Oublions l'hostilité entre chiites et sunnites, oublions qu'Al-Qaïda et le Hezbollah ne sont pas censés travailler ensemble, et oublions aussi les Syriens et les Iraniens et ce qui s'est passé après Abbassiyah, parce que tout cela n'a aucun sens. Mais même si on fait l'impasse sur tout ça, Dima, moi, je la connaissais autrement mieux que Fielding. Il m'est arrivé d'être avec elle quand elle était tellement bourrée qu'elle ne tenait plus debout. C'était une fille marrante et sexy, mais comme toutes les femmes elle connaissait fort bien sa date de péremption. Elle était désespérée, tu comprends ? Ce qu'elle cherchait, c'était un homme, un type suffisamment riche et pas trop répugnant, elle m'a même confié qu'elle serait prête à le sucer à mort. Alors explique-moi comment elle a pu se transformer en super-jihadiste ? Il y a quelque chose qui cloche.

— Effectivement. Tu veux retourner à Beyrouth ?

— Oui. C'est là-bas que je trouverai des réponses.

— Et nous deux ?

— Impossible. Ça ne peut pas fonctionner. Il faudrait qu'un des deux quitte l'Agence. Moi, je ne veux pas et toi (elle lui prit la main), toi, tu ne dois pas, David.

— Toi non plus, tu ne dois pas, dit-il d'un air découragé. Voilà où on en est. Deux orphelins dans la tempête. Tu sais, Carrie, l'échec de mon mariage, ce n'est pas ta faute, c'est moi qui ai tout fait rater, c'est le boulot et c'est moi.

— *Veritas*, dit Carrie en avalant sa vodka.

— Oui.

Il regarda autour de lui.

— Pas mal, la chambre, non ?

— Oui, parfait pour tromper son conjoint.

— Ce n'était pas que du sexe, tu sais, en tout cas pas pour moi. Évidemment j'étais flatté qu'une jeune femme aussi séduisante me trouve...

Il hésita quelques secondes.

— Je me suis senti vivant pour la première fois depuis bien des années. C'était incroyable.

— Moi aussi.

Elle s'approcha de lui, s'assit sur ses genoux et l'embrassa.

18

Verdun, Beyrouth, Liban

— Je savais que tu reviendrais. Je n'en ai pas douté une seule seconde. Attends un peu.

Virgil désactiva l'alarme, inséra son passe dans la serrure et entrouvrit prudemment la porte pour vérifier qu'une deuxième alarme ne protégeait pas l'entrée. Puis il pénétra dans l'appartement en tenant un scanner RF à bout de bras.

Ils étaient au treizième étage d'un immeuble rue Léonard-de-Vinci à Verdun, un quartier chic de Beyrouth. L'appartement appartenait à Rana Saadi, une actrice et mannequin libanaise bien connue au Moyen-Orient pour son rôle dans un film sur la vie amoureuse d'un groupe de femmes travaillant dans un salon de beauté de Beyrouth. D'après les données de la clé USB transmise par Jimbo, Fielding l'appelait sur son portable au moins deux fois par semaine. Et pourtant, signalait Virgil, on ne les avait jamais vus sortir nulle part ensemble, même s'il leur arrivait parfois d'être tous les deux invités au même cocktail ou à la même soirée.

Elle suivit Virgil dans l'appartement. Il posa son doigt sur ses lèvres et se mit à la recherche de micros et caméras cachés, inspectant les lampes et les téléphones fixes avec son scanner et démontant les prises électriques. Pendant ce temps, Carrie enfilait des gants en latex et commençait à fouiller dans les tiroirs, le bureau et le placard de la chambre de Rana. Elle passa au peigne fin sa lingerie haut de gamme, ses vêtements et ses chaussures, en prenant bien soin de remettre chaque chose exactement à sa place.

— C'est bon, murmura Virgil. Mais on se tait quand même.

Carrie acquiesça. Elle passa ses doigts le long de la plus haute étagère du placard. Un album photos. Elle identifia sa position exacte et le souleva avec précaution. Assise à même le sol, elle commença à le feuilleter tandis que Virgil s'employait à truffer l'appartement de micros et de caméras. Il en cachait dans toutes les pièces. Dans le jargon de la CIA, on appelait ça une « couverture à trois cent soixante degrés ».

L'album photos renfermait surtout des images de Rana au long de sa carrière. À ses débuts de mannequin, c'était encore une adolescente filiforme aux cheveux châtains qui posait gauchement avec un petit chien. Sur des photos plus récentes, elle était déjà la pin-up brune en décolleté vertigineux qui souriait sur la couverture du magazine *Spécial,* ou brillait à la télévision et au cinéma.

Et puis soudain Carrie eut un choc.

Elle était tombée sur une photo de magazine où Rana posait pour une pub d'Aishti, une marque libanaise de prêt-à-porter haut de gamme. Avec elle sur la photo, deux autres mannequins incroyablement minces. L'une d'elles était Dima. Le nom du photographe n'était pas indiqué, mais la photo était une copie de studio collée sur la page de l'album. Carrie en détacha soigneusement le bord pour en examiner le revers, qui portait effectivement le cachet de « François Abou Mourad, rue Gouraud ». C'était à Gemmayzé, dans le quartier d'Achrafieh. Elle recolla l'image et la photographia avec son portable.

Ainsi, Dima et Rana se connaissaient. Travaillaient-elles régulièrement ensemble ? Carrie parcourut le reste de l'album sans que rien d'autre attire spécialement son attention. Elle le replaça exactement dans sa position initiale et se mit à fouiller dans les poches de tous les vêtements de la penderie. Elle finit par trouver un portable dans la poche d'une petite veste en velours.

Virgil soumit l'appareil à un *swipe*, une procédure technique développée par la NSA permettant de pirater n'importe quel portable dans un rayon de quelques mètres avec un téléphone cellulaire spécial. Le téléphone de Rana Saadi était désormais « sous contrôle ». Grâce au satellite SIGINT de la NSA, Virgil pouvait espionner tout ce qui passait par le portable. Après avoir tapoté sur son écran pour vérifier le numéro de l'appareil piégé, il échangea un regard avec Carrie : ce n'était pas le numéro que Fielding avait coutume d'appeler, et vu que Rana était sortie, ce n'était pas non plus celui qu'elle utilisait couramment. À quoi pouvait-il bien servir ? se demanda Carrie.

Virgil regarda sa montre. Ils étaient sur place depuis déjà quarante minutes, il ne leur restait plus beaucoup de temps. Carrie replaça le portable de Rana dans la poche de la veste et se dirigea vers la salle à manger. Il y avait là un secrétaire dont elle commença à ouvrir les tiroirs. Alors qu'elle examinait un carnet de chèques et une série de factures, elle reçut un texto de Ziad Atawi, le troisième membre de leur équipe. Lié aux Forces libanaises, une milice maronite affiliée à l'Alliance du 14-Mars, Ziad était un vieux contact de Carrie. Elle avait décidé de faire équipe avec Virgil et lui à l'insu de tous leurs collègues de la CIA à Beyrouth, et en particulier de Fielding.

« L sort 2 ché bobs », disait le message de Ziad. Bob's était un restaurant arménien très populaire de la rue Sassine, pas très loin de là. Rana risquait d'arriver à tout moment. Carrie montra son portable à Virgil, qui lui fit signe qu'il était temps de déguerpir.

À leur sortie de l'appartement, Virgil réactiva soigneusement l'alarme et verrouilla la porte. Quelques minutes plus tard, sur une avenue bondée, ils prirent chacun un chemin différent. Virgil rentrait à Iroquois, nom de code de la nouvelle planque avenue de l'Indépendance, près du cimetière musulman, d'où il surveillerait les mouvements de Rana. Carrie prit un taxi collectif en direction de la Corniche, la célèbre promenade bordée de palmiers le long de la Méditerranée. Elle y avait rendez-vous avec Julia-Fatima. À son arrivée, elle couvrit sa tête d'un hijab noir.

Fatima l'attendait dans son *abaya* noire à proximité du glacier Movenpick, tout près de l'endroit où les touristes viennent photographier les vagues qui s'écrasent contre le Rocher aux Pigeons.

Carrie la salua en arabe, prenant sa main entre les siennes.

— Ma très chère amie, *Sadiqati*, pétale de camomille rafraîchie par la nuit.

— Ibn 'Arabi. C'est Ibn 'Arabi que tu cites, dit Fatima, les yeux brillants.

Elles récitèrent ensemble le célèbre refrain du poème : « Elle est le remède, elle est la maladie. »

— Tu m'as manqué, dit Carrie.

— Je croyais que tu ne reviendrais plus.

— Je ne pouvais pas ne pas revenir. Et il faut que tu saches que ce que tu m'as confié a sauvé la vie de plein de gens. Peu importe ce qu'en pensent les autres, ce que tu as fait est merveilleux.

Main dans la main, comme des écolières, elles arpentaient la promenade sous un soleil éclatant, dans le bruissement des palmiers caressés par la brise marine.

— Vraiment ? l'interrogea Fatima. Les Américains me croient, maintenant ?

— Pour eux, ta parole vaut de l'or.

Carrie hésita un instant avant de poursuivre.

— Et toi, comment tu vas ?

— Pas très bien. J'ai l'impression qu'il veut me tuer, parfois. Il y a des jours où je pense qu'il vaut mieux être un chien qu'une femme.

— Ne dis pas des choses pareilles, *habibi*. Dis-moi plutôt comment je peux t'aider.

Fatima fit une pause avant de répondre.

— Je veux aller en Amérique et divorcer. C'est ça que je veux.

— *Incha'Allah*, je ferai tout ce que je peux, je te le jure.

— Ne jure pas, Carrie. Si tu dis que tu le feras, je te fais confiance. Dis-moi, pourquoi t'ont-ils laissée revenir, finalement ?

— C'est grâce à toi, dit Carrie en lui pressant la main. Vraiment.

— Alors je suis contente de ce que j'ai fait.

Elles s'arrêtèrent devant un kiosque où elles achetèrent deux glaces qu'elles dégustèrent en poursuivant leur chemin sur la Corniche.

— À part ça, il y a du nouveau ? demanda Carrie.

Fatima s'arrêta et se pencha vers sa compagne.

— Quelque chose va se passer dans le Sud, à la frontière, du côté israélien.

— Un attentat ?

Fatima secoua la tête.

— Non, pas un simple attentat. Une provocation.

Elle regarda autour d'elle avant de continuer.

— Ils disent qu'ils sont prêts pour une nouvelle guerre, très bientôt.

— Où ?

— Je ne suis pas sûre. Mais Abbas va être mobilisé dans le Sud, à Bint Jbeil, près de la frontière. Ils comptent transformer la ville entière en forteresse, un piège où attirer les sionistes. C'est tout ce que je sais.

— Parfait. Autre chose, dit Carrie en sortant son iPhone. Regarde ça.

Carrie lui montra la photo d'identité de Dima.

— Tu la connais ? Tu l'as déjà vue ?

Fatima secoua la tête. Carrie lui montra ensuite la photo de Rana.

— Et elle ?

— C'est Rana Saadi. Tout le monde la connaît.

— Tu l'as rencontrée ? Abbas ne t'en a jamais parlé ?

Elle fit de nouveau signe que non.

— Désolée, je ne peux pas t'aider là-dessus.

— Peu importe. Je suis tellement heureuse de te revoir.

Le regard de Fatima se durcit.

— Tu n'oublieras pas, pour l'Amérique ?

— Non, je te le promets.

Carrie grimpa les escaliers de la rue Gouraud. Le studio était au premier étage d'un immeuble vieillot datant du mandat français. Derrière la porte vitrée, dans une toute petite pièce, une jeune et jolie réceptionniste accueillait les visiteurs derrière un bureau design très chic.

— Bonjour. Vous avez rendez-vous ?

— J'ai appelé il y a un moment. Je travaille pour la chaîne Al Jadeed, lui dit Carrie en lui tendant une carte de visite qu'elle avait fait imprimer la veille.

— Ah oui, je me souviens. François – enfin, M. Abou Mourad – est dans son studio. Je l'avertis de votre arrivée.

Carrie contempla les images aux murs, des photos de mode et des couvertures de magazine, dont une série avec des mannequins vêtus seulement d'un bikini à rayures. Après l'avoir laissée mijoter un bon quart d'heure pour lui faire comprendre à quel point il était important et surmené, Abou Mourad apparut, s'excusa du retard et la fit entrer dans le studio.

— Je croyais que vous viendriez avec votre équipe de tournage, lui dit-il.

La pièce était décorée d'écrans, de tentures et de projecteurs, avec de grandes fenêtres qui donnaient sur de vieux immeubles de style colonial. Avec son petit mètre cinquante, Abou Mourad n'était pas nain, mais presque. Il avait les cheveux longs, comme un vieux musicien de rock.

— On procède toujours à un repérage avant de tourner, ça nous fait gagner du temps, expliqua Carrie.

Ils s'assirent dans des fauteuils de metteur en scène, autour d'une petite table sur laquelle étaient posés des verres et une bouteille d'eau minérale Sohat.

— J'ai la chance d'avoir eu une carrière exceptionnelle.

— Je vois ça. Vous aimez les femmes ?

— Je les adore, dit-il en souriant et en reluquant sans se gêner la poitrine de Carrie. Et elles me le rendent bien.

— Surtout les naines, j'imagine, ou bien peut-être celles que vous arrivez à placer dans les magazines.

Elle déploya l'écran de son ordinateur portable sur la petite table et lui montra la pub d'Aishti avec Rana, Dima et le troisième mannequin.

— Qu'est-ce que c'est que cette histoire ? répondit-il d'un ton sec.

— Vous les connaissez ? Rana et Dima ? Et la troisième, c'est qui ?

— Marielle Hilal. Une débutante sans avenir, dit-il en secouant la tête.

— Pourquoi sans avenir ? Elle est assez jolie.

Il haussa les épaules.

— Elle ne veut pas coucher, dit-il, utilisant le mot *nik*, le verbe arabe pour « baiser ». Ce n'est pas comme ça qu'on décroche un boulot.

— Et les deux autres ?

— Rana, oui, bien sûr. J'ai fait trente-deux couvertures avec elle. Et des photos de pub. Bien sûr que je la connais, je la connais même mieux que sa propre mère.

— Et Dima ? Vous la connaissiez aussi, non ? Et ne me dites pas que vous n'avez pas couché avec elle. Moi aussi, je la connais, et je sais qu'elle n'est pas farouche.

— Dima Hamdan. Et alors, c'est quoi, le problème ?

— C'est vous qui avez pris cette photo ?

— Vous savez très bien que c'est moi, répondit-il d'un air excédé. Qu'est-ce que vous voulez ?

— Elles étaient proches, Rana et elle ?

— Elles se connaissaient. Mais pourquoi vous parlez au passé ? Il lui est arrivé quelque chose, à Dima ?

— Elle est morte.

— Mais vous êtes qui, vous ? Vous n'êtes pas de la police. Vous êtes de la Sûreté générale ?

Il se leva. Debout, il n'était pas plus grand que Carrie assise.

— Je crois qu'il est temps de prendre congé, mademoiselle.

— Si je pars, vous allez avoir des visiteurs beaucoup moins agréables que moi.

Elle ouvrit son sac et plongea la main dedans.

— Alors il vaudrait mieux régler ça tout de suite entre nous.

Ils restèrent tous deux immobiles, sans prononcer un seul mot. Le silence était profond. Carrie regardait la poussière danser dans les rayons de lumière.

— Je suppose que je n'ai pas le choix. Je suis obligé de supporter ça comme si c'était une visite obligatoire chez le dentiste, finit par dire Abou Mourad.

— Généralement, c'est pour son bien qu'on va chez le dentiste, répondit Carrie.

Il fixa le sac à main et se rassit.

— Vous me menacez ?

— Je n'ai pas besoin de vous menacer. Vous êtes libanais, vous savez comment ça se passe, ici.

Abou Mourad savait effectivement fort bien de quoi elle parlait. Au Liban, la vie politique était instable et dangereuse. Être au mauvais endroit au mauvais moment pouvait présenter un risque mortel.

— Qu'est-ce que vous voulez ? demanda-t-il d'un air tendu.

— Je veux en savoir plus sur Dima et Rana. Quelle était la nature exacte de leur relation ?

— Elles se connaissaient. Vous voulez savoir si elles couchaient ensemble ?

Ça, c'est nouveau, pensa Carrie. Dima aimait plutôt les hommes, *a priori*.

— Elles couchaient ensemble ?

— Oui, pendant une brève période. *Pour de rire*, ajouta-t-il en français. Elles préféraient les hommes toutes les deux. Elles se connaissaient avant d'arriver à Beyrouth.

— Ah bon ?

Carrie sentit son rythme cardiaque s'accélérer. Le dossier que Fielding lui avait transmis sur Dima ne mentionnait pas qu'elle n'était pas de Beyrouth.

— Et elles sont d'où, à l'origine ?

— Du district d'Akkar, dans le Nord. Dima est de Halba, Rana de Tripoli. Elle a grandi tout près de la tour de l'Horloge.

Deux zones sunnites, pas du tout chrétiennes, pensa Carrie. Mais même en supposant qu'elle soit sunnite, qu'est-ce que Dima, qui prétendait être chrétienne maronite, fabriquait avec un Syrien alaouite comme Rossignol ? Les alaouites étaient des chiites, comme le Hezbollah. Par conséquent, qu'elle soit chrétienne ou musulmane sunnite, Rossignol aurait été un ennemi pour elle. Au Liban, franchir les frontières confessionnelles était à peu près aussi dangereux que de traverser une autoroute californienne les yeux bandés.

— Ce sont des zones sunnites, commenta Carrie d'un ton circonspect.

Le petit homme acquiesça.

— Vous êtes en train de me dire que Dima et Rana étaient sunnites ? insista-t-elle.

Il haussa les épaules.

— Moi, je fais des photos, des photos de jolies femmes, c'est tout.

— Elles ne vous en ont jamais parlé ?

— Non, pas à moi.

Il tira de sa poche un paquet de gauloises blondes et en alluma une.

— Mais vous vous doutiez qu'elles étaient sunnites. Vous savez que Dima était liée à l'Alliance du 14-Mars ?

Il haussa les épaules et recracha une miette de tabac qu'il avait sur le bout de la langue.

— Avec elles, je ne parlais pas de politique. Juste de mode, de photos... *et de cul*, ajouta-t-il en français.

— Dima avait disparu depuis plus d'un mois. Où est-ce qu'elle était pendant tout ce temps-là ?

— Mais merde, vous êtes de la Sûreté ou de la CIA, ou quoi ?

— Donc vous ne savez pas où elle était ?

— *La adri*. Aucune idée. Demandez à Rana, peut-être qu'elle est au courant.

— Parlez-moi de Rana. Elle est liée à une faction politique ?

Il sourit.

— Je n'en sais rien, et si je le savais je ne vous le dirais pas.

— Vous savez, si j'en ai envie, je peux vous y obliger.

Elle se pencha vers lui, lui arracha sa cigarette et l'écrasa contre sa joue.

Abou Mourad poussa un hurlement et recula brusquement.

— Espèce de salope !

Il versa un peu d'eau dans sa main et la frotta sur sa blessure. La réceptionniste accourut et contempla le spectacle, effarée.

— Dites-lui de partir, ordonna Carrie. Et ne faites pas de bêtises.

— Ça va, Yasmine, tout est OK. Retourne à la réception. Je t'assure.

La jeune femme hésita, puis sortit.

— Salope ! Ne t'avise pas de recommencer, dit-il en tâtant sa blessure.

— Ne m'y obligez pas. Rana est-elle liée à un groupe politique ?

— Je ne sais pas. Demandez-le-lui.

— Elle a un fiancé, un petit ami ?

Il hésita.

— Qu'est-ce que vous voulez savoir ? Vous voulez savoir pourquoi Dima est morte ?

Carrie hocha la tête. Il regarda par la fenêtre, puis se tourna de nouveau vers elle.

— Je n'arrive pas à croire qu'elle soit morte. Je l'aimais bien.

— Moi aussi, je l'aimais bien.

— La pauvre. Elle avait un nouveau petit ami. Je ne l'ai jamais vu, c'était un type de Dubaï.

Il fit le geste universel consistant à frotter son pouce contre ses doigts pour signaler que l'homme en question avait beaucoup d'argent.

— Alors je me suis dit qu'elle était sans doute à Dubaï, parce que effectivement personne ne l'a vue depuis des semaines. Pauvre Dima.

— Et Rana, elle a un petit ami, elle aussi ?
Il fit signe que oui.

— Un Américain. Lui aussi doit être friqué, dit-il en souriant. Rana est très cotée sur le marché.

— Vous le connaissez ?

La réponse d'Abou Mourad la dévasta. Elle remettait en cause toute sa mission à Beyrouth.

— C'est quoi, cette question ? Vous devriez pourtant bien le savoir. C'est un type de la CIA.

19

Halba, Liban

La vieille maison de pierre perchée sur la colline dominait la ville de Bebnine et la mer. Carrie demanda où était le *salon tajmil*, le salon de coiffure local. Au Moyen-Orient, c'était le seul endroit où il était avantageux d'être une femme : on pouvait s'y informer de tous les secrets du village ou du quartier. Carrie apprit ainsi que les parents de Dima étaient décédés, mais qu'elle avait encore un oncle sur place. Elle se retrouva bientôt à siroter un thé glacé aux pignons et à la rose sur le canapé de la famille Hamdan, en face d'un balcon ensoleillé, en compagnie de Khala Majida – tante Majida –, une femme d'un certain âge. Carrie était en jean, chandail et hijab. Elle expliqua à tante Majida qu'elle était une amie américaine de Dima, sans lui révéler la mort de sa nièce. Grâce à la discrétion du FBI, les médias n'étaient pas encore au courant.

— Elle vous a dit que son père, Hamid Ali Hamdan, appartenait à Al-Mourabitoun ? lui demanda Majida en arabe.

— Oui, je le savais, mentit Carrie.

Pendant la guerre civile libanaise, Al-Mourabitoun était la plus puissante des milices sunnites. Rien de tout cela n'était mentionné dans le dossier de Dima, et elle-même n'en avait jamais rien révélé à Carrie.

— Il a combattu aux côtés d'Ibrahim Kulaylat. Les Israéliens l'ont tué en 1982, qu'Allah l'ait en sa sainte garde, et que ces fils de singes et de cochons brûlent en enfer. Dima était petite et elle a souffert de vivre sans son père.

— Bien sûr, dit Carrie.

Elle n'arrivait pas à comprendre comment une fille aussi hédoniste et sophistiquée que Dima, qui connaissait tout le monde dans les quartiers chrétiens de Beyrouth, pouvait avoir ses racines dans ce milieu sunnite conservateur.

Tante Majida secoua la tête.

— La famille n'avait pas d'argent, et puis sa mère a eu un cancer.

— Comment Dima a-t-elle fait pour vivre ?

— Sa grand-mère et moi l'avons aidée, mais ensuite elle est partie pour Beyrouth et nous ne l'avons plus vue.

— Dans quelles circonstances a-t-elle quitté Halba ?

— Vous connaissez Rana, la fameuse actrice de télévision ?

— Rana Saadi ?

Ce n'était donc pas une simple séance de photo.

— Oui, Rana Saadi. Le père de Rana et le pauvre Hamid Ali, Allah l'ait en sa sainte garde, étaient compagnons d'armes dans les rangs d'Al-Mourabitoun. Rana est venue de Tripoli et a emmené Dima avec elle à Beyrouth. Elles voulaient être mannequins. J'ai essayé de l'en dissuader. Beyrouth est une ville de chrétiens et d'athées, il s'y passe plein de choses *haram*. Mais elle m'a répondu que sa beauté était son seul capital, son unique chance de s'en sortir, et qu'elle resterait sous la protection de la fille de l'ami de son père.

— Mais quelle raison avait Rana de s'occuper d'elle ?

— *Ikram*. Une dette d'honneur datant de la guerre civile. Hamid Ali avait sauvé la vie du père de Rana.

— *Min fadlik*, excusez-moi, je comprends bien que son père, Allah l'ait en sa sainte garde, était un héros, mais Dima n'a pas l'air de s'intéresser beaucoup à la politique, ni d'être très religieuse. Je ne dis pas que ce n'est pas une bonne musulmane, mais enfin, vous voyez ce que je veux dire.

Tante Majida lui jeta un regard sévère.

— Elle sait parfaitement qui est son père et de qui elle tient, *alhamdulillah*, Dieu merci.

— Bien sûr, *Allahu akbar*, répondit humblement Carrie.

— *Allahu akbar*, répéta tante Majida.

Dima était donc une sunnite qui avait fait un long chemin depuis son milieu d'origine, pensa Carrie en conduisant la Peugeot de Virgil sur la route du littoral, entre les champs et la mer, de retour vers Beyrouth. Mais tout le monde s'éloigne un jour de ses racines, non ? C'est ce que lui avait dit Saul la veille, lorsqu'elle l'avait appelé sur un portable crypté.

— L'Agence est complètement grillée à Beyrouth, c'est vraiment la cata.

— C'est si grave que ça ?

La voix de Saul était un peu floue à cause du système d'encryptage.

— Écoute, si un photographe de mode de Gemmayzé sait que Fielding est de la CIA, alors tout le monde le sait. On en est là.

— Et Dima ?

— Elle vient de Halba, un petit détail qu'on s'est bien gardé de mettre dans son dossier.

Saul avait compris tout de suite, et c'est ce qu'elle appréciait chez lui.

— Tu veux dire qu'elle est peut-être sunnite ?

— C'est ce que je suis en train de vérifier. Et ça ne nous facilite pas la tâche pour comprendre ce qui s'est passé à New York. Une opération sunnite exécutée par des chiites ? Et si l'on en croit Fielding, Dima était liée à l'Alliance du 14-Mars, dominée par les chrétiens. Ça n'a aucun sens, en tout cas pas au Liban.

— Il y a autre chose dans cette histoire, quelque chose qui nous échappe. Et cette autre femme, Rana ?

— Elle est de la même région, de Tripoli, et sans doute sunnite elle aussi. Elle et Dima se connaissaient, de même que leurs pères. Intéressant, non ?

— Qu'est-ce que tu en déduis ?

— Que Rana est peut-être complice.

— C'est clair. Et quoi d'autre ?

— Toutes les deux étaient un peu à part.

— On l'est tous un peu, non ?

Cette remarque rappela à Carrie la conversation qu'ils avaient eue juste avant son départ. Saul l'avait accompagnée de son appartement de Reston à l'aéroport de Dulles.

— Tiens-toi à l'écart de l'Agence à Beyrouth, et de Fielding en particulier. Sinon, tu ne sauras jamais ce qui se passe.

— Et si je tombe sur lui par hasard ? Beyrouth n'est pas si grand que ça.

— Tu lui dis que tu es sur une opération top secret.

Saul faisait allusion aux opérations dites Special Access, qui sont ultraconfidentielles, y compris pour les chefs de poste, et ne peuvent être autorisées que par le directeur de la CIA lui-même.

— S'il fait des histoires, tu lui dis de nous appeler, David ou moi. Et personne à Beyrouth ne doit savoir que tu es au Liban.

— Sauf Virgil.

— Oui, mais personne d'autre. Et tu ne peux pas non plus compter sur Langley. Tu es toute seule sur ce coup.

— J'ai l'habitude.

Elle se souvint alors de la petite maison blanche sur l'avenue Farragut à Kensington. Leur père avait acheté une grosse caravane qui était garée dans l'allée. Les voisins ne voulaient plus leur parler. Quand ils lui avaient demandé où ils allaient avec ça, son père leur avait dit qu'il emmenait toute la famille aux Grands Lacs pour assister au miracle. Maggie et elle n'avaient pas de copines parce que personne ne voulait venir jouer chez elles, et elles-mêmes n'osaient accepter aucune invitation de peur que leur père ne fasse une apparition inopinée. Elles ne pouvaient pas compter sur leur mère et Maggie n'avait qu'une idée en tête : s'en aller. C'était la maison du silence, tous les membres de la famille s'évitaient, comme si la folie était une maladie contagieuse.

— Parfois, j'ai l'impression que tu préfères travailler toute seule.

— J'ai toujours été un peu à part.

— On l'est tous un peu, tu sais. C'est un boulot de marginaux.

— Tu te vois comme ça, toi aussi ?

— Tu rigoles ? Tu imagines un peu ce que c'est qu'être le seul petit Juif orthodoxe dans une ville de *rednecks* comme Calliope, Indiana ? Et je te parle des années 1950 et du début des années 1960. Mes parents étaient des survivants de la Shoah, c'est comme ça qu'ils sont devenus ultra-orthodoxes après la guerre. La religion était leur bouée de sauvetage. Mon père était propriétaire de la pharmacie locale, mais personne ne nous ressemblait, là-bas. Nous étions de vrais Martiens. Pas question pour moi de participer aux spectacles de Noël à l'école. Pour mes parents, tout ce que faisaient les goys passait pour de l'idolâtrie. J'ai dû me battre pour assister au salut au drapeau rien qu'à cause de l'aigle en métal au sommet de la hampe. Pas question non plus de jouer au baseball, alors que j'adorais ça, parce que les matchs commençaient par une prière qui mentionnait le nom de Jésus. On est tous des marginaux, Carrie. Si on fait ce boulot, c'est parce que c'est la seule profession qui nous accepte.

Poursuivant son chemin à travers les hauteurs du Mont-Liban, elle arriva aux abords de Byblos – la ville à laquelle on doit le mot « Bible » –, avec ses maisons blanches, ses églises et sa mosquée surplombant la Méditerranée. Son portable sonna.

— On a intercepté un appel, lui dit Virgil.

— Je t'écoute.

— Notre starlette a appelé quelqu'un sur son portable. J'ai trouvé qui grâce à ton copain Jimbo et à la base de données de la NSA. Tu collectionnes vraiment les admirateurs.

— Arrête tes conneries. Alors, c'était qui ?

— Un vieux copain à toi, avec un joli nom d'oiseau chanteur.

Seigneur Dieu, pensa-t-elle, Rossignol ! Taha al-Douni.

Carrie était tout excitée. Le puzzle se complétait : Dima, Rossignol, Rana. Mais il y avait aussi une troisième femme sur la photo, une certaine Marielle.

— Et qu'est-ce qu'ils avaient à se dire ?

— Je te raconte ce soir. Rendez-vous au même endroit que d'habitude ? 20 h 15 ?

Virgil ne voulait pas donner de détails au téléphone. Leur lieu de rendez-vous habituel était le parc Khalil Gibran, en face de l'immeuble de l'ONU, dans le quartier de Hamra. Elle devait soustraire quarante-cinq minutes à l'horaire annoncé, ce qui donnait en réalité 19 h 30.

— OK, à tout à l'heure.

— *Ma'al salama*, dit Virgil sur un ton moqueur avant de raccrocher.

Filant sur la route ensoleillée du littoral, elle avait l'impression de planer comme un faucon. Elle ne s'était jamais sentie aussi bien. Il manquait encore des éléments, mais tout commençait à faire sens. Un sentiment de perfection et de bien-être l'enveloppait, comme dans un bain chaud. Oui, la vérité était toute proche, comme la ligne de crête du Mont-Liban à l'horizon. C'était comme dans l'amour, ce moment où le plaisir commence à monter lentement, portant avec lui la promesse de l'orgasme.

Des champs cultivés séparaient la vieille ville du centre moderne de Byblos. Carrie se dit qu'elle devrait peut-être faire un peu de tourisme pour décompresser. Visiter le château des Croisés ou les ruines romaines, éventuellement faire une pause dans un des hôtels du bord de mer. Oui, ça lui ferait du bien de marcher sur la plage, de sentir le sable sur ses pieds nus, de s'asseoir dans un bar avec une margarita en contemplant les évolutions gracieuses des oiseaux de mer prêts à plonger dès qu'ils repèrent un poisson…

Elle se ressaisit soudain. Fais gaffe, Carrie, concentre-toi sur la route, c'est quand, la dernière fois que tu as pris ton comprimé ? Était-ce vraiment une sensation de bien-être ou le début d'une nouvelle phase hypomaniaque ?

Merde !

Ne perds pas les pédales, Carrie, ne laisse pas la maladie penser à ta place. Réfléchis. Rana était à la fois la maîtresse de Fielding et l'amie de Dima, elle a appelé Rossignol au téléphone. Le cercle se refermait, et il fallait qu'elle fasse preuve d'acuité. Pas question de se laisser aller, pas question de glander à la plage. Ce qui lui manquait, c'était une bonne dose de clozapine, elle devait absolument passer à la pharmacie de la rue Nakhlé, arriver à Beyrouth avant l'heure de la fermeture. Prendre ses médicaments et rester vigilante. La dernière fois qu'elle avait eu affaire à Rossignol, elle avait failli y passer, ou au moins finir captive. Elle avait besoin de toute sa lucidité pour l'affronter.

Et puis il y avait la troisième femme de la photo. Encore une énigme. Elle jeta un coup d'œil à sa montre.

Si elle ne décollait pas le pied de l'accélérateur, elle avait juste le temps d'arriver en ville, de passer rue Nakhlé et de filer au rendez-vous avec Virgil. Après quoi il faudrait retrouver Marielle Hilal, le troisième mannequin de la photo. Elle secoua la tête pour s'éclaircir les idées, doubla une voiture qui roulait trop lentement et fonça vers Beyrouth.

20

La Quarantaine, Beyrouth, Liban

Il était tard, la pharmacie était sur le point de fermer. Les néons des vitrines illuminaient l'atmosphère nocturne. Elle tendit une vieille ordonnance au pharmacien, un homme d'âge moyen dont la calvitie était atténuée par quelques touffes de cheveux blancs. Il l'examina succinctement.

— La date est périmée, mademoiselle.

— Voilà de quoi la mettre à jour.

Carrie posa deux cents dollars sur le comptoir. Le pharmacien regarda les billets sans les ramasser.

— *Min fadlak*, je vous en prie.

Pas besoin de jouer la comédie, sa voix trahissait suffisamment son désespoir.

Le pharmacien jeta un coup d'œil vers l'entrée, puis empocha l'argent. Il alla chercher les médicaments sur ses étagères. Carrie pensait à ce que lui avait raconté Virgil. Rana avait rendez-vous avec Rossignol le lendemain à Baalbek. Située à environ quatre-vingt-cinq kilomètres au nord-est de Beyrouth, dans la vallée de la Bekaa, la ville était connue pour ses célèbres ruines romaines.

Elle aussi serait au rendez-vous, avec Virgil et Ziad.

Le pharmacien revint avec deux tubes.

— Vous savez que c'est du sérieux ?

— Oui, je sais, *choukran*.

— Vous devriez faire des examens. Les effets secondaires peuvent être assez violents.

— Je sais. Mais ça fait des années que je les prends sans aucun problème.

Allez, putain, donne-les-moi. Son cœur battait à tout rompre, la rue commençait à ressembler à un kaléidoscope et si elle n'avalait pas un comprimé vite fait, elle ne serait plus capable de se contrôler. Elle l'aurait étranglé, ce vieux salaud.

— Mais les ordonnances périmées, c'est fini, mademoiselle. La prochaine fois, je ne laisserai pas passer ça.

— Je comprends, *Assayid*. Merci beaucoup.

Qu'est-ce qu'il voulait, celui-là, une pipe ? Allez, allez, allez, donne-les-moi.

Il lui remit les médicaments dans un sachet en plastique.

— Bonne soirée, mademoiselle.

— Au revoir, lança-t-elle sans se retourner tandis qu'elle se précipitait vers la porte.

Elle s'arrêta dans une épicerie à quelques mètres de là, juste avant la fermeture, y acheta une bouteille d'eau et avala son comprimé. Il était 21 heures passées. La vie nocturne de Beyrouth battait son plein. Les rues étaient bondées de véhicules qui ne cessaient de klaxonner.

Restait maintenant à trouver la troisième jeune femme, cette fameuse Marielle.

Abou Mourad lui avait donné une adresse rue Mar-Youssef à Bourj Hammoud, le quartier arménien. C'était un immeuble de cinq étages dans une rue très fréquentée, pas très loin de la mairie. Il y avait un petit restaurant de kebab au rez-de-chaussée, juste à côté de la porte d'entrée. Un drapeau arménien à trois bandes horizontales, rouge, bleu et jaune, était tendu en travers de la rue. Se servant d'une carte de crédit qu'elle inséra entre la serrure et le chambranle de la porte, Carrie réussit à entrer dans l'immeuble.

Il n'y avait pas d'ascenseur. L'odeur des brochettes du restaurant montait jusque dans la cage d'escalier. Le couloir obscur était dépourvu de minuterie. Une fois devant l'appartement, Carrie éclaira la porte à la lueur de son portable pour déchiffrer le nom écrit en arabe sur un morceau de ruban adhésif. Pas de Hilal. Elle écouta à la porte. La télévision était allumée. Apparemment une histoire de belle journaliste en plein divorce. Elle frappa. Pas de réponse. Au bout d'une minute, elle frappa de nouveau.

Une blonde élancée vint lui ouvrir. Elle avait la quarantaine et portait un jean et un tee-shirt rouge estampillé au nom du Club B Dix-Huit, la fameuse boîte de nuit souterraine de Beyrouth.

— *Aïwa*, c'est à quel sujet ?

— Je cherche Marielle.

— Je ne sais pas de qui vous parlez. Il n'y a pas de Marielle ici.

— S'il vous plaît, madame. Je suis une amie de Marielle et de Dima Hamdan. Il faut que je la voie, c'est urgent.

— Je vous dis qu'il n'y a personne de ce nom ici.

— C'est *Kinda* qui passe, là ? J'aime bien ce feuilleton.

— Oui, c'est pas mal, dit la femme tout en commençant à refermer la porte. Désolée, je ne peux pas vous aider.

— Attendez ! Pourriez-vous au moins lui transmettre un message ? Sa vie est en danger.

Carrie mit un pied dans la porte.

— Écoutez, je ne sais pas qui vous êtes, mais je vous prie de vous en aller ! Je ne connais aucune Marielle Hilal !

En plein dans le mille ! pensa Carrie en regardant la femme. Heureusement qu'elle avait pu acheter ses médicaments, sinon ça lui aurait sans doute échappé.

— Comment savez-vous qu'elle s'appelle Hilal ? Je ne vous ai pas dit son nom de famille.

La femme resta interdite. Elle sembla chercher fiévreusement des yeux quelque chose, peut-être une arme.

— Si vous ne partez pas, j'appelle la police.

Carrie croisa les bras.

— Allez-y. Vous avez quelque chose à cacher, et je crois que nous savons fort bien toutes les deux que vous n'avez pas du tout envie de voir débarquer la police.

La femme hésita un instant. Elle s'avança dans le couloir pour s'assurer que Carrie était bien seule et finit par la laisser entrer, d'un air embarrassé. Elles s'installèrent dans le salon.

L'inconnue restait sur ses gardes.

— Comment connaissez-vous Marielle ?

— Je connais Rana et Dima.

— Et Dima, vous la connaissez comment ?

— De chez Le Gray, et par le photographe de mode François Abou Mourad. Et on s'est aussi croisées ailleurs.

La femme réfléchissait.

— Vous dites que la vie de Marielle est en danger. Que voulez-vous dire par là ?

— Vous savez très bien ce que je veux dire, sinon pourquoi essaieriez-vous de la protéger ? Il faut que je lui parle.

Carrie décida de prendre un risque.

— Dima est morte, madame.

La femme avait l'air stupéfaite.

— Morte ? Qu'est-ce que vous racontez ?

— Il faut que je parle à Marielle. C'est très, très urgent.

— Vous êtes américaine ?

— Oui. Je m'appelle Carrie. Je suis une amie.

La femme lui dit d'attendre et alla chercher quelque chose dans la chambre à coucher. Elle était sans doute en train d'appeler Marielle, pensa Carrie. Ce qui était bizarre, c'est que cette femme, dont on pouvait supposer qu'elle était parente de Marielle, n'avait pas vraiment l'air arménienne. Il n'y avait d'ailleurs rien autour d'elle qui évoque l'Arménie, ni une croix ni une image du mont Ararat. Alors pourquoi habitait-elle à Bourj Hammoud ? Tout le monde connaissait tout le monde ici, et les étrangers ne passaient pas inaperçus. Peut-être que Marielle vivait près d'ici pour des raisons de sécurité. Sur l'écran de télévision, Kinda était en train de se faire menacer par un homme en complet-veston. La femme réapparut.

— Vous avez rendez-vous avec elle ce soir après minuit au B Dix-Huit. Il faut que vous y alliez seule, sinon vous ne pourrez pas lui parler. Je suis désolée pour toutes ces précautions.

— Non, Marielle a raison. Elle court peut-être un grave danger.

Le B Dix-huit était dans le quartier de la Quarantaine, coincé entre l'étroit canal de ciment du Nahr Beyrouth et le port. Pendant la Première Guerre mondiale, le secteur avait accueilli les survivants du massacre des Arméniens en Turquie. À l'époque de la guerre civile libanaise, un camp palestinien y était installé. C'était désormais une zone industrielle et un quartier populaire qui, paradoxalement, abritait aussi le club le plus chic de la ville.

De l'extérieur, le B Dix-huit ressemblait à un vaisseau de béton. En descendant l'étroite rampe inclinée qui menait à l'entrée souterraine, Carrie, qui était passée chez elle enfiler une robe Terani et des talons aiguilles, se demanda si elle était assez court vêtue pour l'occasion. Même de l'extérieur, la pulsation de la musique était si forte qu'elle faisait vibrer les murs.

Avant même qu'elle ait le temps de passer la barrière des videurs, un homme en veste Hugo Boss s'approcha de Carrie, l'enlaça et lui demanda si elle voulait un Johnny Walker Blue. Dans une boîte aussi chic, une consommation de ce genre pouvait facilement coûter cinq cents dollars.

— Peut-être plus tard, dit-elle en se débarrassant de l'importun.

La fouille au corps effectuée par les videurs dura à peine quelques secondes, mais elle fit à Carrie l'impression d'un véritable examen gynécologique. Ils la laissèrent toutefois entrer sans problème – sans doute l'effet magique de la minirobe Terani et des chaussures Jimmy Choo. La salle principale du club ressemblait à un hangar avec un bar très fréquenté et d'une longueur interminable. La plupart des clients se déchaînaient sur la piste au rythme de « Run It » de Chris Brown. Une demi-douzaine de beautés en minijupe hypermoulante dansaient sur le bar sous les vivats du public.

Quelqu'un lui mit brusquement un cocktail entre les mains, tandis qu'une fille magnifique aux paupières fardées d'or et aux lèvres violettes la regardait droit dans les yeux en disant :

— Quel visage adorable, ma chérie. Je peux t'embrasser ?

Sans attendre sa réponse, la fille lui plaqua un baiser ardent sur la bouche, sa langue fouillant la sienne comme un petit poisson. Ce n'est vraiment pas la même sensation qu'avec un homme, pensa Carrie, c'est plus doux. Déconcertant et intéressant.

— Viens avec moi, dit la fille en lui mettant la main sur la poitrine.

— Peut-être plus tard, répondit Carrie.

Décidément, voilà une phrase qui risquait de lui servir beaucoup, ce soir.

Elle s'éloigna rapidement à la recherche de Marielle, explorant les alentours de la piste de danse. Pourvu que Marielle n'ait pas trop changé de style de coiffure, son seul indice était la photo d'Abou Mourad. Un homme saisit la main de Carrie au passage et y déposa un baiser.

— Bois quelque chose, *habibi*.

Elle se dégagea et poursuivit son chemin. La musique était assourdissante. D'une voix excitée, quelqu'un cria en arabe que la nuit ne faisait que commencer. Un éclairage de type laser s'alluma et un des clients annonça qu'on allait ouvrir le toit rétractable pour pouvoir contempler les étoiles. Fausse nouvelle. La musique avait changé et tout le monde était en train de danser sur un morceau du groupe de heavy metal finlandais Nightwish.

Il y avait une fille qui ressemblait à Marielle à l'autre extrémité du bar. Carrie traversa la piste, non sans se faire peloter au passage. Elle se dégagea à grand-peine d'un groupe de trois danseuses tellement déchaînées que leurs seins menaçaient à tout moment de déborder de leur décolleté.

C'était effectivement Marielle. Les cheveux teints en rouge, elle portait un débardeur Al-Ansar Sporting Club bien décolleté et un jean Escada tellement moulant qu'on l'aurait cru peint à même ses jambes. Elle n'était pas aussi jolie que sur la photo, mais Carrie trouvait son visage finalement plus intéressant. Elle s'approcha.

— Où peut-on parler tranquillement ? lui demanda-t-elle en arabe.

— Vous êtes Carrie ?

— On ne s'entend pas ici. Allons ailleurs.

— Je ne bouge pas d'ici tant que je n'ai pas la preuve que vous êtes bien qui vous prétendez être. Dites-moi d'où était Dima.

— De Halba, dans l'Akkar.

— C'est bon, venez, dit Marielle en quittant son tabouret.

Carrie la suivit à travers la salle principale du club, puis dans le couloir. Marielle dépassa la longue file d'attente qui serpentait devant les toilettes des femmes, prit une clé dans son sac et ouvrit une porte latérale au bout du couloir. C'était un espace de stockage presque vide. Elles y entrèrent, non sans s'assurer que personne ne les observait. La pièce était éclairée par une seule ampoule. Quelques cartons étaient entassés contre le mur du fond. La pulsation de la musique traversait les parois.

— Dima est morte ? demanda Marielle.

Carrie lui fit signe que oui.

Marielle secoua la tête d'un air accablé.

— Je le savais. Ces gens-là…

— Ces gens-là ? Qui, au juste ?

— Je ne sais pas. Je ne les connais pas, et vous non plus je ne vous connais pas. Tout ce que je sais, c'est que c'était dangereux. Je savais qu'elle avait des problèmes.

— Vous le saviez comment ?

— Dima et Rana ont toujours joué avec le feu. Rana était avec un type qu'on soupçonnait d'être de la CIA.

— Fielding ?

— Un Américain, comme vous. Vous venez de sa part ?

— À votre avis ?

— Je n'en sais rien. Tout ce que je sais, c'est que j'ai peur. S'ils ont tué Dima, ils peuvent me tuer moi aussi.

Elle lui tendit une main dans la pénombre.

— Vous voyez, j'ai les mains qui tremblent.

— Dima a complètement disparu pendant près de deux mois. Qu'est-ce qui s'est passé ?

— C'est à cause de lui.

— Qui ça, lui ?

— Son nouveau petit ami. Mohammed, Mohammed Siddiqi. Elle était avec lui.

— Le type de Dubaï ?

— Qui vous a dit qu'il était de Dubaï ?

— Le photographe, François.

— Quel sale menteur. Mohammed est irakien, de Bagdad. Il prétendait qu'il était qatari, mais je savais bien qu'il mentait, ce chien.

Elle eut une moue de dégoût.

— Au début, elle était amoureuse, elle n'arrêtait pas de parler de lui : c'était un type formidable, tellement riche, tellement beau, et un amant incroyable. Ils se promenaient main dans la main à l'aube sur la plage de Saint-Georges, ce genre de conneries.

— Et ensuite, qu'est-ce qui s'est passé ?

— Il jouait la comédie. Une fois qu'elle est tombée dans ses bras, il a complètement changé. Elle avait peur de lui. Il la frappait, elle m'a montré les traces des coups, et aussi des brûlures de cigarette à l'intérieur des cuisses. Une fois, il lui a maintenu la tête sous l'eau de la cuvette des toilettes jusqu'à ce qu'elle lui promette qu'elle ferait absolument tout ce qu'il voudrait. Je lui ai conseillé de s'enfuir, ou d'en parler au mec de Rana, le type de la CIA, mais elle était trop terrifiée. Il suffisait qu'il la regarde de travers pour qu'elle devienne pâle comme un linge. Mais elle m'a parlé d'une femme, une Américaine, quelqu'un en qui elle pensait pouvoir avoir confiance.

Elle regarda Carrie droit dans les yeux sous la lueur de l'ampoule.

— C'était vous ?

Carrie acquiesça.

— Je n'ai pas pu l'aider, et j'en suis désolée. J'aurais pu lui porter secours, mais elle avait disparu, elle était complètement introuvable.

— Elle était avec lui à Doha, au Qatar, dit Marielle sur un ton méprisant. Je ne sais pas ce qu'ils y faisaient, mais avant de partir elle m'a dit qu'il fallait que je reste à l'écart. J'étais la prochaine sur la liste.

— C'est pour ça que vous vous êtes cachée à Bourj Hammoud ? Pour être en sécurité ? Vous n'êtes pas arménienne, pourtant ?

— À Bourj Hammoud, les gens du quartier savent repérer les étrangers. Ils nous protègent. Vous ne le direz à personne ?

Carrie fit signe que non.

— Ce Mohammed Siddiqi, vous dites qu'il est irakien ?

Marielle sourit amèrement.

— Il se disait qatari, mais c'était un mensonge.

— Comment le savez-vous ?

— La famille de ma mère a vécu un certain temps au Qatar. Je lui ai demandé où il avait étudié. À la Doha Academy, sur le périphérique B ? Toute la bonne société qatarie y met ses enfants. Il m'a répondu que oui, ce sale menteur ! Tout le monde au Qatar sait que la Doha Academy est dans le quartier d'Al-Khalifa al-Jadeeda, rien à voir avec le périphérique B. Et quand il utilisait des mots d'argot, c'était du dialecte irakien, pas du qatari ou du libanais.

— Savez-vous où il se trouve ?

Elle secoua la tête en signe d'ignorance.

C'est l'impasse, pensa Carrie, il me faut absolument autre chose, nous n'avons pas assez d'indices. Mais ce Mohammed était impliqué dans l'attentat de New York, elle en était sûre.

— Vous avez passé du temps avec eux ? Personne n'a pris de photos ? demanda-t-elle à Marielle.

— Il ne voulait surtout pas de photos. Un jour, Dima m'a demandé de les prendre tous les deux sur la Corniche, et avant que je puisse faire quoi que ce soit, il m'a arraché l'appareil et l'a carrément détruit.

— Pas une seule photo, donc ?

Marielle hésita un instant, puis secoua la tête. Elle ment, pensa Carrie.

— En fait il y en a une, non ? lui suggéra-t-elle, le cœur battant.

Elle avait l'impression que sa perception auditive était devenue extra-sensible, qu'elle entendait les battements de son cœur aussi bien que

231

ceux de Marielle par-dessus la musique et les conversations à l'extérieur de la pièce. Merde, les médicaments. Pitié, pas maintenant, tout ne tient qu'à un fil.

Marielle détourna le regard sans rien dire.

— *Min fadlik*, je vous en prie, vous ne voulez pas que Dima soit morte pour rien ? C'est très, très important, plus que vous ne pouvez l'imaginer.

Elle avait l'intime conviction que Marielle détenait la clé de l'énigme, en espérant que ce n'était pas un nouveau tour que lui jouait sa maladie. Tout son univers vacillait, comme celui de saint Paul sur le chemin de Damas, suspendu aux lèvres de son visiteur nocturne – encore une réminiscence de son enfance catholique.

Marielle la scruta intensément, comme si elle cherchait à déchiffrer son âme. Puis elle ouvrit son sac, chercha sur son portable et y trouva bientôt la réponse à la question de Carrie.

— Je l'ai prise à un moment où il ne faisait pas attention, je ne sais pas pourquoi.

Elle se mordit les lèvres.

— Non, en fait, ce n'est pas vrai. J'avais peur qu'il finisse par la tuer et j'ai pensé que je pourrais en avoir besoin pour la police.

Elle montra son portable à Carrie. Sur la photo, Dima était sur la Corniche, en short et en tee-shirt, avec une expression un peu tendue. Elle enlaçait un homme mince à la peau cuivrée et aux cheveux bouclés, avec une barbe de trois jours, clignant des yeux sous le soleil, de trois quarts devant l'objectif. Estomaquée, Carrie n'en revenait pas. C'était presque aussi fort qu'un orgasme, elle exultait secrètement. Ça y est, je te tiens, salaud !

— Il me faut absolument cette photo. Je ne sais pas, si vous avez besoin d'argent, d'aide, de quoi que ce soit...

Il y eut un moment de silence entre les deux jeunes femmes. Le rythme de la musique et le bruit de la foule des clients du club leur parvenaient comme la rumeur de l'océan dans un coquillage.

— Donnez-moi une adresse e-mail et je vous l'envoie, dit Marielle avec une soudaine expression d'inquiétude. C'est tout ce que vous voulez ? Je n'ai pris le risque de sortir que pour vous rencontrer. Il faut que j'y aille, maintenant.

Carrie posa sa main sur son bras.

— Et Rana ? Elle le connaît aussi ?

Marielle fit un pas en arrière, son visage indéchiffrable dans la pénombre.

— Je ne sais pas. Je ne sais rien, je ne veux pas savoir.

— Mais elle connaît le Syrien, Taha al-Douni.

Marielle haussa les épaules.

— Rana est une célébrité. Soit c'est elle qui connaît tout le monde, soit c'est tout le monde qui la connaît ou prétend la connaître. Demandez-lui.

— Elle aussi est en danger, non ?

— On est à Beyrouth, répondit Marielle. On vit au-dessus d'un abîme fait de mensonges et de bombes.

233

21

Baalbek, Liban

Le hall de l'hôtel Palmyre à Baalbek était rempli de palmiers, d'antiquités et de meubles poussiéreux datant de l'époque coloniale française. Avec son odeur de renfermé, il paraissait sortir tout droit d'un roman d'Agatha Christie, mais les chambres des étages supérieurs jouissaient d'une vue imprenable sur les ruines romaines. Après être passés à la réception, Virgil et Ziad avaient installé leur équipement et leurs armes dans une chambre avec balcon qui donnait sur les colonnes du temple de Jupiter.

Ils avaient loué une Honda Odyssey pour aller à Baalbek, et sur les routes de montagne qui débouchent sur la plaine de la Bekaa, on ne pouvait guère se tromper sur la politique de la région. Tous les édifices et jusqu'au moindre lampadaire arboraient les drapeaux jaunes du Hezbollah. Comme ils avaient piraté le portable de Rana, ils pouvaient la suivre au GPS et n'avaient pas besoin de lui coller au train, de sorte qu'elle ne pouvait rien soupçonner. Le seul problème, comme l'avait observé Virgil, c'étaient les armes.

Combien d'hommes escorteraient Rossignol ?

Ils observaient les ruines depuis leur chambre en prenant soin d'éviter qu'un reflet du soleil sur les lentilles de leurs jumelles ne trahisse leur position.

— Vous la voyez ? demanda Carrie.

— Pas encore, dit Virgil en balayant lentement le panorama. Ah, la voilà, du côté du temple de Bacchus. Sur la gauche. Tu la vois ?

Carrie mit la focale sur les vestiges remarquablement conservés du temple. Les ruines de Baalbek étaient impressionnantes, c'était sans doute le monument romain le mieux préservé du Moyen-Orient, peut-être même de tout le bassin méditerranéen. À l'époque, Baalbek s'appelait Héliopolis et était un centre de culte important. Les dieux romains avaient en quelque sorte fusionné avec les divinités locales, Jupiter était assimilé à Baal, Vénus à Astarté et Bacchus à une divinité mâle de la fertilité. Les temples s'alignaient autour d'un vaste espace rectangulaire, une grande cour où Carrie aperçut Rana qui s'entretenait avec un inconnu à l'ombre d'une colonne, près des marches du temple de Bacchus.

— Ça y est, je l'ai repérée. Avec qui parle-t-elle ?

— On n'arrive pas à le distinguer d'ici. Mais il y a des hommes armés avec lui, dit Virgil. Là-bas, du côté de cette grosse pierre et vers le temple de Vénus.

Au sommet d'un énorme rocher, Carrie distingua un homme couché de biais avec ce qui ressemblait à une kalachnikov, un autre sur les marches de la Grande Cour et deux autres encore du côté du temple de Vénus.

— J'en vois quatre, dit-elle.

— Ça alors, marmonna Virgil, comment sont-ils entrés dans l'enceinte du sanctuaire avec des armes ?

— Ils sont du Hezbollah. Ça n'a pas dû être trop difficile pour eux, répondit Ziad.

— On arrive à les entendre ? demanda Carrie à Ziad, qui pointait sur Rana une antenne parabolique dotée d'égaliseurs multicanaux.

— On va voir, dit Ziad. Ils sont à quatre cents mètres environ. J'ai réglé les égaliseurs. À cette distance, on a une chance sur deux.

Il tendit les écouteurs à Carrie et installa la caméra vidéo pour enregistrer la scène.

Carrie écouta attentivement. On ne saisissait pas le détail de la conversation, mais Rana parlait en arabe d'une tierce personne : « lui ». Ce « lui » leur avait enjoint d'être plus prudents après quelque chose qui s'était passé à New York. Une voix d'homme intervenait alors et recommandait de « se concentrer sur Anbar ».

Carrie se redressa. Quelque chose clochait. Qu'est-ce qu'une starlette libanaise couchant avec un chef de poste de la CIA à Beyrouth avait à voir avec la province d'Anbar en Irak ? Et quel rapport avec le Hezbollah, qui n'avait rien à voir non plus avec l'Irak ? Certes, Téhéran, qui parrainait le Hezbollah, avait des intérêts en Irak. N'empêche que ça ne collait pas. Rana et Dima étaient des sunnites d'Akkar qui se faisaient passer pour des chrétiennes. Pourquoi auraient-elles transmis des infos au Hezbollah, ou même aux alaouites de la DGS syrienne ?

C'est alors que l'homme s'écarta de la colonne. Carrie l'examina avec attention.

— C'est Rossignol ? demanda Virgil.

À cette distance, il n'était pas facile de le dire avec précision, mais Carrie était pratiquement certaine que c'était bien lui.

— Oui. La copine de Fielding est une sale petite taupe, dit-elle.

— Putain de bordel, il est chef de poste, il a accès à plein d'infos, qu'est-ce qu'il a bien pu lâcher ? murmura Virgil.

Non, pensa Carrie, la question n'est pas ce qu'il a révélé, mais à qui. Pour qui travaillait Fielding ? Et puis elle eut une illumination.

Et si Rossignol était un agent double ?

Mais alors au service de qui ? Des Iraniens via Damas et le Hezbollah, ou d'Al-Qaïda en Irak ? Il n'y avait qu'une façon de le savoir : capturer Rana, pensa-t-elle en se concentrant sur les écouteurs.

— Tout ce qui concerne l'Irak est une priorité absolue, vous comprenez ? L'idéal, ce serait d'accéder à son ordinateur portable, dit Rossignol.

— Pas facile, répondit Rana. Et Dima ?

— L'opération a échoué. On peut imaginer le pire. Et votre autre amie, Marielle ?

Marielle avait raison. Comme elle-même l'avait pressenti, ils étaient bien à sa recherche. Carrie n'arriva pas à saisir le reste de la conversation. Rana et Rossignol s'éloignèrent et disparurent derrière des rochers. Merde, il ne manquait plus que ça.

— Rossignol est venu comment à Baalbek ? demanda-t-elle à Virgil.

— J'ai repéré deux 4 × 4 Toyota noirs garés près du souk.

À l'entrée du sanctuaire, il y avait un marché en plein air avec des étals de shawarma et des marchands de souvenirs.

— Il y a deux miliciens du Hezbollah qui montent la garde.

— Tu crois qu'on pourrait les distraire assez longtemps pour mettre des micros dans les bagnoles ? demanda Carrie.

— Non, à moins que tu aies un harem de filles du Hezbollah à ta disposition.

Ziad sourit à cette remarque, exhibant sa dent en or.

— Ah non, ça j'ai pas, et je ne suis pas volontaire non plus, dit Carrie.

Rana et Rossignol entrèrent dans l'enceinte du temple de Bacchus. Impossible d'entendre quoi que ce soit à travers les épais murs de marbre.

— Il faut capturer Rana.

— Et tu veux faire ça où ? dit Virgil en désignant la vaste étendue de la vallée de la Bekaa.

Carrie comprit l'allusion. La région était un véritable bastion du Hezbollah. Si l'opération déraillait, ils n'avaient pas une seule chance de s'en sortir vivants.

— Elle est venue avec sa propre voiture, observa Carrie.

De fait, Rana était arrivée au volant d'une BMW bleu pâle qu'ils avaient repérée dans une petite rue menant au souk puis à l'entrée du sanctuaire.

— On est sûrs qu'elle est seule ? demanda Ziad.

— Oui, et elle va aussi rentrer à Beyrouth toute seule. Pourquoi tu crois qu'ils se sont tapé tout ce chemin jusqu'à Baalbek ? Elle ne voulait aucun témoin de leur petit tête-à-tête, dit Carrie.

— Bon, eh bien j'espère que tu as raison. Dès que la bagarre va commencer, on aura un millier de bites au cul, répondit Ziad en utilisant une expression arabe particulièrement obscène.

— S'ils voient qu'elle a des problèmes, Rossignol et ses hommes risquent d'intervenir, observa Virgil.

— Je vais la retenir, dit Carrie. Une fois leur rendez-vous terminé, ils ne vont pas s'attarder pour déguster des shawarmas. L'important, c'est qu'elle parte après lui.

— Bon, on a fini avec ça ? demanda Virgil.

— Oui, on remballe tout le matériel. Vous deux, vous mettez vos déguisements et vous trafiquez sa BMW. Je vais m'arranger pour qu'elle arrive en retard.

Virgil et Ziad finirent de ranger leur équipement et enfilèrent leur uniforme : un béret vert frappé de l'emblème du Hezbollah, une tenue de camouflage et un fusil d'assaut. Dans une ville comme Baalbek, tout le monde les prendrait pour des miliciens chiites, et si quelqu'un posait des questions, Ziad le remettrait à sa place en arabe. Quant à Carrie, elle agirait en fonction de ce qui allait se passer dans le sanctuaire.

Une fois le matériel remballé, Virgil et Ziad laissèrent à Carrie une paire de minijumelles et quittèrent l'hôtel.

Elle vérifia le bon fonctionnement du pistolet

Glock 2 de 9 mm que Virgil lui avait donné et le mit dans son sac. Pourvu que je n'aie pas besoin de m'en servir, pensa-t-elle avant d'observer de nouveau le temple de Bacchus avec ses jumelles.

Rossignol sortit précipitamment de l'enceinte du temple. Il fit signe à ses hommes et tous se dirigèrent vers la Grande Cour et les marches de l'entrée. Une minute plus tard, coiffée d'un hijab vert – une couleur bien assortie au Hezbollah –, Rana prit elle aussi la direction de la sortie.

Carrie remit les jumelles dans son sac, sortit en trombe de l'hôtel et se dirigea vers le souk. Faisant semblant de faire ses emplettes, elle attendit dans une ruelle près de la porte que Rana devait emprunter. Elle tira le pan de son hijab sur son visage – il ne fallait surtout pas que Rossignol la reconnaisse. Virgil et Ziad s'occupaient de la BMW de Rana et préparaient leur Honda.

— Si on veut l'empêcher de repartir, on fait comment ? avait-elle demandé à Virgil sur le trajet de Beyrouth.

— Il suffit de débrancher la bobine d'allumage. Elle ne pourra pas démarrer.

— Et une fois reconnectée, elle pourra rouler ?

Il avait fait signe que oui. Avec leurs bérets du Hezbollah, ils ne devraient pas avoir de problèmes, pensa Carrie. Enfin, espérons-le.

Elle vit arriver Rossignol et ses hommes et se cacha derrière un étal d'antiquités qui vendait des pièces de monnaie, des poteries et des bijoux d'ambre et d'argent. Tous censés être de l'époque romaine et phénicienne, mais très probablement fabriqués en Chine, pensa Carrie.

— Ils sont authentiques ? demanda-t-elle au vendeur, un moustachu grassouillet.

— Madame, je peux vous fournir un certificat d'authenticité délivré par le Bureau des antiquités, répondit ce dernier tandis que Rossignol et ses hommes passaient devant eux.

L'un d'eux se tourna un instant vers Carrie, qui frissonna sous son regard.

Le vendeur lui montra un bracelet d'argent et de verre coloré.

— Regardez, madame, un bijou romain.

— Authentique ? demanda-t-elle à nouveau en vérifiant si la voie était libre.

— Cent cinquante mille livres libanaises, madame. Ou quatre-vingt-cinq dollars, si vous préférez.

— Je vais réfléchir, dit-elle en posant le bracelet et en prenant congé.

— Je vous le laisse à soixante-cinq mille, madame ! cria l'homme tandis qu'elle s'éloignait dans l'allée. Allez, cinquante mille ! Vingt-cinq dollars !

Carrie aperçut deux fillettes d'environ sept et dix ans devant un étal de chapelets et s'approcha d'elles.

— Vous connaissez Rana Saadi, l'actrice de télévision ? leur demanda-t-elle en arabe.

Elles firent signe que oui.

— Elle est à Baalbek ! Elle va passer par ici. Vous devriez lui demander un autographe ou aller la saluer, leur dit-elle en les entraînant dans l'allée tandis que Rana descendait l'antique escalier du sanctuaire. Regardez !

Elle les poussa vers l'actrice et se mit à crier à la ronde :

— Regardez ! C'est Rana, la star de la télé ! *Onzor !*

Les chalands virent Rana, et bientôt les deux fillettes, accompagnées d'une demi-douzaine de femmes, se pressèrent autour de l'actrice, d'abord surprise, puis bientôt souriante et saluant tout le monde comme une pin-up sur un char de carnaval. Elle commença à signer des autographes et Carrie en profita pour rebrousser chemin. Virgil et Ziad mangeaient un shawarma dans un pain pita à un étal proche de la BMW de Rana.

— Où est la camionnette ? leur demanda-t-elle.

— Au coin de la rue, lui dit Virgil en indiquant la direction d'un mouvement du menton.

— Et Rossignol ?

— Tous partis dans les deux Toyota.

Quelques minutes plus tard, Rana apparut et monta dans sa BMW.

— Va chercher la Honda, dit Virgil à Ziad.

Rana essaya en vain de démarrer sa voiture.

— Qu'est-ce qu'on attend pour y aller ? demanda Carrie.

— Qu'elle sorte de sa voiture, répondit Virgil.

Ziad apparut au coin de la rue au volant de la Honda, qu'il stationna à cinq mètres de la BMW.

Rana poursuivit ses efforts sans succès et finit par rester assise sur son siège avec une expression de frustration. Chaque seconde d'attente supplémentaire rendait l'opération plus risquée. Virgil sortit une seringue de sa poche, en ôta le capuchon protecteur et la dissimula au creux de sa main.

— Alors, tu vas sortir de ta putain de voiture, oui ou non ? dit-il entre ses dents.

Enfin, Rana ouvrit la portière. Carrie et Virgil allèrent à sa rencontre tandis que Ziad avançait lentement avec la Honda.

— *Ahlan*, vous avez besoin d'aide, madame ? lui demanda Carrie.

— C'est cette bagnole de merde... répondit Rana.

Avant même qu'elle puisse ajouter quoi que ce soit, Virgil lui enfonça l'aiguille dans le bras.

— Mais qu'est-ce que...

L'actrice essaya d'appeler au secours, mais elle avait déjà commencé à sombrer dans l'inconscience. Carrie ouvrit la portière de la camionnette et Virgil la fourra sur le siège. Carrie lui attacha les poignets avec des menottes en plastique, même si elle n'était guère en état de s'enfuir. La kétamine avait agi presque instantanément. Elle attacha la ceinture de sécurité autour du corps affalé de Rana tandis que Virgil ouvrait le capot de la BMW et reconnectait la bobine d'allumage.

— La clé est dans le contact. Vas-y, dit-il à Carrie avant de monter dans la Honda à côté de l'actrice.

La camionnette démarra. Carrie la suivit avec la BMW.

Quand Rana reviendrait à elle, ils seraient déjà à Beyrouth. J'arriverai bien à lui soutirer quelques réponses à mes questions, pensa Carrie.

22

Bashoura, Beyrouth, Liban

Rana reprenait conscience. Carrie et sa petite équipe étaient dans une pièce vide, au sous-sol d'un immeuble voisin du cimetière de Bashoura, dans la nouvelle planque de la CIA, baptisée Iroquois. Pour tout éclairage, il n'y avait qu'une ampoule. Les murs étaient insonorisés et la porte verrouillée. L'actrice était ligotée à une chaise avec des liens en plastique. Le reste du mobilier se composait d'une deuxième chaise sur laquelle Carrie avait pris place, d'un tabouret et d'un banc de bois sur lequel on avait posé un seau d'eau et une serviette. Carrie avait laissé son Glock 26 armé d'un silencieux sur le tabouret.

— Tu peux hurler tout ce que tu veux, personne ne t'entendra, dit Carrie à la prisonnière.

— Ce n'est pas mon genre, répondit Rana. Sauf si on me paie pour ça. Une fois, j'ai poussé un cri impressionnant dans un film d'horreur. Ça s'appelait *Rue des méchants cannibales*, pour qu'on ne les confonde pas avec les gentils cannibales. Vous voulez que je le refasse pour vous ?

— Je m'en fous, de tes talents d'actrice, ce n'est pas une audition.

— C'est de l'argent que vous voulez ? Je ne suis pas riche.

— Tu es célèbre.

— Ce n'est pas la même chose.

— Ce n'est pas l'argent qui nous intéresse. Parlons un peu de Taha al-Douni.

— De qui ?

Carrie baissa un instant les yeux puis les fixa sur Rana.

— Tout ce que je veux, c'est la vérité. Si tu collabores, tu retourneras à ton existence normale d'ici quelques heures. Sinon, tu ne sortiras plus jamais de cette pièce.

Il y eut un long silence. Rana jeta un regard anxieux autour d'elle, comme si elle cherchait une porte de sortie.

— Qu'est-ce que vous voulez savoir ? finit-elle par demander.

Seul un léger tremblement dans sa voix trahissait sa nervosité. Elle est actrice, pensa Carrie, mentir est son métier. C'est aussi le nôtre.

— Écoute, il y a déjà pas mal de choses que tu n'as pas besoin de nous raconter. Nous savons qui tu es, nous connaissons Dima et Marielle, et nous savons aussi que tu es la petite putain de David Fielding, le chef de poste de la CIA à Beyrouth. On va d'ailleurs revenir sur cette question tout à l'heure.

Rana était visiblement secouée : Carrie en savait long.

Leçon n° 1 de l'art de l'interrogatoire : laissez la personne interrogée croire que vous avez plus d'infos que vous n'en avez en réalité. On n'a pas idée de ce qu'elle lâchera en pensant que vous êtes déjà au courant.

— Tu sors d'un rendez-vous avec Taha al-Douni à Baalbek. De quoi avez-vous parlé ?

— Je ne sais pas à quoi vous faites allusion, répondit Rana.

Carrie se rembrunit.

— Oh si, tu le sais très bien.

Elle lui montra sur la caméra les images de sa rencontre avec Rossignol dans les ruines de Baalbek.

— *Min fadlik*, essayons d'avoir une conversation civilisée. Et d'ailleurs, j'ai une question préalable. Qu'est-ce qu'une brave petite jeune fille sunnite de Tripoli fabrique avec un espion chiite de la DGS et du Hezbollah ?

Rana la contempla d'un air effaré.

— Mais qui êtes-vous ? Que voulez-vous de moi ?

— La vérité. Dans la Bible, on dit que la vérité rend libre. Dans ton cas, ça peut se révéler littéralement exact. Mais si tu me mens, dit-elle en désignant le seau d'eau sur le banc, crois-moi, ça va très mal se passer.

— Comment savez-vous que je suis de Tripoli ? C'est Dima, cette salope ? Elle est aussi incapable de garder un secret que sa culotte.

— Tu croyais vraiment que tu pouvais sortir avec un chef de poste de la CIA et fréquenter des espions syriens sans qu'on s'en rende compte ? Tu travailles pour qui ?

— Je croyais que vous le saviez déjà.

Rana passa sa langue sur ses lèvres pour les

humecter. Avec ses cheveux bruns et ses yeux noirs, elle était vraiment très jolie. Le genre de femme qui pensait pouvoir se sortir des pires situations en jouant de son charme.

— Mon Dieu, qu'est-ce que je ne ferais pas pour une petite clope.

— On verra ça plus tard. Il va falloir répondre à mes questions, sinon ça va se corser. Alors, tu travailles pour qui ? Le Hezbollah ?

Rana secoua la tête avec un sourire presque imperceptible.

— *Kus emek* Hezbollah, dit-elle en ayant recours à une expression particulièrement vulgaire (le con de ta mère). Ni le Hezbollah ni les Syriens.

— Qui alors ? Al-Douni est de la DGS.

— Qui vous l'a dit ? Dima ? Vous êtes de la CIA ? Vous l'avez capturée ? Elle a parlé ?

Carrie réfléchit un moment. Rana essayait-elle de jouer au plus malin ? Rirait bien qui rirait le dernier.

— Dima est morte. Et je ne donne pas cher de ta vie, si tu continues comme ça.

Rana accusa le coup. Elle pâlit et eut un mouvement de tête qui fit onduler sa belle chevelure brune.

— Je suis ta dernière chance, poursuivit Carrie en croisant les jambes. Si tu ne veux pas me parler, je laisse les hommes faire leur boulot, et tu sais à quel point ils aiment exercer leurs talents sur les jolies femmes. Nous, on sait bien ce qui les excite. La beauté est une chose bien

247

fragile, n'est-ce pas ? Alors, al-Douni et toi, vous travaillez pour qui ?

Rana secoua la tête. Carrie décida d'en lâcher un peu plus.

— Al-Douni est un agent double ? Si tu veux que je t'aide, il va falloir m'aider toi aussi. Tu peux répondre juste par oui ou par non si tu veux, un signe de tête, c'est tout.

Rana hocha la tête un peu à contrecœur.

Carrie réfléchissait. Si al-Douni était un agent double, quels intérêts servait-il ? Qui tirait les ficelles ? Peut-être travaillait-il pour le petit ami de Dima, Mohammed Siddiqi, cet Irakien qui, d'après Marielle, se faisait passer pour un Qatari. Et si Rana se contentait de dire ce qu'elle croyait que Carrie avait envie d'entendre ?

— Un agent double qui travaille pour qui, alors ?

— Je n'en suis pas sûre, mais c'est par lui que Dima a connu son petit ami, le Qatari.

— Mohammed Siddiqi ? J'ai entendu dire qu'il n'était pas vraiment qatari.

Rana se rembrunit.

— Je vois que vous avez parlé avec Marielle. *Incha'Allah*, donnez-moi une cigarette et je vous dis tout ce que vous voulez savoir.

Carrie sortit de la pièce et revint avec une Marlboro light qu'elle plaça entre les lèvres de Rana. Voyons si elle est décidée à coopérer, pensa-t-elle.

Rana tira une bouffée et exhala la fumée.

— Bon, OK, vous avez raison, je travaille pour Taha, enfin, pour al-Douni. C'est aussi moi qui ai recruté Dima. Elle prétendait être maronite et membre de l'Alliance du 14-Mars alors qu'en fait, comme vous le savez, nous sommes toutes les deux des sunnites d'Akkar, et nous avions toutes les deux un père dans les rangs d'Al-Mourabitoun.

— C'est Taha al-Douni qui t'a encouragée à devenir la maîtresse de Davis Fielding ?

— Je ne suis pas sa maîtresse, dit-elle en avalant une deuxième bouffée de tabac.

Carrie récupéra la cigarette pour la laisser exhaler.

— Comment ça, tu n'es pas sa maîtresse ? Tu ne vas pas me dire qu'il ne couchait pas avec toi, une belle femme comme toi, une célébrité.

— Les choses ne sont pas aussi simples. Oui, au début, on a couché ensemble, mais maintenant c'est surtout pour la galerie. On se montre ensemble à des fêtes, des cocktails, des réceptions diplomatiques, des trucs comme ça.

— Mais tu l'espionnes ?

Rana acquiesça.

— Il est au courant ?

— Je ne sais pas s'il s'en est rendu compte. Avec l'arrivée de Mohammed, le copain de Dima, on a changé de priorités.

— C'est-à-dire ?

— Avant, c'étaient surtout les activités de la CIA au Liban et en Syrie qui les intéressaient, mais maintenant c'est l'Irak. Ils veulent être au courant de ce que les Américains savent, de ce qu'ils ignorent, et connaître leurs plans.

— Et c'est Mohammed qui gère al-Douni ?

— Ce *ibn el jahsh*, ce fils de bourricot, répondit-elle avec une moue de dégoût. C'est juste un messager, un petit coursier, autant dire personne.

— Dima avait peur de lui ?

— Ce salopard la maltraitait. Il était capable de la terroriser rien qu'en la fixant du regard.

Marielle avait raconté la même chose. C'est donc comme ça qu'ils étaient arrivés à faire de cette joyeuse fêtarde une terroriste. Mais si le vrai chef n'était pas Rossignol et si Mohammed était juste un petit coursier, qui tirait vraiment les ficelles ? Et pourquoi tellement de curiosité sur les activités des Américains en Irak ? La réponse était évidente.

— Mohammed travaille pour Al-Qaïda ? Il est en contact avec Abou Nazir ?

— Je ne sais pas. Personne n'a jamais parlé directement avec Abou Nazir. Personne ne connaît ses contacts. Taha a mentionné une fois Abou Oubaïda, le lieutenant d'Abou Nazir.

— Pour en dire quoi ?

— Qu'il exécutait les basses œuvres d'Abou Nazir.

23

Hippodrome de Beyrouth, Liban

Ils s'installèrent entre les arbres derrière la tribune de l'hippodrome, dont l'ombre se projetait sur la piste à la lueur du coucher de soleil. Ils étaient sept : Carrie, Virgil, Ziad et quatre de ses compagnons d'armes des Forces libanaises, tous munis de carabines M4, dont une équipée d'un lance-grenades M203.

Carrie n'aimait pas trop avoir recours aux hommes des Forces libanaises, mais elle n'avait guère le choix. Les choses allaient beaucoup trop vite. Saul était en route pour Beyrouth, mais il n'arriverait pas à temps pour mettre sur pied une équipe d'intervention spéciale de l'Agence.

Il y avait des dizaines de raisons de ne pas trop faire confiance aux Forces libanaises. Leur professionnalisme laissait à désirer, elle ne les contrôlait pas, et leur fanatisme maronite n'allait pas arranger les choses face à leurs ennemis chiites. Le risque de dérapage était grand.

En revanche, il y avait une bonne raison pour avoir recours à leurs services. Rossignol-al-Douni ne se déplaçait jamais sans ses gardes du corps du Hezbollah, elle avait donc elle aussi besoin d'hommes armés. Dans un échange de textos quelques heures plus tôt, Saul avait accepté cette solution à contrecœur.

Coincée à côté d'un adolescent qui jouait en ligne avec ses copains, elle lui avait écrit d'un cybercafé de la rue Makhoul, à Hamra, près de l'université américaine. En accord avec Estes et Saul, elle devait éviter les canaux de communication habituels, accessibles à Davis Fielding. Elle était entrée en contact avec Saul via un *chat room* d'ados tellement fréquenté qu'il y avait peu de chances que leur conversation soit piratée. Le volume des échanges y était tout simplement trop grand pour que même les algorithmes les plus puissants des moteurs de recherche de l'Agence ou de la NSA puissent l'identifier.

Carrie se faisait passer pour Bradley, un lycéen de terminale de Bloomington, dans l'Illinois. Saul était une certaine Tiffany, élève d'un lycée voisin. Elle lui avait envoyé son rapport et une photo jointe de Mohammed Siddiqi.

« Slt beauté. Au NESAA, ils délirent sur t 1fos », lui avait écrit Saul. Le NESAA (Near East and South Asia Analysis group) était le Groupe d'analyse du Proche-Orient et d'Asie du Sud, un département d'élite de l'Agence regroupant les meilleurs experts de la région.

« Ctc ? », avait répondu Carrie. Elle voulait savoir si le CTC, la Cellule antiterroriste dirigée par David Estes, était également impliqué.

« 24-7. Suis jaloux. Ttes les filles ne pensent ka toi. » Oui, eh bien il était temps que Langley lui prête un peu d'attention, pensa-t-elle.

« C ki MS ? L sort avec ki ? » Ça, c'était la grande question, et la réponse était vitale. Qui était vraiment Mohammed Siddiqi ? Qu'est-ce que l'Agence avait sur lui ? Et pour qui travaillait-il ?

« C pas encore », avait répondu Saul. « Mais ton ancien meilleur pote, Allie, boss dessus à pl1 tps. » Son ancien meilleur pote, « Allie », c'était Alan Yerushenko. Ses « anciens » collègues du Département d'analyse des données étaient eux aussi sur le coup vingt-quatre heures sur vingt-quatre.

« Mary L dit k'elle joue pas au golf, mais au backgammon. » Carrie espérait que Saul comprendrait le message : Marielle pensait que Siddiqi était de Bagdad, pas un Qatari de la région du Golfe. Sans oublier que Rossignol se servait de Rana pour obtenir des infos sur les événements de Beyrouth et de New York. Tout convergeait vers Abou Nazir.

« Elle cherche les potes de babou n », écrivit Saul. Ils étaient sur la piste d'Abou Nazir.

« Tu viens ? »

« Bientot. Comnt va tizoizo ? » Saul était sur le chemin de Beyrouth. Dieu merci. Le petit oiseau, c'était évidemment Rossignol.

« Super teuf ce soir. Peux 1viter FL ? »

Il n'y eut pas de réponse pendant un bon moment. Saul était-il encore en ligne ? Elle avait vérifié sur sa montre : il était 14 h 47 à Beyrouth, soit pas encore 8 heures du matin à Langley.

Finalement, le texto était arrivé : « Si pas d'autre moyen. Fais gaff. » Il était clair que l'idée de travailler avec les Forces libanaises ne lui plaisait pas trop, et à Carrie non plus d'ailleurs. Et tout ça parce que Fielding avait une liaison avec un agent double qu'il ne baisait même pas.

« Slt », écrivit-elle avant de se déconnecter.

Et voilà comment elle s'était retrouvée avec Virgil et Ziad à l'hippodrome de Beyrouth. Elle avait organisé un rendez-vous entre Rana et Rossignol. Les courses n'avaient lieu qu'une fois par semaine, le dimanche. On était jeudi, et à cette heure-ci la tribune serait vide. Espérons que ça mettrait Rossignol en confiance. Ça permettrait aussi aux tireurs des Forces libanaises d'intervenir sans problème si les choses tournaient mal.

— Ils arriveront de quel côté ? demanda Carrie en arabe.

— De là, répondit Ziad. L'entrée du parking est sur l'avenue Abdallah-El-Yafi. Je peux mettre deux hommes derrière les arbres près de l'ambassade de France pour s'occuper de leur chauffeur.

Carrie se tourna vers les deux hommes en question. Leurs deux compagnons étaient déjà en position dans les écuries, d'où ils pouvaient rejoindre la tribune en trente secondes.

— Vous avez bien compris qu'il nous faut ce type vivant ? Même s'ils commencent à tirer. Une fois mort, il ne nous sert plus à rien.

— Ce sale chien du Hezbollah, marmonna l'un d'eux.

— Ça ne va pas du tout, dit-elle en se tournant vers Virgil.

Ces maronites étaient complètement cinglés, ils risquaient de tirer dans le tas et de tout faire rater.

— Il faut suspendre l'opération.

— Trop tard, répondit Virgil. Voilà la BMW de Rana.

Le véhicule était devant la porte. L'hippodrome était fermé, mais Rana avait soudoyé le gardien pour qu'il les laisse entrer.

Carrie prit ses jumelles. C'était bien Rana, et elle était seule au volant. Elle gara la BMW dans le parking. Carrie se tourna vers les deux types des Forces libanaises.

— S'il y a une fusillade, tirez sur leurs 4 × 4 pour qu'ils ne puissent pas repartir. Abattez les gardes sur le parking. Mais les autres, je les veux vivants, on est d'accord ?

— D'accord, *la mushkilah*. Pas de problème.

Les deux hommes se faufilèrent à travers les arbres en direction du parking. Carrie ne leur faisait toujours pas confiance.

— On y va ! dit Virgil.

Il fonça droit sur la tribune, armé de son M4 et suivi de Carrie et de Ziad. Elle avait l'intime conviction que tout ça risquait de très mal finir.

Carrie avait expliqué à Rana que jusqu'à nouvel ordre elle travaillait désormais sous ses ordres. Elle serait payée pour ses services et il n'était pas question d'en parler à Fielding, à al-Douni ou à qui que ce soit d'autre. Dans la mesure du possible, elle devait aussi s'abstenir de fréquenter le chef de poste de la CIA.

Ce rendez-vous avec Rossignol-al-Douni était la première mission de Rana. Pour le convaincre, elle lui avait raconté qu'elle avait des infos de première urgence sur les opérations américaines contre Al-Qaïda en Irak. Al-Douni avait bien entendu aussitôt accepté et fixé le rendez-vous à l'hippodrome – sans savoir que Carrie écoutait sa conversation sur le téléphone de Rana.

— Mais quel est votre véritable objectif ? lui avait demandé Rana.

— Faire passer à al-Douni des infos que je contrôle, pas celles qu'il veut obtenir. Et voir comment et où elles circulent une fois qu'il les aura obtenues.

— En fait, vous voulez savoir pour qui il travaille. Vous pensez que ce n'est pas pour les Syriens ?

— Il joue sur plusieurs tableaux.

— C'est un peu ce qu'on fait tous, non ? C'est Beyrouth, lui avait dit Rana.

Carrie se souvint de ces propos fatalistes, qui évoquaient ceux de Marielle, tout en courant dans la tribune et en se dissimulant à plat ventre derrière la quatrième rangée de sièges. Les deux miliciens maronites étaient cachés dans le vestiaire des jockeys, entre l'écurie et la piste. Ne plus savoir pour quel camp on combattait, c'était le sort de ceux qui fréquentaient Beyrouth.

Depuis un espace entre deux sièges, elle aperçut Rana qui s'avançait vers le paddock pour attendre Rossignol près de la clôture. Le soleil se couchait, colorant le ciel de rose et d'or. Un spectacle vraiment magnifique, pensa Carrie tandis que les ombres s'allongeaient, réduisant la visibilité. Il ferait bientôt complètement nuit.

Quelques minutes plus tard, son portable vibra. C'étaient les hommes des Forces libanaises postés près du parking qui lui signalaient l'arrivée de Rossignol.

Carrie était sur le qui-vive, complètement électrisée. D'un moment à l'autre, Rossignol allait rencontrer Rana. Il fallait absolument qu'elle entende leur conversation avant d'intervenir. Quoi qu'il arrive, pas question de précipiter l'opération. Rana portait sur elle un micro relié à un récepteur connecté à l'oreillette de Carrie.

Le voilà. Il était flanqué de trois miliciens du Hezbollah. Ce salaud n'allait vraiment jamais nulle part sans protection rapprochée. Elle était bien obligée de venir avec ses propres tireurs.

— *Salaam*. On vient juste de se voir à Baalbek, alors j'espère que ce que tu as à me dire vaut le déplacement.

— Tu en jugeras par toi-même. J'étais avec l'Américain, hier, à mon retour de Baalbek.

— Tu as couché avec lui ?

— Bien sûr. Et quand il s'est endormi, j'ai réussi à consulter son ordinateur. Voilà les fichiers que j'ai récupérés, dit-elle en lui tendant la clé USB que Carrie lui avait donnée.

— C'est tout ?

— Non, il y a autre chose. Ça concerne une opération américaine en Irak.

— Vas-y.

— Mohammed Siddiqi. Ils ont des infos sur lui. Ils savent qu'il est irakien, et pas qatari.

Carrie était tout ouïe, chaque mot prononcé était critique.

— *Khara*, jura Rossignol. Et quoi d'autre ?

— Ils savent aussi qui tu es. Ils pensent...

Rana n'eut pas le temps de terminer sa phrase. Au même instant, deux des miliciens des Forces libanaises quittèrent leur cachette et l'un d'eux commença à tirer sur les hommes de Rossignol. Il en abattit un tandis que le deuxième ripostait.

Mon Dieu, non, pensa Carrie. Avant qu'elle ait pu réagir, Rossignol avait tiré un pistolet de sa veste. Non, pas Rana ! Pas ça !

— Salope ! hurla le Syrien en déchargeant son arme à bout portant, en plein dans le visage de l'actrice.

Soudain, on entendit une déflagration en provenance du parking. Le lance-grenades, pensa Carrie, accroupie dans la tribune.

— Ne le tuez pas ! cria-t-elle en arabe.

À côté d'elle, Virgil et Ziad déchargeaient leurs M4 dans la pénombre zébrée par la fusillade.

24

Basta Tahta, Beyrouth, Liban

Carrie se sépara de Virgil au niveau de l'ambassade de France pour être sûre qu'au moins un des deux parvienne à bon port. Elle alterna plusieurs trajets en bus et en taxi collectif à travers le nord de la ville pour semer ses éventuels poursuivants et finit par arriver à Iroquois, la planque de l'avenue de l'Indépendance, dans le quartier Basta Tahta. Lorsqu'elle frappa à la porte en utilisant le code habituel, trois coups, puis deux, c'est Davis Fielding qui lui ouvrit, pointant un Beretta sur elle.

— Je t'attendais.

— Il y a de la tequila, ici ? J'ai besoin d'un verre.

— Seulement de la vodka. Belvedere, dit-il en signalant le bar.

Elle se servit elle-même un verre de vodka et en avala une gorgée avant de s'affaler dans un fauteuil. Apparemment, il n'y avait personne d'autre dans l'appartement, ce qui la surprit. Fielding se déplaçait rarement sans escorte. Et il ne visitait jamais les planques, sauf pour les interrogatoires. Alors, que faisait-il là ?

Il était assis sur un canapé devant une fenêtre entièrement masquée par un rideau fermé. Il avait toujours son Beretta à la main.

— Tu as l'intention de me tirer dessus, Davis ?

— Ça ne serait peut-être pas une mauvaise idée. Combien de morts, aujourd'hui, Mathison ?

Carrie se resservit sans trop se soucier de l'effet du mélange de la vodka avec ses médicaments. L'important, c'était la sensation de brûlure bienfaisante procurée par l'alcool.

— Tu as raison, Davis, les gens meurent. Ce soir, c'est ta petite amie, Rana. Rossignol lui a tiré dessus en plein visage. Elle n'est plus aussi jolie. À ta santé, dit-elle en avalant une autre gorgée.

Fielding pâlit. Elle sentit à quel point il était secoué. Sa main se crispa violemment sur son arme. Carrie se demanda s'il était vraiment capable de lui tirer dessus.

— Cette fois, c'en est fini de la petite poupée de Saul Berenson, dit-il d'une voix rauque. Avant même que j'en aie terminé avec toi, je te garantis qu'on t'enverra croupir dans une prison fédérale.

Il se leva et se mit à arpenter la pièce.

— Je t'ai repérée depuis le début. Tu croyais sincèrement que tu allais pouvoir revenir à Beyrouth, mon poste, ma ville, sans que je m'en aperçoive ? Tu es vraiment d'une grande naïveté. Moi, quand tu chiais encore dans tes couches, j'étais déjà à Moscou en train d'affronter les types du KGB.

— Ouais, sauf qu'aujourd'hui tu n'es plus tout à fait au niveau, on dirait. Parce que sinon on ne s'explique pas comment ta petite protégée, Dima

Hamdan, a pu aller à New York pour assassiner le vice-président des États-Unis et faire sauter le pont de Brooklyn sans que personne à Beyrouth pipe mot. Sans parler du fait qu'elle était sunnite, et pas chrétienne, ou que ta maîtresse était un agent double au service de Rossignol, qui travaille lui-même à la fois pour le Hezbollah et pour Al-Qaïda en Irak. Apparemment, le grand Davis Fielding, le roi de Beyrouth, n'avait absolument rien à dire sur tout ça !

Il cessa de marcher et la fixa. Sa bouche s'agitait comme s'il essayait de déglutir sans y arriver.

— On l'a cherchée partout, mais elle avait disparu.

— Ah vraiment ? Pendant ce temps, elle a réussi à remplir auprès de votre consulat de merde un dossier de demande de visa sous un faux nom, Jihan Miradi, et tout ça sous ton nez. Et puis il y avait ta maîtresse qui faisait passer toutes les infos qu'elle te soutirait à Abou Nazir en Irak via Rossignol. Par conséquent, de deux choses l'une, espèce de salopard : soit tu es totalement incompétent, soit tu es un traître.

Il porta le regard sur son pistolet comme si c'était un objet étrange qu'il n'avait jamais vu auparavant. Carrie remarqua qu'il avait le doigt sur la détente.

— Rana n'était pas ma maîtresse, dit-il au bout d'un moment. Je la connaissais à peine.

— Arrête tes conneries. Tu lui as téléphoné plusieurs fois par semaine pendant des mois. Et puis tu as fait effacer ses appels des dossiers de l'Agence et de la base de données de la NSA, le jour même où tu m'as virée de Beyrouth – soit dit en passant, j'aimerais bien savoir comment tu t'y es pris.

— Je ne sais pas de quoi tu parles.

— Mais si, Davis, tu le sais parfaitement. Simplement tu pensais que personne ne s'en rendrait compte. Tu avais mal calculé ton coup, mon salaud, et je ne suis pas la seule au courant.

Il la regarda bizarrement, avec un petit sourire pervers. Carrie se demanda s'il n'était pas un peu dérangé, tout en savourant l'ironie de cette question de sa part.

— Tu crois savoir, Mathison, mais en fait tu ne sais rien. Il se passe des choses dont tu n'as pas la moindre idée. Raconte-moi plutôt ton dernier fiasco. Comment Rana est-elle morte ?

— On allait capturer Rossignol. Notre hypothèse, c'est que c'est un agent de liaison entre le Hezbollah et Al-Qaïda en Irak. Il est lié à Abou Oubaïda et donc à Abou Nazir. Ce qui nous intéressait surtout, c'était d'en savoir plus sur le petit ami de Dima, Mohammed Siddiqi. Un autre personnage dont, soit dit en passant, tu n'as jamais parlé à personne à Langley, et qui est peut-être au centre de tout ce réseau. Sauf que les types des Forces libanaises ont tout fait rater en intervenant trop tôt. C'est comme ça que Rossignol a abattu Rana.

Il contempla tristement le rideau. Coupée de la lumière du jour, la pièce ressemblait un peu à une cellule de prison.

— Pauvre Rana, dit-il en abaissant son arme et en se rasseyant sur le canapé. Une si belle femme, intelligente en plus. Quand un homme sortait avec elle en société, les gens le remarquaient.

— C'était ta maîtresse ?

— C'était avant tout un contact. Je ne dis pas que nous n'avons pas couché ensemble une ou deux fois, mais...

Il hésita à poursuivre.

— C'était quoi, le problème, Davis ? Elle ne voulait plus coucher avec toi ? Ou bien tu avais quelques petits problèmes mécaniques ?

Il la regarda comme s'il la voyait pour la première fois.

— Alors toi, tu es vraiment une salope, hein ?

— Mais au moins je ne trahis pas mon pays. Écoute, on est seuls ici, il n'y a personne pour nous entendre, alors juste entre nous, as-tu la moindre idée de sa véritable identité ? Et sais-tu pour qui elle travaillait ?

Il fit un signe de dénégation presque imperceptible.

— Et Rossignol ? demanda-t-il.

— Il est mort lui aussi, à cause de ces connards des Forces libanaises. L'un d'eux a été blessé et deux des miliciens du Hezbollah se sont enfuis.

— Donc tu n'as rien obtenu ?

— Pas tout à fait, dit-elle en sortant un portable de sa poche. Il appartenait à Rossignol.

Il tendit la main.

— Je peux y jeter un coup d'œil ?

Elle lui fit signe que non.

— Je serais curieuse de savoir un truc, Davis. Comment étais-tu au courant de l'opération de ce soir ? Qui t'en a parlé ? En tout cas, ce n'est ni moi ni Virgil. C'est Ziad ? Ou bien un des types des Forces libanaises ? C'est sur tes instructions qu'ils ont fait capoter l'opération ?

Il pointa le Beretta vers elle.

— Je crois qu'il y a une légère confusion, Mathison. Au cas où tu l'aurais oublié, c'est moi le chef de poste, ici, pas toi. Si je peux remettre ce portable à Langley, peut-être que ton opération foireuse n'aura pas été un échec complet. Donne-le-moi, dit-il en tendant la main vers elle.

Elle remit le téléphone de Rossignol dans sa poche.

— Qu'est-ce que tu comptes faire, Davis ? Me descendre ?

Il sourit.

— Tu ne piges vraiment pas, hein ? C'est une année d'élections partielles. Personne ne va venir se mêler des affaires de l'Agence. C'en est fini pour toi à Beyrouth. Notre boulot, c'est de gérer les captures et les transferts extrajudiciaires de terroristes islamistes. Toi, on va te réaffecter. On t'enverra mener des interrogatoires dans le nord-est de la Pologne. C'est le trou du cul du monde, Mathison, et je te conseille de t'habiller chaudement, il paraît que ça caille sec, là-bas, à cette époque de l'année.

— Je ne bouge pas d'ici. Et si tu veux ce portable, il faudra venir le chercher, dit-elle en tapotant sa poche.

— Mon équipe va te conduire à l'aéroport. Et bien entendu, avant de partir, tu vas me donner ce téléphone.

— Certainement pas.

— Alors dans ce cas tu es foutue, lui dit-il d'un air arrogant. Ta carrière est terminée. Et je vais te poursuivre en justice, Carrie, on trouvera certainement quelque chose à te coller sur le dos. Parce que tu sais bien qu'il est impossible de faire ce boulot sans enfreindre la loi à un moment.

Ils restèrent assis sans parler. Les salopards comme lui finissent toujours par s'en tirer d'une façon ou d'une autre, pensa Carrie. Mais elle avait bien l'intention de le coincer, même si c'était sa dernière action à l'Agence. L'appartement était silencieux, on n'entendait même pas le bruit de la circulation nocturne de Beyrouth. Elle se demanda si sa carrière était vraiment foutue, si elle allait vraiment prendre fin à l'arrivée des hommes de Fielding. Comme celle de son père, pensa-t-elle.

Quelqu'un frappa à la porte.

25

Ouzai, Beyrouth, Liban

Fielding ouvrit, arme à la main. C'était Saul Berenson, traînant une valise à roulettes. Visiblement, il débarquait tout droit de l'aéroport. Virgil l'accompagnait, son fusil d'assaut dans un étui en plastique.

— Bonjour, Davis, demanda Saul en voyant son pistolet. Vous vous préparez à une attaque ?

— Notre dernière planque a déjà été compromise à cause de Mathison, alors je préfère prendre mes précautions, dit Fielding en rangeant l'arme dans sa poche.

Saul enleva sa veste et vint s'asseoir en face de Carrie.

— J'ai cru comprendre que Rossignol était mort.

— Et Rana aussi, marmonna-t-elle, le regard dans le vide. D'après Fielding, c'était juste un contact.

Saul se frotta les mains comme s'il avait froid.

— Dommage qu'on n'ait pas pu l'interroger. Ça aurait bien arrangé nos affaires.

— Ça vous surprend ? dit Fielding. Je vous avais dit qu'on ne pouvait pas confier une opération de cette envergure à une novice. Vous auriez dû me laisser m'en occuper.

Saul tourna les yeux vers Fielding et lui dit calmement :

— Qu'est-ce que vous auriez fait différemment, Davis ? Juste par curiosité.

— J'aurais utilisé des hommes de l'Agence, pas les Forces libanaises. Et c'est moi qui aurais choisi le lieu du rendez-vous.

Carrie protesta :

— On n'avait absolument pas le temps, et Rossignol soupçonnait déjà...

Saul leva la main pour l'interrompre.

— Elle avait mon autorisation, observa-t-il.

— Écoutez, Saul, je sais que Mathison est votre protégée, mais ici c'est moi qui commande. Je suis chef de poste, oui ou non ? dit Fielding.

— Attendez, dit Carrie en sortant le portable de sa poche et en le tendant à Saul. Tout n'est pas perdu. C'est le téléphone de Rossignol.

Saul passa l'appareil à Virgil.

— Je veux qu'on l'inspecte minutieusement, lui dit-il avant de se retourner vers Fielding. J'ai besoin de parler à Carrie seul à seule, Davis. Mais vous serez content d'apprendre qu'elle quitte Beyrouth.

— Mais Saul... protesta Carrie avant qu'il l'interrompe d'un regard.

Fielding arborait un large sourire.

— Excellente décision, Saul, je...

Saul lui coupa la parole.

— Vous aussi, vous quittez Beyrouth, Davis, et il faut également que je vous parle. Rendez-vous à votre bureau de la rue Maarad dans une heure environ, dit-il en regardant sa montre.

— Comment ça, je quitte Beyrouth ? Qu'est-ce que vous racontez ? dit Fielding.

Saul sourit.

— On a besoin de vous à Langley. Tout va bien se passer, je vous expliquerai. Mais il faut d'abord que je m'occupe de Carrie, OK ?

Il se tourna vers elle.

— Qu'est-ce que tu bois ?

— De la vodka. Belvedere.

— Je peux ? dit-il en lui prenant son verre. Ce vol était vraiment interminable.

Fielding jeta un regard noir à Carrie et récupéra sa veste. Saul finit la vodka.

— Et qu'est-ce qui va se passer à Beyrouth ? Qui va prendre le commandement ?

— Ne vous inquiétez pas, on va faire venir Saunders d'Ankara. C'est une mesure provisoire, lui dit Saul avec un geste désinvolte et d'un ton rassurant, comme si ce n'était qu'une broutille.

— Putain, Saul, vous ne pouvez vraiment rien me dire ?

Saul secoua la tête.

— C'est confidentiel. Je ne veux pas que ces deux-là soient au courant, dit-il en désignant Carrie et Virgil. On se voit tout de suite, je vous promets.

Fielding examina Saul comme s'il avait du mal à se décider à le croire.

— Il faut que vous sachiez que j'ai une équipe qui va débarquer. On ne voulait pas perdre une deuxième planque.

— Décommandez-les, nous n'en aurons pas besoin, dit Saul en lui faisant signe de partir. Je vous briefe dans une heure, OK ?

Fielding hocha la tête et quitta l'appartement.

— Mais tu es complètement cinglé ? Tu te rends compte que ce salopard...

Saul interrompit Carrie en portant un doigt à ses lèvres. Il fit un signe de tête à Virgil, qui alla à la porte vérifier que Fielding était bien parti.

— Qu'est-ce qui se passe ? Pourquoi tu veux me voir en tête à tête ?

Le visage de Saul s'éclaira d'un grand sourire.

— Est-ce que vous avez la moindre idée de ce que vous avez trouvé ? leur demanda-t-il.

— De quoi tu parles ?

— La photo que tu nous as envoyée, celle que t'a donnée cette fille, Marielle.

— Oui, Mohammed Siddiqi. Et alors ?

Saul se pencha vers elle et lui toucha le bras.

— Bon, eh bien, d'après ton ancien patron, Alan Yerushenko, et son équipe, et aussi d'après tous les experts de NESAA, il y a plus de 70 % de chances que cette image de l'individu identifié comme Mohammed Siddiqi, ce soi-disant Qatari que personne ne connaît à Doha, soit la seule photo disponible d'Abou Oubaïda, le bras droit d'Abou Nazir et numéro deux d'Al-Qaïda en Irak. Soit le même individu qui, selon toute probabilité, est derrière les attentats de New York.

Carrie était abasourdie. Incroyable, il y a quelques minutes elle croyait qu'elle allait être exilée en Pologne, et voilà qu'elle avait décroché le gros lot.

— Et Fielding ? demanda-t-elle.

Saul se rembrunit.

— À sa descente de l'avion, Langley s'occupera de lui. Ça ne va pas être agréable. Franchement, je ne sais pas ce qu'il avait dans la tête, ni exactement dans quel merdier il s'est mis.

— Bon, et moi, Langley m'a toujours dans le collimateur ?

Saul sourit.

— Tu rigoles ? D'après le directeur en personne, tu es l'héroïne du jour, un hybride de Wonder Woman et de James Bond. Quant à Yerushenko, il m'a dit que s'il n'était pas déjà marié et grand-père, il t'aurait demandée en mariage sur-le-champ. On a enfin une chance de capturer ce salopard.

— Et David, qu'est-ce qu'il en pense ? demanda-t-elle sans regarder Saul dans les yeux.

— Estes est tout aussi enthousiaste.

— Alors pourquoi dois-je quitter Beyrouth ? J'ai encore plein de choses à faire ici.

Il secoua la tête.

— Tu pars pour Bagdad. Ton avion décolle dans quatre heures. Tu as une nouvelle mission, entièrement sous ta responsabilité opérationnelle.

— Et c'est quoi, cette mission ?

— Sur ordre de Bill Walden en personne, tu dois nous rapporter les têtes d'Abou Oubaïda et d'Abou Nazir. Al-Qaïda est sur le point de contrôler toute la province d'Anbar. Le pays est au bord de la guerre civile, avec nos troupes au milieu. Ça va être un bain de sang. D'après les types du renseignement militaire, on peut s'attendre à un nombre de victimes hallucinant. La seule façon de prévenir cette catastrophe, c'est d'arrêter ces deux types.

— Pourquoi moi ?

— Je sais que c'est un boulot énorme, mais c'est toi qui as trouvé Abou Oubaïda. Tu en sais plus sur lui que n'importe lequel d'entre nous. Tu parles parfaitement arabe. Je ne vois pas qui pourrait s'en sortir mieux que toi. Tu es née pour ce boulot, Carrie.

— Et peut-être aussi pour rendre justice à Dima et à Rana, murmura-t-elle.

— Ah, ma pauvre Carrie, si tu cherches la justice dans cette vie, tu risques d'être déçue.

— Bon, et vous les voulez morts ou vivants ? Saul serra les dents.

— Personnellement, je m'en fous, tu peux même les découper en mille morceaux, si ça te chante. L'important est de les neutraliser.

Elle était avec Virgil rue Ouzai, dans un taxi qui les emmenait à l'aéroport. Malgré l'heure tardive, le quartier était encore très animé. Du linge et des drapeaux noirs ornés du slogan « Mort à Israël » pendaient aux balcons des immeubles décrépits du front de mer.

Elle était passée chez Virgil pour faire ses valises. Lorsqu'il l'avait vue plier sa robe Terani, Virgil avait secoué la tête.

— Franchement, je ne sais pas si elle te sera très utile à Bagdad.

271

— Je sais, dit-elle en la mettant tout de même dans sa valise, faute de savoir quoi en faire.

Une fois prêts, ils s'étaient rendus au cimetière du boulevard Bayhoum pour laisser un message dans la boîte aux lettres et prévenir Julia-Fatima qu'elle avait dû quitter Beyrouth. Elle lui recommandait de veiller à sa sécurité, sans autre commentaire. Toutes deux savaient fort bien quel danger pointait à l'horizon : une nouvelle guerre.

— Qu'est-ce que vous avez fait de l'info fournie par Julia sur un nouveau conflit entre le Hezbollah et les Israéliens ? avait-elle demandé à Saul à la planque. Elle est super-fiable. La guerre est imminente, c'est une question de semaines ou de mois.

— On l'a transmise aux plus hautes instances C'est arrivé sur le bureau du Président et Estes a pris soin qu'il la lise.

— Ils ont prévenu les Israéliens ?

Saul avait levé les mains au ciel dans un geste énigmatique qui semblait évoquer deux mille ans d'histoire juive.

— Ça, c'est au gouvernement de décider. Partager ce type d'info avec d'autres pays, c'est une décision politique qui ne nous concerne plus.

— Même quand ils sont alliés ?

— Surtout quand ils sont alliés.

— Si la guerre éclate, c'est le Liban qui va souffrir le plus, avait observé Carrie en versant le reste de la bouteille de Belvedere dans leurs trois verres.

— Comme d'habitude. *Le Chaïm.*

— À la vôtre, avait répondu Virgil.

À travers la vitre, Carrie admira la silhouette d'un palmier qui se détachait sur les façades lépreuses du ghetto chiite éclairées par les phares des voitures. Elle eut un pincement au cœur.

— Beyrouth va me manquer, confia-t-elle à Virgil.

Cette ville et ses habitants avaient quelque chose d'indéfinissable, une espèce de folie flamboyante qui la séduisait. Quelle était l'expression utilisée par Marielle, déjà ? « On vit au-dessus d'un abîme. »

— Oui, c'est un peu différent de la Virginie, répondit Virgil.

Ils aperçurent bientôt le panneau indiquant l'entrée de l'aéroport.

Le portable de Carrie sonna. C'était Saul.

— Allô, Carrie ?

— On est presque arrivés à l'aéroport.

— Fielding est mort.

Carrie sentit soudain un vide au creux de son estomac. Elle détestait ce type, mais quand même. Elle ne pouvait pas s'empêcher de penser à son père, à cette journée fatale, juste la veille de Thanksgiving, où elle l'avait retrouvé inconscient à son domicile. Elle se souvenait de la course folle en ambulance jusqu'à l'hôpital et de ses sentiments contradictoires, mélange de regret déchirant et de désir coupable, atroce, de ne pas être arrivée à temps pour le sauver.

— Qu'est-ce qui s'est passé ?

— Une balle dans la tête. Suicide, apparemment.

Virgil la regarda, intrigué, avant de fixer de nouveau la route, clignant des yeux sous l'éclat des phares des véhicules circulant en sens inverse.

— On fait demi-tour, dit Carrie. Je veux savoir ce qui s'est passé.

— Carrie, Fielding n'était pas idiot. Il avait compris ce qui l'attendait à Langley.

— Écoute, Saul, ce type était un menteur et un salopard, mais il n'aurait pas fini comme ça, ce n'était pas son genre.

— Et c'était quoi, son genre ?

— Le genre qui se croyait plus malin que les autres. Et qui se croyait intouchable, aussi. Il pensait qu'il finirait toujours par rebondir.

Elle tapota le bras de Virgil.

— Tu m'attendras à Bagdad. Je fais demi-tour.

— Pas question, Carrie, insista Saul. C'est un ordre. L'Irak est trop important. Et puis s'il y a des réponses à trouver à ce qui vient de se passer, elles se trouvent à Bagdad.

26

Route Irish, Bagdad, Irak

Le type en tenue de combat dont la voix réson-
nait sous les arches métalliques de la salle d'attente de l'aéroport international de Bagdad était
un ancien militaire qu'on surnommait Démon. Il
était trapu avec les dents du bonheur, une tête de
mort sur son gilet pare-balles et le mot « démon »
peint sur son casque. Il ne portait pas de chemise
sous son gilet. Son cou et ses bras musculeux
étaient couverts de tatouages représentant des
cobras et des visages diaboliques. Tout comme
les autres membres de leur escorte de mercenaires de Blackwater, il était bardé de munitions
et une paire de grenades pendait de sa poitrine
comme une grappe de fruits vénéneux. Il avait
une carabine M4 sous le bras.

Il n'était pas encore 9 heures du matin, mais
Carrie était déjà en nage. On était début avril, il
faisait plus de trente degrés, et la température
allait encore monter. Elle portait elle aussi un
gilet pare-balles, un casque et une M4, une arme
qu'elle n'avait jamais touchée auparavant. Virgil
avait l'air aussi mal à l'aise qu'elle. Il essuya la
sueur de son front avec sa manche.

Elle n'était pas venue en Irak depuis sept mois, mais tout lui sembla aussitôt familier, la chaleur, les sociétés militaires privées, la sensation d'un pays en guerre dès l'atterrissage. C'était comme si elle n'était jamais partie, comme si Beyrouth n'avait jamais eu lieu. Il s'était pourtant écoulé moins de deux mois depuis son rendez-vous fatal avec Rossignol. Aux États-Unis, c'était le 1er avril, les vacances de Pâques, la saison des déclarations d'impôts et la finale du championnat universitaire de basket-ball. Elle se sentait prise dans une course frénétique où le temps paraissait tout à la fois s'accélérer et s'étirer. Me voilà de nouveau en Irak, pensa-t-elle. Sauf que cette fois elle tenait une piste.

Pendant l'escale en Jordanie, un agent de la CIA en poste à Amman, une jolie jeune femme arabo-américaine, lui avait discrètement remis dans les toilettes de l'aéroport un téléphone portable crypté qu'elle avait utilisé pour appeler Saul.

— Vous avez pu en tirer quelque chose ?

Elle faisait allusion au contenu du portable de Rossignol.

— On l'inspecte. Après chaque rencontre avec Rana, il appelait le même numéro de portable en Irak.

— Où exactement ?

— Partout. À Bagdad, à Fallujah, à Ramadi. La dernière fois, c'était à Ramadi.

— Tu crois que c'est Abou tu-sais-qui ?

— Oubaïda ? Oui. Allô, Carrie ?

— Je suis là.

— Fais très attention. Tu es dans la zone rouge.

Si Saul prenait la peine de la mettre en garde, c'est que la situation devait être vraiment grave. Le conflit irakien était déjà sur une mauvaise pente quand elle avait quitté le pays, et d'après les journaux télévisés cela n'avait fait qu'empirer. Ou bien s'agissait-il d'autre chose ? Une escalade sans précédent, ou une opération d'Al-Qaïda en Irak ?

— Saul, il se prépare quelque chose ?

— Il se prépare toujours quelque chose.

Démon était en train de leur expliquer ce qui les attendait sur la route entre l'aéroport et la Zone verte. Leur groupe se composait d'une petite troupe d'employés de Blackwater et d'autres sociétés militaires privées et de deux journalistes de CNN arrivés d'Amman par le même avion.

— Écoutez-moi bien. Je ne vais pas le répéter deux fois et après tout, si vous n'écoutez pas, je m'en fous, parce que je ne sais même pas si vous survivrez assez longtemps pour que ça ait de l'importance.

Visiblement, ce n'était pas la première fois que Démon servait son petit discours.

— Il y a une dizaine de kilomètres entre l'aéroport et la Zone verte, pour l'essentiel en terrain plat. Pour ceux qui ne sont jamais venus, on appelle ça « route Irish », ou « l'avenue des Lance-roquettes ». Je dis ça juste au cas où vous seriez en train de m'écouter. Le trajet va nous prendre dix minutes, une broutille, non ?

Un large sourire dévoila ses dents du bonheur.

— Nous allons nous diviser en deux convois de cinq véhicules : trois Chevrolet Suburban blindés et deux blindés Mamba Blackwater surmontés d'une tourelle avec mitrailleuse M240, un à l'avant et un à l'arrière. Bon, certains d'entre vous vont penser que tout ce cirque est un peu exagéré. D'autres, au contraire, se sentiront rassurés d'être protégés par toute cette tôle. Sauf que vu la quantité de RDX que nos petits copains jihadistes utilisent, ce type de blindage est à peu près aussi efficace que du papier de soie. Vous aurez chacun une zone à surveiller. Restez sur vos gardes et ne tirez que si j'en donne l'ordre, compris ? Et si je vous dis de tirer, faites-le, ou c'est moi qui vous descends. Alors j'imagine qu'il y a des petits malins qui se disent que je me la joue, mais je vais vous raconter un truc : juste pour info, hier, sur cette même route, il y a eu vingt et une attaques contre des convois américains. Bilan : deux morts. Mais vous avez de la chance, aujourd'hui c'est la veille du Mawlid al-Nabi, l'anniversaire du prophète Mahomet, donc les bougnoules vont vouloir se surpasser. Et entre parenthèses, c'est une fête sunnite, donc non seulement il y aura des attaques contre les Américains, mais il y aura probablement des bombes et des voitures piégées contre les mosquées et les marchés sunnites. Et dans six jours, c'est la version chiite du Mawlid al-Nabi, donc on remet ça. OK, j'ai fini. Et maintenant, ça passe ou ça casse. Des questions ?

Il balaya des yeux l'assistance. Deux mercenaires trépignaient, mais personne ne dit rien.

— Bon, les petits amis, on y va, préparez-vous pour les dix minutes les plus longues de votre vie.

Tout le monde le suivit hors du terminal. Les Mamba gris et les 4 × 4 noirs étaient garés en plein soleil au bord du trottoir.

Rabbit, un ancien marine dont la boule à zéro laissait deviner un duvet blond, indiqua à Carrie et à Virgil leur place dans le deuxième convoi et leur zone de tir. Rangée du milieu, côté droit pour Carrie.

— Qu'est-ce qu'il faut surveiller en priorité ? demanda-t-elle à Rabbit.

Ce n'était pas la première fois qu'elle empruntait cette route, mais visiblement la situation avait empiré.

— Tous les véhicules qui ne gardent pas leurs distances. Tout et tout le monde, les femmes, les enfants, un tas d'ordures suspect. Si quelqu'un s'approche de trop près, vous criez : « *Imshi !* » Ça veut dire...

— Je sais ce que ça veut dire.

— Bon, eh bien tant mieux pour vous.

Elle vérifia son M4 : magasin de trente balles, cran de sécurité en position « *Safe* ». Elle écarta une mouche de son visage et pria pour ne pas avoir à se servir de son arme.

À l'aéroport de Beyrouth, alors qu'elle attendait son vol pour Amman à côté de Virgil, qui était plongé dans la lecture d'un livre de poche, elle avait tué le temps en écoutant Coltrane sur son iPod, des ballades comme « Body and Soul ». Le suicide de Fielding l'intriguait. Son geste ne se justifiait pas par ce qui l'attendait à Langley. Fielding était le genre de salopard qui finissait toujours par s'en sortir, et il aurait certainement trouvé une échappatoire. Alors pourquoi mettre fin à ses jours ? Qu'est-ce que ça cachait ? Cela avait-il quelque chose à voir avec Abou Oubaïda et Abou Nazir ?

Tout le monde était à son poste et le convoi attendait l'ordre de démarrer. Rabbit était assis devant Carrie sur le siège du passager. Malgré la climatisation, il faisait très chaud car les fenêtres étaient entrouvertes pour laisser passer le canon de leurs armes. La voix de Démon se fit entendre sur la radio qui grésillait :

— Allez, yeux grands ouverts et cul serré. C'est parti, mon kiki.

Le premier Mamba démarra, suivi du véhicule de Carrie. L'emblème de Blackwater, un drapeau noir avec une patte d'ours blanche au milieu, flottait au-dessus de l'écoutille du toit. Le convoi fit une longue boucle sur la voie d'accès et se dirigea vers l'entrée de l'aéroport, protégée par des sacs de sable et des barrières en béton autour desquels les véhicules devaient circuler lentement en zigzag pour accéder aux terminaux. Là aussi, les nids de mitrailleuses étaient tenus par des hommes de Blackwater en tenue de combat.

Sur un panneau à côté de l'entrée, on lisait l'inscription suivante : « Vous quittez l'aéroport. Alerte rouge. » Virgil lui murmura à l'oreille qu'« alerte rouge » signifiait que les occupants des convois devaient être prêts à tirer à tout moment. Alors qu'ils s'approchaient de l'entrée, la voix de Démon grésilla de nouveau :

— Tout le monde en position de tir. Déverrouillez le cran de sécurité. On n'est pas un bus de touristes.

On entendit un claquement sec : les occupants du convoi avaient armé leur carabine. Carrie fit glisser son cran de sécurité de la position « *Safe* » à la position « *Semi* » au lieu de « *Burst* », comme on le lui avait indiqué. C'est de la folie, pensa-t-elle. Elle ne savait absolument pas utiliser un M4 et elle ne se voyait pas mitrailler à l'aveuglette dans le décor.

La route de l'aéroport traversait le désert. Elle était bordée de troncs de palmier noircis et cisaillés par les explosions. Les bas-côtés étaient jonchés de tôle difforme et de carcasses calcinées de véhicules détruits par les bombes. Le simple volume de ferraille indiquait à quel point la situation avait empiré depuis sa dernière visite, moins d'un an plus tôt. Une large plate-bande plantée de buissons et de palmiers les séparait de la circulation qui roulait en sens inverse.

Leur 4 × 4 accéléra. Ils roulaient désormais à cent à l'heure. Carrie essuya la transpiration qui coulait de son front. Au bord de la route, toujours le même spectacle : châssis calcinés et palmiers mutilés au milieu des broussailles. Devant eux, le mitrailleur du camion Mamba dominait la route. L'horizon était en partie dissimulé par un rideau de poussière jaune, probablement soulevée par le premier convoi, qui les précédait d'une ou deux minutes, pensa Carrie.

Rabbit se tourna vers elle.

— On va passer sous un pont, préparez-vous. Les *hajis* aiment bien lancer des grenades et des explosifs. Ouvrez grands les yeux, vous risquez de les voir au dernier moment.

— Putain, murmura Virgil en se tournant vers Carrie, l'air tout aussi inquiet qu'elle.

Tandis qu'ils passaient sous le tablier du pont, Carrie se raidit, s'attendant à recevoir un projectile. Une fois l'obstacle franchi, elle regarda derrière elle : personne. Elle commençait à peine à respirer que la radio crépita.

— Attention, les petits amis, on va traverser le carrefour aux Bombes. La fête commence.

— Il y a un incident au moins une fois par jour, dit Rabbit en serrant son arme contre lui.

Carrie saisit aussitôt le problème. Une file de voitures s'engageait sur l'autoroute depuis une bretelle. Un taxi avec deux occupants coiffés d'un keffieh arrivait vers eux.

— *Imshi !* Dégage, putain ! hurla Rabbit en tirant une salve d'avertissement à quelques centimètres de leur pare-chocs.

À grand renfort de gesticulations, il leur fit signe de reculer. Le chauffeur du taxi lui lança un regard furibond, mais finit par ralentir et faire marche arrière. Devant, le Mamba n'arrêtait pas de klaxonner, sans que Carrie puisse voir pourquoi. Et tout d'un coup, le chauffeur de Blackwater heurta délibérément le pare-chocs arrière de la voiture devant lui pour l'obliger à se ranger. Les autres véhicules l'imitèrent pour laisser passer le convoi, que les conducteurs et passagers irakiens contemplèrent avec une expression énigmatique.

Ils passèrent sous un autre pont, puis un autre encore, leurs armes pointées vers le haut. Le convoi dut ralentir pour contourner un cratère au beau milieu de la route, résultat de l'explosion d'une bombe artisanale.

Soudain, une femme en *abaya* noire avec deux petits garçons apparut à quelques mètres devant eux, près de la carcasse d'une voiture qui n'avait pas encore été dégagée de la route. Elle portait un panier. Ils étaient dans le champ de tir de Carrie.

— Femme avec enfants et panier à 2 heures ! cria-t-elle.

L'Irakienne tendit son panier dans leur direction. Mon Dieu, s'il y avait une bombe dans le panier ? Carrie ne savait pas quoi faire.

— Ne tirez pas pour l'instant ! répondit Rabbit alors que tous avaient la femme et les deux enfants dans leur viseur.

Mais qu'est-ce qui se passe ? pensa Carrie. Qu'est-ce que nous sommes en train de faire ?

— *Balah !* cria l'Irakienne, tandis que le convoi ralentissait pour contourner la voiture accidentée.

— Attendez ! hurla Carrie. Elle vend des dattes !

— Ne tirez pas ! s'exclama Rabbit.

Carrie ôta son doigt de la détente. Son cœur battait à tout rompre. Le plus petit des garçons les salua en passant. Ce pays est complètement surréaliste, pensa-t-elle.

Ils durent ralentir encore à un barrage formé

par des véhicules blindés et gardé par des soldats de l'armée irakienne sous le contrôle de deux marines. Les Irakiens leur firent signe de passer sans même échanger un regard et le convoi reprit sa vitesse de croisière. Un panneau routier indiquait : « Qadisiyah Expressway ».

Soudain, Carrie entendit une déflagration épouvantable et vit monter une grosse boule de feu orange à quelques centaines de mètres devant eux. Une énorme bouffée de chaleur, mêlée à l'odeur âcre des explosifs, se propagea dans leur direction.

— Merde, murmura Rabbit.

— Que se passe-t-il ? demanda Carrie.

— Le premier convoi, expliqua-t-il en serrant les dents.

Une minute plus tard, ils contournaient la carcasse enflammée d'un 4 × 4 exactement similaire au leur. Une épaisse colonne de fumée noire et toxique s'élevait dans les airs. À côté du 4 × 4, on distinguait le squelette d'un autre véhicule. Une voiture piégée, pensa aussitôt Carrie. Elle sentit la chaleur des flammes sur sa peau. La fumée et l'odeur des explosifs saturaient l'atmosphère.

L'incendie faisait rage et l'empêchait de distinguer l'intérieur du 4 × 4, mais elle aperçut un bras d'homme sur l'asphalte. Ils allaient passer juste à côté, peut-être même rouler dessus. Elle eut du mal à se retenir de vomir. Elle n'arrivait pas à détacher ses yeux du membre sectionné, la paume de la main tournée vers le ciel, les doigts complètement intacts, parfaitement dessinés. Deux hommes de Blackwater transportaient un de leurs camarades, le torse baigné de sang, jusqu'à un autre 4 × 4 stationné au milieu de la route.

Ça vient juste d'arriver, pensa-t-elle. Elle était écœurée, et elle repensa à son expérience antérieure. C'était bien ça, l'Irak, un endroit où la mort guettait à chaque instant. Un sentiment de terreur l'envahit. Et pourtant, elle avait l'impression de ne jamais s'être sentie aussi vivante. Chaque pore de sa peau captait les plus infimes parcelles de réalité.

Ça ressemblait un peu à une de ses phases hypomaniaques. Oui, c'était ça, la vraie folie. Et pourtant, d'une certaine façon, elle était dans son élément.

Tandis que leur véhicule accélérait de nouveau, les passagers du Mamba pointèrent leur M240 et leurs M4 par les fenêtres du côté droit – son côté – et commencèrent à tirer. D'après la trajectoire des balles traçantes de la mitrailleuse, ils visaient le toit d'un bâtiment beige à une centaine de mètres de l'autoroute. Mon Dieu, pensa-t-elle, on nous tire dessus.

— Des snipers. Feu, feu ! cria Rabbit en déchargeant son M4 dans la direction de l'édifice suspect.

Malgré ses efforts, Carrie n'arrivait pas à voir qui les canardait. Tétanisée, elle s'attendait à recevoir une balle à chaque instant. Étourdie par le fracas des rafales des M4 de Rabbit et de son collègue de Blackwater, elle gardait le doigt sur la détente sans savoir que faire. Et puis, tout d'un coup, elle aperçut une silhouette sur le toit.

Avant même de réaliser ce qu'elle faisait, elle appuya sur la détente comme une folle. Le M4 tressauta entre ses mains. Elle tira une nouvelle rafale assourdissante, en étant pratiquement certaine de n'avoir atteint aucune cible ennemie. Mais leur véhicule était déjà loin de la scène du combat. Elle réprima à grand-peine une terrible envie d'uriner et rabattit son cran de sécurité sur « *Safe* ».

Au bout d'une minute qui lui parut durer une heure, ils quittèrent l'autoroute. Le Mamba leur fraya une voie vers le poste de contrôle de la Zone verte à grand renfort de klaxon et de coups de pare-chocs. La circulation était intense et les rues bondées de passants. L'odeur de la ville était un mélange de poussière, de diesel et de pourriture.

Ils arrivèrent au poste de contrôle : barbelés, sacs de sable, barrières Jersey pour ralentir la circulation, murs pare-souffle en béton, certains couverts de graffitis. Une longue file de voitures et de piétons attendait de passer le contrôle d'identité et l'inspection au détecteur de métaux, surveillés par un char Abrams M1 et un petit groupe de soldats américains. Le convoi négocia lentement les virages délimités par les barrières Jersey. Un homme en tenue de combat qu'on aurait pu prendre pour un soldat normal sans le logo de Blackwater cousu sur sa manche leur fit signe de passer.

De l'autre côté des murs pare-souffle, c'était presque une autre planète, un spectacle digne des *Mille et Une Nuits* : large avenue bordée de palmiers, villas avec jardin aux pelouses vertes, grands édifices surmontés de coupoles et, à l'horizon, le Tigre baigné de soleil. Ils passèrent devant les Mains de la victoire, une immense arche formée par des mains géantes tenant deux sabres à l'entrée d'une vaste esplanade sans doute destinée aux défilés militaires. Non loin de là, un monument en béton qui ressemblait à une écoutille de soucoupe volante. Carrie l'avait déjà vu lors de son séjour précédent, mais Rabbit, croyant que c'était sa première visite, lui expliqua qu'il s'agissait du Monument au soldat inconnu.

Le convoi poursuivit sa route, longea une série de ministères et de vastes pelouses, tourna à gauche, puis à droite dans la rue Yafa, avant de se garer devant l'entrée d'un grand immeuble, près d'une fontaine vide ornée de statues. C'était un édifice familier à tous les civils qui visitaient Bagdad : l'hôtel Al-Rasheed.

— Tu veux d'abord passer à la réception ou bien on va tout de suite au Centre de conférences ? lui demanda Virgil.

Le Centre de conférences accueillait le gouvernement provisoire irakien et les bureaux de l'administration américaine.

— Au Centre, répondit-elle en tendant son M4 à Rabbit.

— Vous vous en êtes bien tirée, lui dit le mercenaire.

— J'étais morte de trouille.

— Moi aussi.

Il la salua d'un geste de la main et d'un sourire.

Carrie et Virgil traversèrent le vaste boulevard en traînant leurs valises à roulettes. Le Centre de conférences était un gigantesque bunker gris en béton qui ressemblait à une fortification de la Première Guerre mondiale. Au niveau de l'enceinte extérieure, des marines postés derrière des sacs de sable contrôlèrent leur identité.

Ils durent de nouveau montrer leurs papiers d'identité aux hommes de la police militaire à l'entrée. À l'intérieur, la climatisation était au maximum. Après avoir demandé leur chemin, ils arrivèrent devant le bureau de l'USAID, l'agence d'aide et de coopération du gouvernement américain.

Ils frappèrent à la porte et entrèrent dans une salle d'attente. Un jeune marine d'allure martiale, en cravate et chemise d'uniforme à manches courtes, alla prévenir son supérieur hiérarchique, un capitaine lui aussi habillé en uniforme de ville.

C'était un beau gaillard d'un mètre quatre-vingts aux yeux bleus, avec un sourire à la Tom Cruise et une chevelure brune ondulée, au lieu de la coupe en brosse habituelle des marines.

— Bonjour, Ryan Dempsey. Vous êtes Virgil et Carrie, je suppose. Bienvenue au bac à sable, dit-il en leur serrant la main.

Au contact de sa peau, Carrie ressentit un frisson familier, le même que celui qu'elle avait éprouvé jadis quand elle avait rencontré John, son prof de sciences politiques à Princeton. C'est l'adrénaline, pensa-t-elle, l'émotion d'avoir survécu à cette équipée infernale. Mais un simple regard au beau capitaine Dempsey suffit à la convaincre que ce n'était pas vraiment ça qui la troublait tant.

Aïe, aïe, aïe, pensa-t-elle, péril à l'horizon.

27

Zone verte, Bagdad, Irak

Ils s'étaient installés à une petite table du Bagdad Country Club, un édifice en parpaings blancs avec des persiennes bleues, dans une rue résidentielle près du fleuve. C'était l'un des rares endroits de la capitale où l'alcool coulait à flots. Le club était plein d'expatriés de la Zone verte, qui le préféraient aux bars des hôtels Al-Rasheed ou Palestine. Depuis qu'un gouvernement chiite était en voie de formation, on ne servait pratiquement plus d'alcool dans les grands hôtels.

Il y avait des militaires d'une douzaine de pays de la coalition, britanniques, canadiens, australiens, polonais, géorgiens, ainsi que des fonctionnaires de l'ambassade américaine, des représentants du gouvernement provisoire et des employés de sociétés militaires privées comme Blackwater, DynCorp, KBR-Halliburton et bien d'autres. La guerre était de plus en plus soustraitée à ces entreprises privées, qui étaient omniprésentes. Le bar et les salles attenantes, où régnait un bruit infernal, étaient bondés de ces mercenaires venus des quatre coins du monde, s'exprimant dans des dizaines de langues, avec des salaires dignes de Wall Street qu'ils dépensaient généreusement. Une serveuse qui n'aurait pas peur d'une petite tape sur les fesses de temps à autre pouvait se faire mille dollars de pourboire par soir.

Carrie était avec Virgil et Dempsey. Le capitaine était délégué par le corps des marines pour servir d'auxiliaire de la CIA sous couvert de travailler au bureau de l'USAID. Il appartenait en réalité à la Task Force 145, une unité semiclandestine de lutte contre l'insurrection en Irak. Leur quatrième compagnon de table était Warzer Zafir, un ressortissant irakien officiellement interprète à l'ambassade des États-Unis, mais lui aussi membre de la Task Force 145. Il avait une trentaine d'années, les cheveux bruns, une barbe de trois jours, un nez aquilin. Pas mal non plus, pensa Carrie. À la table voisine, trois Australiens célébraient bruyamment la victoire de leur équipe de cricket contre « ces têtes de nœud de Sud-Africains ».

— Je parle arabe. Je n'ai pas besoin d'interprète, avait expliqué Carrie à Dempsey dans son bureau.

— Warzer a d'autres vertus.

— Genre ?

— Il vient de Ramadi.

— Et alors ?

C'est justement ce qu'était en train de leur expliquer Dempsey au club tout en sirotant une Heineken :

— Il faut bien que vous compreniez que l'Irak a beaucoup changé depuis votre dernière visite.

Ces deux dernières semaines, on a retrouvé, rien que dans les rues de Bagdad, plus de trois cents cadavres, la plupart sauvagement torturés et carbonisés. Nos troupes se font canarder par toutes les factions. Il y a des bombes et des snipers presque tous les cent mètres. On ne sait plus qui les Irakiens détestent le plus, les Américains ou leurs propres compatriotes. Les sunnites n'accepteront jamais Jaafari comme Premier ministre. L'insurrection a des racines profondes. Al-Qaïda en Irak se renforce. Ils sont sur le point de contrôler la province d'Anbar, soit un territoire qui va pratiquement de la banlieue de Bagdad à la frontière syrienne. Tout le monde est mort de trouille. La semaine dernière, deux soldats du 75e régiment d'infanterie légère ont disparu à Ramadi. On a retrouvé leurs corps une heure plus tard, décapités.

— C'est pour ça que je suis en Irak, dit Carrie. Vous avez vu la photo de Mohammed Siddiqi. Est-ce que quelqu'un par hasard l'aurait repéré ?

Dempsey et Warzer secouèrent la tête.

— Même si quelqu'un le reconnaissait, il se garderait bien de le dire, dit Warzer. Vous les Américains, ce que vous n'arrivez pas à comprendre, c'est que ça ne se passe pas ici comme entre les démocrates et les républicains aux États-Unis. Si les chiites prennent le pouvoir, ils vont tuer tous les sunnites. Et les chiites ont peur que si nous prenons le pouvoir, nous fassions pareil. Saddam était un porc, mais quand il dirigeait le pays, les morts se comptaient par dizaines, pas par dizaines de milliers.

— J'ai besoin d'interroger quelqu'un d'AQI. Je crois que vous avez un prisonnier ? demanda-t-elle à Dempsey.

Dempsey hocha la tête.

— Quand j'étais au 7e régiment de marines, avant toute cette merde, nous avons capturé un commandant d'AQI à Fallujah. Mais ces types ne parlent pas facilement. Ils n'ont pas peur de mourir, ils le désirent même.

— Il s'appelle comment ?

— Abou Ammar.

— Ça, c'est son *kunya*, son nom de guerre, pas son vrai nom. Intéressant comme choix, Abou Ammar, observa Carrie.

— Pourquoi ?

— C'était aussi celui de Yasser Arafat. Ammar était un compagnon du Prophète. Si ça se trouve, ce « père d'Ammar » a un peu la folie des grandeurs. Où est-il détenu ?

— À Abou Ghraïb.

— La prison où il y a eu tout ce scandale ? demanda Virgil.

Deux ans plus tôt, des photographies de militaires américains en train de torturer et d'humilier sexuellement des détenus de la prison d'Abou Ghraïb avaient circulé dans le monde entier, ternissant considérablement l'image des États-Unis.

— Quand vous aurez vu ce que j'ai vu... répondit Dempsey d'un air las, comme si l'Irak était un problème de physique quantique impossible à expliquer aux non-initiés.

— Vous avez placé des micros dans sa cellule ? demanda Carrie.

Dempsey secoua la tête.

— Merde. Et est-ce que quelqu'un a au moins une idée de son vrai nom ?

— Nous avons un mouchard dans la prison. Il dit qu'Abou Ammar est de Ramadi, ce qui serait logique, et que son prénom est Walid. On ne connaît pas son nom de famille.

— Pourquoi ça serait logique qu'il soit de Ramadi ?

— C'est le cœur de l'insurrection. On dit qu'Abou Nazir est à Ramadi.

Il se pencha vers Carrie et lui chuchota à l'oreille :

— Entre nous, l'état-major interarmées prépare une opération de grande envergure à Ramadi.

— Pour quand ? murmura Carrie.

— Pour bientôt. Ça ne vous laisse pas beaucoup de temps.

— Donc, personne ici n'a repéré Abou Nazir ni Abou Oubaïda ? insista Virgil.

— Ce qu'on dit, répondit Warzer, c'est que si jamais vous les voyez, vous n'aurez pas le loisir d'aller le raconter.

— Alors on fait quoi, maintenant ? On va à Abou Ghraïb pour interroger Ammar ?

— Non, dit Carrie. On va à Ramadi.

— Excusez-moi, *Al-Anesah* Carrie, dit Warzer. Mais vous êtes un peu novice en Irak. Ramadi, c'est...

Il chercha ses mots.

— ... enfin vous ne pouvez pas vous imaginer à quel point c'est dangereux.

— On a déjà eu un aperçu du niveau de danger à Bagdad, dit Virgil.

Warzer les regarda intensément.

— Bagdad, ce n'est rien. Ramadi, c'est l'enfer, dit-il calmement.

— On n'a pas le choix. Il faut que je parle avec sa famille, insista Carrie.

Dempsey sourit.

— Dans sa famille, il y a un nouveau-né toutes les cinq minutes.

— Ils sont cinglés, ou quoi ? demanda Virgil.

— Pire que ça. Ils sont optimistes.

Retour à l'hôtel Al-Rasheed. Pour traverser le hall de réception, il fallait marcher sur le portrait en mosaïque de Bush père, une idée de Saddam. Du balcon de sa chambre, Carrie apercevait les lumières du pont du 14-Juillet. De l'autre côté du Tigre, la moitié de la ville était dans l'obscurité à cause des fréquentes et longues coupures de courant. Le fleuve brillait comme un ruban d'argent sous la lune.

Au-delà de la Zone verte, elle entendit une déflagration et un crépitement d'armes automatiques. Une salve de balles traçantes rouges illumina les ténèbres comme dans une scène de rêve. Il y eut une pause, puis la fusillade reprit. C'était la bande sonore de Bagdad la nuit, où ces bruits étaient aussi naturels que les sirènes de police ou le vacarme des camions-poubelles dans une ville américaine.

Carrie continuait d'être taraudée par la même

question. Quel était le secret de Fielding ? Que dissimulait-il ? Pourquoi s'était-il suicidé ?

Et d'ailleurs, pourquoi se suicider tout court ? Pourquoi son propre père avait-il tenté de le faire ? Et où était sa mère, ce soir-là ? Son départ n'était-il pas aussi une sorte de suicide, une façon d'en finir avec son ancienne vie ? Était-ce pour cela qu'elle n'avait plus jamais essayé de recontacter sa famille, même pas ses filles ? Saul avait raison, pensa-t-elle. On a tous quelque chose à cacher.

Lorsque son père avait finalement commencé son traitement à la clozapine, il avait essayé de renouer les liens avec elle. C'était comme si elle n'avait jamais vraiment connu Frank Mathison, le Frank Mathison qui avait combattu au Vietnam, un détail qu'elle ne connaissait même pas, jusqu'au jour où elle avait découvert une photo dans une boîte sur une étagère. Son père y était torse nu, incroyablement jeune et mince, un M-14 à la main dans une clairière au milieu de la jungle avec deux camarades. Ils souriaient tous les trois d'un air béat devant l'objectif, probablement défoncés. Tel était le Frank Mathison que sa mère avait épousé avant que les choses tournent vraiment mal. Il avait donc fini par emménager avec sa sœur, Maggie, et son mari, Todd. Il suivait un traitement et, d'après Maggie, il était à peu près normal.

— Il veut te voir, lui avait dit sa sœur. Il a besoin de renouer les liens avec toi. C'est important pour son bien-être.

Carrie avait très mal réagi.

— Pour son bien-être ? Et le mien, alors ?

Elle ne voulait pas avoir affaire à lui. Lorsqu'elle le rencontrait chez Maggie, c'était « Bonjour, papa » et « Au revoir, papa », pas un mot de plus. Parce qu'elle n'arrivait pas à oublier, ni le départ de leur mère ni cette enfance absurde entre délire et silence. Oui, il avait peut-être l'air normal désormais, mais elle savait bien que la folie était là, en embuscade, prête à se manifester dès que vous baisseriez la garde.

Et sa folie à elle ?

Merde, elle avait besoin d'un bon verre et d'un peu de jazz. C'est à ce moment-là qu'on frappa à la porte.

C'était Dempsey. Toujours aussi grand, toujours en uniforme, mais avec quelques verres de plus dans le nez. Elle se sentit fondre sous son regard. Putain, ce qu'il était beau.

— Vous êtes marié ? lui demanda-t-elle.

— Qu'est-ce que ça change ? dit-il sans la quitter du regard.

— Je ne sais pas exactement, mais ça change quelque chose. Alors, vous êtes marié ?

— Disons que je suis en disponibilité.

Il appliquait au mariage le jargon militaire des mutations et des affectations.

— Et merde, dit Carrie.

Ils s'embrassèrent comme si c'était la fin du monde avant de chavirer sur le lit. Tandis qu'elle le serrait entre ses cuisses et commençait à le sentir en elle, son cerveau enregistra deux fortes déflagrations de leur côté du fleuve, suivies de nouvelles rafales d'armes automatiques.

28

Prison d'Abou Ghraïb, province d'Anbar, Irak

Abou Ammar, alias Walid, fut escorté jusque dans la salle d'interrogatoire où Carrie l'attendait. Il était menotté et vêtu de la tenue orange des prisonniers. La pièce aux murs de béton était complètement nue ; deux chaises de bois en vis-à-vis, rien d'autre. Elle lui fit signe de s'asseoir, ce qu'il fit après un instant d'hésitation.

— *Salam 'alaykoum*, lui dit-elle en faisant signe aux deux soldats américains qui l'escortaient de quitter la pièce.

Walid se refusa à prononcer en retour le « *Wa 'alaykoum salam* » exigé par la courtoisie arabe. C'était un homme mince aux cheveux coupés court et à la barbe hirsute. Il avait un tic nerveux, une espèce de contraction musculaire qui engendrait un bref mouvement latéral de la tête toutes les cinq ou six secondes. Carrie se demandait si c'était de naissance ou si c'était le résultat de son incarcération et des interrogatoires.

Elle était en hijab bleu, en jean et haut de survêtement à capuche. Il la regarda à peine une fraction de seconde, puis détourna les yeux. Il n'avait rien à lui dire. Elle le comprenait parfaitement : elle était l'ennemi. Le silence régna ainsi pendant plusieurs minutes. Carrie essayait de ne pas bouger pour ne pas perturber le son et l'image du micro et de la caméra miniature qu'elle dissimulait dans ses vêtements.

Elle l'interpella en arabe :

— Vous connaissez le hadith d'Abou 'Isa al-Tirmidhi. D'après lui, le Messager d'Allah, la paix soit avec lui, a dit : « Le meilleur d'entre vous est celui qui traite le mieux sa famille. »

Malgré son tic nerveux, il la regarda fixement. Ses yeux clignaient rapidement comme ceux d'un oiseau.

— Donc, pas d'électricité ni de baignoire aujourd'hui. On vous a donné le rôle du gentil flic, lui dit-il en dialecte irakien.

— Oui, c'est plus ou moins ça, répondit-elle avec un sourire. J'ai besoin de votre aide, *Assayid* Walid Karim. Je sais que vous préféreriez mourir plutôt que coopérer, mais réfléchissez. Un seul mot de moi, et vous sortez d'ici.

— Je ne vous crois pas. Et même si je vous croyais, je préférerais mourir plutôt que vous aider. En fait, je crois...

Tic nerveux.

— ... que je préfère l'électricité et la baignoire à votre stupidité.

— Vous finirez par me croire, Walid Karim. C'est bien votre nom, n'est-ce pas ?

Malgré ses efforts pour le dissimuler, elle voyait bien qu'il était très surpris qu'elle connaisse son nom.

— Je m'appelle Abou Ammar.

Carrie esquissa une moue sarcastique.

— Et ce pauvre Yasser Arafat qui aimerait bien récupérer son *kunya*... Écoutez, on ferait aussi bien de se dire la vérité, tous les deux. Vous êtes Walid Karim, de la tribu Abou Richa et commandant du Tanzim Qaidat al-Jihad fi Bilad al-Rafidayn, organisation que nous autres, pauvres infidèles, connaissons sous le nom d'Al-Qaïda en Irak. Vous êtes de Ramadi, du secteur d'Al-Sharqiya, au sud du fleuve, près de l'hôpital.

Karim retenait son souffle. Carrie avait dû mobiliser toutes les relations familiales et tribales de Warzer pour obtenir ces précieuses informations. Il lui avait fallu passer trois longues et pénibles journées cachée dans la maison de l'oncle de Warzer à Ramadi, entièrement couverte d'une *abaya*, les sourcils teints et avec des verres de contact, sans jamais pouvoir abandonner son déguisement. Elle était ensuite allée voir la famille de Karim, accompagnée de Warzer, qui prétendait avoir été emprisonné à Abou Ghraïb avec lui pour gagner leur confiance.

— Je suis allée chez vous. J'ai parlé avec votre mère, Aasera, et avec votre épouse, Shada. J'ai tenu vos enfants, Farah et Gabir, dans mes bras.

Karim arrivait mal à dissimuler son effarement.

— Votre fils Gabir est un beau petit garçon, mais il est trop jeune pour comprendre ce que c'est qu'être un *shahid*, un martyr. Son père lui manque. Dites-moi ce que je veux savoir et je vous promets que vous le serrerez dans vos bras sous votre propre toit dans quelques heures.

— Vous mentez.

Tic nerveux.

— Et même si vous dites la vérité, je préférerais vous voir les tuer plutôt que vous aider.

— Dieu est grand, *ya* Walid. Moi, je n'oserais jamais les tuer, mais c'est vous qui allez le faire.

Karim eut une expression de profond dégoût.

— Qu'est-ce que vous racontez ? Qui êtes-vous pour dire une chose pareille ?

— Rappelez-vous le hadith d'Abou 'Isa. Moi, j'essaie simplement de sauver votre famille.

Elle se mordit les lèvres.

— J'essaie de vous sauver, *sadiki*.

— Vous n'avez pas le droit de m'appeler comme ça. Je ne suis pas votre ami. Nous ne serons jamais amis.

Avec son regard féroce, il avait l'air d'un prophète de l'Ancien Testament.

— Non, mais nous sommes tous les deux des êtres humains. Si vous ne m'aidez pas, le Tanzim fera décapiter vos enfants, et je ne pourrai rien faire pour l'en empêcher, qu'Allah nous en préserve, dit-elle en levant la main droite.

— Mes frères ne feront jamais une chose pareille.

Son visage se contracta.

— Mais qu'est-ce qu'ils font aux traîtres, aux *murtadd* ?

Elle avait utilisé le mot « apostat ». Il la regarda, horrifié.

— Que feront-ils à votre famille, à votre pauvre mère, à votre femme et à vos enfants ?

— Ils ne vous croiront pas, répondit-il sèchement.

— Mais si, ils nous croiront quand ils verront les marines couvrir votre famille de cadeaux – des téléviseurs géants à écran plat, de l'argent, la maison repeinte et remise à neuf. Et puis tous ces ragots colportés par les membres des tribus Dulaimi et Abou Richa, comme quoi vous auriez aidé les Américains et que vous penseriez même à vous convertir au christianisme. Oui, ils auront du mal à y croire, mais une fois qu'ils auront vu tous les cadeaux, et comment votre famille est protégée par les Américains, ils finiront par se convaincre que c'est vrai. Et puis, un jour, les Américains disparaîtront soudainement. Et le Tanzim fera justice.

— Espèce de sale putain, cracha-t-il entre ses dents.

— Alors, ce jour-là, vous vous souviendrez du hadith du Prophète. Mais il y a une autre possibilité. Vous pouvez éviter ce terrible sort, Walid, vous pouvez rentrer chez vous, être un mari pour votre épouse et un père pour Farah et Gabir, et ne plus jamais avoir à vous préoccuper d'argent ou de sécurité. Vous devez choisir, dit-elle en regardant sa montre. Dans quelques minutes, je m'en vais, et quelle que soit votre décision vous ne pourrez plus revenir en arrière.

Il resta un bon moment silencieux. Carrie contempla les murs nus et imagina tout ce qui avait pu se passer dans cette pièce. Peut-être que Walid pensait à la même chose.

Walid finit par lâcher :

— C'est abominable.

— Mais c'est au service d'un bien supérieur,

Walid. Vous et vos amis, vous décapitez des innocents, alors ne me faites pas de sermon sur le bien et le mal.

Il plissa les yeux.

— Personne n'est innocent. Moi, je ne suis pas innocent. Et vous ?

Elle hésita un instant, puis fit signe que non.

Il soupira lourdement.

— Qu'est-ce que vous voulez ?

Carrie sortit de sa poche la photo du petit ami de Dima, Mohammed Siddiqi, alias Abou Oubaïda.

— Vous connaissez cet homme ? demanda-t-elle.

Rien qu'à l'expression de son visage, elle sut que la réponse était oui.

— C'est Abou Oubaïda. Vous devez déjà le savoir, sinon vous ne me poseriez pas la question.

— Quel est son vrai nom ?

— Je n'en sais rien.

— Si, vous le savez, dit-elle en croisant les bras.

— *La*, vraiment, je ne connais pas son nom.

— Qu'est-ce que vous pouvez me dire sur lui ? Vous devez bien savoir quelque chose, vous avez certainement entendu quelqu'un l'appeler par un autre nom.

— Il n'est pas d'Anbar, il n'est même pas irakien. Une fois j'ai entendu quelqu'un l'appeler Kaden.

— Où est-il ?

Son expression se durcit et il la regarda avec suspicion.

— Vous allez me laisser partir ? Aujourd'hui ?

— Oui, mais vous allez devoir travailler pour moi. D'où vient-il ?

— De Palestine, comme...

Il s'interrompit brusquement.

Ça lui avait échappé, mais Carrie réagit au quart de tour.

— Comme qui ? Comme Abou Nazir ? Ils sont palestiniens tous les deux ?

Comme il restait silencieux, elle ajouta :

— La vie de votre fils Gabir ne tient qu'à un fil, Walid.

— Ainsi que notre vie à tous. Nous sommes tous entre les mains d'Allah.

— Mais nous pouvons influencer le sort. Alors dites-moi, ils sont palestiniens ? Tous les deux ? C'est pour ça qu'ils sont si proches ?

— Peut-être plus si proches que ça.

— Pourquoi ? Que s'est-il passé ?

— Je n'en sais rien. Comment pourrais-je le savoir ? Je suis enfermé ici comme une bête sauvage.

— Vous pouvez être libre, si vous le souhaitez. Où est Abou Nazir ?

— Je ne sais pas. De toute façon, il se déplace tout le temps. On dit qu'il ne couche jamais deux nuits dans le même lit. Comme Saddam, répondit-il en souriant, laissant apparaître ses dents jaunies.

— Et Abou Oubaïda ? Il est où ? À Ramadi ?

Il eut un hochement de tête presque imperceptible.

— Mais pas pour longtemps.

— Pourquoi ? Où est-ce qu'il va ?

Il secoua la tête. Pendant un moment, elle eut peur qu'il ne cesse de parler. Walid était leur meilleur atout. Dempsey l'avait avertie qu'une grande bataille se préparait à Ramadi, et si elle ne pouvait pas le retourner dès maintenant, il serait trop tard. Les dés sont jetés, Carrie. Elle se leva.

— Réfléchissez bien, Walid. C'est maintenant ou jamais, lui dit-elle en retenant son souffle.

Elle entendit un cri au loin, dans les entrailles de la prison, sans arriver à bien distinguer les mots prononcés. Walid aussi avait dû l'entendre.

— Comment vous appelez-vous ? lui demanda Walid.

29

Ramadi, province d'Anbar, Irak

Ils entrèrent dans Ramadi à bord d'un Humvee qui roulait derrière un véhicule blindé LAV-25. Ils étaient quatre : Carrie, Virgil, Warzer et Dempsey, tous en tenue de combat des US marines. Le soleil était haut dans le ciel, il faisait plus de trente degrés et le vent du désert charriait de fines particules de sable.

Le poste de contrôle, une pile de blocs de béton et de sacs de sable, se trouvait au niveau de la centrale électrique, après la sortie du pont sur l'Euphrate. Dempsey descendit du Humvee et parla brièvement avec les marines de garde. Lorsqu'il se remit derrière le volant, il avait de mauvaises nouvelles.

— Deux postes de police ont été attaqués hier soir. Et nos hommes ont été bombardés au mortier lourd sur l'avenue des Bombes. Je parie qu'ils ne vous ont pas raconté, à Langley, qu'Al-Qaïda a des mortiers de 120 mm et des missiles russes Saxhorn AT-13. Ce n'est pas de la bibine. Et les *hajis* ont fait monter les enchères. Ils offrent deux mois de salaire à celui qui installera une bombe artisanale sur la route Michigan, l'artère principale de la ville. La prime passe à trois mois s'il y a des Américains parmi les victimes.

— Qu'est-ce qu'on fait ? demanda Carrie.

Dempsey grimaça avant de redémarrer.

— On est bien obligés de passer par là.

De retour d'Abou Ghraïb, Warzer et Dempsey les avaient briefés. Ramadi était une agglomération de cinq cent mille habitants en état de siège. Trois camps s'y affrontaient : Al-Qaïda, les insurgés sunnites et les marines. Située à une centaine de kilomètres à l'ouest de Bagdad, sur la route principale qui traversait le désert, c'était, d'après Dempsey, « probablement l'endroit le plus dangereux de la planète ».

Ils étaient maintenant dans l'avenue principale et Carrie put se rendre compte qu'il n'exagérait pas. Les deux côtés de la route étaient jonchés de ruines, et les rares bâtiments et poteaux électriques qui tenaient encore debout étaient criblés d'impacts de balles. En dehors de quelques mosquées et d'une poignée de châteaux d'eau rouillés, la ville avait été complètement rasée. Elle lui rappelait les photographies de l'Allemagne au lendemain de la Seconde Guerre mondiale. Tandis qu'ils contournaient un énorme cratère de bombe au milieu de la chaussée, Virgil lança à Carrie un regard lourd de sens. Il était prêt à utiliser son M4 à tout moment.

À quelques centaines de mètres sur leur droite, près d'une mosquée dont le minaret pointait au-dessus des ruines, ils entendirent une rafale d'armes automatiques, suivie par le puissant staccato d'une mitrailleuse lourde. Dempsey décida de quitter la rue principale, laissant le LAV-25 poursuivre son chemin.

— Ils vont à la verrerie, expliqua-t-il.

Un avant-poste des marines y était installé. Pour leur part, ils se dirigeaient vers un poste de police du quartier Al-Andalus qui leur servirait de base. Alors qu'ils progressaient dans une rue étroite, deux Irakiens en tunique blanche et keffieh apparurent à la porte d'un café. Les deux hommes, armés de kalachnikov, s'assirent devant deux tasses de café posées sur une table en métal et observèrent les Américains. Dempsey appuya sur l'accélérateur, mais il dut ralentir quelques mètres plus loin.

— Merde.

— Quoi ? demanda Virgil.

— Il y a un tas de pierres sur le trottoir au coin de la rue, là-bas.

— Et alors ?

— Je ne sais pas, il cache peut-être une bombe.

Dempsey regarda à gauche, à droite et derrière lui.

— Il n'y a pas d'autre chemin. Accrochez-vous, les gars.

Le moteur vrombit tandis que Dempsey fonçait vers le coin opposé du carrefour pour essayer de passer le plus loin possible des pierres.

Carrie retint son souffle. Elle n'arrivait pas à détacher ses yeux du tas suspect. Pas d'explosion. Ils tournèrent au carrefour suivant. Nouvelle surprise : dans une rue poussiéreuse, une bande de gosses se disputaient une boule de chiffon en guise de ballon de football.

— Waouh ! fit Carrie.

Ailleurs en Irak, les enfants les auraient salués ou auraient même cessé de jouer. Ceux-là n'en firent rien, même si leur silence subit indiquait qu'ils étaient tout à fait attentifs au passage du Humvee. Une fois qu'il les eut dépassés, Dempsey accéléra de nouveau, soulevant un nuage de poussière.

Ils arrivèrent enfin au poste de police, entouré de sacs de sable et gardé par des policiers irakiens armés de fusils d'assaut AKM. L'un d'eux était posté sur le toit avec une mitrailleuse légère. Ils pénétrèrent dans le bâtiment, où Dempsey leur présenta Hakim Gassid, le chef de l'unité.

— On vous a encore attaqués ? lui demanda Dempsey.

Les postes de police étaient l'une des cibles privilégiées d'Al-Qaïda, car la police irakienne et les marines américains étaient les seules forces capables d'empêcher Al-Qaïda de contrôler complètement la ville. Pas un jour ne passait sans que des policiers soient tués et des postes de police attaqués, généralement à coups de mortier, de lance-roquettes et de bombes artisanales. Les insurgés essayaient même parfois de s'en emparer.

— Deux fois, mais pas cette semaine, Allah soit loué, répondit Gassid.

Quelques minutes plus tard, Carrie, entièrement couverte d'une *abaya* noire, et Warzer, en tunique blanche et keffieh à carreaux caractéristique de la tribu Dulaimi, quittèrent le poste de police par la porte de derrière. Enfourchant un scooter, ils se rendirent au domicile d'une cousine de Warzer, de l'autre côté du fleuve.

Leur problème était de savoir comment gérer Walid Karim, à qui ils avaient donné le nom de code « Roméo », dans une ville en plein état de siège. Impossible d'utiliser les méthodes habituelles – boîtes aux lettres clandestines, messages codés, radios cachées et téléphones jetables. Al-Qaïda vérifiait systématiquement tous les téléphones portables, même ceux des gens en qui ils étaient censés avoir confiance, sans parler du fait que n'importe qui pouvait être tué en pleine rue s'il passait au mauvais endroit au mauvais moment. Encore plus si vous étiez intimement lié à Al-Qaïda, comme Roméo.

Carrie et Warzer avaient donc eu l'idée de se servir d'une maison de thé du souk, près de la gare routière, et d'y planifier une série de rendez-vous fixés à l'avance. L'établissement en question appartenait à Falah Khadim, l'oncle d'un cousin de Warzer. Pour dix mille dollars américains en espèces, il était prêt à prendre ce risque et à ne pas poser de questions, même si Abou Nazir avait décapité des gens pour moins que ça.

La journée était bien avancée. Le muezzin venait d'appeler à la prière de l'après-midi, l'*asr*. Leur scooter se fraya un chemin dans les rues bondées, malgré l'écho des fusillades et des explosions en provenance du quartier d'Al-Thuba't, près du canal de l'Euphrate, une voie d'eau qui bifurquait du cours principal du fleuve à l'ouest de la ville.

Warzer entra dans la maison de thé pour aller chercher Falah. Dans une ville conservatrice comme Ramadi, la fréquentation de ces établissements était réservée aux hommes, qui y allaient pour boire du thé, fumer le narguilé et jouer aux dominos ou à la *tawla*. Tandis que Carrie attendait devant une boutique qui vendait des hijabs et autres vêtements féminins, un groupe d'hommes s'approcha. Ils marchaient à vive allure dans sa direction et portaient tous des kalachnikovs. Avant même qu'elle ait le temps de s'écarter de leur chemin et d'avertir Warzer qu'une fusillade allait sans doute éclater, l'un des hommes la heurta au passage.

— *Alma'derah*, s'excusa-t-il en arabe.

— *La mushkila*, répondit-elle.

Mais tout d'un coup son sang se glaça.

C'était Abou Oubaïda en personne. Elle l'avait tout de suite reconnu. Il avait un type arabe plutôt attrayant et Carrie comprenait que Dima ait pu se laisser séduire. L'homme lui jeta un regard curieux et elle détourna les yeux, tirant sur les pans de son hijab pour couvrir pudiquement son visage. Malgré ses sourcils teints et les verres de contact qui masquaient la vraie couleur de ses yeux, elle voyait bien qu'il était intrigué. Il semblait sur le point de dire quelque chose lorsqu'un de ses hommes l'appela. Il poursuivit sa course.

Quelques minutes plus tard, elle comprit ce qui se passait. Une déflagration retentit à l'entrée du souk, bientôt suivie par le vrombissement d'un avion de combat américain F/A-18 qui fit trembler les auvents et les marchandises du souk.

Il est ici, à Ramadi, pensa-t-elle, le souffle coupé. Il fallait immédiatement rejoindre Warzer. Les gens couraient dans tous les sens, les uns pour fuir le site de l'explosion, les autres pour venir en aide aux victimes. Elle se précipitait vers la maison de thé lorsque Warzer en sortit, accompagné d'un petit gros avec une moustache à la Saddam.

— Je l'ai vu. Abou Oubaïda. Il est ici.

— Rentrons vite, dit Warzer. C'est dangereux de parler dans la rue.

— Je croyais que je n'avais pas le droit.

— Il y a une porte qui donne sur l'arrière-boutique. Venez, lui dit l'oncle Falah en arabe, en la toisant du même regard un peu étonné qu'Abou Oubaïda.

Apparemment, son déguisement ne trompait pas grand monde. Ils firent le tour de l'immeuble jusqu'à la porte de l'arrière-boutique. Falah en déverrouilla le cadenas.

C'était une petite pièce encombrée de boîtes de thé, de sucre, et de tout un arsenal.

— *Salaam.* Vous vendez des armes ? demanda Carrie à Falah.

— La moitié des commerces de Ramadi vendent des armes, et toutes les maisons de thé le font, expliqua Falah en la regardant comme un oiseau rare.

Le déguisement ne servait pas à grand-chose, mais qu'y pouvait-elle ? Elle n'allait pas se promener en minijupe et dos nu !

— Vous êtes américaine, non ?

— Merci pour votre aide, lui répondit-elle.

— Tout ce que je veux, c'est mon argent et que vous n'en parliez à personne.

Elle ouvrit un sac en plastique et lui donna la somme convenue en billets de cent dollars. L'argent lui avait été remis par Dempsey et provenait du coffre-fort du bureau de l'USAID.

— À quelle heure va-t-il venir ?

Carrie regarda sa montre.

— Dans vingt minutes à peu près. Je peux le retrouver dans l'arrière-boutique ?

— Je n'aime pas vendre des armes sous le nez de mes clients. D'habitude, je fais ça derrière, mais vu qu'aucune femme n'a le droit d'entrer dans la maison de thé, vous pouvez vous cacher ici. Si quelqu'un veut acheter des armes, je lui dirai de repasser.

— Comment vont les affaires ? lui demanda Carrie.

— Pas trop mal, Allah soit loué. Le volume de l'offre augmente, mais les prix grimpent, alors ça réduit un peu mes marges. Si vous êtes intéressée, je peux vous trouver ce que vous voulez.

— Les pièces les plus courantes sont à quel prix ?

Il haussa les épaules.

— Ça dépend. Quatre cent cinquante dollars pour un Glock 19 flambant neuf. Cent cinquante à deux cent cinquante dollars pour une kalachnikov.

Il fit une pause tout en l'observant, avant de lâcher sa question :

— Vous savez s'ils vont exécuter Saddam ?

Saddam Hussein, détenu à Abou Ghraïb, venait d'être inculpé de crimes de guerre contre les Kurdes et les chiites.

— Je ne sais pas. C'est aux Irakiens que revient la décision.

— Les Irakiens n'ont aucun pouvoir de décision, répondit-il en faisant signe à Warzer qu'il était temps d'y aller.

Falah retourna à ses clients et Warzer s'installa pour faire le guet pendant qu'elle attendait Roméo. L'atmosphère de l'arrière-boutique était lourde et oppressante. Un rai de lumière filtrait entre la porte et le bord irrégulier du linteau.

Roméo avait été libéré d'Abou Ghraïb sous couvert d'une amnistie décrétée en faveur d'une vingtaine de prisonniers sunnites par Nouri al-Waliki, le nouveau candidat présenté par les chiites après le rejet de Jaafari. Carrie et Virgil étaient retournés à la Zone verte, d'où Virgil pistait l'homme d'Al-Qaïda grâce au portable qu'ils lui avaient fourni. Comme prévu, il était rentré à Ramadi. Pour autant, Carrie ne se faisait guère d'illusions. Elle n'avait pas confiance en lui, ni lui en elle. Il pouvait se débarrasser du portable et leur échapper à tout moment. Le seul levier qu'elle avait sur lui était de menacer sa famille.

— Nous sommes littéralement en train de le menacer de tuer sa famille à force de générosité, avait-elle expliqué à Virgil et à Dempsey.

On ne pouvait pas faire confiance à Roméo, et pourtant ils étaient si près du but. Elle venait de frôler Abou Oubaïda au sens propre. Elle pensa à Dima et à Rana. Oui, elle voulait les venger. Elle voulait que lui et Abou Nazir meurent.

Falah entra enfin dans l'arrière-boutique avec Walid-Roméo.

— Ne restez pas trop longtemps, leur demanda-t-il avant de sortir.

— Vous avez l'argent ? demanda Walid.

Elle lui montra le contenu de son sac en plastique.

— Est-ce que le Tanzim a avalé cette histoire d'amnistie ? demanda Carrie.

— J'ai dit à mes frères que, vu que je n'avais livré aucune information malgré les tortures et les mauvais traitements, les Américains n'avaient jamais réussi à savoir qui j'étais. Que, pour les infidèles, j'étais juste un prisonnier sunnite de plus. Et qu'ils m'avaient relâché sans avoir la moindre idée de ce qu'ils faisaient.

Son tic nerveux continuait à se manifester.

— Et ils vous ont cru ?

— La télévision a parlé de l'amnistie décrétée par al-Waliki, alors ça leur a paru plausible.

— Qu'en est-il d'Abou Oubaïda ? Il est à Ramadi ?

Elle se garda bien de révéler qu'elle venait juste de le voir.

— Oui, il est là, mais il va peut-être bientôt quitter la ville, répondit-il en scrutant la pièce comme s'il avait peur que quelqu'un ne les écoute.

— Et Abou Nazir ?

— Personne n'en sait rien. Certains disent qu'il est ici. D'autres qu'il est à Fallujah ou Haditha. Personne ne l'a vu, un vrai djinn.

Walid détourna les yeux. Quelque chose dans sa façon de s'exprimer donna à Carrie l'impression qu'il lui cachait une part de la vérité.

— « Mais ceux qui dévient seront le combustible de l'enfer », récita Carrie.

C'était un extrait du Coran, la sourate sur les djinns.

Il la regarda fixement.

— Je vois que vous connaissez le saint Coran, dit-il comme si cela changeait tout dans leur relation. Une Américaine qui connaît le Coran…

— Oui, enfin, ce qu'une femme peut en comprendre.

Elle jouait sur son ego de mâle musulman.

— Mais il y a autre chose. Qu'est-ce que vous me cachez ?

Il lui fit signe de s'approcher.

— Abou Oubaïda est plus autonome qu'avant. Certains disent qu'Abou Nazir a perdu le contrôle. Abou Oubaïda est sur la ligne de front, à Ramadi, mais Abou Nazir, Dieu sait où il se cache.

Il haussa les épaules.

— Dans les rangs du Tanzim, certains ont choisi leur camp.

— Et vous, vous avez choisi ?

— Pas encore. Mais je vais devoir le faire. Abou Oubaïda n'a pas confiance en moi. Il n'a confiance en personne. Et quand il n'a pas confiance en quelqu'un, il l'élimine.

— Sauf s'il est lui-même éliminé avant.

Ils restèrent silencieux pendant un moment. Carrie entendait le claquement des dominos en provenance de la maison de thé, accompagné par l'odeur du tabac à la pomme.

— J'ai besoin d'une heure et d'un lieu où je suis sûre de le trouver. Vous pouvez me fournir ce renseignement ?

— Non.

Il se pencha tout près de son visage.

— Il y a autre chose, mais avant de vous en parler j'ai besoin d'être sûr qu'il n'arrivera rien à ma famille.

— Ça, à Ramadi, c'est impossible. Même dans la Zone verte, on ne peut rien garantir, vous le savez bien.

— Alors que mon fils, au moins, soit en sécurité.

— Si quoi que ce soit devait arriver, *incha'Allah*, je ferais tout ce que je peux. En Amérique, vos enfants seraient en sécurité. Si vous le souhaitez, nous pouvons envoyer Farah et Gabir là-bas.

— Non, pas en Amérique. Il n'y a que des infidèles en Amérique. En Syrie. Mais avec de l'argent.

Carrie comprit enfin ce qui se passait. Il était en train de lui dire qu'il ne survivrait pas. C'était son testament qu'il lui livrait.

— Combien ?

— Cent mille dollars.

— Seulement si ce que vous me racontez en vaut la peine, répondit-elle sèchement. Et si votre famille est vraiment en danger.

Elle respira un bon coup.

— *Incha'Allah*. Si Dieu le veut.

Le visage de Walid se crispa. Carrie se souvenait de ce que Saul lui avait dit un jour : « Ne leur force pas la main. Lorsque le type que tu interroges est prêt à baisser son pantalon, laisse-lui un peu de temps pour qu'il se rende compte qu'il n'a pas vraiment le choix. C'est lui qui doit se convaincre qu'il doit parler. Prends ton temps. Attends toute la nuit, s'il le faut. » Elle attendit.

— Il se prépare un attentat contre le nouveau Premier ministre chiite. Une attaque de grande envergure.

— Dans la Zone verte ? Comment ? Où exactement ?

— Personne ne dit rien. Mais il y a des hommes qui s'entraînent pour une attaque dans une rue étroite. On parle d'une arche.

— C'est quoi, à votre avis ?

— La porte des Assassins, une des entrées de la Zone verte. C'est pour très bientôt, dans une semaine peut-être. Ils sont en pleins préparatifs.

— C'est tout ? Juste une incursion dans la Zone verte pour attaquer le bureau du Premier ministre ? Rien d'autre ? Ce n'est pas vraiment le style d'Abou Oubaïda.

Les yeux noirs de Walid scrutèrent Carrie.

— Vous êtes vraiment très dangereuse, Dhahab.

Dhahab, qui signifie « or », était le nom de code qu'elle s'était choisi pour sa relation avec Walid, à cause de la couleur de ses cheveux.

— Peut-être que tous les Américains ne sont pas si stupides.

— N'essayez pas de me provoquer, cela ne marchera pas. Il va y avoir une deuxième attaque, n'est-ce pas ? Abou Nazir et Abou Oubaïda ne se contentent jamais d'une seule.

— C'est leur marque de fabrique. Il va effectivement y avoir un autre attentat. Contre les Américains. Quelqu'un d'important.

Carrie réfléchit intensément. La porte des Assassins était une grande arche de grès surmontée d'une coupole, et l'un des principaux accès à la Zone verte. Si Abou Oubaïda réussissait à assassiner le nouveau leader chiite, al-Waliki, cela déclencherait une guerre civile qui aboutirait à la destruction de l'Irak et à l'échec complet de la mission américaine. Il y aurait un nombre incalculable de victimes, dont des Américains.

Et voilà qu'il était question d'un autre attentat, contre une cible américaine de premier plan. Il fallait qu'elle demande à Saul quelle personnalité était censée venir en visite de Washington, et par où elle passerait. Elle était presque certaine que la seconde attaque viserait Camp Victory, près de l'aéroport. C'est là que tous les gros bonnets débarquaient. Après son échec à New York, Abou Oubaïda voulait la direction d'AQI. C'était parfaitement logique.

Elle devait transmettre cette info à Saul le plus vite possible.

— Connaissez-vous la cible ?

— Je sais qu'Abou Oubaïda a dit qu'il allait couper les deux têtes du serpent.

— Vous étiez dans la même pièce que lui, quand il a dit ça ?

— Ce n'était pas dans une pièce. C'était la nuit dernière. On transportait les cadavres de quatre policiers sur la route de ce que les Américains appellent « Hurricane Point », l'ancien palais de Saddam, là où l'Euphrate se sépare. D'abord, on leur a coupé la tête et les mains. On a planté les têtes sur des pieux au bord de la route. Allez-y, vous les verrez.

Il eut un sourire étrange.

— S'il savait que je suis en train de parler avec vous, quel sort croyez-vous qu'il me réserverait ?

30

Fallujah, province d'Anbar, Irak

Au coucher du soleil, tandis que le ciel se parait de rose et de violet, l'appel à la prière retentit depuis les dizaines de minarets de la ville, mêlé à l'écho des fusillades et des tirs de mortier. Carrie et Warzer rentraient en scooter au poste de police d'Al-Andalus. Sans doute un peu trop tard. Dangereuse à toute heure du jour, Ramadi devenait un véritable no man's land une fois la nuit tombée.

Ils étaient allés rendre visite à la famille de Roméo et avaient emmené sa femme et ses enfants dans un souk, où ils avaient mangé des kebabs grillés au charbon de bois et acheté des jouets Harry Potter. Pendant ce temps, Virgil, affublé d'une fausse barbe et d'un turban de style kurde, s'était faufilé dans leur maison pour y cacher des micros et des caméras.

Près d'une mosquée, dans la pénombre croissante, ils aperçurent un LAV-25 avec deux Humvee équipés de mitrailleuses.

— Merde, une patrouille, dit Warzer.

Sous leur déguisement, ils risquaient de passer auprès des marines pour deux Irakiens suspects circulant en scooter dans une rue déserte à la tombée de la nuit.

— Ils ont la détente facile. Mieux vaut faire exactement ce qu'ils nous disent, répondit Carrie.

Le LAV s'arrêta. Sa mitrailleuse de tourelle était pointée droit sur eux. Le haut-parleur du premier Humvee cracha un ordre :

— *Wakafeh !* Halte !

Warzer obtempéra et ils descendirent du scooter, les mains en l'air. Carrie avait enlevé son voile et rabaissé le haut de son abaya pour que les soldats voient ses cheveux blonds. Un marine sortit du Humvee et leur fit signe de s'approcher.

— Laisse-moi y aller la première, dit-elle à Warzer.

Le marine, un jeune caporal, la contempla avec des yeux grands comme des soucoupes. Avec ses cheveux blonds et son minois typiquement américain, son apparition était passablement surréaliste. Ce qui ne l'empêcha pas de maintenir son M4 pointé sur elle.

— Je suis américaine, lui dit-elle en anglais. Nous sommes de la Task Force 145. Nous allons au poste de police d'Al-Andalus.

— Une Américaine ? Ici ? s'étonna le marine.

— Oui, je sais, c'est bizarre. Notre mission est top secret. Nous travaillons avec le capitaine Ryan Dempsey, du 2e bataillon du 28e régiment de marines. Vous pouvez nous aider ?

— Excusez-moi, madame, mais vous êtes consciente de ce que vous faites ? dit le marine en la toisant comme pour s'assurer qu'il ne rêvait pas. C'est Sniper Alley, ici. Je ne sais pas comment vous êtes encore en vie. Vous êtes vraiment américaine ?

— J'habite à Reston, en Virginie, si ça peut vous rassurer.

Elle fit un mouvement de tête en direction de son compagnon.

— Lui, c'est Warzer, il travaille avec moi. Vous nous accompagnez jusqu'au poste de police ?

— Laissez-moi consulter mon lieutenant, madame. Vous pouvez baisser les mains, mais ne bougez pas, s'il vous plaît.

Il n'était pas encore complètement rassuré. Il revint au bout d'une minute.

— Négatif, madame. Nous devons patrouiller notre secteur. Et à vrai dire, c'est un putain de miracle, excusez la grossièreté, qu'on ne vous ait pas encore tiré dessus. Je vous conseille de vous dépêcher, dit-il en jetant un regard soupçonneux à Warzer.

— Merci, caporal. Nous allons suivre votre conseil, dit-elle en remettant hijab et *abaya*.

Lorsque leur scooter repassa devant le petit convoi, Carrie eut conscience que tous les regards des marines étaient braqués sur elle.

Les rues étaient désormais plongées dans une obscurité totale, seulement atténuée par la lueur de leur phare. Nous sommes partis trop tard, pensa-t-elle. Elle ressentit une démangeaison dans le dos, comme si elle pressentait un impact de balle. Une minute plus tard, elle faillit en recevoir une. Une étincelle dans une rue étroite, une détonation. Warzer fit une embardée et appuya à fond sur l'accélérateur en slalomant pour essayer d'éviter les tirs. On voyait déjà les lumières du poste de police, entouré de sacs de sable et de barbelés, et la silhouette de son toit en terrasse sous les étoiles.

Warzer fonça. Le scooter tressaillait sur les nids-de-poule. Un deuxième coup de feu les manqua par miracle. Ils s'engagèrent en trombe dans une étroite ouverture entre les sacs de sable. Les policiers irakiens pointèrent leurs kalachnikovs sur eux en leur criant en arabe de s'arrêter. Lorsque Carrie rabaissa le haut de son *abaya*, découvrant ses longs cheveux blonds, les Irakiens se calmèrent et les firent rentrer dans le poste de police.

— Nous sommes partis trop tard, dit-elle à Warzer.

— Mais on y est arrivés. Tu nous portes chance, Carrie.

— Je ne crois pas à la chance. J'espère que ça ne se reproduira pas.

Les infos qu'elle devait transmettre à Saul étaient cruciales, il fallait qu'elle le contacte le plus vite possible.

— Impossible, *al-Anesah*, lui répondit Hakim Gassid. Aucun portable ne fonctionne.

— Et les téléphones fixes ? Et Internet ?

Il secoua la tête.

— Il faut que je contacte mes supérieurs, c'est une question de vie ou de mort, *Makayib*, lui dit-elle en lui donnant son titre de capitaine.

— Peut-être que ça sera possible de Fallujah, *incha'Allah*. À Ramadi, *al-Anesah*, tout est détruit. Vous n'imaginez pas à quel point cette ville était belle. On faisait des pique-niques au bord du fleuve, dit-il avec nostalgie.

C'était délirant, pensa Carrie. Elle était en possession d'une des infos les plus importantes de sa carrière et voilà qu'elle se retrouvait au XVIIIe siècle, sans moyen de communiquer avec Langley. Il fallait trouver une solution, et vite.

— Tu as déjà fait l'amour dans une prison ? lui demanda Dempsey.

Ils étaient couchés sur un lit installé dans le bureau de Hakim Gassid, au premier étage du poste de police. Leur conversation se mêlait au claquement des lance-roquettes, au crépitement de la mitrailleuse sur le toit et aux rafales des kalachnikovs des policiers en faction autour du bâtiment.

— Et toi ? demanda Carrie.

— Non, mais j'ai fait pire.

— Où ça ?

— Sur le banc d'une église baptiste en plein milieu d'un sermon. Le père de ma copine était pasteur. Elle s'appelait Stella Mae, une beauté. Je ne sais pas si elle faisait ça pour faire chier son père ou si elle s'en foutait tout simplement, mais ce banc était dur comme du béton, j'avais peur qu'on nous repère et je pensais à tous ces *rednecks* avec un fusil dans leur voiture ou leur pick-up. Et toi ?

— Je n'ai jamais fait une chose pareille. Faire l'amour comme ça, à la sauvette, pendant qu'on me tire dessus. Les flics irakiens doivent penser que je suis une vraie salope.

— En fait, ils aimeraient sans doute que leur femme soit au moins à moitié aussi sexy que toi. Désolé pour ce cadre pas très romantique, dit-il en l'embrassant dans le cou. Tu n'as pas idée de l'effet que tu me fais.

— Arrête de parler tout le temps. Je dois absolument contacter Langley.

— On leur téléphone et on continue de baiser ? Il glissa sa main entre ses jambes pour la faire craquer.

— Arrête. Les portables ne marchent pas.

— Je sais. Le dernier émetteur a été détruit la semaine dernière. Et même s'il fonctionnait encore, les insurgés surveillent tous les appels. Ils ont des moyens pratiquement aussi sophistiqués que les nôtres, je crois que les gens ne s'en rendent pas compte en Amérique. La seule solution, c'est la ligne cryptée de l'ambassade, dans la Zone verte. Caresse-moi là.

— Impossible, il faut que je reste ici pour gérer Roméo. Arrête, attends un peu, mais attends, je te dis !

— Rédige un rapport. Je le rapporte à Bagdad et je l'envoie de là-bas.

— Ça ne marchera pas. Niveau sécurité, tu n'as pas le même permis que moi. Oh, mon Dieu, ça fait du bien. Attends. Roméo a mentionné une tentative d'assassinat contre une personnalité qui va visiter Bagdad la semaine prochaine. Tu as une idée de qui va être à la fête ?

— Moi, dans une minute, dit-il.

— Espèce d'idiot, répondit-elle en lui tirant les cheveux. Sérieusement, tu sais qui c'est ?

— La secrétaire d'État Bryce. Sa visite est top

secret, alors si les *hajis* sont déjà au courant, on est dans de beaux draps.

— Il faut que tu ailles à Bagdad pour essayer de faire annuler sa venue. Tu veux bien t'en occuper ?

— Oui, mais d'abord, je m'occupe de ça.

Elle se cambra de plaisir sous ses caresses.

— Tu aimes ?

— Tais-toi et concentre-toi !

À l'aube, Dempsey quitta le poste de police pour Bagdad dans son Humvee. Carrie lui avait fait mémoriser le numéro de téléphone de Saul à Langley. Il devait le contacter indépendamment de la réaction à son rapport de l'officier de liaison entre la CIA et le renseignement militaire. Saul devait absolument être mis au courant de ce qu'elle savait et la secrétaire Bryce devait annuler son voyage à Bagdad. En outre, il fallait prendre des mesures pour protéger le Premier ministre irakien, sécuriser les bureaux du gouvernement dans la Zone verte et se préparer à une incursion au niveau de la porte des Assassins. S'il y avait des problèmes, Dempsey devait essayer d'entrer en contact avec elle le plus tôt possible. On était, semblait-il, en train de réparer l'émetteur de Ramadi, mais s'il n'arrivait pas à la joindre, il devait se préparer à faire tout le chemin depuis Bagdad.

Carrie l'accompagna jusqu'à son véhicule. Il y avait eu des fusillades pendant la nuit, et vers 3 heures du matin ils avaient entendu une énorme déflagration du côté de l'hôpital, au bord du canal. Une voiture piégée avait fait sauter le poste de police de Mua'almeen. Plus de trente policiers, disait-on, avaient trouvé la mort dans cet attentat. En voyant Dempsey prendre la route, Carrie pensa qu'elle n'aurait pas dû le laisser partir. C'était trop dangereux. Tous les moudjahidin de Ramadi devaient être aux aguets sur la route Michigan et l'autoroute de Bagdad.

Alors que le Humvee s'éloignait, elle essaya de l'appeler sur son portable. Dempsey lui manquait déjà. Mais il n'y avait toujours pas de réception. De toute façon, sa batterie était presque morte, et il n'était pas facile de la recharger à cause des constantes coupures de courant.

Et puis c'était un peu fou de l'appeler comme ça, une réaction idiote d'adolescente amoureuse. Carrie se sentait bizarre, un peu à côté de la plaque. Était-ce encore une crise ? Ou bien l'omniprésence du danger était-elle si perturbante qu'on avait envie de vivre dans l'instant ? Elle eut un étrange sentiment d'irréalité en contemplant la rue poussiéreuse jonchée de détritus où le véhicule de Dempsey venait de disparaître.

Un frisson inexplicable la parcourut. Elle sentait qu'elle ne reverrait plus Dempsey. Elle secoua la tête pour essayer de chasser cette pensée morbide. C'était dingue. Elle avait encore quelques comprimés achetés à Beyrouth, mais il fallait qu'elle trouve un nouveau fournisseur à Bagdad. Elle observait les alentours du poste de police et son malaise n'arrivait pas à se dissiper. Ce n'était pas son trouble bipolaire, pensa-t-elle, c'était cet endroit qui la rendait folle.

Il était encore tôt et le soleil pointait à peine au-dessus des bâtiments, mais on sentait déjà la chaleur monter. Si on faisait abstraction des ruines et de la guerre, Ramadi ressemblait à n'importe quelle bourgade du Moyen-Orient. Étrange comme les décisions que nous prenons pour des raisons le plus souvent totalement arbitraires finissent par changer radicalement notre existence. C'était ce qui lui était arrivé quelques années plus tôt à Princeton, quand elle avait choisi un peu par hasard d'étudier le Moyen-Orient, simplement parce que les motifs géométriques de l'art islamique la fascinaient. Voilà où ça l'avait menée.

Et puis il y avait Roméo. Certes, il lui transmettait des infos valides, mais elle ne pouvait pas lui faire confiance.

Elle retourna dans le poste de police. Warzer et Virgil venaient de se réveiller. Ils avaient passé la nuit dans une cellule où ils étaient maintenant, assis autour de verres de thé et de *kahi*, une pâtisserie orientale à pâte feuilletée baignée de miel.

— Qu'est-ce qu'on fait ? dit Virgil en chassant une mouche de son *kahi* avant de le porter à sa bouche.

— On a un retour sur la maison de Roméo ?

— Des conversations entre femmes, mais c'est de l'arabe, il faudra que toi ou Warzer les traduisiez. Pas de Roméo, en revanche.

— Ce qui veut dire qu'il est avec Abou Oubaïda. Il s'est réintégré à son réseau, et c'est ce que nous souhaitions.

— Du nouveau à propos de l'attentat de Bagdad ? demanda Virgil.

— On attend de savoir ce que Langley décide. Dempsey nous le dira demain, quand il reviendra.

Virgil esquissa un sourire narquois.

— On attend ? Ce n'est pas ton genre, Carrie. Il y a quelque chose qui te tracasse ?

— Je dois avouer que cet endroit me fout les jetons.

— Il y a de quoi, dit Warzer. Moi, j'ai déménagé ma famille à Bagdad, même si ce n'est pas l'idéal non plus au niveau sécurité.

— C'est vrai que je n'aime pas l'idée d'attendre, et surtout de dépendre d'une décision de Langley. Une fois qu'Abou Oubaïda sera passé au stade opérationnel, et je parle d'une semaine au maximum, nos chances de coincer Abou Nazir se réduiront drastiquement.

— Qu'est-ce que tu suggères ? demanda Warzer.

Carrie scruta les parois de la cellule comme si elle pouvait y trouver une réponse. Mais il n'y avait que des graffitis en arabe qui, à l'exception de quelques invocations à Allah, n'étaient guère différents de ceux qui ornent les murs des prisons occidentales.

— Tu continues la surveillance de la famille de Roméo. Je lui ai donné de l'argent. Il voudra certainement leur en distribuer au moins une partie. Je passerai te voir pour traduire.

Virgil se leva, la tasse de thé à la main. Il allait sans doute à l'étage, où il avait installé son équipement dans une autre cellule.

— Et moi ? demanda Warzer.

— Abou Oubaïda est à Ramadi. J'ai du mal à croire que la police irakienne n'ait pas de mouchards en ville. Essaie de savoir si quelqu'un sait où il se cache.

Warzer se prépara à partir. Elle s'approcha de lui. Elle avait quelque chose d'embarrassant à lui demander, et elle préféra être directe.

— Warzer, tu crois que ces flics pensent que je suis une putain ?

Elle avait utilisé le mot arabe, *sharmuta*. Elle poursuivit d'un ton hésitant :

— Tu comprends, dans ces circonstances, avec la mort qui guette, on a tellement peu de temps.

Il baissa la tête, visiblement gêné, avant de la regarder de nouveau droit dans les yeux.

— Carrie, tu es magnifique, vraiment. Pour ces hommes, tu es comme une star de Hollywood, tu es très loin de leur monde. Alors bien sûr, chez nous, les femmes ne se comportent pas comme ça. Et oui, peut-être qu'ils te considèrent un peu comme une *sharmuta*. Écoute, moi, j'aime bien le capitaine Dempsey. Il est courageux. Mais tu ne le connais pas. Il court des rumeurs à son sujet. Sois prudente.

— Quel genre de rumeurs ?

— Des histoires d'argent, dit-il en appuyant ses propos par un geste de la main. On parle de vente illicite de matériel, fournitures médicales, munitions, réfrigérateurs, tout ce qui se négocie sur le marché noir. Cette guerre est une véritable ruée vers l'or pour le secteur privé.

Blackwater, DynCorp, KBR, tout le monde se fait du fric, sauf les gens du peuple.

— Et ces rumeurs, on les a vérifiées ?

— Je n'en sais rien. Je n'aurais pas dû t'en parler. Sauf que...

— Sauf que quoi ?

— Je t'apprécie beaucoup, Carrie. Pour moi, tu es ce que l'Amérique a de meilleur, quelqu'un de bien. Je n'ai pas le droit de juger ton histoire avec Dempsey. Mais...

Il hésita un instant.

— Je pense que tu es terriblement seule.

Elle parlait avec Hakim Gassid de la possibilité d'utiliser ses informateurs lorsque Virgil vint la chercher.

— Il y a un truc qu'il faut absolument que tu voies.

Elle le suivit jusqu'à la cellule où il avait installé son équipement. Sur l'écran de son ordinateur portable, il lui montra deux scènes qui s'étaient déroulées dans la maison de Roméo, une dans l'entrée et l'autre dans la salle de séjour.

— Ça date d'hier soir, dit-il en rembobinant la vidéo.

Les premières images montraient Roméo qui entrait dans la maison. Il pénétra dans la salle de séjour. Comme presque partout à Ramadi, il n'y avait pas d'électricité et les pièces étaient éclairées par des lanternes et des bougies. Roméo salua sa femme et sa mère et prit ses enfants dans ses bras. De même que dans la plupart des maisons irakiennes, les meubles étaient peu nombreux. Ils étaient tous alignés contre les murs et le plancher de la salle de séjour était couvert d'un tapis. Pour l'instant, tout paraissait normal, mais Carrie remarqua que Roméo ne cessait de jeter des regards furtifs autour de lui. À un moment donné, il prit une lampe et la souleva pour l'examiner.

Il cherchait des micros. Il est au courant. Suis-je bête, bien sûr qu'il est au courant, pensa-t-elle. Premièrement, il n'est pas stupide, et deuxièmement, il est probable qu'un voisin ou un membre de sa famille élargie ait repéré Virgil. Même avec le meilleur déguisement, il pouvait difficilement passer pour un Kurde, et puis qu'est-ce qu'un Kurde fichait à Ramadi ?

Roméo remit à sa femme tout ou partie de l'argent que Carrie lui avait donné et lui murmura quelque chose à l'oreille. Pas moyen de savoir quoi. On entendait des coups de feu au loin sur la bande sonore. Carrie traduisait ce qu'elle pouvait à voix basse pour Virgil.

Roméo alla dans un coin de la salle, souleva un pan du tapis, détacha une planche du plancher et en sortit une kalachnikov. Il remit la planche à sa place et commença à vérifier le bon fonctionnement de l'arme.

Les enfants s'approchèrent de lui. Il engagea la conversation avec eux et les laissa s'agripper à lui. Le petit garçon essaya de s'emparer de la kalachnikov. Roméo sourit et lui montra comment viser. Après quoi, l'épouse et la mère de Roméo les firent sortir de la pièce, sans doute pour aller les coucher.

Quelque chose lui échappait, mais quoi ? Elle regarda attentivement la vidéo. Ça y est, elle avait trouvé. Pas de tic nerveux. Ses contractions musculaires avaient disparu. Le salopard, pourquoi jouait-il la comédie ? Pour se rendre plus sympathique dans la prison ? Pour distraire ses interrogateurs ? Pour mieux dissimuler son identité ? Ou s'agissait-il tout simplement d'un menteur pathologique ? Il fallait donc se méfier de tout ce qu'il disait. Mais ça, elle le savait déjà, au fond.

— Son tic nerveux a disparu. C'est ça que tu voulais que je voie ?

— Attends, lui répondit Virgil en levant un doigt pour la faire patienter.

La mère de Roméo, Aasera, lui apporta un thé. Ils commencèrent à parler d'affaires de famille. Elle lui posa des questions sur Carrie, l'Américaine, et sur son compagnon irakien, Warzer.

— Je n'ai pas confiance en eux, dit Aasera. Ils prétendent être des amis, mais ce sont des infidèles. Pourquoi les as-tu laissés s'introduire chez nous ?

— *Ama*, je n'avais pas le choix. Mais ils vont bientôt cesser d'être un problème, *incha'Allah*.

— Fais attention, je crois que cette *sharmuta* blonde est dangereuse.

— Ça suffit, femme, c'est mon affaire, lui dit-il sèchement en lui faisant signe de sortir.

Elle lui jeta un regard méfiant et quitta la salle. Roméo prit aussitôt son portable et commença à envoyer des SMS.

— Il y a moyen d'intercepter ses textos et de savoir quel numéro il appelle ?

— Ce n'est pas le téléphone que nous lui avons donné. Bagdad peut sans doute récupérer tout ça auprès d'Iraqna, la compagnie de téléphonie mobile. Il est possible qu'Al-Qaïda en Irak ait son propre émetteur. Peut-être qu'Iraqna peut les intercepter et nous transmettre l'information, mais ça va prendre plusieurs heures.

— Eh bien tentons le coup, dit-elle en s'apprêtant à partir.

— Attends, ce n'est pas fini.

Il accéléra la vidéo pour lui montrer une scène qui s'était déroulée une heure plus tard. Des bruits se firent entendre à l'extérieur de la maison. Roméo se leva brusquement. Sa femme, Shada, lui jeta un regard interrogateur. Qui cela pouvait-il être, à cette heure de la nuit ? Il arma sa kalachnikov, la posa sur une chaise, fit signe à Shada d'aller ouvrir et la suivit dans l'entrée.

Quatre moudjahidin portant des armes automatiques firent irruption dans la pièce. Sans doute des combattants d'AQI, pensa Carrie. Un cinquième les suivait. C'était Abou Oubaïda en personne, l'homme qu'elle avait vu au souk.

— Il est tard, mon frère... commença à dire Roméo.

Mais Abou Oubaïda lui coupa la parole.

— Tu dois venir tout de suite. Il veut te voir.

— J'ai promis à ma famille de rester à la maison ce soir, dit-il en montrant du doigt Shada et sa mère, qui venait d'entrer dans la pièce.

— Tu es sûr que tu veux les mêler à ça, Walid ?

Il a des questions à te poser, mon frère. Et moi aussi.

Les quatre hommes poussèrent sans ménagement Roméo hors de la maison. On entendit un bruit de portières de voiture, puis celui d'un moteur qui démarrait, tandis que les deux femmes se tenaient immobiles sur le pas de la porte. Virgil stoppa la vidéo.

— Il est grillé, non ? dit Virgil.

— Oui, mais tu as entendu ce qu'a dit Abou Oubaïda ?

— Ah oui, c'était bien lui ?

— Oh oui, je te garantis que c'était lui. Tu te rends compte de ce que ça veut dire ? Il a dit : « Il veut te voir. » Il n'y a qu'une personne qui puisse donner des ordres à Abou Oubaïda, c'est Abou Nazir ! On peut les avoir tous les deux au même moment et au même endroit ! Il suffit de lancer une attaque de drone et on s'en débarrasse une fois pour toutes ! Virgil, tu es un génie ! dit-elle en l'étreignant. Il a encore le portable qu'on lui a donné ?

— Pour l'instant, oui.

— Il y a donc moyen de le pister ?

— Regarde.

Virgil ouvrit une fenêtre sur son écran. Un point rouge clignotait sur une image satellite de Ramadi. Roméo était apparemment au bord de la route numéro 10, dans le quartier d'Al-Ta'mim, à l'ouest de la ville et au sud du canal.

— C'est quoi, cet endroit ?

— D'après le flic à qui j'ai demandé, il s'agirait d'une usine de porcelaine. Elle a été pratiquement

détruite par les combats, mais avant on y fabriquait des lavabos, des cuvettes de W-C, ce genre
de trucs.

— On les tient. Il faut demander une attaque
de drone.

Virgil fronça les sourcils.

— Et si c'était un piège ?

La réaction de Virgil refroidit son enthousiasme.
Bien sûr que ça pouvait être un piège. Comment
n'y avait-elle pas pensé ?

— À quelle heure sont-ils venus chercher
Roméo ?

— Un peu après minuit.

Elle regarda sa montre. Il était un peu plus
de 8 heures du matin. Roméo avait donc passé
entre sept et huit heures avec Abou Oubaïda, et
peut-être aussi avec Abou Nazir. Mais ce n'était
pas certain. Peut-être qu'en réalité Abou Oubaïda
ne travaillait plus avec Abou Nazir et qu'il avait
trompé Roméo à ce sujet. Il avait aussi sans doute
trouvé le portable qu'elle avait donné à Roméo,
et s'il était encore connecté, Abou Oubaïda devait
bien savoir qu'il était suivi.

Donc Virgil avait très probablement raison.
C'était un piège. Si ça se trouve, ils étaient en
train de torturer Roméo en ce moment même,
en supposant qu'il soit encore vivant. Ils n'auraient pas besoin d'insister beaucoup pour lui
faire avouer ce qu'il savait sur Dhahab, la femme
blonde de la CIA, et son acolyte irakien. Elle se
sentit mal. Elle risquait de devenir la cible numéro
un d'Al-Qaïda en Irak. Sans compter que c'était
elle qui avait mis Roméo dans cette situation.

À moins qu'Abou Oubaïda n'ait encore confiance en Roméo. Dans ce cas, il était possible qu'il lui ait dit la vérité, et ils avaient encore une chance d'éliminer les deux chefs d'AQI dans une même frappe. Sauf que la façon dont Abou Oubaïda avait parlé à Roméo ne respirait pas la confiance. Elle se souvenait de ce que Roméo lui avait dit dans l'arrière-boutique de la maison de thé : « Il n'a confiance en personne. Et quand il n'a pas confiance en quelqu'un, il l'élimine. »

Où était la vérité ? Il était temps de trancher.

Si elle ordonnait une attaque de drone, Roméo succomberait aussi, et avec lui ceux qui l'accompagnaient dans l'usine de porcelaine. Si cela signifiait une chance d'en finir avec Abou Oubaïda, voire avec Abou Nazir, et d'éviter une guerre civile qui risquait de se chiffrer en dizaines de milliers de victimes, le jeu en valait la chandelle. La mort de Roméo serait un dommage collatéral.

Mais si c'était un piège, elle devenait la cible. Le sang de Carrie se glaça. Et si, au lieu d'être le chasseur, elle était le gibier ?

— Même si c'est un piège, nous devons contacter le commandant des marines et lui demander de programmer une frappe contre l'usine, dit-elle à Virgil en lui faisant signe de la suivre.

Alors qu'ils se dirigeaient vers l'escalier, ils croisèrent Warzer, l'air complètement ravagé.

— Carrie, je suis désolé. Vraiment.

— Qu'est-ce qui se passe ?

— Une bombe artisanale sur la route numéro 11 à l'entrée de Fallujah. Dempsey est mort.

31

Al-Ta'mim, Ramadi, Irak

C'est le jeune marine qui leur servait de chauffeur, le caporal Martinez, qui l'avait repéré. Un mince tube métallique presque entièrement caché sous les gravats au milieu de la rue.

— Probablement un détonateur à pression.

Leur Humvee avait stoppé à soixante centimètres de l'engin. Une demi-seconde de plus et c'en était fini de leur expédition. Nous sommes tous en sursis, pensa Carrie en s'essuyant le front avec sa manche. La température avoisinait déjà les quarante degrés. Elle portait un uniforme de marine trop grand pour elle, avec des motifs de camouflage adaptés au combat dans le désert. Son *abaya* et ses objets personnels étaient dans un sac à dos sur le siège.

Leur Humvee se frayait un chemin vers le centre administratif régional de Ramadi, où siégeaient les autorités locales nommées par le gouvernement provisoire irakien et protégées par le 3e bataillon du 8e régiment de marines. Carrie s'était déjà faite à l'idée que Ramadi était l'endroit le plus dangereux de la planète, mais cette partie de la ville ressemblait à un documentaire sur la Seconde Guerre mondiale. Pas un seul bâtiment n'était intact, plus rien ne fonctionnait et les rues étaient complètement désertes, à l'exception d'un chat famélique sur un tas d'ordures. Tout n'était que ruines, carcasses de véhicules rouillées et déchets organiques en décomposition.

Martinez fit marche arrière pendant quelques mètres, avant de contourner avec précaution le tube métallique et de poursuivre sa progression dans la rue déserte. Sur le siège arrière, Virgil et Warzer scrutaient les décombres à la recherche de snipers. Carrie, assise à côté de Martinez, s'efforçait de garder la tête froide, mais ses mains tremblaient.

C'était à cause d'elle que Dempsey était mort. De toute façon, cette mission était insensée, mais elle se disait qu'avec l'aggravation du conflit à Ramadi, les projets d'attentat à Bagdad d'Abou Oubaïda et ses doutes sur la fiabilité de Roméo – qui était certainement un agent double –, elle n'aurait jamais dû le laisser partir tout seul sur la route numéro 11. Son voyage à Bagdad s'était transformé en piège mortel. Si elle s'était servie de Roméo pour suivre la piste d'Abou Oubaïda, ce dernier pouvait faire exactement la même chose et utiliser Roméo comme appât pour les piéger, elle et son équipe.

Mais quelle autre option s'offrait à elle ? On était à la veille d'un double attentat qui risquait de déclencher une guerre civile. Roméo ne pouvait pas les avoir trompés à ce sujet, car il connaissait fort bien les conséquences mortelles d'un mensonge pour sa famille : la bienveillance fatale des Américains les désignerait du doigt au boucher.

Elle n'avait pas le choix. Il fallait transmettre l'info à Langley, c'était une priorité absolue. Dempsey était un marine, il aurait compris cette exigence. Sauf que maintenant Abou Oubaïda et peut-être même Abou Nazir étaient encore plus près de leur objectif – et Dempsey était mort.

— *Où ça ? Comment est-ce arrivé ? avait-elle demandé à Warzer.*

Elle était tellement bouleversée qu'elle arrivait à peine à respirer.

— *D'après les Forces de sécurité irakiennes, ça s'est passé à quelques kilomètres avant le pont à l'entrée de Fallujah, sur un tronçon désert de la route numéro 11, entre le canal Duban et le lac Habbaniya. Dempsey a aperçu quelque chose sur la route qui l'a obligé à ralentir, et c'est à ce moment qu'ils ont fait exploser leur bombe. La déflagration a laissé un cratère de quatre mètres de profondeur dans la chaussée. Lui et son véhicule se sont volatilisés, avait dit Warzer d'un air accablé.*

Oh, mon Dieu. Oh, mon Dieu. Et il y avait cette question qui lui brûlait les lèvres :

— *Est-ce qu'on sait si c'était une attaque impro-visée ou si c'était lui qu'ils attendaient ?*

— *Pas moyen de savoir. C'était peut-être juste de la malchance.*

Mais non, ça ne pouvait pas être un hasard. Pas avec Roméo, qui rendait compte directement à Abou Oubaïda, et peut-être même à Abou Nazir. Dans une telle configuration, quel rôle pouvait jouer le hasard ? La conclusion était évidente.

C'est moi qui l'ai tué. J'apporte le malheur à ceux qui m'approchent. Dima, Estes avec son mariage, Rana et même Fielding. Et maintenant Dempsey. Ils finissent tous par le payer. Elle avait envie de s'enfoncer sous terre et de ne plus jamais sortir de son trou. La disparition de Dempsey était un coup de poignard en pleine poitrine. Et pourtant, elle n'avait pas le droit de se laisser aller. Pas maintenant, alors que le sort de la guerre était en jeu. Tiens bon, Carrie. Tu pleureras pour Dempsey plus tard, et pour toi-même aussi. Tu n'as pas le choix. Personne n'a le choix, ici.

Ils passèrent devant une mosquée dont, bizarrement, la coupole de métal grise était restée intacte, puis tournèrent dans une rue jonchée de décombres. Le bruit d'une fusillade et de déflagrations retentit devant eux. Martinez arrêta le Humvee et demanda de l'aide sur son poste de radio SINCGARS.

— Écho One, ici Écho Three. Alerte rouge.

Il écouta la réponse et annonça :

— Bien reçu. Lancez le feu d'artifice, on arrive.

Il se retourna vers ses compagnons de route.

— Attachez vos ceintures, la fête commence.

Le Humvee redémarra. Martinez appuya sur l'accélérateur. Violemment secoué par son passage sur les ornières et les décombres, leur véhicule progressait vers un grand bâtiment rectangulaire en béton s'élevant au milieu d'un vaste espace nu et protégé par une haute barricade de sacs de sable. C'était probablement le centre administratif, pensa Carrie. Tous les immeubles avoisinants étaient en ruine, leurs parois effondrées offrant le spectacle d'anciennes chambres à coucher, de lambeaux de drap et de cadres de tableau brisés.

Mais tout d'un coup, de ces mêmes bâtiments en ruine, un feu nourri de kalachnikov tomba comme une grêle ardente sur le blindage du Humvee. Carrie se recroquevilla, convaincue qu'ils n'en réchapperaient pas. Une roquette explosa devant eux tandis que Martinez braquait violemment. Le pare-brise s'étoila d'éclats de shrapnel. Une balle traversa la fenêtre ouverte, frôlant le visage de Carrie.

Simultanément, ils entendirent un crépitement intense en provenance du centre administratif, d'où les marines postés derrière les sacs de sable, aux fenêtres et sur le toit, répondaient vigoureusement au feu des insurgés. La déflagration d'un tir de canon secoua l'atmosphère. Le mur d'un des immeubles où se cachaient leurs assaillants s'effondra dans une pluie de gravats et le bruit de la kalachnikov qui les canardait s'éteignit.

— Un char Abrams, expliqua Martinez.

Il accéléra et se faufila dans un passage étroit entre les sacs de sable avant de braquer brusquement à quatre-vingt-dix degrés et de se garer à l'ombre de la barricade. Le tank Abrams dont le canon leur avait sauvé la vie était stationné à côté du centre administratif.

Avant même d'entrer dans le bâtiment, Carrie fut assaillie par une puissante odeur d'urine, de pourriture et de sueur. Sous le vacarme de la bataille, on percevait la basse continue d'un générateur. Le centre administratif était bondé de marines. Des tireurs postés aux fenêtres, dont les carreaux avaient disparu depuis longtemps, ne cessaient de mitrailler les squelettes des bâtiments entourant la place. Quelques fonctionnaires irakiens en costume froissé se déplaçaient comme des fantômes au milieu des soldats américains, dont certains étaient carrément endormis à même le sol, malgré la dureté du carrelage et le vacarme des armes automatiques. Il fallait parfois enjamber un marine assoupi pour progresser dans un couloir.

Un soldat posté à une fenêtre cessa un moment de tirer pour consommer une ration militaire, tandis que deux de ses camarades descendaient l'escalier chargés d'un énorme seau suspendu à une perche. Malgré le plastique qui protégeait le récipient, l'odeur de merde était parfaitement identifiable.

— Désolé, je sais que ça pue, mais il n'y a pas d'eau courante, leur expliqua Martinez. Le bureau du commandant est au premier étage.

Carrie le remercia et s'engagea dans l'escalier tout en ôtant son hijab et en secouant ses longs cheveux blonds. Les soldats la regardèrent passer, stupéfaits, comme si elle venait d'une autre planète. L'un d'eux émit un sifflement d'admiration.

Elle avait presque envie de lui répondre, mais le souvenir de Dempsey l'en empêcha. C'était comme la douleur d'un membre amputé. Elle frissonnait et avait envie de vomir. L'effet des médicaments ? Je n'y arriverai jamais, pensa-t-elle, et pourtant il fallait tenir, elle n'avait pas le choix. Ce n'était pas seulement sa mission, c'était tout le cours de la guerre qui était en jeu.

Une fois à l'étage, elle demanda son chemin à deux marines qui la dévisagèrent d'un air ahuri puis lui indiquèrent un bureau signalé par un écriteau de fortune collé sur le mur : « Lieutenant-colonel Joseph Tussey, 3e bataillon, 8e régiment, USMC ». Il n'y avait même pas de porte. Accompagnée par Virgil et Warzer, Carrie frappa contre la paroi et entra.

Assis derrière un bureau métallique, le lieutenant-colonel était un homme de taille moyenne, un mètre soixante-quinze environ, avec des yeux bleu pâle aux reflets de glace. La coupe de cheveux en brosse réglementaire des marines masquait en partie sa calvitie naissante. Une carte de Ramadi couverte de punaises de couleur était accrochée au mur derrière lui. Il observa ses visiteurs avec une expression qui les fit se sentir à peu près aussi bienvenus qu'une invasion de sauterelles.

— Bonjour, colonel. Je suis Carrie Mathison. Voici Virgil Maravich et Warzer Zafir. Nous travaillons en liaison avec...

Elle voulait mentionner Dempsey, mais les mots restèrent coincés dans sa gorge. Face à cet officier qui les toisait d'un œil mauvais, mieux valait ne pas éclater en sanglots comme une fillette en détresse.

— Qu'est-ce que vous foutez au milieu de mon champ de bataille ? assena Tussey. Mes hommes ont autre chose à faire que jouer aux nourrices.

— On ne vient pas pour se faire chaperonner, colonel, mais nous avons besoin de quelques-uns de vos hommes et d'un drone.

— Je ne sais pas pour qui vous vous prenez, mais moi j'ai une putain de bataille sur les bras. Alors non seulement je n'ai rien à vous offrir, mais vous avez sacrément intérêt à vous tenir à carreau jusqu'à ce que nous trouvions un moyen de vous évacuer de Ramadi – je n'ai pas besoin de zigotos dans les pattes. Rompez !

Sur ce, il se remit à taper sur son ordinateur portable.

Warzer commença à se diriger vers la sortie, mais Carrie lui fit signe de ne pas bouger. Au bout d'une minute, Tussey leva de nouveau les yeux.

— Qu'est-ce que vous foutez encore ici ? J'ai dit : « Rompez ! » aboya-t-il d'un ton menaçant.

— Je suis désolée, colonel, insista Carrie, mais je vais avoir besoin de votre aide. Il me faut au moins deux pelotons. Et un moyen de communication, un système sécurisé qui me permette de contacter Bagdad et Langley au plus vite.

— Écoutez, mademoiselle Duschmock, vous dégagez de mon bureau, ou je vous fais arrêter sur-le-champ. Et si vous trouvez que ça pue, ici, attendez de voir votre cellule...

Carrie fit signe à Virgil et à Warzer de sortir. Une fois qu'ils eurent quitté la pièce, elle fit le tour du bureau et se planta devant Tussey.

— Je comprends parfaitement votre position, colonel, et croyez-moi, je n'ai pas la moindre envie de me battre avec vous. Mais avant de nous jeter dans votre cachot puant, laissez-moi contacter le général Casey, commandant des forces de la coalition, pour qu'il vous donne lui-même l'ordre de coopérer. De toute façon, une fois que vous aurez écouté mon histoire, vous allez faire des pieds et des mains pour me fournir ce dont j'ai besoin.

Tussey soupira bruyamment.

— Eh bien, ma petite dame, il y a une chose qu'on ne peut pas nier, c'est que vous avez des couilles. Asseyez-vous, dit-il en désignant une chaise pliante en métal.

— Ma mission est top secret, colonel. Mais je peux quand même vous dire qu'il y a environ sept heures nous avons localisé les deux principaux dirigeants d'Al-Qaïda en Irak, Abou Nazir et Abou Oubaïda, les chefs des insurgés qui sont en train d'essayer de liquider vos soldats en ce moment même. Ils sont un peu plus à l'ouest, dans l'usine de porcelaine du quartier Al-Ta'mim, sur la route numéro 10. Si vous me fournissez le nécessaire, nous pouvons les éliminer.

— Juste comme ça ? dit-il en claquant des doigts.

— Oui, comme ça.

— Comment savez-vous qu'ils sont là-bas ?

— Nous avons un agent double sur place, un autre responsable d'AQI. Il se fait interroger par Abou Nazir en personne. Nous l'avons localisé grâce au portable que nous lui avions fourni.

— Abou Nazir ? Vous voulez dire le fameux Abou Nazir ?

— Oui.

— Et Abou Oubaïda aussi ? Comment savez-vous qu'il est à Ramadi ?

— Je l'ai aperçu moi-même dans le souk, hier. Nous avons aussi mis sur écoute la maison de notre agent double. C'est Abou Oubaïda qui est venu le chercher cette nuit.

— Vous l'avez vu au marché ? Vous vous baladez comme une touriste avec votre petite gueule d'Américaine et vous êtes encore en vie ?

— J'étais déguisée, dit-elle en sortant son *abaya* de son sac. Vous seriez surpris de voir à quel point une femme en *abaya* passe inaperçue dans cette région du monde, colonel.

Tussey grimaça.

— Mouais, peut-être. Mais sept heures, c'est bien long. Si ça se trouve, ils sont déjà à la frontière syrienne.

— Sauf s'ils veulent mener à bien leur interrogatoire, ça prend du temps. Ils sont toujours là.

— Comment le savez-vous ?

— Parce que le portable n'a pas bougé, dit-elle en se penchant vers lui. Allez, colonel, j'ai besoin de vos hommes. Abou Nazir et Abou Oubaïda sont d'une intelligence redoutable. Sans eux, ces moudjahidin qui vous tirent dessus seront complètement désemparés. Ils finiront par se disperser dans la nature.

— Oui, mais peut-être que le téléphone portable n'a pas bougé parce qu'ils l'ont abandonné sur place, et le cadavre de votre agent double avec. Et si c'était un piège ?

Carrie hésita un instant avant de répondre, contemplant la brèche béante dans le mur de son bureau à la place de ce qui était jadis une fenêtre. Elle était inondée de soleil et la température grimpait. La puanteur en provenance du rez-de-chaussée était indescriptible. Comment faisaient-ils pour supporter ça ?

— Un piège, oui, c'est tout à fait possible, admit-elle. Mais Abou Nazir et son bras droit sont responsables de la mort de centaines d'Américains. C'est notre meilleure chance de les coincer.

— C'était qui déjà, l'agent de liaison avec qui vous avez travaillé ?

— Le capitaine Dempsey, Ryan Dempsey, un marine, dit-elle, sans réussir à réprimer le tremblement de sa voix. Task Force 145.

— Je le connais. Où est-il ? Pourquoi n'est-il pas avec vous ?

— Il a été tué ce matin. Sur la route numéro 11, à l'entrée de Fallujah. Je viens moi-même de l'apprendre il y a une heure seulement.

Ses mains tremblèrent.

— J'avais des infos urgentes à transmettre à Langley et au quartier général des Forces américaines en Irak, et nous n'avions pas de portable ni de liaison Internet. C'est ma faute, c'est à cause de moi s'il est mort.

Elle serra les mâchoires et fit un effort immense pour ne pas craquer.

— Je vous jure que son sacrifice n'aura pas été vain.

Tussey se leva.

— Un vrai marine, dit-il en posant la main sur l'épaule de Carrie tandis qu'il se plantait devant la carte pour étudier le site de la fabrique de porcelaine.

Il se tourna vers elle.

— De combien d'hommes dispose Abou Nazir sur place ?

— Je ne sais pas, peut-être dix, peut-être une centaine.

— Je ne peux pas vous donner deux pelotons. À vrai dire, je ne devrais même pas me permettre de vous allouer quatre hommes, mais je vais vous en donner huit, une escouade. Au risque d'en perdre la moitié en chemin, sitôt sortis d'ici, marmonna Dempsey.

— Et un Predator, c'est possible ? demanda Carrie.

Un drone Predator armé de missiles Hellfire contribuerait à rendre l'affrontement moins inégal, même si elle ne disposait que de huit hommes.

— Ça, c'est du ressort de vos collègues de l'Agence ou bien de l'armée de l'air. Si vous êtes vraiment dans les petits papiers du quartier général, vous devriez pouvoir obtenir votre drone. Mais à votre place je ferais vite, très vite. Les *hajis* ont intensifié leurs attaques de manière exponentielle. Il se prépare un truc énorme pour bientôt, très bientôt.

L'usine de porcelaine, ou plutôt ce qu'il en restait, était un bâtiment de grès sur un grand terrain vague à un kilomètre au sud du barrage de Ramadi, une structure d'acier et de béton qui traversait le canal de l'Euphrate. Une clôture grillagée fixée sur une base en béton protégeait les installations. Le grillage était troué par endroits. La journée était chaude. Une brise légère soufflait, charriant de la poussière du désert.

Carrie était accompagnée par le sergent Billings, un grand gaillard issu d'une ferme du Montana, avec des épaules aussi larges que le dôme granitique du parc Yosemite. Ils s'étaient déployés dans les ruines d'une maison en face de l'usine, juste de l'autre côté de la route, tandis qu'une deuxième unité de quatre hommes était positionnée derrière le grillage, au-delà du bâtiment. Deux autres soldats étaient restés dans le Humvee derrière eux, un à la mitrailleuse et l'autre au volant. Dès le début de l'assaut, ils bloqueraient la route pour empêcher les terroristes de s'échapper.

Mais une chose préoccupait Carrie : on ne voyait pas trace des moudjahidin. Si Abou Nazir et Abou Oubaïda étaient dans les parages, ça aurait dû grouiller de combattants d'Al-Qaïda. Or les lieux semblaient déserts. Quel était le problème ? Était-elle arrivée trop tard ?

Et pourtant ils étaient bien là. Virgil avait activé sur le portable de Roméo un logiciel qui leur permettait d'entendre tout ce qui se disait à proximité immédiate de l'appareil. Certes, la portée de ce dispositif était limitée à un mètre ou deux, mais cela suffisait pour savoir que les terroristes étaient en plein milieu d'un interrogatoire.

Virgil avait remis à Carrie une oreillette connectée à son ordinateur portable. Quelqu'un – peut-être Abou Oubaïda, peut-être même Abou Nazir en personne – posait des questions à Roméo.

Ses réponses étaient entrecoupées de cris de douleur.

— Alors cette femme est une sale putain de la CIA ?

La voix qui prononçait ces paroles ressemblait énormément à celle d'Abou Oubaïda sur la vidéo de la maison de Roméo.

— Elle ne l'a jamais confirmé ouvertement, mais oui, c'est ce qu'elle a laissé entendre.

Et ça, c'était bien la voix de Roméo-Walid, Carrie en était certaine.

— Elle s'appelle comment ?

— Je ne sais pas, répondit Walid avant de pousser un cri atroce.

— On te demande son nom !

— Aaaahhhh ! Je vous en supplie, si je le savais, je vous le dirais. Je le jure, balbutiait Walid.

— Arrête de blasphémer ! Dis-nous son nom !

— Aaaahhhh ! Arrêtez, je vous en supplie ! Aaaahhhh ! Je ne connais que son nom de code, Dhahab. Arrête, je t'en prie, mon frère !

— Dhahab ? Quel rapport avec l'or ?

— À cause de la couleur de ses cheveux, elle est blonde. Je ne connais que son nom de code.

— Décris-la.

— Elle est américaine, elle a de longs cheveux blonds, les yeux bleus, elle fait environ un mètre soixante-cinq. Elle est mince, peut-être cinquante kilos, pas plus.

— Qu'est-ce qu'elle voulait ?

— Des informations sur toi et sur Abou Nazir. Mais je ne lui ai rien dit, rien du tout !

— Tu mens ! dit l'interrogateur.

Il y eut de nouveau des cris. Ça n'en finissait pas. Carrie ôta son oreillette. C'était donc bien Abou Oubaïda qui menait l'interrogatoire. Roméo avait dit explicitement : « Des informations sur toi et sur Abou Nazir. » Il n'y avait donc aucun doute.

— Qu'est-ce que vous en pensez ? demanda-t-elle à Virgil et à Warzer.

Tous deux, à plat ventre, observaient l'usine à la jumelle.

Virgil fit la moue.

— Tu as entendu la même chose que moi. Ils sont là, apparemment. Sauf que je n'arrive pas à voir quoi que ce soit. Il y a quelque chose qui cloche, ce n'est pas possible.

— On est arrivés trop tard. Ça devrait grouiller de types d'Al-Qaïda. Il devrait au moins y avoir quelqu'un pour surveiller la route. Mais il n'y a pas un chat, observa Warzer.

— Alors vous croyez tous les deux que c'est un piège ?

Virgil hocha la tête, imité par Warzer.

— Et vous, sergent ?

Billings cracha un gros jet de salive brune mêlée de tabac à chiquer sur un tas de briques.

— Ici, c'est le Far West, madame. Alors si vous ne voyez pas les Indiens, vous pouvez commencer à vous inquiéter.

— Tout le monde est d'accord, je vois. C'est aussi ce que je pense. On envoie un Predator ?

— Tu réalises que si Roméo est encore en vie,

il va être liquidé avec les autres ? lui demanda Virgil.

Carrie y réfléchit un instant. Elle pensa à Walid, à Shada, son épouse, à sa mère, à leurs enfants, Farah et Gabir, bientôt orphelins. Je suis une messagère de mort, j'apporte la mort à tous ceux que j'approche.

— Roméo fait partie d'Al-Qaïda. À partir du moment où je l'ai rencontré, ce salopard a mis un pied dans la tombe.

La phrase fit sourire Billings, qui fit un signe au soldat de première classe Williams, l'opérateur radio, un jeune Noir efflanqué de vingt ans. Williams passa le récepteur à Carrie et lui montra sur quel bouton appuyer.

— Ici Thelonious One. Cannonball au contact, dit-elle.

À sa demande, ils utilisaient des noms de jazzmen comme noms de code.

— Ici Cannonball, Thelonious One, répondit une voix saturée de parasites sur la liaison satellite cryptée.

— La voie est libre, Cannonball. Bien reçu ?

— Bien reçu, Thelonious One. Couvrez-vous.

— OK. Terminé, dit-elle en rendant le récepteur à Williams.

Elle se couvrit la tête avec ses bras et se pelotonna sur le sol rocailleux. Ses compagnons l'imitèrent. Les secondes qui les séparaient de l'attaque s'écoulaient avec une lenteur insupportable.

Les choses ne se passaient pas vraiment comme elle l'avait prévu au moment où elle avait contacté Saul par radio satellite depuis l'édifice du centre administratif. Elle avait d'abord essayé le numéro de son bureau, sans succès, et avait fini par appeler son portable. Il était 10 heures du matin à Ramadi, soit 2 heures du matin en Virginie. Saul avait décroché à la quatrième sonnerie.

— Berenson, avait répondu une voix transie de sommeil.

— Saul, c'est moi.

— Tu m'appelles d'où j'imagine que tu m'appelles ?

Il voulait sans doute dire Bagdad.

— Pire que ça.

Elle lui avait transmis ses infos et lui avait expliqué ce dont elle avait besoin, y compris l'autorisation du QG des Forces américaines en Irak pour lancer une attaque de drone.

— Tu peux bloquer la visite de tu-sais-qui ?

À savoir la secrétaire d'État Bryce.

— C'est peut-être trop tard. Mais comment ils ont fait pour être au courant ?

— Tu te rappelles cette histoire du panier de crabes que tu m'as racontée pendant ma formation ?

Saul lui avait dit que dans le milieu claustrophobe du renseignement les agents tendaient à se marcher les uns sur les autres comme des crabes dans un panier.

— Alors quand il y a ce genre de dynamique, c'est pratiquement impossible de préserver un secret.

— Tu peux stopper tout ça ?

Il faisait probablement allusion aux attentats.

— Je suis obligée. Saul, Dempsey est mort.

Il y avait eu un long moment de silence sur la ligne. Vas-y, demande-moi si c'est moi qui l'ai tué, ne te gêne pas. Finalement, Saul avait repris la parole :

— Et toi, comment tu vas ?

— Bien, je vais très bien.

Un beau mensonge.

— Tu es une dure à cuire.

— Saul, je l'ai vu. De mes propres yeux.

— Tu veux dire Alpha Omega ?

Alpha Omega, c'était Abou Oubaïda.

— Et le grand sachem ?

Il parlait d'Abou Nazir.

— Le premier seulement. On touche au but.

— Et ton informateur ?

— Je crois qu'il ne va pas s'en sortir.

Soudain une déflagration assourdissante retentit à hauteur de l'usine. Le sol trembla et un monceau de débris s'éleva dans les airs, enveloppé par un immense nuage de fumée. Quelques secondes plus tard, il y eut une seconde explosion tout aussi puissante. Et puis plus rien.

Les oreilles de Carrie bourdonnaient. L'odeur d'explosif était omniprésente et, lorsqu'elle releva enfin la tête, elle ne vit d'abord qu'un rideau de fumée et de poussière. Elle commença pourtant bientôt à distinguer ce qui restait de l'usine : presque rien. Le toit et les murs criblés de balles s'étaient volatilisés. Il n'y avait plus que des gravats et des fragments de grillage.

Virgil était en train de lui dire quelque chose, mais elle ne parvenait pas à l'entendre. Il se leva et lui fit signe de le suivre. Compris : il fallait qu'ils se rendent sur le site de l'impact pour identifier les corps et voir s'ils avaient éliminé les bonnes cibles.

Après tout le mal que nous nous sommes donné, j'espère qu'on a au moins liquidé Abou Oubaïda, pensa-t-elle. Quant à Abou Nazir, ce serait un vrai miracle. Ça nous récompenserait au centuple de nos efforts. Virgil, Warzer, Billings et Williams traversèrent la route, prêts à faire feu à la moindre alerte, guettant de tous côtés la possible apparition d'un moudjahid.

Ils s'avancèrent prudemment au milieu des ruines fumantes. Le sol de l'usine était jonché de blocs de béton, de débris de porcelaine et de machines. Le toit avait complètement disparu, laissant voir le ciel bleu obscurci par la fumée. Soudain, ils entendirent une voix qui parlait en arabe. Au début, Carrie n'arrivait pas à distinguer ce qu'elle disait, mais en s'approchant elle finit par comprendre : c'était la voix d'Abou Oubaïda et les cris de Roméo, l'interrogatoire qu'ils avaient écouté sur l'ordinateur portable de Virgil. Warzer poussa un grand cri. Ils s'approchèrent et elle vit le torse carbonisé d'un homme décapité, un Irakien d'après ses vêtements. Quelques mètres plus loin, sa tête gisait au milieu des décombres, presque intacte malgré ses brûlures.

Roméo. Quelqu'un lui avait fiché son portable dans la bouche. À côté de la tête coupée, un dictaphone numérique calciné de marque Sony recrachait l'interrogatoire de Roméo.

— Contactez-le. Aaaahhhh ! Il vous le dira lui-même...

— C'est sûr qu'il me le dira, mais à quoi ça me servira ? Je veux que ça soit toi qui me le dises.

— Mais il est... Aaaaahhhhhh !

Virgil s'agenouilla et éteignit l'appareil.

— *Ya Allah,* murmura Warzer.

Carrie réfléchit intensément. Qui leur dirait quoi ? À qui Roméo faisait-il allusion ? Elle se retourna et toucha le cadavre. Il était déjà complètement rigide.

D'habitude, il faut environ quatre heures pour que le corps d'un défunt atteigne l'état de rigidité cadavérique. Mais avec la chaleur du désert, une fois le soleil levé, le processus avait sans doute pris moins de temps. Ce qui voulait dire que Roméo avait probablement été tué vers 2 heures ou 3 heures du matin. Pendant ce temps, ses camarades fouillaient les décombres, sans trouver le moindre reste humain.

Virgil ôta sa casquette d'uniforme et se gratta la tête.

— Putain, mais qu'est-ce que ça veut dire ?

Pour sa part, Carrie n'avait plus aucun doute. C'était un piège.

— On dégage ! Il faut sortir d'ici tout de suite ! Courez !

Les deux marines se précipitèrent vers la route.

— Non ! De l'autre côté ! leur cria Carrie.

Tout d'un coup, comme par magie, un groupe de moudjahidin surgit de tranchées bien camouflées qu'ils avaient creusées autour de l'usine. D'autres apparurent par dizaines des édifices et des ruines alentour, déchargeant leurs kalachnikovs sur Carrie et ses compagnons. Billings et Williams ripostèrent, puis coururent en direction de Carrie. À cet instant, Carrie perçut la flamme d'un lance-roquettes et eut juste le temps de plonger à terre. En explosant, la roquette finit de pulvériser ce qui restait d'un lavabo en porcelaine.

Tel un essaim d'abeilles meurtrières, les balles sifflaient et ricochaient sur la ferraille et les armatures de métal du toit détruit. Carrie se redressa et commença à courir à perdre haleine, comme jadis sur la piste du stade universitaire. Elle sentait les autres courir derrière elle. Le déluge mortel était implacable. Impossible d'en réchapper, pensa-t-elle.

Ils entendirent un tir de mitrailleuse en provenance de la route, quelque part derrière eux. Dieu merci, les deux marines restés dans le Humvee commençaient à canarder les moudjahidin.

Un peu plus loin, elle aperçut un des quatre soldats postés derrière le grillage, de l'autre côté de l'usine. Il leur fit signe. Ses trois camarades s'efforçaient de couvrir leur fuite sous un feu nourri de M4, de grenades et de mitrailleuse légère. Elle entendit les cris et les malédictions des moudjahidin fauchés par les rafales des marines. Elle commençait tout juste à reprendre espoir lorsqu'elle entendit Virgil crier derrière elle.

— Je suis touché !

32

Balad Air Base, Iraq

C'est le première classe Williams qui leur sauva la vie en contactant le Predator qui planait au-dessus d'eux, trop haut dans le ciel pour être vu ou entendu. Carrie et Warzer, couverts par le sergent Billings, traînaient Virgil jusqu'à la clôture derrière laquelle étaient embusqués les marines. Soudain ils entendirent les déflagrations des deux derniers missiles Hellfire lancés par le drone, qui pulvérisèrent les édifices d'où la plupart des moudjahidin leur tiraient dessus.

Quant aux terroristes qui les avaient poursuivis dans l'enceinte de l'usine, ils étaient désormais pris dans le feu croisé de la mitrailleuse du Humvee et des marines postés derrière le grillage.

Une vingtaine de moudjahidin quittèrent les ruines où ils étaient embusqués et se ruèrent vers le Humvee, mais ils furent eux aussi fauchés par la mitrailleuse. Heureusement que Billings avait eu la bonne idée de distribuer ses hommes des deux côtés du bâtiment, pensa Carrie. C'était la première fois qu'elle respirait librement depuis leur incursion dans l'usine de porcelaine.

Virgil était blessé à la jambe et saignait abondamment. Il y avait un risque qu'une artère soit touchée. Le sergent Billings se servit de son poignard pour découper son pantalon et entoura sa jambe d'un garrot, mais il avait besoin d'une aide médicale d'urgence. Au bout de quelques minutes, la puissance de feu des moudjahidin avait suffisamment décliné pour qu'ils puissent faire transporter Virgil en Humvee jusqu'à Camp Snake Pit, un poste avancé rudimentaire délimité par une enceinte de sacs de sable en plein désert, de l'autre côté du canal. De là, le blessé fut embarqué dans un hélicoptère Huey, avec un des marines touché par des éclats de roquette. Carrie les accompagnait, mais il n'y avait plus assez de place pour Warzer, qui serait évacué dans le prochain hélicoptère.

L'appareil décolla dans un nuage de poussière. Étourdie par le vacarme du rotor, Carrie vit le camp s'éloigner sous eux. Elle était assise à côté de Virgil, qui était étendu sur une civière. Le marine gisait à même le sol, surveillé par un compagnon d'armes. Un tireur était posté au coin de la porte ouverte, d'où on observait la ville couleur de sable et l'angle aigu formé par la confluence de l'Euphrate et du canal. L'hélicoptère s'inclina et suivit le fleuve vers l'est en direction de Bagdad.

— On va mettre à peu près combien de temps ? demanda Carrie au marine.

Elle devait pratiquement hurler pour se faire entendre et le vent qui pénétrait par la porte ouverte fouettait les pans de son uniforme et les mèches de cheveux qui s'échappaient de son casque.

— Pas longtemps, madame. Tout va bien se passer.

Le marine montra du doigt Virgil.

— Je lui ai donné de la morphine.

— Comment tu te sens ? demanda-t-elle à Virgil. Il grimaça.

— Avec la morphine, ça va mieux. Je n'imaginais pas souffrir autant, c'est incroyable.

— Je suis désolée. On savait bien que ça risquait d'être un piège.

— On n'avait pas le choix. Pas question de laisser passer la moindre chance de liquider Abou Nazir et Abou Oubaïda. Mais c'est dommage pour Roméo. S'il était toujours vivant, il aurait pu nous être utile.

Le visage de Carrie se rembrunit.

— Roméo jouait double jeu. Il travaillait autant contre nous que pour nous.

Elle se pencha vers Virgil.

— Je crois que c'est lui qui est responsable de la mort de Dempsey.

— Qu'est-ce qui te fait penser ça ?

— Il nous avait livré des infos importantes et il savait que nous n'avions pas les moyens de les transmettre par téléphone depuis Ramadi. La portée des radios de campagne est trop limitée et le centre administratif était assiégé par Al-Qaïda. Il a dû deviner que nous allions envoyer quelqu'un à Bagdad. Le sort de Dempsey a été scellé dès la fin de notre rendez-vous dans la maison de thé.

— Mais en quoi sa mort leur était-elle utile ?

— Je ne sais pas. Ça n'a pas de sens vu qu'ils n'en avaient pas besoin pour nous tendre un piège. Il y a autre chose dans cette histoire, mais je ne comprends pas quoi.

— On a attendu trop longtemps. Nous aurions dû attaquer juste après la capture de Roméo.

— Oui, mais comment ? Impossible de se déplacer dans la ville en pleine nuit. Et on n'aurait certainement pas pu y arriver sans l'aide des marines. Ça ne sert à rien de refaire l'histoire. Enfin, au moins, tu t'en es sorti vivant. Ta famille sera contente.

Virgil grimaça.

— Ma famille s'en fout complètement. Et je ne lui en veux pas. Carlotta et moi, nous sommes séparés depuis plusieurs années et Rachel ma fille est convaincue que je suis le pire père du monde. Elle a raison, d'ailleurs, je n'ai jamais vraiment eu le temps de m'occuper d'elle.

— En tout cas, maintenant, tu vas avoir du temps. C'est peut-être l'occasion de recoller les morceaux.

— À quoi bon ? Pour les laisser tomber à la prochaine mission ? Elles auraient bien tort de m'accepter de nouveau dans leur vie.

Virgil saisit le bras de Carrie.

— Tu sais bien qu'on est des junkies drogués à l'action. Ne te laisse pas embarquer là-dedans, Carrie. Laisse tomber tant qu'il en est temps. Aux opérations clandestines, je ne connais aucun agent dont le mariage ait résisté. Pourquoi tu crois que tout le monde couche à droite et à gauche ?

— N'exagère pas, dit-elle en lui tapotant l'épaule. Au moins, nous sommes utiles. Sans nous, le pays serait aveugle. Et ça ne sert à rien d'être fort si tu n'y vois rien.

— C'est ce qu'on se raconte. Écoute, Carrie, si Dempsey est mort, ce n'est pas ta faute.

— Mais si, c'est ma faute, c'est moi qui l'ai tué.

— À cause de Roméo ? Aïe, merde, ça fait mal, dit Virgil en essayant d'étendre sa jambe.

— Non, à cause d'Abou Oubaïda. Il avait des soupçons sur Roméo et il est assez malin pour se douter que nous allions essayer d'envoyer quelqu'un à Bagdad.

— Tu ne peux pas tout prendre sur toi, Carrie. Ramadi est un champ de bataille. Dempsey savait dans quoi il s'embarquait. C'est Saul qui l'avait choisi pour cette mission.

— Peut-être, dit-elle en regardant le paysage par la porte ouverte.

Le soleil illuminait la surface du lac Habbaniya, qui chatoyait comme un miroir bleu au milieu du désert.

— Tu parlais de coucher à droite et à gauche. Tu crois que c'est ça qui est arrivé à Fielding, que c'est pour ça qu'il était avec Rana ? Il devait pourtant connaître les risques.

— Je ne sais pas pourquoi Fielding... Ah !

Une secousse de l'hélicoptère le fit hurler de douleur.

— Je ne comprends vraiment pas ce qui lui est passé par la tête. Ça te travaille toujours ?

— Cette histoire de suicide, je n'y crois pas.

— Écoute, dit-il en lui serrant le bras, ce pays est au bord de l'abîme, et l'intervention américaine avec. Concentre-toi là-dessus. Moi, je suis hors de combat. Tu es la seule à pouvoir éviter la catastrophe.

Elle hocha la tête et resta assise sans rien dire, sa main dans la sienne, jusqu'à ce qu'ils aperçoivent la longue piste de la base aérienne de Balad.

Une ambulance militaire les transporta jusqu'à l'hôpital de la base. Une fois que Virgil eut été pris en charge, Carrie appela Saul depuis le bureau de l'infirmière en chef. Il était 15 heures, soit 7 heures du matin en Virginie. Saul était en voiture, sur le chemin de Langley. Elle lui expliqua la situation de Virgil afin qu'il prenne les dispositions nécessaires. Dès que sa condition serait stable, il serait transféré en Allemagne, à l'hôpital militaire de la base aérienne de Ramstein, avant d'être rapatrié aux États-Unis.

— Tu es toujours opérationnelle ? lui demanda Saul.

Il avait dû être secoué par ce qui était arrivé à Virgil.

— Arrête tes conneries, Saul. Je ne suis pas une pauvre petite fille et tu parles sur une ligne ouverte. Où on en est du côté de Bravo ?

Bravo était le nom de code de la secrétaire d'État Bryce et de sa visite à Bagdad.

— Tu as pu faire annuler ?

— Bill et David la voient aujourd'hui.

OK, au moins une raison de souffler un peu. Ils avaient mis sur le coup David Estes et Bill Walden, le directeur en personne. Ils prenaient vraiment la chose au sérieux.

— Saul, Roméo est mort.

Il y eut un moment de silence, entrecoupé par un klaxon. Probablement un crétin sur Dolley Madison Boulevard ou Dieu sait où.

— Et Tralalère et Tralali ?

Ces deux personnages de Lewis Carroll étaient les noms de code respectifs d'Abou Nazir et d'Abou Oubaïda.

— Désolée, ça n'a pas marché.

Que pouvait-elle ajouter ? Saul avait dû sacrément accuser le coup. Ils avaient raté l'occasion de faire d'une pierre deux coups.

— Sur le reste, je t'envoie un Aardwolf.

Un Aardwolf, dans le jargon de la CIA, est un rapport ultra-prioritaire – un type de document d'une telle urgence qu'il doit atterrir sur le bureau du directeur moins d'une heure après son arrivée à Langley.

— Je vais alerter Beanstalk, dit Saul.

S'il était contrarié par son échec à Ramadi, il ne le montrait pas. Beanstalk, « Tige de haricot », était le sobriquet de Perry Dreyer, chef de poste de la CIA à Bagdad. C'est lui qui avait mis Dempsey à leur disposition, et elle l'avait tué. Carrie était prête à accepter que Dreyer lui en veuille à mort, même s'il connaissait sans doute mieux que personne la réalité du terrain en Irak et la situation à Ramadi. Rien à voir avec les conneries qu'on raconte dans les discours officiels.

— Écoute, Carrie, tu es sûre que c'est de l'info opérationnelle ? demanda Saul.

Il nourrissait donc des doutes sur le sérieux de ses infos. Sauf que sa question n'était pas dépourvue de sens. L'unique source de Carrie était Roméo. Or non seulement l'Irakien jouait double jeu, mais c'était un salopard d'Al-Qaïda. Pourtant, elle l'avait observé avec ses enfants. Il les adorait, et il savait fort bien que si les marines se montraient trop généreux avec sa famille, Abou Nazir et Abou Oubaïda le sauraient sur-le-champ. Roméo savait aussi que si les attentats n'avaient pas lieu d'ici une semaine, Carrie en conclurait qu'il avait menti et réagirait en conséquence. Ses infos devaient donc être fiables. Le fait même qu'il ait été décapité et qu'ils aient tué Dempsey tendait à prouver qu'Abou Oubaïda connaissait la trahison de Roméo.

À un moment donné, au cours de cette longue nuit, avant leur arrivée à l'usine de porcelaine, Roméo avait cédé sous la torture. Si ses infos avaient été fausses, ses tortionnaires l'auraient juste passé à tabac mais l'auraient maintenu en vie pour pouvoir l'utiliser. Grâce à lui, ils auraient pu continuer à leurrer Carrie avec de l'intox, et peut-être même l'attirer dans un autre piège.

C'était un indice plutôt fragile, mais elle n'en avait pas d'autre.

— Hyper-opérationnelle, répondit-elle à Saul avant de raccrocher. Occupe-toi des préparatifs. Moi, je file à Golf Zoulou.

Golf Zoulou, c'était la Zone verte à Bagdad.

Elle prit congé de Virgil et essaya de contacter

Warzer par texto. Elle espérait qu'il avait pu s'embarquer en hélicoptère à destination de Camp Victory, près de l'aéroport de Bagdad, et gagner la Zone verte.

« Comnt va v ? » lui répondit Warzer pour demander des nouvelles de Virgil.

« Bien. Tu es rentré ? Faut k'on s voie. »

« Suis rentré. RV tour horloge mon quartier fajr – 2. » Dieu soit loué, il est rentré sain et sauf à Bagdad. Pour la première fois depuis des jours, elle se sentit le cœur plus léger.

Il lui avait dit que sa famille habitait Adhamiya, un quartier sunnite de la rive est du Tigre. La tour de l'Horloge, c'était sans doute près d'une mosquée ou d'une place importante. « Fajr », c'était la prière de l'aube et le signe « – 2 » visait à brouiller les pistes, mais signifiait en réalité deux heures après le premier appel du muezzin, soit 8 heures du matin.

Une demi-heure plus tard, elle s'embarqua dans un nouvel hélicoptère après s'être acheté un sandwich dans le minicentre commercial de la base, qui accueillait des Subway, Burger King et Pizza Hut. La majorité du personnel américain de la base vivait dans une bulle, comme s'il n'avait jamais quitté le sol des États-Unis.

À l'extérieur, des colonnes de fumée noire montaient des fosses où l'on incinérait les ordures de la base. Il faisait presque nuit et l'hélicoptère projetait une ombre gigantesque sur le tarmac. Vu d'ici, Ramadi semblait irréel, comme si la ville martyre irakienne appartenait à un univers parallèle.

L'hélicoptère décolla et commença à voler à basse altitude en suivant la route numéro 1, au sud de Bagdad. Il n'y avait pas beaucoup de circulation à cette heure déjà tardive, rouler de nuit étant beaucoup trop dangereux. Alors qu'ils survolaient la périphérie de la ville, elle réalisa soudain que, vue d'en haut, Bagdad était couverte d'une mer de palmiers. À la lueur du soleil couchant, le Tigre se teinta de rouge et d'or.

33

Adhamiya, Bagdad, Irak

Perry Dreyer l'attendait dans les locaux du centre de convention. La porte de son bureau – à quelques mètres de celui de l'USAID, où Carrie avait fait la connaissance de Dempsey – portait l'inscription « SERVICE D'AIDE AUX RÉFUGIÉS ».

À la réception, une jeune Américaine, la trentaine, en jupe de tailleur et chemisier blanc, observa d'un air désapprobateur son uniforme de marine crasseux, sa chemise maculée du sang de Virgil, son visage mal lavé, ses cheveux en bataille et son sac à dos en bandoulière. Va te faire foutre, pensa Carrie. Si tu crois que c'est ça, l'Irak, ma chérie, sors un peu de la Zone verte et va voir à Ramadi...

Après avoir parlé à son chef, la réceptionniste pria Carrie de la suivre. Elles traversèrent un open-space plein d'employés de la CIA concentrés sur leurs ordinateurs et parvinrent au bureau de Dreyer. Le chef de poste de l'Agence de Bagdad était un homme au tempérament électrique, vêtu d'une chemise à carreaux, avec des cheveux bouclés et des lunettes cerclées d'acier. Il lui fit signe de s'asseoir.

— Comment va Virgil ?

— Bien. La balle a touché son artère fibulaire, mais on a arrêté l'hémorragie à temps. Dès que son état sera stable, il sera transféré à Ramstein, puis rapatrié.

Il hocha la tête en contemplant les taches de sang sur la chemise de Carrie.

— Et vous, ça va ?

— Pourquoi vous me demandez ça ?

— Pas de blessures par balle ? Tout va bien ?

— Pas vraiment. Dempsey est mort, Virgil est hors de combat et nous avons perdu Roméo. Donc, non, on ne peut pas dire que « tout va bien ». Mais je suis toujours opérationnelle, si c'est ça qui vous chiffonne.

— Houla, dit-il en levant la main, on se calme, Carrie. Ne vous braquez pas comme ça. Ce n'est pas Saul qui vous a imposée ici, c'est moi qui voulais travailler avec vous. Et je ne me suis pas trompé. Ce que vous avez accompli en quelques jours en Irak relève presque du miracle. Alors relax. Et vous pouvez m'appeler Perry.

Elle se tassa sur sa chaise.

— Désolée, mais depuis la mort de Dempsey je suis complètement à cran. Vous n'y êtes pour rien.

— Dempsey est tombé au champ d'honneur. Ce n'est pas la première victime de cette guerre et ce ne sera malheureusement pas la dernière. Vous allez rédiger un Aardwolf ?

Elle acquiesça.

— Bien. Je vais vous fournir un ordinateur avec un lien JWICS sécurisé.

JWICS, qu'il prononçait « jay-wicks », était l'acronyme du Joint Worldwide Intelligence Communications System, le réseau informatique de communications cryptées ultra-secrètes de la CIA.

— Peut-être que grâce à ça ces imbéciles de Washington vont enfin se réveiller. Qu'en est-il des projets d'attentat ? En quoi puis-je vous aider à ce niveau ?

— Ce politicien chiite, le nouveau Premier ministre, al-Waliki...

— Oui ?

— La secrétaire d'État Bryce n'est qu'un amuse-gueule. C'est lui, la vraie cible. S'ils arrivent à l'assassiner, ils ont leur guerre civile. Il faut que je le voie. Nous devons absolument le protéger.

Dreyer fit une moue sceptique.

— Pas si facile. Tout ça relève du Département d'État, et ils sont très jaloux de leurs prérogatives. Notre leader intrépide, l'ambassadeur Benson, a émis des instructions formelles. Il est le seul à pouvoir traiter avec al-Waliki.

Elle le regarda avec une expression d'incrédulité.

— Vous plaisantez, j'espère ? On a des marines qui baignent dans leur propre merde à Ramadi, des bombes qui pètent un peu partout et des cadavres décapités aux quatre coins du pays, l'Irak entier est au bord de l'explosion, et ce type s'adonne à des petites branlettes de bureaucrate ?

— Il est mort de trouille. Les Kurdes ont pratiquement déclaré leur indépendance, les sunnites veulent la guerre et les Iraniens se servent des chiites et de Moqtada al-Sadr pour ramasser les morceaux. Benson est un homme du Président. Nous ne pouvons pas agir sans son autorisation.

Mon Dieu, était-il vraiment possible que Dempsey, Dima, Rana et même Fielding soient morts pour rien ? L'Amérique allait-elle risquer la défaite et une hécatombe pour de petits intérêts bureaucratiques mesquins ?

— C'est pathétique.

— Totalement pathétique, admit Dreyer. Alors c'est pour quand, cette attaque ?

— D'après mon informateur, la semaine prochaine. Mais ça, c'était avant qu'Abou Oubaïda se rende compte qu'il l'avait trahi, et lui coupe la tête.

Elle se souvint alors qu'elle avait promis à Roméo de s'occuper de sa famille. Je tiendrai ma promesse, se dit-elle, mais j'ai d'abord une guerre à stopper.

Dreyer enleva ses lunettes et les essuya, ce qui atténuait un peu la sévérité de son regard.

— Carrie, Saul et moi avons la même question à vous poser : à votre avis, quand est-ce qu'Al-Qaïda frappera ?

Elle se redressa. À son arrivée, elle se sentait sale et fatiguée et ne désirait qu'une chose : une bonne douche. Mais voilà que tout d'un coup elle se sentait merveilleusement bien. Libérée de son anxiété, elle ne s'inquiétait plus pour Virgil ni pour quoi que ce soit. Merde, pensa-t-elle, une nouvelle phase hypomaniaque. Elle n'avait pas pris de clozapine depuis vingt-quatre heures. Est-ce que c'était déjà reparti ? Elle déglutit avec difficulté. Il fallait qu'elle sorte d'ici et qu'elle prenne ses comprimés. En attendant, l'important était de ne pas perdre la boussole. Heureusement, avec Perry, elle pouvait jouer franc jeu, comme avec Saul.

— Ce que tout le monde semble négliger, ce qui leur passe complètement par-dessus la tête, c'est à quel point ces types sont intelligents. Tout le monde croit avoir affaire à un tas de *hajis* un peu demeurés qui courent dans tous les sens en criant : « *Allahu akbar !* » et qui n'ont qu'une chose en tête : se faire exploser pour rejoindre les soixante-douze vierges que le Coran leur a promises. En réalité, ce sont d'excellents stratèges, alors on doit essayer d'être aussi malins qu'eux.

— Je suis d'accord, dit Dreyer en rechaussant ses lunettes. Quel est le fond de votre pensée ?

— Je n'en suis pas certaine à 100 %, mais je constate qu'Abou Oubaïda est vraiment allé très loin. D'abord Beyrouth et New York, maintenant Bagdad. Pourquoi une telle frénésie d'attentats ? Vous allez me dire, c'est un terroriste, c'est comme ça qu'il fonctionne. Mais je crois qu'il y a quelque chose qui cloche entre Abou Nazir et Abou Oubaïda. Mon informateur, Roméo, m'a laissé entendre qu'il y avait des tensions entre eux, et j'ai moi-même cette impression depuis un moment.

— Concrètement, ça voudrait dire quoi ?

— Il n'y a aucun indice qu'Abou Nazir ait même mis les pieds à Ramadi. Lors de mon premier entretien, Roméo a lâché le nom d'Haditha. Je crois que ça lui a échappé, et il a essayé de se rattraper en suggérant aussi qu'Abou Nazir

373

pouvait être à Fallujah. Sauf que Fallujah grouille de soldats américains. À mon avis, on devrait se concentrer sur Haditha.

— C'est une ville particulièrement dangereuse, dit-il en passant la main sur sa mâchoire. Et Bagdad ?

— Supposons qu'Abou Oubaïda soit derrière toute cette histoire. Je sais que ce salopard était à Ramadi, parce que je l'y ai vu de mes propres yeux. Mettez-vous à sa place. Il subodore que nous sommes au courant des attentats via Roméo, il ne lui reste donc que deux options : tout annuler – et dans ce cas, quel que soit le jeu qu'il est en train de jouer avec Abou Nazir ou avec nous, il sort perdant – ou précipiter les choses.

Dreyer se pencha vers elle.

— À vue de nez, de combien de temps disposons-nous ?

— Qu'en est-il de Bryce ? Son voyage a été annulé ?

— Son avion est déjà en route pour Bagdad, avec une escale à Amman pour rencontrer le roi Abdallah.

— Je ne comprends pas. Elle se précipite tout droit dans le piège.

— Le Président estime que sa réunion avec al-Waliki est trop importante. D'après la Maison-Blanche, c'est toute leur politique en Irak qui en jeu. Et vous savez qu'il y a des élections partielles en novembre, dit-il d'un air dégoûté.

— Ils ont pété les plombs, ou quoi ? Ils croient peut-être qu'on leur raconte des salades ?

— Laissez tomber, on n'y peut rien. On a combien de temps ?

— Quarante-huit heures maximum. À mon avis, beaucoup moins. Je parie qu'ils sont déjà en train de déployer des moudjahidin dans Bagdad. Perry, je me fous éperdument de ce que raconte l'ambassadeur. Il faut absolument que je voie al-Waliki.

— D'accord, mais j'ai besoin que vous m'en disiez un peu plus. En particulier comment et par où ils vont attaquer.

— C'est ce que je vais m'employer à découvrir.

— Faites vite.

Minuit. Carrie se réveilla en sueur. Elle avait fait un cauchemar. Pendant quelques secondes, elle ne sut plus très bien où elle était. Tout se mélangeait : Reston, Beyrouth, Ramadi, Bagdad. Le bruit d'une fusillade dans le lointain la ramena à la réalité. Elle était de retour à l'hôtel Al-Rasheed, à Bagdad.

Dans son rêve, elle était avec son père dans l'usine de porcelaine. Les moudjahidin l'avaient décapité. Il était couvert de sang et tenait sa tête dans ses mains. Il se plaignait amèrement.

« Pourquoi tu ne veux pas me voir, Carrie ? Si maman vous aimait tant que ça, elle n'aurait pas disparu sans vous dire adieu. Elle t'aurait recontactée. Moi, je suis resté, et regarde ce que tu m'as fait.

— Je t'en prie, papa, par pitié, tu me fais peur avec cette tête coupée. »

Il avait alors replacé sa tête sur son cou.

« Écoute bien ce que ton père a à te dire, ma princesse. Comment crois-tu te faire aimer, si tu ne veux même pas parler à la personne qui t'aime déjà ? »

C'est à ce moment-là qu'elle s'était retrouvée dans le souk et qu'Abou Oubaïda s'était approché d'elle avec son poignard. « C'est ton tour maintenant, Carrie, une si jolie tête. » À cet instant, elle s'était brusquement réveillée.

Elle prit une bouteille d'eau minérale Afnan dans le minibar. Une fois désaltérée, elle s'installa sur le balcon pour contempler la ville et le fleuve. Laisse-moi tranquille, papa, je te jure que je viendrai te voir à mon retour et que je serai gentille avec toi. Mais pour l'instant il y a trop de morts autour de moi, et d'autres vont encore mourir par ma faute. Alors s'il te plaît, laisse-moi dormir, j'en ai vraiment besoin, et cette foutue maladie que tu m'as léguée n'arrange rien. Mais ça, tu le sais, non ?

Peut-être qu'ils aspiraient à la même chose, tous les deux : une forme de salut ?

Le lendemain matin, Carrie enfila la tenue qu'elle portait à Beyrouth : jean moulant, blouse à manches longues et hijab noir. Elle avait rendez-vous avec Warzer sous la tour de l'Horloge de la mosquée Abou Hanifa, dans le quartier d'Adhamiya, de l'autre côté du fleuve. Après s'être séparés, ils firent plusieurs allers-retours en taxi entre la mosquée et l'université irakienne pour être certains de n'être pas suivis. Finalement, ils se retrouvèrent à la terrasse d'un café à narguilé, rue Imam-Al-Adham. Il y avait quelques clients, mais personne aux tables voisines. La matinée était chaude et l'air saturé de l'odeur de tabac à la pomme et à la pêche provenant de l'intérieur du café.

— Elle vient quand même ? dit Warzer en secouant la tête.

Il parlait de la visite de la secrétaire d'État.

— Franchement, je ne comprends pas.

— On est en pleine année électorale, il va y avoir pas mal d'absurdités du même acabit.

Carrie se pencha sur sa tasse de café.

— On a besoin d'infos plus spécifiques. Comment vont-ils pénétrer dans la Zone verte ? Où aura lieu l'attaque ? À quelle heure ? Quelle méthode vont-ils choisir : armes, voiture piégée ? Et tout ça, il faut qu'on le sache le plus tôt possible. Je pense qu'on n'a pas vingt-quatre heures.

— Qu'est-ce que tu veux que je fasse ?

— Les deux bastions sunnites de Bagdad sur lesquels Al-Qaïda s'appuierait sont Adhamiya, ici même, et Al-Amiriyah, près de Camp Victory et de l'aéroport. À vue de nez, un attentat contre Bryce à son arrivée...

— Oui, évidemment, c'est Al-Amiriyah qui est le plus logique. Et l'autre attentat, tu crois qu'il serait organisé depuis Adhamiya ?

— Probable. Le type de profil qu'on doit repérer, ce sont des hommes jeunes, salafistes, originaires d'Anbar, qui auraient débarqué à Adhamiya ces deux ou trois derniers jours et seraient logés chez des parents ou des amis. Où trouve-t-on ce genre d'infos ?

— Auprès de membres de leurs familles. Les femmes qui fréquentent le souk, par exemple.

— Bon, ça je m'en occupe. Quoi d'autre ?

Warzer sourit.

— On y était il y a quelques minutes. La mosquée d'Abou Hanifa. Les hommes sont aussi bavards que les femmes.

— OK, alors mettons que pour la porte des Assassins, ça parte d'ici. Il faut qu'ils traversent le fleuve, dit-elle.

— La porte des Assassins est rue Haïfa, près du pont Al-Jumariyah. Tu crois qu'ils vont passer par le pont ?

— Oui, ou alors en canot pneumatique, voire à la nage. Et ils franchiront le fleuve ce soir. Mais où et à quel moment vont-ils attaquer dans les deux cas ?

Carrie se redressa d'un coup.

— Qu'est-ce qui se passe ?

— Nom de Dieu ! Le trottoir d'en face !

— Je ne saisis pas.

— La Chambre des députés irakiens a ses bureaux et son hémicycle dans le Centre de conférences, au même endroit que l'administration américaine, à la diagonale de mon hôtel, rue Yafa.

— Oui, mais le Centre de conférences est hyper-protégé. Je ne vois pas comment ils pourraient y entrer, dit Warzer.

Carrie sourit et avala une gorgée de café.

— Oh, ça, ce n'est pas un problème. Je sais exactement comment ils vont procéder.

34

Pont Al-Jumariyah, Bagdad, Irak

— J'espère que vous avez de bonnes nouvelles pour moi, Perry, dit Carrie en s'affalant sur une chaise.

Elle était en jean mais avait son *abaya* noire sous le bras. C'était la fin de l'après-midi, un soleil rasant projetait l'ombre des bâtiments de la rue du 14-Juillet sur la pelouse clairsemée d'un terrain de football qu'on voyait à travers les stores vénitiens du bureau de Dreyer.

— Alors, ce rendez-vous avec al-Waliki ?

— Rien pour l'instant. L'ambassadeur est catégorique. D'après lui, la classe politique irakienne est un nid de serpents. Si on doit négocier avec eux, il faut que ce soit d'une seule voix. Il a l'appui du Président. Et il a justement rendez-vous avec al-Waliki demain, dit Dreyer d'un air dépité.

— Eh bien il pourra lui souhaiter d'une seule voix la bienvenue en enfer ! Et l'y accompagner lui-même ! Et Saul ? Et David ? Et Walden ?

— Ils ont fait tout ce qu'ils ont pu et se sont heurtés à un mur. C'est Benson qui mène le cirque. Il nous reste combien de temps ?

— Jusqu'à demain. Tout aura lieu demain.

— Vous en êtes sûre ? Quel taux de probabilité ?

— Vous parlez comme Langley, maintenant ? 99 %, ça vous va ? Quant à Benson, si vous n'arrivez pas à nous réunir tous les trois, lui, al-Waliki et moi, dans une même pièce, je vous garantis qu'il ne lui reste plus qu'à préparer son testament.

— Comment pouvez-vous en être aussi sûre ? Ils vont se retrouver ici, à l'intérieur du Centre de conférences, avec une escorte fournie. Je ne vois pas comment les hommes d'Al-Qaïda y accéderaient.

— Ils n'ont pas besoin d'entrer.

— Comment ça, ils n'ont pas besoin d'entrer ?

— Ils sont déjà dans les locaux du Centre, dit-elle en faisant un signe de tête vers le bâtiment.

— Ça veut dire que...

Son effort de compréhension se lisait sur son visage.

— Ça veut dire qu'ils ont infiltré les Forces de sécurité irakiennes ! Les victimes des attentats vont être tuées par les hommes affectés à leur protection.

— D'après Warzer, un de nos agents irakiens, la plupart des membres du personnel de sécurité des fonctionnaires du gouvernement irakien squattent dans des caravanes de la Zone verte, ou bien dans des villas abandonnées par les responsables du parti Baath au moment de la chute de Saddam. Ils sont déjà là.

Dreyer s'enfonça dans son fauteuil. Il était totalement stupéfait.

— Vous êtes sûre de ce que vous avancez ?

— C'est du solide.

— Mais comment avez-vous découvert leur plan ?

— Vous savez bien qu'il y a un truc que Washington ne pige pas, c'est que le Moyen-Orient n'est pas composé d'États-nations, de pays, mais de tribus. Warzer, notre agent, un sunnite qui habite à Adhamiya, appartient au clan Dulaimi de Ramadi. Et en plus, c'est un type assez intelligent. Il voit bien qui a le vent en poupe en ce moment : les chiites – et ça, c'est grâce à nous, les Américains. Alors il a sacrément les jetons et il veut s'assurer une porte de sortie, au cas où les choses tourneraient mal ici. La porte de sortie en question, c'est un statut de réfugié aux États-Unis, c'est pour ça qu'il cherche à se rendre le plus utile possible.

— Et donc ?

— Et donc Warzer cultive ses relations au sein des Forces de sécurité irakiennes, entre autres avec un membre de son clan qui a des contacts un peu douteux. À mon avis, il est impossible que le type en question, qui s'appelle Karrar Yassim et habite lui aussi à Adhamiya, n'ait pas parmi ses connaissances des gens liés à Al-Qaïda. J'ai parlé brièvement avec la femme de Yassim. Elle est complètement terrorisée. Elle a peur des chiites, de l'armée du Mahdi, et elle a peur de nous. Elle m'a confirmé ce que nous soupçonnions déjà : il y a eu récemment de nouvelles recrues dans les rangs de l'escorte chargée de la protection d'al-Waliki à l'intérieur de la Zone verte, et ces nouvelles recrues sont en fait des jihadistes du clan Dulaimi. Ce n'est pas sorcier, Perry, c'est un meurtre programmé. Alors est-ce que je vais pouvoir rencontrer al-Waliki, oui ou non ?

Il soupira en joignant les mains.

— OK, je fais une nouvelle tentative.

— Parfait. Parce que ce n'est même pas le problème de sauver les fesses de Benson ou d'al-Waliki qui me préoccupe le plus.

— Ah bon ? Et qu'est-ce qui vous préoccupe ?

— Liquider Abou Oubaïda. Et cette fois, j'aurai sa peau.

À travers ses jumelles de vision nocturne, Carrie vit les moudjahidin entrer un par un dans le bâtiment de la rue Abou-Nuw'as, le long de la rive est du fleuve. Cette partie de la ville était encore plongée dans les ténèbres à cause d'une coupure de courant. Les hommes d'Al-Qaïda étaient armés jusqu'aux dents, apparemment avec des kalachnikovs et des lance-roquettes. L'un d'eux transportait un gros engin en forme de tube et il était suivi par deux hommes ployant sous des paquets volumineux.

— Qu'est-ce que c'est ? demanda-t-elle à son voisin, le colonel Salazar, commandant de la 4e brigade de la 3e division d'infanterie et responsable de la sécurité de la Zone verte.

— Oh putain, ça ressemble à un AT-13 Saxhorn.

— C'est quoi, ce truc ?

— C'est une arme antichar de fabrication russe.

Le colonel ôta ses lunettes de vision nocturne et se tourna vers Carrie. La seule source de lumière disponible était le reflet de la lune sur le fleuve. Ils avaient pris position sur la rive ouest, dans une pièce obscure du siège du Parlement irakien qu'ils avaient transformée en poste d'observation.

— Je n'aime pas trop l'idée de les laisser traverser le fleuve et accéder à la Zone verte.

— Je sais, colonel. Mais si vous les liquidez maintenant, vous n'éliminerez pas la menace. Et la prochaine fois, nous ne serons pas prévenus de leur arrivée à l'avance. Je suis pratiquement certaine qu'Abou Oubaïda est avec eux. Si vous me prêtez quelques-uns de vos hommes pour faire le boulot, c'est un des deux principaux leaders d'Al-Qaïda en Irak que nous pourrons mettre hors d'état de nuire. Et le jour où nous aurons Abou Nazir, Al-Qaïda aura les deux mains coupées.

— D'après vous, l'attaque principale aura lieu demain, en face du pont Al-Jumariyah ?

— Je ne sais pas exactement quelle tactique ils vont adopter, et vous vous y connaissez sans doute mieux que moi en la matière, colonel. Il est possible qu'ils fassent passer quelques hommes dans la nuit pour éliminer le poste de garde de ce côté du pont. Mais oui, je crois que l'incursion principale dans la Zone verte aura lieu au niveau de la porte des Assassins. Notre informateur nous a confirmé que c'était le thème de leur entraînement à Ramadi. Le fait qu'ils se regroupent dans cet immeuble de l'autre côté du fleuve tend à confirmer mon hypothèse.

— Et Abou Oubaïda, où est-il ? demanda le lieutenant-colonel Leslie, l'adjoint direct du colonel.

— Il y a deux possibilités : soit il se trouve lui aussi dans l'immeuble que nous sommes en train d'observer, soit il est de notre côté du fleuve, à l'hôpital des Enfants, rue Haïfa, juste à côté de la porte des Assassins, répondit le sergent-major Coogan en montrant l'emplacement de l'hôpital sur l'écran de son ordinateur portable.

— On devrait faire appel à l'armée de l'air et pulvériser ce putain d'immeuble, dit Leslie.

— Oui, mais comment être certains que nous avons éliminé Abou Oubaïda ? rétorqua Carrie. C'est pour ça que je suis là. Lorsque vos hommes l'auront liquidé, je pourrai identifier le cadavre.

À la lueur du clair de lune, la chevelure poivre et sel du colonel Salazar avait une teinte plus sombre qu'en plein jour. Son visage de bouledogue avait l'expression de quelqu'un qui ne s'en laisse pas conter. Un type plutôt intelligent, pensa Carrie.

— OK, mademoiselle Mathison, vous connaissez ce salaud mieux que nous. À votre avis, il sera où, demain ?

— Je crois que votre sergent-major a raison, colonel : à l'hôpital des Enfants. Il voudra se tenir à proximité des événements sans être directement dans la ligne de feu. Il sera peut-être déguisé en membre du personnel hospitalier.

— En toubib, par exemple ? suggéra le colonel Salazar.

Carrie hocha la tête.

— C'est tout à fait son genre.

— On aura donc besoin de votre présence sur place pour être sûrs de ne pas se tromper de cible, dit Leslie. Ça va être l'enfer au niveau de la porte des Assassins, ça va canarder dans tous les sens. Je sais que vous êtes de la CIA, mademoiselle, mais sans vous offenser, vous êtes certaine que vous êtes prête à affronter ça ?

— Je reviens de Ramadi. Je sais exactement à quoi m'attendre. Et je ne serai pas en première ligne, mais abritée loin derrière vos hommes. Colonel, dit-elle en se tournant vers Salazar, je vous en conjure, ne sous-estimez pas Abou Oubaïda. Ce n'est pas un Bédouin abruti, ce type est d'une intelligence féroce. Et Abou Nazir est dix fois plus intelligent que lui, c'est tout dire.

— Ne vous inquiétez pas, j'en tiendrai compte. Au moins, pour une fois, et grâce à vous, l'élément de surprise est de notre côté. Vous disposerez d'un groupe d'assaut des Forces spéciales à l'hôpital, c'est ce que nous avons de mieux. Ils seront commandés par qui ? demanda-t-il à Leslie.

— Le capitaine Mullins, du 2e bataillon.

— Un excellent officier. Si quelqu'un est capable de vous protéger et de nous ramener la peau de ce salopard, c'est bien lui.

— Et qu'est-ce qui se passe du côté de Bryce ? demanda Carrie.

— Ces politicards, vous les connaissez, dit Salazar avec une moue de dégoût. On va essayer de l'empêcher de sortir de Camp Victory, et pendant ce temps on ratissera le quartier d'Al-Amiriyah pour que les insurgés se tiennent à carreau jusqu'à ce qu'on ait réglé les problèmes dans la Zone verte. Sauf qu'évidemment personne ne peut obliger la secrétaire d'État à faire ou ne pas faire quoi que ce soit, pas même le général Casey.

— À quelle heure atterrit son avion ?

— Aux dernières nouvelles, à 9 h 05, dit Leslie en regardant sa montre. Soit dans huit heures. Ça ne nous laisse pas beaucoup de temps pour tout mettre en place.

— Le plus important, c'est la porte des Assassins, dit Carrie. J'imagine que vous y mettez le paquet, non ? C'est de là qu'ils vont vouloir se frayer un passage jusqu'au Centre de conférences.

Leslie confirma.

— On a mis le paquet, en effet, y compris un peloton de chars Abrams et deux véhicules blindés Bradley. Je vous garantis que s'ils se pointent dans le secteur, ils n'en sortiront pas vivants.

Elle se tourna vers le colonel Salazar.

— Colonel, qu'est-ce qui se passe si un char Abrams est touché par ce missile russe ? demanda-t-elle.

— Ça dépend de toute une série de facteurs. Si le missile touche son réservoir, ou bien ses dispositifs antimissiles, par exemple...

— Et si c'est un Bradley qui est atteint ? Il a une chance d'en réchapper ?

— Aucune.

35

Porte des Assassins, Zone verte, Bagdad, Irak

Carrie passa le reste de la nuit, quelques heures à peine, sur un étroit lit de camp dans un conteneur que tout le monde préférait appeler la « caravane ». Des dizaines d'autres conteneurs étaient alignés comme des dominos dans un parking à proximité de l'ancien palais présidentiel. C'est Dreyer qui lui avait prêté ce logement de fortune, lui-même choisissant de dormir sur une couverture à même le sol de son bureau. Mais Carrie n'arrivait pas à fermer l'œil, obsédée par Dempsey, leur première rencontre et leur nuit d'amour à l'hôtel Al-Rasheed. Elle pensait à la bombe qui avait anéanti son amant et se demandait quelles avaient été ses dernières pensées. Est-ce qu'il lui en voulait ? Putain, qu'il était beau. Elle se sentait tellement sexy à ses côtés, tellement vivante. Arriverait-elle un jour à éprouver de nouveau cette sensation ? Pouvait-elle même s'y autoriser ?

Elle ouvrit les yeux, mais dans cette boîte de métal sombre et hermétique comme un cercueil, il n'y avait strictement rien à voir. Elle se sentait peu à peu gagnée par une humeur noire. Elle réussit pourtant à contenir la dépression : ce n'était pas le moment de se laisser aller. La priorité, c'était Abou Oubaïda. Après ça, elle s'offrirait une bonne cuite et pleurerait tout son soûl.

Mais son insomnie ne la lâchait pas. Quelque chose la tracassait, mais elle n'arrivait pas à savoir quoi. Elle se redressa d'un coup. Le dictaphone de l'usine de porcelaine ! La voix d'Abou Oubaïda. Il avait dit quelque chose sur Abou Nazir.

« C'est sûr qu'il me le dira, mais à quoi ça me servira ? Je veux que ça soit toi qui me le dises. »

Pourquoi ? Qu'est-ce que cela signifiait ? Pourquoi savoir la vérité de la bouche d'Abou Nazir ne lui suffisait-il pas ? Pourquoi voulait-il absolument la soutirer à Roméo ? Pour l'humilier un peu plus ? Probablement pas. Les enjeux étaient trop importants. Réfléchis, Carrie, réfléchis.

Je n'y arrive pas. La clozapine n'est pas une panacée. Seigneur, j'ai vraiment besoin de dormir. Je jure que je trouverai la solution si on me laisse dormir un petit peu.

Quelques heures plus tard, lorsqu'elle pénétra dans le bureau de Dreyer, le soleil venait juste de franchir la ligne des immeubles sur l'autre rive du Tigre. Encore une journée de canicule, pensa Carrie. Elle était en jean et tee-shirt, armée du Beretta M9 que Dreyer lui avait confié. Il était penché sur son ordinateur, l'air maussade. Visiblement, les nouvelles n'étaient pas bonnes.

— Benson a rejeté notre requête. Et pourtant j'ai vraiment insisté, Carrie, croyez-moi, j'ai insisté.

— Parfait, eh bien, on va voir s'il refuse toujours quand c'est moi qui le lui demande, dit-elle en se dirigeant vers la porte.

— Carrie, attendez ! Techniquement, nous dépendons de l'ambassade. Si vous faites un scandale, ils me donneront l'ordre de vous virer et je ne peux pas me le permettre. On a besoin de vous, ici.

Elle se retourna vers lui.

— Perry, depuis le début de cette histoire, j'ai déjà suffisamment de sang sur les mains. Je ne veux pas d'autres morts sur la conscience. Faites ce que vous croyez être votre devoir, et moi je ferai de même, dit-elle en quittant son bureau.

Le sergent-major Coogan lui avait donné le numéro de téléphone du capitaine Mullins, qui dirigeait l'unité des Forces spéciales assignée par le colonel Salazar. Elle prit son portable et l'appela. Il décrocha aussitôt. Elle lui expliqua la situation. Il promit qu'il serait là dans les dix minutes.

— Rendez-vous dans le bureau du Premier ministre. C'est au premier étage.

Alors qu'elle s'engageait dans l'escalier, Perry Dreyer arriva avec trois de ses hommes, tous armés de M4.

— Vu que rien ne vous arrêtera, je vous escorte. Je préfère qu'ils nous fusillent tous les deux, lui dit-il.

Ils traversèrent la vaste cour intérieure jusqu'au bureau du Premier ministre, du côté du bâtiment qui donnait sur la rue Yafa. La porte était surveillée par deux gardes armés coiffés du béret rouge des Forces de sécurité irakiennes.

— Le Premier ministre n'est pas là, leur dit l'un d'eux dans un anglais approximatif.

— *Salam 'alaykoum, asdiqa*, leur dit Carrie en les saluant amicalement en arabe. Vous êtes tous les deux chiites, non ?

L'un des soldats hocha la tête.

— De quelle tribu, *habibi* ? Shammer Toga ? Bani Malik ? Al-Joubour ?

Il était fort probable qu'en tant que candidat de la communauté chiite, al-Waliki ait confié le soin de protéger sa vie à des coreligionnaires, et si possible des hommes de sa propre tribu.

— Bani Malik, répondit le premier garde.

— Évidemment, comme le Premier ministre. J'aurais dû m'en douter.

— Il est du clan Al-Ali des Bani Malik, précisa le garde.

— Nous sommes de la CIA. Les sunnites d'Al-Qaïda ont l'intention d'assassiner le Premier ministre dans la matinée. Et vous avec, sans doute. Nous devons absolument voir votre chef, venez avec nous, dit-elle en se précipitant vers la porte, suivie de Dreyer, de ses hommes et des deux Irakiens.

Dans son vaste et somptueux bureau, Nouri al-Waliki recevait l'ambassadeur Robert Benson.

Les deux dignitaires étaient assis à une petite table d'acajou. Derrière eux, une fenêtre ornée de rideaux – luxe rare dans ce bâtiment – donnait sur les jardins du Centre de conférences et sur les arbres de la rue Yafa. Un peu plus loin, on distinguait la façade de l'hôtel Al-Rasheed.

— Qu'est-ce que c'est que cette histoire ? Vous allez sortir de cette pièce, tout de suite ! rugit Benson.

Il reconnut alors Dreyer.

— Perry, je vous avais donné des ordres stricts. Vous voulez saborder votre carrière ? Sortez d'ici.

— Il a essayé de m'en empêcher, c'est moi qui ai pris les devants, lança Carrie en arabe à Benson et au Premier ministre irakien. *Lahda, min fadlak*, Votre Excellence, mais votre vie est en danger. Il faut absolument que vous m'écoutiez.

— Mademoiselle, je ne sais pas qui vous êtes, mais je vous ordonne formellement de sortir immédiatement, lui dit Benson.

— Monsieur l'ambassadeur, si je sors d'ici, dans une heure vous et le Premier ministre serez morts. Vous êtes libre de demander ma tête à Washington si vous le souhaitez, mais je ne bouge pas d'ici.

Benson se tourna vers Dreyer.

— Mais enfin, qui est cette femme ?

— Un de nos agents, monsieur l'ambassadeur, elle sait de quoi elle parle. Écoutez ce qu'elle a à vous dire.

— Mademoiselle, je vous remercie pour votre sollicitude, mais nous nous passerons de votre protection. Nous sommes en plein cœur de la Zone verte, entourés de centaines de soldats américains, dans un bâtiment hyper-surveillé et protégé par les Forces de sécurité irakiennes. Vous n'avez pas à vous inquiéter, dit Benson.

— Avec tout le respect que je vous dois, monsieur l'ambassadeur, je vous signale que les Forces de sécurité irakiennes sont infiltrées par Al-Qaïda et ne lèveront pas le petit doigt pour vous défendre. Et vous vous croyez peut-être très important, mais non seulement ils s'en fichent éperdument, mais votre mort ne fera pas une grande différence parce que vous êtes parfaitement remplaçable. En revanche, si on tue M. al-Waliki, la communauté chiite va péter les plombs et nous aurons une véritable guerre civile sur les bras.

Benson commençait à s'énerver.

— Mais qu'est-ce que c'est que cette histoire ? C'est une mauvaise blague, ou quoi ?

— Hier soir, je suis arrivée de Ramadi encore couverte du sang d'un de mes hommes. Vous croyez vraiment que j'ai envie de plaisanter ? Il faut vous évacuer dans un endroit sûr, vous et le Premier ministre, sans perdre une seconde et sans que personne le sache. Déshabillez-vous.

— Pardon ?

— Oui, tous les deux, enlevez vos vêtements, vous allez vous déguiser.

Carrie répéta la même chose en arabe à l'intention d'al-Waliki, puis se tourna vers Dreyer.

— Cachons-les à l'intérieur du Centre, dans un endroit absolument sûr. Un endroit où les Forces de sécurité irakiennes n'auront jamais l'idée de les chercher et où ils resteront sous la protection d'au moins cinq ou six soldats américains, juste au cas où. Vous avez une idée ?

— Il y a des pièces au sous-sol, sous l'hémicycle du Parlement, signala l'un des agents de la CIA. Il paraît que la police secrète de Saddam s'en servait pour faire ses petites saloperies, viols, tortures, stockage de drogue, etc.

— Charmant, murmura Dreyer.

Sur ces entrefaites, le capitaine Mullins fit son entrée dans la pièce à la tête d'une escouade en tenue de combat, accompagné d'un officier irakien coiffé du béret rouge des Forces de sécurité.

— C'est vous, Carrie ? demanda Mullins.

C'était un type baraqué mais de taille moyenne, environ un mètre soixante-quinze, avec des yeux bruns très vifs.

— Pourquoi n'êtes-vous pas à votre poste ? dit l'officier irakien aux deux gardes.

— C'est moi qui leur ai dit d'entrer, j'avais besoin d'eux, vous comprendrez pourquoi dans une minute, lui expliqua Carrie avant de se tourner vers Mullins. Nous devons mettre l'ambassadeur Benson et le Premier ministre al-Waliki à l'abri. Cet homme... Pardon, vous vous appelez comment ? demanda-t-elle à l'agent de la CIA qui leur avait révélé l'existence des pièces du sous-sol.

— Tom. Tom Rosen.

— Tom va vous montrer où les emmener. Pour leur escorte, il nous faut des hommes en qui nous puissions avoir une confiance absolue. Vous êtes venus avec combien d'hommes ? demanda-t-elle à Mullins.

— Vingt-quatre, sans me compter. Deux unités de base des Forces spéciales.

— Combien pouvez-vous m'en prêter ? J'ai besoin d'au moins trois ou quatre hommes pour accompagner nos agents. Ça devrait suffire pour protéger ces messieurs. Vous avez les deux uniformes que je vous ai demandés ?

Un des hommes de Mullins remit à Carrie deux tenues de camouflage et deux M4. Elle les tendit à Benson et au Premier ministre.

— Enfilez-moi ça, on vous fera passer pour des hommes de troupe.

Elle se tourna vers l'officier irakien et lui fit signe de s'approcher.

— Il faut que vos hommes continuent à penser que l'ambassadeur et le Premier ministre sont encore dans ce bureau. Prenez un petit groupe de soldats chiites que vous connaissez bien et en qui vous avez confiance, si possible des membres de votre tribu. Ils vous aideront à débusquer les infiltrés d'Al-Qaïda. Dès que nous aurons évacué les lieux, bouclez le Centre. Ne laissez personne y entrer ou en sortir. Tout sunnite ayant rejoint les troupes des Forces de sécurité depuis moins de trois mois est *a priori* suspect et doit être désarmé. Chacun devra être interrogé par nos agents, mais pas question de les maltraiter, ils détiennent des informations vitales.

Elle traduit pour Dreyer ce qu'elle venait de dire.

— Et vous, Perry, quoi que vous fassiez, veillez à ce que les prisonniers ne soient pas éliminés, et aussi à ce qu'ils ne puissent pas suborner leurs gardes pour s'échapper. Nous avons besoin des infos qu'ils sont susceptibles de nous fournir.

C'est alors que le Premier ministre al-Waliki se leva, s'adressant directement à Carrie en anglais.

— Madame, il n'est pas question que je me prête à cette mascarade. Vous imaginez un peu si quelqu'un me voit déguisé en soldat américain ? C'est la fin de ma carrière.

Carrie lui répondit en arabe.

— Vous n'avez pas le choix. Des combattants sunnites d'Al-Qaïda sont déjà infiltrés dans le bâtiment. S'ils vous assassinent, l'Irak risque d'exploser, ce sera la guerre civile. Vous le savez mieux que quiconque, Votre Excellence. Ce serait une victoire pour Saddam, même mort, une victoire indéniable. Je vous demande juste de jouer le jeu pour une heure ou deux. C'est une question de vie ou de mort.

Tout d'un coup, une déflagration massive fit trembler les vitres. Plusieurs coups de canon la suivirent – très probablement les pièces de 105 mm des chars Abrams, pensa Carrie –, ainsi qu'une série de rafales d'armes plus légères. La bataille commençait.

— Ils attaquent la porte des Assassins. Allez, enfilez votre pantalon ! cria-t-elle à Benson. Dépêchez-vous, bon sang !

La porte des Assassins est une arche de pierre blanche surmontée d'un dôme sculpté en forme de casque de guerrier babylonien antique. Située rue Haïfa, à environ trois cents mètres à l'est du Centre de conférences, c'est une des principales entrées de la Zone verte, surveillée par un poste de contrôle militaire. Sous le commandement d'un homme de Mullins, Carrie et ses compagnons empruntèrent la rue Yafa vers l'est, avant de tourner dans une allée qui donnait rue Haïfa. Le vacarme était de plus en plus fort. Entre les immeubles, la foule des civils irakiens – hommes, femmes, enfants, certains poussant des carrioles – remontait précipitamment la rue Yafa en sens inverse pour fuir les combats.

Ils firent halte au pied d'un immeuble jouxtant un parking, derrière l'hôpital des Enfants. C'était un grand espace nu, bordé d'arbustes. Si les insurgés occupaient déjà l'hôpital, le risque de tomber dans une embuscade était élevé. Le bruit des rafales d'armes automatiques ponctuées de coups de canon était assourdissant. Des coups de feu provenant de l'hôpital trahissaient aussi la présence de tireurs aux fenêtres.

Ils se séparèrent en deux équipes, Alpha et Bravo. Le nom de code de Carrie était « Outlaw ». À la tête d'Alpha, le sergent Travis se lança en zigzag à travers le parking, tandis que ses camarades s'embusquaient derrière des voitures pour le couvrir. Personne ne leur tira dessus. Comme l'avait prévu Mullins, s'il y avait des moudjahidin dans l'hôpital, ils étaient concentrés de l'autre côté du bâtiment, sur la façade rue Haïfa.

Même sans rien voir de ce qui se passait, Carrie devinait que le colonel Salazar avait déclenché un véritable enfer autour de la porte des Assassins. La masse de moyens déployée – tanks, véhicules Bradley et des dizaines d'hommes de troupe – expliquait l'intensité du fracas. Mais la première grande déflagration qu'elle avait entendue ressemblait plutôt au bruit d'une bombe ou d'une voiture piégée. Ce qui signifiait qu'il y avait aussi sans doute des victimes du côté américain.

Mullins avait assigné à un soldat afro-américain d'une trentaine d'années, l'adjudant Blazell, la tâche d'assurer la protection personnelle de Carrie. Surnommé « Crimson » par ses camarades, en hommage à l'équipe d'athlétisme de l'université d'Alabama – son État d'origine –, c'était un grand gaillard à la tête complètement rasée. Il lui tapota sur l'épaule et lui fit signe de le suivre à travers le parking, où ses camarades couraient déjà pour gagner l'hôpital. L'entrée était contrôlée par deux autres soldats.

Carrie s'engagea derrière lui, armée de son seul Beretta. Une fois qu'ils furent parvenus à l'entrée, Crimson la plaqua au sol. Un geste fort opportun, car ça canardait désormais dans tous les sens, y compris à l'intérieur de l'hôpital. Le corps d'une infirmière, les jambes écartées, le hijab ensanglanté, gisait dans le couloir.

Protégée par Crimson, Carrie suivit le reste de l'équipe Bravo qui inspectait un par un les couloirs et les salles de l'hôpital. Dans l'une d'elles, une infirmière était blottie au sol avec un petit groupe d'enfants malades, à côté du cadavre d'un homme en blouse blanche, probablement un médecin irakien. Pas de trace de l'équipe Alpha ni du capitaine Mullins. Ils étaient peut-être à un autre étage. Le leur avait fini d'être sécurisé, et un membre de l'équipe Bravo leur fit signe de prendre l'escalier pour explorer le suivant.

En haut, ils débouchèrent sur une salle remplie de lits vacants. Tous les enfants étaient couchés à plat ventre sur le sol, et les infirmières rampaient pour essayer de les protéger. Certains avaient été blessés par des balles perdues ayant traversé les fenêtres ou les murs depuis la rue Haïfa. Ils poussaient des cris déchirants. Carrie manqua de peu de trébucher sur un petit garçon de trois ou quatre ans qui se tenait l'estomac couvert de sang en hurlant à pleins poumons : « *Ama ! Ama !* Maman ! Maman ! » C'était un véritable cauchemar.

Un moudjahid surgit de nulle part, courut dans le couloir, revint sur ses pas et commença à leur tirer dessus à la kalachnikov. Carrie se jeta par terre tandis que Crimson, d'un mouvement fluide, visait l'homme et l'abattait instantanément.

— Ça va ? lui demanda Carrie, qui n'en revenait pas de son agilité.

L'élégance athlétique de ses gestes avait quelque chose d'incroyable pour un homme aussi grand.

— Une balle dans le gilet, dit-il tout en se précipitant vers la porte et en déchargeant son arme sur un autre assaillant dans le couloir.

Carrie resta par terre dans la salle, le doigt sur la détente de son Beretta. Elle ne voulait pas entraver les mouvements de Crimson et préférait attendre qu'il revienne la chercher.

Elle rampa jusqu'à une fenêtre aux vitres brisées et s'accroupit pour jeter un œil par-dessus les tessons. Du côté du poste de contrôle, ça tirait dans tous les sens. Elle aperçut la carcasse calcinée d'un char Abrams et un autre squelette de véhicule, sans doute une voiture piégée. Ce qui expliquait l'explosion qui les avait surpris alors qu'ils étaient encore dans le Centre de conférences.

Deux chars Abrams suivis par des dizaines de fantassins traversaient lentement le poste de contrôle, arrosant à la mitrailleuse tout ce qui bougeait devant eux. Un petit groupe de moudjahidin s'était réfugié derrière les arbres et les buissons d'un square jouxtant la rue Haïfa. Ils déclenchaient un feu nourri sur les Américains. Mais il y avait aussi des tireurs postés dans les immeubles. Carrie réalisa qu'une partie de ces tirs provenaient directement de l'hôpital, quelque part en bas et à droite de sa propre position.

Pour empêcher les moudjahidin de s'échapper du square, un Bradley bloquait la rue Haïfa derrière eux tandis qu'un autre, rue Yafa, leur interdisait l'accès au pont Al-Jumariyah. Les deux véhicules blindés inondaient les terroristes d'une pluie de mitraille. Une balle traversa la paroi à quelques centimètres de Carrie, qui se jeta au sol.

Imbécile, pensa-t-elle, tu veux y laisser ta peau ? Le reste de l'équipe avait quitté la salle et combattait pied à pied dans le couloir, d'où provenaient des coups de feu. Elle décida de sortir elle aussi. À peine eut-elle mis un pied dehors qu'un bras puissant la saisit et lui fit une clé autour du cou. Elle hurla et commença à se débattre frénétiquement, essayant de retourner le Beretta contre son agresseur, mais l'homme était trop fort pour elle. Il lui tordit le bras et l'obligea à lâcher son arme.

À moitié asphyxiée, elle sentit qu'il la traînait vers l'escalier. Elle lui assena un coup de coude qui lui fit pousser un grognement de douleur, mais il resserra son étreinte. L'homme portait une blouse blanche de médecin, mais elle n'arrivait pas à voir son visage. Il émanait de lui une odeur aigre de sueur et de panique. Crimson surgit dans l'encadrement d'une porte. Il était revenu la chercher.

— Au secours ! cria-t-elle.

L'homme pointa le Beretta sur sa tête en lui ordonnant de se taire.

— *Uskut !*

Crimson s'agenouilla en position de tir.

— Laisse-la partir !

— Lâche ton arme ou je la descends ! hurla l'agresseur. Lâche ton arme, tout de suite, si tu veux qu'elle vive !

Avec un calme surnaturel, Crimson pointa son M4 sur le terroriste.

— Vas-y, Crimson, tire, j'ai confiance en toi ! cria Carrie.

— Je t'avertis...

L'homme n'eut pas le temps de finir sa phrase.

Crimson avait appuyé sur la détente. Carrie sentit littéralement la balle passer à quelques millimètres de son visage. L'étreinte de son agresseur se relâcha brusquement et l'homme s'écroula. Elle était libre. Elle ramassa son Beretta. Le cadavre du moudjahid en blouse blanche gisait sur le flanc, le regard dans le vide, un trou au beau milieu du front.

— Crimson, vraiment, merci…

— Mais bon sang, madame, vous ne devez pas me quitter. Si jamais il vous arrive quelque chose, le capitaine Mullins m'étrangle de ses propres mains.

Il la saisit par le bras et l'obligea à le suivre.

Ils rejoignirent les autres membres de l'équipe Bravo, qui sortaient d'une salle d'opération, l'air complètement accablé. L'un des soldats les empêcha d'entrer.

— Mieux vaut vous épargner ce spectacle, madame. De pauvres gosses innocents. Deux infirmières et quelques gosses. Tous morts. Ce n'est pas beau à voir.

— Espèce de salopards ! hurla le sergent Travis depuis la cage d'escalier. Allez, on a encore deux étages à faire.

— Quelqu'un a vu Abou Oubaïda ? demanda Carrie.

— On a descendu huit *hajis*, vous vérifierez plus tard, lui répondit Travis.

Elle suivit l'équipe jusqu'à l'étage supérieur, où la fusillade faisait rage. Un de leurs hommes déchargea son lance-grenades à travers une porte ouverte. Ses camarades se précipitèrent dans la salle à la suite de l'explosion, mitraillant tout sur leur passage avec leurs MP5 rutilants. Le vacarme était assourdissant. Pendant ce temps, Travis et un sergent du nom de Colfax continuaient l'exploration du couloir. Un écriteau en arabe et en anglais sur une porte indiquait qu'elle donnait sur le toit. Travis et Colfax l'ouvrirent et la petite troupe emprunta un escalier métallique qui donnait sur une deuxième porte.

Elle était verrouillée. Travis s'empara d'une grenade à main et fit signe à Crimson. Ce dernier hocha la tête et lança un violent coup de pied dans le battant, qui céda sous le choc. Travis lança sa grenade dans l'ouverture.

Tous reculèrent d'une ou deux marches pour se protéger du souffle, avant de se précipiter sur le toit, où une grêle de balles de kalachnikov les accueillit. Carrie resta dans la cage d'escalier sans savoir ce qui se passait. Posté dans l'enca-drement de la porte, Crimson déchargeait son arme et lui bloquait la vue. Une autre détonation de grenade retentit, puis une rafale de kalach-nikov, et quelqu'un cria : « Je suis touché ! »

Crimson, imperturbable, ripostait à coups de M4.

Tout d'un coup, la fusillade prit fin, laissant place à l'écho de tirs sporadiques et d'un coup de canon venant de l'extérieur. Probablement un des chars Abrams, pensa-t-elle. Le capitaine Mullins passa devant elle avec deux de ses hommes. Ils se précipitèrent sur le toit et s'y déployèrent en arrosant leurs adversaires.

— Oh, merde ! cria quelqu'un.

Le capitaine Mullins s'exclama :

— La fille de la CIA, Outlaw, où est-elle ? Allez me la chercher tout de suite !

Crimson fit signe à Carrie de sortir. Elle cligna des yeux sous la lumière du soleil. Un soldat pansait le bras de Travis. Les cadavres de deux moudjahidin gisaient près d'un climatiseur. Un troisième corps vêtu d'une blouse blanche de médecin était étendu face vers le ciel au bord du parapet. Mais ce n'était pas pour ça que Mullins avait besoin d'elle.

Un deuxième homme en blouse blanche se tenait debout sur le parapet. Il avait une grenade à la main et portait au creux du bras un nourrisson uniquement vêtu d'une couche.

Son arme pointée sur le terroriste, Mullins interrogea Carrie :

— C'est lui, c'est Abou Oubaïda ?

Elle l'avait déjà vu trois fois. La première sur la photo que Marielle lui avait montrée à Beyrouth, la deuxième dans le souk de Ramadi, et puis sur la vidéo tournée au domicile de Roméo. Impossible de se tromper, c'était bien Abou Oubaïda.

— C'est lui, il n'y a pas le moindre doute.

— Mais c'est toi que j'ai vue dans le souk, *shayaata* ! s'écria Abou Oubaïda, traitant Carrie de sorcière.

— Oui, dit-elle.

— Laissez-moi passer. Si vous faites un geste pour m'arrêter, je tue la gosse. Et si vous m'abattez, je lâche la grenade et nous mourons tous les deux.

— Tu ne sortiras pas d'ici, rétorqua Mullins tandis qu'une douzaine de ses hommes pointaient leur arme sur Abou Oubaïda.

— Alors tant pis pour elle, dit-il en appuyant sa grenade contre le corps du bébé qui gigotait dans ses bras.

— Laisse cette pauvre enfant, dit Mullins. Tu n'as aucune issue.

— Vous aurez sa mort sur la conscience. Moi, je n'ai pas peur de mourir.

— Allah refusera de t'accueillir dans son Paradis, dit Carrie.

— Il me recevra au nom du jihad.

— Pas comme ça. Ton action sera impardonnable à ses yeux, rétorqua Carrie en l'observant attentivement.

Son regard exprimait une détermination implacable. Tout d'un coup, il lâcha le nourrisson, lança la grenade dans sa direction en criant : « *Allahu akbar !* » et se jeta dans le vide.

La grenade rebondit sur le toit à moins d'un mètre de Carrie et de Mullins. Il se passa alors quelque chose d'incroyable : Crimson se rua vers eux et shoota dans la grenade comme un ballon de football. L'engin explosa, lui arrachant la jambe au niveau du genou.

Une pluie de shrapnels retomba sur eux. Carrie crut vivre ses derniers instants, mais, même dans sa chute, la masse imposante du corps de Crimson la protégea. Mullins avait la joue à moitié arrachée par un éclat de grenade, tandis que deux de ses hommes étaient touchés aussi, mais Carrie était indemne. Le bébé pleurait à tue-tête à côté du parapet, mais semblait sain et sauf.

Un des soldats se précipita pour venir en aide à Crimson. Un sang vermeil coulait à flots de son moignon, il fallait stopper l'hémorragie. Le pied botté de Crimson gisait sur le toit à quelques mètres. Mullins, le visage ensanglanté, s'approcha du blessé tandis que ses hommes se déployaient pour sécuriser le périmètre du toit.

Carrie aurait voulu rester pour les aider, et surtout pour aider Crimson, mais elle était obsédée par Abou Oubaïda. Elle voulait absolument en avoir le cœur net. En dévalant l'escalier de métal, elle ne put s'empêcher de se le reprocher amèrement : ce soldat te sauve la vie deux fois et tout ce qui t'importe, c'est ta mission ? Mais il n'y avait rien à faire. Elle descendit les marches quatre à quatre et se rua vers la porte qui donnait sur la rue Haïfa, bien consciente que ce moment allait la hanter pour le reste de sa vie, lors d'interminables nuits blanches, chaque fois que la clozapine ne suffirait pas à calmer son angoisse. Abou Oubaïda gisait sur le trottoir à cinquante mètres, sous une lumière aveuglante. Sa blouse blanche était maculée de sang.

Carrie s'approcha. Quelque chose lui tenaillait les entrailles. Si l'on faisait abstraction du sang qui coulait de son crâne fracassé, c'était bien l'homme qu'elle avait croisé dans le souk de Ramadi. Son regard vide était tourné vers le ciel. Elle n'eut pas besoin de lui prendre le pouls pour savoir qu'il avait cessé de vivre.

Possédée par une force incontrôlable, Carrie pointa son Beretta vers le visage d'Abou Oubaïda. Peu lui importait qu'il soit déjà mort. Espèce de salaud, ça, c'est pour Ryan Dempsey, pensa-t-elle au moment d'appuyer sur la détente.

36

Beyrouth, Liban

Son avion survolait les sommets du Mont-Liban. Au loin, on distinguait déjà la ville sous le soleil de l'après-midi, et la frange bleue de la Méditerranée. Carrie n'avait pas prévu de repasser par Beyrouth. En fait, Dreyer et Saul lui avaient explicitement enjoint de « rappliquer à Langley le plus vite possible ».

Elle était retournée au bureau du prétendu Service d'aide aux réfugiés escortée par le sergent Travis, qui ne l'avait pas quittée d'une semelle. Il avait même insisté pour l'accompagner jusqu'à la porte du bureau avant de prendre congé.

— Travis, remerciez Crimson pour moi. Je suis vraiment désolée d'avoir dû partir. Il m'a sauvé deux fois la vie dans la même journée.

— Je le lui dirai, madame. Vous avez fait un sacré boulot, aujourd'hui.

— Pas vraiment. Je ne suis pas très douée pour obéir aux ordres. Et j'étais morte de trouille.

— Et alors ?

Il avait haussé les épaules, puis l'avait saluée avant de s'éloigner.

Une fois dans les locaux de la CIA, Carrie avait

appelé Saul via Skype en passant par le réseau JWICS, sans se soucier des fuseaux horaires : il était 4 heures du matin à McLean. Elle lui avait annoncé en code la mort d'Abou Oubaïda :

— *Home Run.*

— Tu es sûre ? Il n'y a aucun doute là-dessus ? Malgré son excitation, Saul n'avait pas pu s'empêcher de bâiller.

— Sûre et certaine. C'était bien lui, et il n'est plus de ce monde.

Elle aussi avait sommeil. L'insomnie de la nuit précédente se faisait cruellement ressentir maintenant que l'adrénaline du combat se dissipait. Elle se sentait un peu vaseuse, elle avait besoin de ses médicaments.

— Incroyable, Carrie, vraiment, c'est une sacrée nouvelle. Comment tu te sens ?

— Je ne sais pas, un peu dans le coaltar. Je n'ai pratiquement pas dormi, la nuit dernière. Ça ira mieux demain sans doute.

— Sûrement. Qu'en est-il d'al-Waliki et de Benson ?

— Pourquoi tu me demandes ça ? Benson s'est plaint auprès de Walden ?

Peut-être qu'il avait exigé sa tête sur un plateau d'argent.

— Non, au contraire, il n'a pas tari d'éloges à ton propos. Il dit qu'il te doit la vie. En réalité, il était tout excité d'avoir flairé l'odeur du champ de bataille. Il est impatient d'aller raconter cette histoire en personne au Président. Il a même demandé à être pris en photo dans la tenue de combat que tu lui as donnée, M4 à la main.

— Sans blague ?

— Pour ce qui est de la secrétaire d'État, tout va bien. Elle devrait retrouver Benson et al-Waliki un peu plus tard dans la journée. En fait, lorsque tu les as interrompus, ils mettaient au point l'ordre du jour de sa visite.

— Ouais. Après son atterrissage, ils l'ont gardée dans un bunker sécurisé à Camp Victory pendant qu'ils ratissaient Al-Amiriyah.

— Écoute, Carrie, David veut te débriefer personnellement. Et moi aussi. Alors il faut que tu rentres tout de suite à Langley.

Aïe, qu'est-ce que c'était que cette histoire ? La même chose qu'avec Fielding ? Un prétexte pour la renvoyer au Département d'analyse des données ?

— J'ai encore fait des bêtises ?

— Non, au contraire, Dreyer et David rédigent des lettres de félicitations pour ton dossier 201. Et moi aussi je te félicite. Alors rentre vite, nous avons besoin d'un compte rendu intégral des événements.

— Saul, tout n'est pas encore réglé. Il y a Beyrouth, et Abou Nazir est toujours là, peut-être à Haditha. Et puis il y a autre chose. Un truc qu'a dit Abou Oubaïda pendant l'interrogatoire de Roméo, enfin, de Walid Karim. Ça n'arrête pas de me tourner dans la tête.

— Je repasse au bureau demain. On examinera tout ça à la loupe. Et au fait, Carrie...

— Oui ?

— Tu as fait un boulot incroyable. Je suis impatient de te parler directement. Je sais bien que Perry dit qu'il a besoin de toi à Bagdad, mais ici il y a une masse de faits à analyser.

Une onde de chaleur avait envahi Carrie, comme une gorgée de tequila. Saul était content d'elle. Son approbation était comme une drogue.

Elle avait donc initialement réservé un vol pour Washington, mais finalement, sur un coup de tête, alors qu'elle était en transit à Amman, elle avait changé son billet et s'était envolée pour Beyrouth.

À l'approche de l'aéroport, on distinguait déjà les principaux points de repère de la ville : les Marina Towers, l'hôtel Habtoor, l'hôtel Phoenicia, le Crowne Plaza. Bizarre, pensa-t-elle, tout avait commencé ici avec son rendez-vous avorté avec Rossignol à Achrafieh. C'était une traque sans fin, une espèce de marathon. Revenir à Beyrouth, c'était un peu boucler la boucle. Curieusement, l'incident d'Achrafieh la renvoyait à un autre épisode décisif, quelques années auparavant, celui de son retour à Princeton après sa première crise. Tout ça avait failli achever sa carrière et faire d'elle une créature sans avenir.

Mais deux choses lui avaient sauvé la vie. La clozapine et Beyrouth. Et les deux étaient liées.

Princeton, l'été. Troisième année de fac. Elle avait repris les cours et passait ses journées à étudier. Plus le temps de courir, elle avait quitté l'équipe d'athlétisme. Fini les sprints à 5 heures du matin. Et son histoire avec John, finie aussi. Elle suivait un traitement au lithium et prenait du Prozac de temps à autre. Ses doses étaient

constamment ajustées en fonction des manifesta-
tions de sa maladie. Mais elle avait horreur de
ça. Elle l'avait bien expliqué à sa sœur Maggie :
c'était comme si le lithium lui enlevait vingt points
de QI.

Tout devenait plus difficile. Elle avait décrit ses
symptômes au médecin de McCosh, le centre de
santé universitaire. Le sentiment que le monde lui
parvenait à travers une vitre épaisse. Une sensation d'irréalité. Et puis elle avait des phases de
complète perte d'appétit, et aussi des moments où
elle se sentait totalement déshydratée. Elle pouvait
sauter tous les repas, mais elle avait constamment soif. Quant au sexe, n'en parlons pas. Sa vie
se résumait à aller et venir des salles de classe
au dortoir, avec le sentiment que ce n'était plus
possible, qu'elle ne pouvait pas continuer à vivre
comme ça.

Ce qui l'avait sauvée, c'était ce programme
d'études politiques à l'étranger, réservé aux élèves
du Département d'études du Proche-Orient. C'est
un professeur qui lui en avait parlé, l'occasion de
passer un été à l'université américaine de Beyrouth. Au début, son père ne voulait pas le lui
payer, même quand elle lui avait expliqué qu'elle
en avait besoin pour sa thèse.

— Et si tu as une crise là-bas ?

— Et si j'ai une crise ici ? Qui va m'aider ?
Toi, peut-être ?

Elle s'était abstenue de mentionner l'incident
de Thanksgiving, parce que tous deux savaient
très bien à quoi elle faisait allusion. Et que ça
pouvait lui arriver à elle aussi. Ce qu'elle ne lui

dit pas non plus, et elle n'en avait d'ailleurs parlé à personne, c'est qu'elle se sentait au bout du rouleau, qu'elle était hantée par le suicide. Sa vie ne tenait plus qu'à un fil.

— Papa, j'en ai vraiment besoin.

Puis finalement, constatant la vanité de ses efforts, elle avait ajouté :

— Maman est partie à cause de toi. Tu veux que moi aussi je disparaisse, c'est ça ?

Il avait finalement accepté de financer son séjour.

À Beyrouth, elle avait fait la découverte de sa vie. Ce n'était pas seulement que la ville était merveilleuse, avec ses ruines antiques et ses étudiants de toute la région, mais elle avait adoré ses virées dans la rue Bliss avec les copains pour déguster un shawarma ou un manakish, et ses folles soirées en boîte rue Monot. Un jour où elle était presque à court de lithium, elle avait rendu visite à un médecin arabe de Zarif. L'écoutant parler des effets du lithium sur son humeur, ce petit homme au regard intelligent lui avait posé une seule question :

— Vous avez essayé la clozapine ?

Pouvoir enfin expliquer à quelqu'un comment elle se sentait. Et ça avait marché. Tout avait changé, tout était redevenu presque comme avant la maladie. Lorsqu'elle était retournée le voir et lui avait demandé une nouvelle ordonnance, il lui avait annoncé qu'il partait en vacances.

— Si je n'arrive pas à obtenir une ordonnance d'un autre médecin, je fais comment ?

Sa réponse avait été claire :

— Au Levant, mademoiselle, tout s'achète.

C'était pendant cet été à Beyrouth que les pièces du puzzle s'étaient assemblées. Les ruines romaines, l'art de la mosaïque islamique, les disques de jazz tard dans la nuit, la musicalité et la poésie du parler arabe quotidien, la Corniche, les clubs de la plage, l'odeur des pâtisseries orientales fraîchement sorties du four, l'appel du muezzin, les boîtes de nuit, et ces jeunes Arabes si sexy qui la dévoraient du regard. Le Moyen-Orient occupait désormais une place irremplaçable dans sa vie.

C'était justement la question qu'elle se posait pendant la descente vers l'aéroport Rafic-Hariri. Les pièces du puzzle allaient-elles se recomposer à Beyrouth ? Le marathon commencé à Achrafieh allait-il prendre fin ? À ses yeux, il était évident que ce salopard de Fielding ne s'était pas suicidé. Et s'il ne s'était pas suicidé, cela signifiait qu'on l'avait liquidé. Celui qui avait fait ça était toujours là, à Beyrouth. Lui non plus n'avait pas fini de courir.

Elle prit un taxi depuis l'aéroport. Le chauffeur était chrétien. Tandis qu'ils roulaient sur l'avenue El-Assad, juste après le terrain de golf, il lui raconta que sa belle-mère confectionnait les meilleurs maamouls de la ville, des petits gâteaux de Pâques confits aux noix et aux dattes. Il la déposa place de l'Étoile, près de la tour de l'Horloge. Elle parcourut à pied les quelques centaines de mètres qui la séparaient des locaux clandestins de la CIA, où elle avait rendez-vous avec Ray Saunders, le nouveau chef de poste.

En passant sous les arcades, devant les tables de café bondées, elle ne put s'empêcher de se remémorer sa dernière visite, lorsque Davis Fielding lui avait tout bonnement signifié que sa carrière était finie. Une éternité s'était écoulée depuis.

Elle grimpa l'escalier et sonna. Elle s'annonça à l'interphone et la porte s'ouvrit. Un jeune Américain en chemise à carreaux la pria de s'asseoir dans une petite salle d'attente. Presque aussitôt, Saunders apparut et lui souhaita la bienvenue. C'était un grand type sec et nerveux d'une quarantaine d'années. Ses favoris lui donnaient une apparence vaguement est-européenne.

— J'ai beaucoup entendu parler de vous.

Il l'entraîna dans l'ancien bureau de Fielding, celui qui donnait sur la rue Maarad.

— Je ne vous cacherai pas que j'ai été plutôt surpris de recevoir votre appel. Et Saul aussi.

— Il n'est pas furieux que je ne sois pas rentrée directement à Langley ?

— Ce qu'il m'a dit, c'est qu'il n'aurait pas pu vous faire changer d'avis.

Il lui fit signe de s'asseoir.

— Entre parenthèses, toutes mes félicitations. On m'a un peu raconté l'affaire Abou Oubaïda. Beau travail.

— Je ne sais pas par quoi commencer. En revenant ici, il est tout à fait possible que je sois à la poursuite d'une chimère.

— Quand je lui ai dit que vous arriviez, Saul m'a raconté que la mort de Davis Fielding vous

413

faisait pas mal gamberger. C'est ça qui vous a fait revenir ?

— Vous le savez parfaitement. Ça ne vous paraît pas étrange, à vous ? Si Fielding ne s'est pas suicidé, alors la cause de sa mort est liée à une opération qui est probablement encore en cours. Et si ça se trouve, vous êtes vous-même une cible.

— Ça m'intrigue quand même un peu, observa Saunders, parce que d'après ce qu'on m'a dit, entre vous et Fielding, ce n'était pas vraiment le grand amour. Alors pourquoi sa mort vous tracasse-t-elle tant ?

Son visage exprimait une sincère curiosité.

— Écoutez, Fielding était un connard et sa disparition n'est pas une grande perte. Vous savez bien qu'à Langley il allait se faire incendier et que sa carrière était finie. Et je parie que vous êtes encore en train de réparer tout le gâchis qu'il a laissé derrière lui et d'essayer de mesurer l'étendue des dégâts pour l'Agence à Beyrouth.

— Mais ça me paraît justement un bon motif pour se suicider, non ?

— Oui, mais vous n'êtes pas Davis. Vous avez des principes, pas lui. Je crois qu'il a été assassiné, et que sa mort est liée aux activités de cette actrice, Rana Saadi, et de Rossignol. C'était ma mission, et il reste des questions auxquelles je dois répondre.

Il examina Carrie sans rien dire. Dans la rue, un klaxon retentit, déclenchant bientôt un véritable concert d'avertisseurs. Les fameux cinq à sept de Beyrouth, avec embouteillage à la clé, pensa-t-elle.

— Oui, je crois que vous avez raison. On a un indice, mais j'ai un problème, dit Saunders.

— Lequel ?

— Je ne le connaissais pas. Vous, si.

Il lui fit signe de venir s'asseoir à côté de lui.

— Un indice ? Qu'est-ce que c'est ?

— Ça.

Il lui montra l'écran de son ordinateur. C'était une image prise par la caméra cachée dans ce même bureau. Carrie leva mécaniquement les yeux vers la jointure du mur et du plafond, mais la caméra était trop petite et trop bien dissimulée dans le moulage pour qu'elle la décèle. Fielding était assis à son bureau, dos vers la caméra. Dans l'image suivante, il gisait à terre, un pistolet Glock à la main, la tête dans une mare de sang.

— Il y a un hiatus de trois minutes quarante-sept secondes sur la vidéo.

— Vous pouvez faire un arrêt sur image ?

— Pourquoi ? Vous avez repéré quelque chose ?

Elle examina attentivement l'image de Fielding sur le sol.

— Il y a quelque chose qui cloche. Je n'arrive pas à mettre le doigt dessus, mais, comme dirait Saul, ce n'est pas casher.

— Ça n'est pas sa position. Nous avons consulté un expert médicolégal qui nous a dit que c'est bien comme ça qu'il serait tombé en cas de suicide.

— C'est tout ce que vous avez ?

Il secoua la tête.

— Non, la nuit où Fielding a été tué, il y a aussi des lacunes dans les images des caméras de sécurité de la salle d'attente, de l'escalier et des deux entrées du bâtiment. Les coupures sont plus longues, mais elles couvrent toutes le même laps de temps. Le coupable a fait ce qu'il fallait pour ne pas être vu.

— Comment savez-vous que c'est *un* coupable, pas *une* coupable ?

— Parce qu'il a oublié une caméra.

Saunders lui montra les prises de vues d'une caméra de sécurité installée sur le toit, et qui filmait la rue Maarad.

— Le disque dur qui conservait les images de la caméra du toit fonctionnait sur un circuit différent. Regardez. On a pu calculer plus ou moins la correspondance avec les lacunes des autres vidéos. Ça s'est passé une quarantaine de secondes après la coupure.

Sur l'écran, de dos, un homme en combinaison de travail sortait de sous les arcades, traversait la rue et se dirigeait vers la place de l'Étoile.

— Je ne vois pas trop ce qu'on peut faire avec ça, à supposer que ce soit notre coupable.

— Il y a autre chose. Ça, c'est quatre jours plus tôt, vers 1 heure du matin.

Grâce aux images de la même caméra, on distinguait un homme vêtu de façon identique qui marchait vers l'immeuble et disparaissait sous les arcades. Carrie crut discerner sur sa poitrine quelque chose comme un badge ou un logo d'entreprise.

— Revenez en arrière. Qu'est-ce qui est écrit sur sa combinaison ?

Saunders s'exécuta, mais vu l'obscurité et la distance, l'image était trop floue pour qu'on voie clairement le visage du suspect et le nom de l'entreprise.

— Il n'y a pas moyen d'obtenir une meilleure définition en manipulant l'image ?

— C'est ce que nous avons fait.

Saunders ouvrit une nouvelle fenêtre sur son écran et zooma sur le logo. L'image était encore floue, mais on arrivait à lire « Sadeco Conciergerie » en français et en arabe.

— Un service d'entretien. J'imagine que vous avez fait des recherches sur cette boîte.

— Bien entendu. C'est bien notre entreprise de gardiennage, mais on n'a jamais vu ce type ici, et d'après les gens de Sadeco il n'a jamais travaillé chez eux non plus. On a visité leurs locaux, une nuit. J'ai consulté tous les dossiers de leur DRH. Ils disent la vérité. Je ne sais pas qui est ce type, mais il ne fait pas partie de leur personnel.

— Vos informateurs le connaissent ?

— Absolument pas.

— Et les services de renseignements libanais ? La police ?

— Dès qu'ils ont compris qui nous étions, ils se sont défilés et nous ont renvoyés au ministre de l'Intérieur, qui est un homme du Hezbollah. Donc rien de ce côté-là non plus. Une idée ?

— Faites-moi deux tirages : un du cadavre de Fielding et un du gardien inconnu. Oh, et aussi un portrait de Fielding où il soit facile à identifier.

— Qu'est-ce que vous avez en tête ?

— Si le type de l'image est lié à Rana, ou au Hezbollah, ou encore à Abou Nazir, je vous promets que je vais le retrouver, dit-elle en se levant et en lui passant son portable pour qu'il y enregistre son numéro dans la liste de contacts.

Ce soir-là, tandis qu'elle sirotait une margarita au bar de l'hôtel Phoenicia, Carrie examina attentivement l'image du cadavre de Fielding, essayant d'identifier ce qui clochait. C'était une prise de vue en plongée. Fielding était filmé de dos. Un corps et une arme à feu. C'était quoi, le problème avec cette image ? Déjà, ce n'était pas vraiment l'angle sous lequel elle connaissait Davis. À quoi ressemblait-il quand elle le fréquentait ? Elle essaya de modifier mentalement l'image du cadavre pour se représenter Fielding dans une position plus coutumière. Et tout d'un coup elle eut une illumination.

Quelle idiote je fais, c'est gros comme le nez au milieu de la figure. Comment personne ne s'en est-il rendu compte ? Évidemment, après la mort de Fielding, ils ont dû faire le ménage à Beyrouth, alors aucun de ceux qui le connaissaient vraiment n'a vu cette photo. Elle appela Saunders.

— Ici Snapdragon, répondit-il.

C'était son nom de code.

— Outlaw à l'appareil.

Elle avait conservé ce sobriquet en l'honneur de Crimson.

— Fielding était gaucher, dit-elle avant de raccrocher.

Il suffirait à Saunders de regarder l'image, avec le pistolet dans la main droite de Fielding, pour saisir le problème. C'était la preuve formelle qu'il avait été assassiné. Mais par qui, et pourquoi ?

La réponse, elle espérait l'avoir d'ici à quelques minutes de la bouche de Marielle Hilal. Toujours rousse, toujours ravissante dans son jean moulant Escada et son top décolleté, toujours enivrée par son pouvoir de séduction, la jeune femme entra dans l'hôtel, attirant aussitôt tous les regards masculins.

— Vous buvez quoi ? lui demanda Carrie.

— La même chose que vous.

Un serveur se présenta à leur table.

Carrie commanda deux margaritas et se pencha vers Marielle.

— L'homme que vous connaissiez sous le nom de Mohammed Siddiqi est mort. Je pensais que ça vous intéresserait de le savoir.

— Il paraît que Rana aussi est morte, murmura Marielle.

Carrie hocha la tête.

— Et un Syrien qui s'appelle Taha al-Douni. C'est de lui que Rana et Dima recevaient leurs ordres. Vous l'avez rencontré ?

— Non, *alhamdulillah*, Dieu merci.

Marielle sortit son poudrier, vérifia son rouge à lèvres et en profita pour s'assurer que personne ne les observait. Au moment où elle allait le ranger dans son sac à main, Carrie y glissa la photo du mystérieux gardien.

— Je suis toujours en danger ? lui demanda Marielle.

— Je n'en suis pas sûre. J'ai besoin que vous me rendiez un service.

— Pourquoi ? Je prends déjà un risque en venant à ce rendez-vous, dit Marielle en regardant nerveusement autour d'elle.

Il y avait au moins cinq ou six hommes dans la salle qui les observaient avec curiosité. Pas moyen de savoir si c'était l'expression normale de leur libido ou autre chose de plus inquiétant. Mais elle connaissait au moins les intentions de l'un d'eux : Ray Saunders, qui sirotait un scotch au bar.

— Parce que j'essaie de vous aider. Et parce que, bon...

Elle laissa sa phrase en suspens. Marielle devait se rappeler que Carrie savait où elle habitait.

— Je n'aime pas ça du tout, dit Marielle. D'abord Dima, puis Rana, ensuite leurs amants. C'est qui, la prochaine victime ? Moi ?

— Vous devriez prendre des vacances jusqu'à ce que ça se tasse. Dans un endroit tranquille et agréable. Qu'est-ce qui vous tente ?

Marielle haussa les sourcils avec une expression cynique.

— Plusieurs hommes ont déjà essayé de m'acheter. C'est bien la première fois que je reçois ce genre de proposition d'une femme.

Carrie posa sa main sur le bras de Marielle.

— Écoutez, si j'arrive à résoudre mon problème, vous serez en sécurité pour de bon. En attendant, pourquoi ne pas vous offrir une petite escapade ? Où voulez-vous aller ?

— À Paris. J'ai toujours rêvé de connaître Paris.

— Je vais vous donner cinq mille dollars.

L'argent, c'était Saunders qui le lui avait remis à cet effet.

— Si vous le désirez, demain vous serez en train de déguster un bon verre de vin sur les Champs-Élysées.

— Cinq mille dollars, comme ça, pour mes beaux yeux ?

— Il y a déjà trop de cadavres dans cette histoire, dit Carrie, qui eut soudain une pointe d'angoisse en pensant à Dempsey. Je ne voudrais pas qu'il vous arrive quelque chose.

— Ça tombe bien, moi c'est pareil. C'est tout ? On a fini ?

Marielle fit le geste de reprendre son sac à main.

— Non, j'ai besoin d'autre chose.

— Je le savais. Et quand je pense que j'ai failli vous croire, *habibi*, vraiment, dit Marielle, dégoûtée.

— Une seule, Marielle, mais il faudra absolument me dire la vérité.

— Et les cinq mille dollars ?

— Mettez la main sous la table.

Carrie glissa son sac à main sous la table, en retira la liasse de billets de cent dollars et les passa à Marielle.

— Il faut que je les compte, déclara cette dernière.

Carrie hocha la tête. Marielle lui demanda :

— Et vous, comment vous saurez si je mens ?

— Je le saurai, répondit Carrie.

Elle se pencha vers Marielle.

— Allez faire un tour aux toilettes, assurez-vous que personne ne vous observe, comptez votre argent, et puis regardez bien la photo que j'ai glissée dans votre sac à main. Je dois savoir qui est cet homme.

— Qu'est-ce qui vous laisse penser que je le connais ?

— Vous le connaissez, déclara Carrie avec une conviction exagérée.

Elle ne restait pas longtemps à Beyrouth et Marielle était sa meilleure carte. Elle jouait son va-tout. Elle respira profondément. Pourvu que ça marche.

— Je vous dis si je le connais et puis je m'en vais ? C'est tout ?

— Oui. Et puis *bon voyage*, lui répondit Carrie en français.

Marielle se leva et dit quelque chose au garçon, qui lui indiqua la direction des toilettes. Carrie resta sur sa chaise et réfléchit à la fragilité de son hypothèse. Pourtant, si elle avait raison, Marielle devait forcément connaître ce type.

Cette nuit-là, après la fusillade de l'hippodrome et après leur rencontre à la planque, Fielding était retourné à son bureau de la rue Maarad. Il avait son Beretta sur lui. On pouvait penser ce qu'on voulait de Davis Fielding, et Dieu sait si Carrie ne le tenait guère en estime, mais il connaissait les ficelles du métier. En temps normal, il n'aurait jamais laissé un inconnu pénétrer dans le bureau de la rue Maarad en pleine nuit.

A fortiori ce soir-là, avec tout ce qui venait de se passer, alors qu'il allait voir Saul et en sachant fort bien ce qui l'attendait à Langley. Il était invraisemblable qu'il ait ouvert la porte à un visiteur inopiné, qu'il se soit laissé surprendre par un agresseur et se soit fait abattre avec son propre pistolet. À moins que le visiteur en question ne soit pas un inconnu. Ce qui voulait dire que non seulement Fielding connaissait son assassin, mais qu'il le connaissait très bien. Et s'il le connaissait, alors Rana le connaissait aussi, et par conséquent il était possible, voire probable, que Dima et Marielle le connaissent également.

Si ce n'était pas le cas, et vu que la police de Beyrouth n'avait pas l'intention de coopérer, ils étaient dans l'impasse. Carrie finit sa margarita tout en se demandant ce que fabriquait Marielle. Pourquoi mettait-elle tant de temps ? Tout ça pour regarder une photo ? Elle n'allait quand même pas essayer de s'échapper ? Non, elle savait que Carrie connaissait l'appartement de Bourj Hammoud, où elle vivait avec cette femme, sa tante ou je ne sais qui. Saunders échangea de loin un bref regard avec elle. Elle se montrait plus sûre de son fait qu'elle ne l'était, mais c'était sa dernière chance. Elle fut soulagée lorsque Marielle réapparut.

Elle le connaît, s'excita Carrie. À son expression, elle savait que Marielle avait reconnu le mystérieux gardien.

— C'est bizarre, dit Marielle en s'asseyant et en rendant la photo à Carrie. Pourquoi est-il habillé comme ça ? Comme un *bawaab*, un gardien ?

— Alors, qui est-ce ? demanda Carrie en retenant son souffle.

Vas-y, je t'en supplie, crache le morceau.

— C'est Bilal. Bilal Mohamad. Ça m'étonne que vous ne le connaissiez pas, dit-elle en regardant Carrie d'un air intrigué.

— Et pourquoi devrais-je le connaître ?

— Tout le monde connaît Bilal. Il est homo. C'est un ami de Rana. Le chéri américain de Rana le connaissait. Et Dima aussi. Mais vraiment, vous ne le connaissiez pas ? Vous n'êtes pas en train de me tester ?

Carrie était électrisée et elle pouvait à peine contenir son excitation. Elle avait enfin un nom : Bilal Mohamad, un homosexuel, un ami de Rana qui connaissait également le *chéri* – c'est ce mot en français que Marielle avait utilisé – de Rana, Davis Fielding. Tout d'un coup, tout s'éclairait. C'était lumineux, même.

Elle se rappelait ce que Rana lui avait dit au sujet de ses relations avec Fielding quand elle l'avait interrogée après Baalbek. « Oui, au début, on a couché ensemble, mais maintenant c'est surtout pour la galerie. » Ça l'avait intriguée à l'époque, mais maintenant elle comprenait. Davis Fielding voulait dissimuler son homosexualité. Mais pourquoi ? À qui cela pouvait-il importer ? Avait-il besoin de se servir d'une belle femme comme Rana comme couverture ? Quant à Bilal Mohamad, pourquoi assassiner Fielding ? Était-il son amant ? Si oui, cela expliquait pourquoi

Fielding l'avait laissé entrer dans son bureau ce soir-là.

Fielding savait que son départ de Beyrouth était définitif. Carrie voyait bien que ça ne cadrait pas avec sa théorie. C'était sa dernière nuit à Beyrouth, un moment complètement traumatique, il allait être confronté au discrédit total et à la fin de sa carrière. Et ce soir-là, comme par hasard, quelqu'un lui rendait visite à l'improviste et ça finissait par un meurtre ? Et juste avant l'arrivée de Saul, qui avait rendez-vous avec lui ? Il y avait trop de coïncidences.

Bilal n'était pas passé rue Maarad par hasard. C'est Fielding qui l'avait appelé, probablement pour lui dire qu'il allait partir. Il voulait sans doute prendre congé de son amant.

Bilal avait donc dû changer ses plans ce soir-là et se précipiter rue Maarad. C'était sa dernière chance de faire taire Fielding avant qu'il raconte tout à Langley et que Bilal lui-même finisse dans le collimateur de la CIA. Il n'y avait pas de hasard dans cette affaire. Il fallait qu'elle demande à Saunders et à Saul de tracer les appels téléphoniques de Fielding, le soir de sa mort.

Oui, le puzzle prenait forme. Il suffisait de creuser un peu et elle était convaincue qu'ils finiraient par trouver un lien entre Bilal et Rossignol, voire entre Bilal et Abou Nazir.

— J'étais partie de Beyrouth, finit-elle par répondre à Marielle. Qu'est-ce qu'il fait dans la vie, ce Bilal Mohamad ?

— Il bricole à droite à gauche.

Elle se pinça le nez dans un geste ironique qui signifiait « cocaïne ».

— C'est Beyrouth, dit-elle en haussant les épaules.

— Où est-ce qu'on le trouve ?

— Oh, c'est facile. Il est presque tous les soirs chez Wolf.

Évidemment, se dit Carrie, un bar gay.

— Bon, je peux m'en aller alors ? demanda Marielle.

— Le plus tôt sera le mieux. Prenez quelques semaines. Et profitez bien de Paris, vous allez sûrement aimer cette ville, comme tout le monde.

37

Minet El-Hosn, Beyrouth, Liban

Le bar gay mentionné par Marielle, Wolf, se trouvait à Hamra, pas loin de l'université américaine. Il était 23 heures, le trottoir était bondé : des hommes à la chemise ouverte jusqu'au nombril, une bière ou un cocktail à la main. Carrie se fraya un chemin et entra dans le bar sous le regard intrigué du videur, un géant au crâne rasé.

La salle était pleine à craquer, la sono à fond, et la lueur stroboscopique des lasers éclairait une mer de corps masculins. Tout le monde bavardait, s'embrassait ou se pelotait sur fond de hip-hop. Le long des murs, sur des banquettes en similicuir, de jeunes éphèbes en short ras des fesses exécutaient une *lap-dance* pour des clients âgés et fortunés. Carrie alla droit au bar. Elle était la seule femme dans tout l'établissement. Elle avait beau chercher, aucune trace de Bilal Mohamad.

— Qu'est-ce que vous voulez ? lui demanda en arabe le barman, un type d'une trentaine d'années qui en faisait dix de moins, peau de bébé, torse nu, avec des bretelles rouges et un pantalon en cuir.

— Une tequila, Patron Silver, cria-t-elle pour se faire entendre par-dessus le vacarme de la salle.

— Vous vous êtes égarée ? demanda le barman au moment de la servir.

— Non, mais j'ai perdu quelqu'un.

Elle lui montra la photo de Bilal Mohamad sur son portable.

— Vous savez où il est ?

— Ça fait un moment que je ne l'ai pas vu, répondit le barman avant de se tourner vers un autre client.

Un homme s'approcha.

— Vous cherchez Bilal ?

— Oui, Bilal Mohamad. Vous savez où je peux le trouver ?

— Qui le cherche ?

— Benjamin Franklin, lui dit-elle en lui montrant un billet de cent dollars.

— Vous n'êtes pas le genre de Bilal, *habibi*. À vrai dire, vous n'êtes pas le genre de la maison non plus.

— Pourquoi ? Vous savez, *habibi*, à Beyrouth, il y a des petites salopes qui ont des goûts vraiment très particuliers. Si ça se trouve, j'en suis une, lui dit-elle en souriant.

— Quelle vilaine petite fille, lui répondit l'homme en lui tapotant l'épaule avec une expression de délectation perverse. La question, ma chérie, c'est de savoir si *Assayid* Franklin a un petit frère.

— Mettons qu'il en ait un, comment puis-je savoir que vous me direz la vérité ?

Carrie prit un deuxième billet dans son sac et fit glisser les deux cents dollars sur le bar.

— Marina Tower, quinzième étage. Si vous ne me croyez pas, demandez à Abdullah Abdullah, lui répondit l'homme en empochant les billets et en désignant le barman.

— Vous vous appelez vraiment Abdullah Abdullah ? demanda Carrie au jeune homme en bretelles rouges.

— Non, mais tout le monde m'appelle comme ça.

Il se pencha vers elle.

— Vous savez ce que vous faites, mademoiselle ?

— Qui peut affirmer qu'il sait vraiment ce qu'il fait dans la vie ?

— Bilal fréquente des gens dangereux, murmura le barman.

— Moi aussi.

— Non, non, mademoiselle, vous ne connaissez pas Bilal. C'est un psychopathe, vraiment pas le genre de personne que vous auriez envie de fréquenter. Si vous cherchez de la coke, du hasch, de l'héro, je peux vous en fournir et ça sera moins risqué. Meilleure qualité et meilleur prix, en plus.

— Il habite Marina Tower ?

— Vous savez ce qu'on dit à Beyrouth : « La seule façon de trouver un appartement à Minet El-Hosn, c'est d'attendre que quelqu'un meure. » Et ce n'est pas qu'un problème de disponibilité ou de fric. Il y a des gens qui sont prêts à tout

429

pour accéder à ce type de patrimoine, ou pour le protéger.

— Je suis une grande fille, *sadiqi*. Il habite Marina Tower ?

— Je vous dis que ça fait plusieurs jours que je ne l'ai pas vu. Et si vous ne le voyez pas non plus, vous ne vous en trouverez pas plus mal, dit-il tout en pilant des feuilles de menthe pour préparer un mojito.

Marina Tower était un gratte-ciel blanc qui donnait sur le front de mer et dont les lumières se reflétaient dans les eaux de la marina. Le hall de réception était un espace ultra-moderne et incroyablement luxueux, ne laissant aucun doute sur le genre de personnes qui pouvaient se permettre d'habiter ici. Carrie avait dû se battre avec Saunders pour qu'il la laisse y aller seule.

— On sait qu'il a tué Fielding, et ce n'est probablement pas sa seule victime. Vous avez entendu ce qu'a dit le barman. Pour avoir autant d'argent à Beyrouth, il faut être très dangereux, ou avoir des amis très dangereux.

Dans le 4 × 4 BMW qui les conduisait à Minet El-Hosn, ils étaient accompagnés par les agents Chandler et Boyce, deux durs à cuire des Opérations spéciales de l'Agence, tous deux anciens des Forces spéciales de la marine. Saunders les avait emmenés avec lui d'Ankara pour qu'ils l'aident à faire le ménage à Beyrouth.

— Chandler et Boyce, lui avait-il dit en les présentant. Ça sonne un peu comme un cabinet d'avocats, non ?

— Plutôt comme des antiquaires, avait répondu Carrie en leur serrant la main. Ne le prenez pas mal, je suis ravie qu'ils viennent, mais je ne veux pas que ça finisse par une fusillade. Il faut qu'on sache qui a commandité le meurtre de Fielding.

— Mais on le sait déjà, non ? C'est Abou Nazir.

— Non, on croit le savoir, ce n'est pas la même chose.

— C'est moi qui devrais y aller. Ou Chandler, ou bien Boyce. Pas vous.

— Il vaut mieux que ça soit une femme. Il se sentira moins menacé, et donc ça risque moins de dégénérer. Et c'est moi qui parle le mieux arabe.

— Bon, mais de toute façon vous n'entrez pas là-bas sans micro. Vous restez en contact avec nous. Si j'ai l'impression que ça tourne mal, mes antiquaires et moi on débarque. Et on tire d'abord, on réfléchit ensuite. Tant pis si ce salopard y laisse la peau, on est d'accord ?

— D'accord. Mais laissez-moi voir d'abord ce que j'arrive à en tirer.

Ils se garèrent dans une rue latérale et se dirigèrent vers le parking de la tour. Des néons blancs illuminaient les balcons en épousant avec élégance la courbe du bâtiment.

— Je ne suis pas sûr que vous saisissiez le problème, Carrie. Si jamais quelque chose vous arrive, Saul va me crucifier. Au sens propre.

— Je sais.

Elle se tourna vers Chandler et Boyce.

— Si ça dégénère, venez me chercher.

Les deux hommes acquiescèrent.

Accroupis à côté d'une Mercedes, ils véri-
fièrent le bon fonctionnement de leur micro et
préparèrent leurs armes. Puis ils se dirigèrent en
file indienne vers la porte de service qui donnait
sur le parking.

Boyce crocheta la serrure. Une fois entrés,
ils empruntèrent l'ascenseur jusqu'au quinzième
étage. Boyce, lui, continua jusqu'au seizième.
En cas d'urgence, il sauterait sur le balcon de
Bilal depuis l'appartement du dessus. Saunders
et Chandler attendraient dans la cage d'escalier, prêts à intervenir en cas de besoin. Pour
les appeler au secours, il lui suffirait de lâcher
n'importe quelle phrase avec le mot « fleurs ».

Sur un signe de Saunders, Carrie, armée de son
Beretta, s'approcha de l'appartement de Mohamad – il n'y en avait que deux par étage – et
sonna.

Pas de réponse. Elle frappa un peu plus fort.
Rien. Après tout le boulot que ça m'a coûté, pensa-
t-elle, contrariée. Elle plaqua son oreille sur le battant. Aucun signe de vie. Mais au bout de quelques
secondes elle entendit une espèce de bourdonnement, quelque chose comme le bruit d'un rasoir
électrique. Saunders et Chandler étaient cachés
derrière la porte légèrement entrebâillée de la
cage d'escalier. Elle ne les voyait pas, mais elle
était plutôt contente qu'ils soient là. Elle prit une
profonde inspiration et entreprit de crocheter la
serrure, en essayant de se rappeler les leçons de
cambriolage données jadis à la Ferme.

Il y eut un déclic. Carrie tourna la poignée
et ouvrit la porte, l'arme au poing. La pièce

principale était vaste, luxueuse et bien éclairée. Une grande baie vitrée offrait une vue panoramique sur le port de plaisance et la mer. Le bourdonnement électrique était plus net. Apparemment, cela venait de la chambre à coucher. Carrie laissa la porte d'entrée entrouverte pour Saunders et Chandler et commença à progresser en position de combat. Elle poussa du pied la porte de la chambre. Un spectacle étrange l'y attendait. Un homme d'aspect juvénile, bien bâti, les cheveux teints en blond platine, bizarrement attifé d'un sac-poubelle en plastique d'où seule sa tête émergeait, pointait sur elle un pistolet muni d'un silencieux. C'était donc lui, Bilal Mohamad ?

Ils restèrent un moment complètement immobiles. Une idée saugrenue traversa l'esprit de Carrie : ce type était la version masculine de Marilyn Monroe. Sexy et complètement paumé. Et puis elle se rendit compte qu'elle n'entendait plus le bourdonnement électrique.

— *Ya Allah*, voilà qui est bien embarrassant, finit par dire Bilal en arabe. Qu'est-ce qu'on fait, on se tire dessus, ou on essaie de voir s'il y a moyen de s'en sortir vivants ?

— *Incha'Allah*, si vous baissez votre arme, on pourra peut-être discuter.

— D'accord, mais si vous tirez, je mérite de finir en enfer pour avoir fait confiance à un agent de la CIA. Parce que vous êtes de la CIA, bien sûr ? Question idiote, c'est évident.

Il était passé à l'anglais.

— Une Américaine avec un Beretta. Quelqu'un a enfin eu assez de jugeote pour comprendre que Fielding ne s'était pas suicidé. Ça ne serait pas vous, par hasard ? Je parie que oui. On ne prend jamais les femmes assez au sérieux, dit-il en jetant son arme sur le lit.

Carrie remarqua alors ses mains couvertes de sang. Il nota son regard étonné et s'expliqua.

— Vous êtes arrivée au mauvais moment. Une demi-heure plus tard, et j'étais parti.

— Qu'est-ce que vous fabriquez ?

— Voyez vous-même, dit-il en désignant la salle de bains. J'espère que vous avez l'estomac solide.

— Ne bougez surtout pas. Et je veux voir vos mains, dit Carrie en s'approchant lentement de la porte de la salle de bains.

— Ne vous inquiétez pas, je ne bouge pas. Vous êtes déjà un peu nerveuse, ce qui est bien normal. Je ne voudrais pas que vous me tiriez dessus par accident.

Un homme nu gisait dans la baignoire, la tête et les mains coupées. On les avait posées sur le carrelage. Le bourdonnement qui avait intrigué Carrie était le bruit d'un couteau électrique, encore branché sur la prise du miroir du lavabo. Carrie avait envie de vomir. Elle sentit un mouvement derrière elle et se retourna, prête à tirer. Mais c'était simplement Bilal qui s'essuyait les mains sur le couvre-lit.

— Ne bougez pas ! Le type dans la baignoire, c'est qui ?

— Dalil Ismaïl. Il y a longtemps qu'il fantasmait sur moi. Vous connaissez ça, vous êtes séduisante. Les gens comme nous, on n'y peut rien

434

si on inspire ce genre de fixation. Pauvre Dalil, il pensait réaliser son rêve. C'est la vie. On ne sait jamais à l'avance qui baisera et qui se fera baiser.

— Pourquoi le tuer ?

— Vous ne devinez pas ? Excusez-moi, je peux enlever le sac-poubelle ? Il fait chaud et je ne voudrais pas mourir avec ça sur le dos, c'est répugnant. À moins que vous ne m'autorisiez à poursuivre mon petit travail de découpe. Non ? Alors je l'enlève.

Il se débarrassa du sac en plastique.

— Nous ne sommes pas obligés de rester ici. Ça vous dirait de parler de tout ça devant un verre, comme des assassins civilisés ?

Il fit mine de se diriger vers la salle de séjour.

— Je sais que vous ne me faites pas confiance. Surveillez-moi pendant que je me lave les mains. Le corps humain est vraiment assez dégoûtant, non ? C'est quand même étonnant qu'on arrive à l'idéaliser et à tellement fantasmer dessus.

Elle garda son Beretta pointé sur lui et le suivit jusqu'au bar. Il se lava les mains dans l'évier et s'essuya.

— Qu'est-ce que vous buvez ? lui demanda-t-il.

— Une tequila si vous en avez. Sinon, un scotch.

— Alors ça sera un scotch. Highland Park.

Il remplit deux verres et fit signe à Carrie de le rejoindre dans les fauteuils design du séjour.

— On boit à la santé de qui ? demanda-t-elle.

— À notre santé à tous les deux, pour se féliciter d'être en vie – pour le moment, du moins.

435

Il avala le contenu de son verre et Carrie l'imita.

— Ce Dalil, pourquoi vous l'avez tué ?

— Parce qu'il me ressemblait. Même taille, même corpulence. Les gens le confondaient parfois avec moi. Il n'arrivait pas à comprendre que je ne veuille pas coucher avec lui. C'est pourtant simple, ç'aurait été trop proche de la masturbation.

Carrie comprit ce qui se passait.

— Vous vouliez le faire passer pour votre propre cadavre. D'où la mutilation, pour empêcher l'identification du corps. Entre parenthèses, vous auriez fait quoi de la tête et des mains ? Vous pensiez les jeter dans la Méditerranée ?

— Vous voyez que vous êtes intelligente. Ça vous dérange si je fume ?

Il prit une cigarette dans une boîte incrustée d'ivoire posée sur une table basse en verre.

— Je connais le puritanisme un peu ridicule des Américains à ce sujet. Le meurtre ne vous pose pas de problème, mais fumer, ça, c'est de très mauvais goût.

Il tira une longue bouffée et exhala la fumée.

— Mais s'ils pratiquent un test ADN, ils verront bien que ce n'est pas vous, dit Carrie.

— Vous êtes sérieuse ?

Il la regarda comme si elle venait de suggérer que les australopithèques étaient connectés à Internet.

— On est au Moyen-Orient, ici, pas à Manhattan. Il n'y a pas de base de données, pas de ressources scientifiques. La police est là pour s'occuper de vos ennemis politiques, pas pour résoudre des crimes.

— Et vous comptiez partir où ?

— Il faut bien dire que je ne disposais pas d'options très excitantes. La mort ou l'exil en Nouvelle-Zélande, c'est à peu près la même chose.

— Pourquoi s'enfuir ? De qui aviez-vous peur ? De nous ?

— Il n'y a vraiment pas de limite à l'arrogance américaine, hein ? Peur de vous ? Si vous êtes en bisbille avec les Américains, le pire qui peut vous arriver, c'est de finir avec votre propre reality show. Vous ne comprenez pas ça ? Vous n'avez pas l'air idiote, mais apparemment il y a encore des choses qui vous échappent, dit-il en exhalant un nuage de fumée dans sa direction.

— Et Davis Fielding ? C'était votre amant ?

— C'est lui qui m'a appelé, l'autre soir. Vous vous rendez compte ? Il a passé des années à utiliser Rana pour cacher son homosexualité, et en plus il croyait qu'elle était son informatrice, alors que Rana et moi n'arrêtions pas de lui soutirer des infos. Oui, il m'a appelé pour me dire adieu, ce pauvre idiot était sentimental. Aussi nul comme espion que comme amant.

Elle contempla son visage étonnamment juvénile sous ses cheveux blond platine. Tout s'éclaircit d'un coup.

— Abou Nazir. C'est à cause de lui que vous avez tué Fielding. Il est en train d'effacer ses traces et de liquider les gêneurs. C'est pour ça que vous voulez disparaître.

— Eh bien voilà, vous n'êtes pas totalement stupide. Alors qu'est-ce qui va se passer maintenant, Carrie – c'est bien votre nom ? dit-il avec un sourire sarcastique.

Carrie frissonna à l'idée qu'il connaissait son identité. Non seulement il tombait le masque, mais on voyait bien qu'il savait exactement ce qu'il faisait. Mieux valait ne pas essayer de deviner la suite des événements et appeler tout de suite du renfort.

— Vous voyez, ça aussi, c'est une info que je dois à Fielding. Alors dites-moi, Carrie, est-ce que vous allez me laisser finir mon petit travail et filer à l'anglaise, ou bien vous avez l'intention de faire un truc un peu ridicule, genre m'envoyer croupir dans une cellule à Guantánamo, avec des crétins de jihadistes ?

— Ni l'un ni l'autre. C'est pour nous que vous allez travailler, maintenant.

Elle jeta alors un regard autour d'elle et prononça les mots suivants :

— Vous devriez mettre des fleurs, ça irait très bien avec la déco.

Bilal se redressa.

— Et qui devrai-je espionner ? Abou Nazir ?

Elle le regarda fixement. Saunders et Chandler se ruèrent dans la pièce tandis que Boyce descendait en rappel sur le balcon.

— *Ya Allah*, en réalité vous ne savez rien sur Abou Nazir, n'est-ce pas ?

Il passa la main sous le coussin du fauteuil et en sortit un pistolet 9 mm. Avant même que Carrie puisse réagir, il se tira une balle dans la tête.

38

Amman, Jordanie

— Comme son nom l'indique, le théâtre a été construit à l'époque romaine, sous l'empereur Antonin le Pieux, qui régna de 135 à 161 de notre ère. À cette époque, la ville d'Amman s'appelait Philadelphie. La ville américaine tient donc son nom de notre capitale, Amman.

Le guide était un jeune Jordanien aux cheveux bouclés qui portait des lunettes de soleil Oakley. Une demi-douzaine de touristes l'écoutaient au sommet d'un amphithéâtre de pierre creusé à flanc de colline, en plein milieu du centre-ville d'Amman.

Carrie était assise toute seule sur un gradin à mi-pente. Elle observait un des touristes, un Américain barbu à lunettes coiffé d'un feutre trilby qui aurait eu l'air tout à fait ridicule sur n'importe qui d'autre, mais qui lui allait parfaitement. L'homme au chapeau se détacha du groupe, descendit les marches de pierre et vint s'asseoir à côté d'elle.

— Il faut être vraiment cinglé pour sortir au soleil à cette heure-ci, dit Saul à Carrie.

— Je ne comprends toujours pas le mobile de

Fielding, dit Carrie. Bon, il était gay, mais où est le problème ? Tout le monde s'en fout. Et pourquoi organiser tout ce cirque pour dissimuler son homosexualité ? Une fausse maîtresse qui non seulement lui coûtait les yeux de la tête mais en plus l'avait compromis et rendu vulnérable au chantage ? Ça n'a aucun sens.

— Tu es trop jeune pour comprendre, Carrie. Fielding a été formé au temps de la guerre froide et du KGB, à l'époque où les homosexuels étaient considérés comme des individus à risque dans les services de renseignements. Rappelle-toi ces Anglais de Cambridge, Philby, Burgess, Maclean, tous gays, tous des taupes au service du KGB. Comme dans un roman de John le Carré. À l'époque, les gens pensaient que les homosexuels étaient plus faciles à faire chanter. Il y a même eu un procès célèbre qui tournait autour de ça. Bref, en ce temps-là, pas question pour un homo de faire carrière à la CIA. Et Fielding en était bien conscient.

— Oui mais quand même, il faut voir qui il fréquentait. Rana, Bilal Mohamad, Dima, Rossignol, et Abou Nazir au bout de la chaîne. Ce n'étaient pas exactement des petits saints. Et toute l'info qu'il les a laissés récolter. Pense seulement à Bilal. Bilal, bordel de merde ! Comment peut-on faire confiance à un type pareil ?

Saul eut un sourire amusé.

— Qu'est-ce qui est si drôle ?

— Un truc que mon père répétait fréquemment : « Une queue qui bande, c'est un cerveau qui roupille. » C'est beaucoup plus drôle en yiddish.

— Tu veux dire qu'il aurait trahi son pays pour une histoire de cul ?

— Ce ne serait pas la première fois, ni la dernière. Et puis soyons justes, c'était une trahison involontaire. Fielding était un imbécile, pas un renégat.

— Oui, mais les fichiers expurgés de la base de données de la NSA et de la nôtre ? Visiblement, il n'était pas le seul impliqué.

— Ça, il vaut mieux ne pas y toucher, Carrie, dit Saul en mettant sa main en visière pour se protéger du soleil.

Elle était estomaquée par sa réponse.

— Que veux-tu dire ? chuchota-t-elle. Ça remonte si haut dans la hiérarchie ? C'est donc de ça qu'il s'agit ?

— Ne te trompe pas, ce n'est pas une cabale homosexuelle, mais une histoire de vieux copains. Un renvoi d'ascenseur dont l'origine remonte à des dizaines d'années. C'est fini maintenant, Davis est mort.

— Alors on arrête là, on fait une croix dessus ? Tu plaisantes ?

— Qu'est-ce que tu veux de plus, Carrie ? Tu as découvert l'origine de la fuite et tu y as mis fin. Et tu as même eu la peau du salopard qui a tué Fielding. C'est ce qui compte.

— Sauf qu'Abou Nazir est au courant de tous nos échanges de mails depuis Dieu sait quand. Tu as une idée de la gravité des fuites ?

— On est en train de l'évaluer. Mais après

ton premier départ de Beyrouth, sans en parler à personne, Estes et moi avons bloqué le flux d'informations vitales qui passait par Beyrouth. En matière de renseignements, Fielding était à la diète, et il s'en était rendu compte. Il soupçonnait qu'on le soupçonnait. C'est d'ailleurs pour ça que l'idée qu'il s'était suicidé n'était pas si absurde. Et puis bon, il ne faut pas oublier le côté positif de tout ça.

— Ah, parce qu'il y a un côté positif ? dit Carrie en haussant les sourcils.

Elle observa le guide qui accompagnait son groupe vers le petit musée installé à côté de l'entrée jouxtant la scène. À part deux touristes, elle et Saul étaient seuls dans l'amphithéâtre. C'était bizarre d'être assis dans un site millénaire, à quelques mètres des embouteillages de la ville moderne.

— Tout à fait. À l'heure actuelle, Abou Nazir est notre ennemi le plus dangereux. Et la première piste solide sur lui, c'est toi qui l'as découverte. Nous étudions les portables de Bilal Mohamad, et il y a effectivement une série d'appels à Haditha, en Irak. Il n'était donc pas seulement en contact avec Rossignol et Roméo. Ça confirme ce que tu subodorais : Abou Nazir est à Haditha.

— Peut-être qu'il n'y est plus à l'heure qu'il est.

— C'est un point de départ au moins, et c'est beaucoup plus que ce que nous avions jusqu'à présent.

Il se tourna vers elle.

— Il faut que tu retournes en Irak, Carrie.

Elle se mordit les lèvres.

— J'ai perdu beaucoup de gens là-bas : Dempsey, Roméo. Et puis Virgil est hors de combat, Crimson aussi. Comment va Virgil, au fait ?

— Bien. Il a pu voir sa fille et m'a dit de te saluer. Il a hâte de revenir. Quant à l'adjudant Blazell, dit Crimson, on a remplacé sa jambe par une de ces nouvelles prothèses hyper-sophistiquées. Il est en phase d'adaptation.

Saul la regarda d'un air hésitant.

— Qu'est-ce qu'il y a ?

Elle connaissait bien cette expression. Il n'aurait pas beaucoup de succès au poker, vu sa faible capacité de dissimulation.

— Je ne suis pas censé te le dire, mais autant que tu t'y prépares.

— Que je me prépare à quoi ?

— Ce que tu as réussi à faire, Carrie, c'est... Bon, eh bien voilà, tu vas recevoir une promotion. Dès que Perry Dreyer sera muté, tu pourras postuler pour être chef de poste à Bagdad, avec tout notre soutien. Tu seras la plus jeune chef de poste de l'Agence, et la première femme.

Carrie était abasourdie. Elle s'attendait à tout sauf à ça.

— Je ne sais vraiment pas quoi dire.

— Pour une fois, plaisanta Saul. Bon, mais pour l'instant Perry est toujours en poste, et il souhaite d'ailleurs que tu retournes à Bagdad le plus vite possible, et nous aussi. Si tu arrives à éliminer Abou Nazir, nous briserons Al-Qaïda.

Les deux derniers touristes étaient partis, l'amphithéâtre était désert. Quelles tragédies, réelles et fictives, s'étaient jouées ici il y a deux mille ans ? Un chef de poste souffrant de trouble bipolaire, ce n'était pas si différent de ce qui s'était passé avec Fielding, pensa-t-elle. Ça signifiait qu'il lui faudrait cacher quelque chose et que ça pourrait se retourner contre l'Agence.

— Saul, il y a un problème. Il y a un élément qui nous est passé sous le nez.

— Ah bon ?

— Ça concerne Walid Karim, Roméo. Quand Abou Oubaïda l'a interrogé dans l'usine de porcelaine, il a dit quelque chose qui continue à me tracasser. Il a suggéré à Abou Oubaïda de faire confirmer par Abou Nazir que ce qu'il disait était bien vrai.

— Et alors ?

— Et alors Abou Oubaïda n'était pas du tout convaincu. Comme s'il n'avait pas confiance en Abou Nazir. Les infos sur nos activités, il voulait les entendre exclusivement de la bouche de Roméo. Pourquoi ? Il y avait bien de la rivalité entre Abou Oubaïda et Abou Nazir, mais ils dirigeaient la même organisation, ils étaient censés travailler ensemble. Alors pourquoi cette méfiance, et aussi pourquoi tuer Roméo ? Il n'en avait pas besoin pour nous tendre un piège, l'enregistrement aurait suffi. Sa mort n'était pas nécessaire, mais il l'a quand même liquidé. Pourquoi ?

— Très intéressant, vraiment. Avec ça, je crois qu'on se rapproche. Allons faire un tour, j'ai soif.

Ils descendirent les gradins et quittèrent l'amphithéâtre. Se frayant un chemin entre les passants à keffieh à carreaux rouges et les voitures qui klaxonnaient, ils se dirigèrent vers un kiosque qui vendait des jus de fruits. Des sacs d'oranges, de citrons et de carottes y étaient suspendus au plafond. Saul commanda un jus d'orange glacé que le vendeur pressa devant lui, tandis que Carrie achetait une bière Petra bien fraîche.

Ils continuèrent à marcher du côté ombragé de la rue. Par pur réflexe, Carrie vérifia qu'ils n'étaient pas suivis. Tout paraissait normal.

— Moi aussi, tout ça me tracassait, dit Saul. Surtout le fait qu'Abou Oubaïda ait tué Roméo. Je suis parvenu à une conclusion, mais elle est assez décourageante.

Carrie s'arrêta de marcher et se tourna vers lui. Une jeune femme coiffée d'un hijab rose les croisa. Ils attendirent qu'elle s'éloigne.

— Tu vas me dire que Roméo n'était pas seulement un agent double, mais un agent triple, c'est ça ? Dans cette histoire, il n'y a pas une seule personne claire, ni Rossignol, ni Rana, ni Dima, ni Fielding.

Saul hocha la tête.

— Personne n'est transparent. Nous sommes des espions, le mensonge est notre gagne-pain.

— Je croyais que Roméo travaillait pour Al-Qaïda et pour moi, mais en réalité il servait aussi Abou Nazir dans sa lutte souterraine contre Abou Oubaïda. Quelle idiote je fais ! Grâce à Roméo, Abou Nazir s'est servi de moi pour éliminer Abou Oubaïda. Il gagnait sur tous les tableaux. Si l'incursion dans la Zone verte et l'assassinat d'al-Waliki réussissaient, il aurait sa guerre civile et sabotait l'intervention américaine en Irak. Si l'entreprise d'Abou Oubaïda échouait, ce n'était pas un problème. Les Américains auraient quand même subi des pertes et son seul rival au sein d'Al-Qaïda en Irak était éliminé. Oui, Abou Nazir sortait gagnant dans tous les cas, dit Carrie.

— C'est à peu près ça, acquiesça Saul. Mais tu vois les choses par le petit bout de la lorgnette. La mort d'Abou Oubaïda est une victoire pour nous. Tu as sauvé des milliers de vies, Carrie. Rien que parmi nos troupes, ç'aurait été une hécatombe.

— Il s'est servi de moi, de nous tous.

— Tout le monde se sert de tout le monde. Et on risque tous de se faire bouffer vivant. Souviens-toi du panier de crabes.

39

Zone verte, Bagdad, Irak

Retour à l'aéroport international de Bagdad. La chaleur, les mouches et le petit speech habituel. Il n'y a que dix kilomètres entre l'aéroport et la Zone verte, tout va bien se passer. Démon reconnut Carrie.

— Je vois que nous avons une habituée. Pas vrai que c'est une belle balade, mademoiselle ?

— Je suis allée à Ramadi, Démon. À côté de ça, la route Irish, c'est de la gnognote.

Sa remarque déclencha les rires de l'assistance entièrement masculine, ainsi que quelques sifflets admiratifs bon enfant.

Leur convoi de 4 × 4 et de Mamba de Blackwater quitta l'aéroport et s'engagea sur l'autoroute. En contemplant l'écriteau « Alerte rouge », les palmiers calcinés et les épaves noircies de voitures et de camions, Carrie fut envahie par une sensation étrange.

Je suis chez moi, pensa-t-elle. Toute sa vie elle avait cherché un foyer, mais elle n'avait jamais réussi à se sentir bien nulle part. Elle avait vécu son enfance et son adolescence comme un exil. Comment sa mère avait-elle pu disparaître ainsi,

447

sans un mot ? Son foyer, son refuge, elle l'avait trouvé en Irak, au Moyen-Orient, en plein milieu d'une guerre. Tandis que leur convoi avançait sous les ponts de l'autoroute, elle observait le ballet des mitrailleuses qui pivotaient à l'affût du moindre suspect susceptible de leur lancer une grenade ou une bombe artisanale. Rangés sur le bas-côté pour les laisser passer, les Irakiens les regardaient avec une expression indéchiffrable. Oui, c'était ça sa drogue, le goût du risque, la sensation de jouer sa vie.

Comme si être bipolaire ne lui suffisait pas, il lui fallait aussi sa dose d'adrénaline quotidienne. Le convoi prit un virage et s'engagea dans la circulation intense de l'autoroute de Qadisiyah, entre les immeubles et les palmiers souvent criblés d'impacts de balles et de roquettes. Elle sentait bien que c'était le début ou la fin de quelque chose.

Depuis cette nuit d'embuscade à Achrafieh, elle n'avait cessé de courir, comme jadis sur la piste de Princeton. Un marathon. Elle venait enfin de franchir la ligne d'arrivée. Elle ne pouvait pas courir sans jamais s'arrêter. Il était temps de faire une pause.

Respire un bon coup avant de reprendre la course, Carrie. Et cette fois, c'était derrière Abou Nazir qu'elle courait. Le convoi franchit le poste de contrôle de la Zone verte, passa devant l'esplanade des défilés et le Monument au soldat inconnu, emprunta la rue Yafa et se gara enfin devant l'hôtel Al-Rasheed.

Abou Nazir. Pourquoi tout le monde avait aussi

peur de lui ? Certains préféraient mourir plutôt que de l'affronter. Bilal Mohamad n'était ni un jihadiste illuminé ni une mauviette. Il était vraiment diabolique, elle avait eu la chair de poule en sa présence. Pourquoi Fielding ne s'en était-il pas rendu compte ? Était-il aveuglé par le sexe ? Oui, Saul avait sans doute raison, quand la queue bande... Mais Bilal avait un féroce désir de vivre. Il n'avait pas hésité à découper en morceaux un de ses amis gays pour faire croire à Abou Nazir qu'il était mort. Et pourtant, même lui avait préféré se suicider plutôt qu'affronter Abou Nazir.

Eh bien, maintenant, à nous deux, Abou Nazir !

Elle traversa le hall de l'hôtel pavé de marbre, foulant au passage le portrait en mosaïque de George Bush. Warzer l'accueillit avec un gros bouquet de roses.

— *Marhaban !* Bienvenue, Carrie. Ça fait vraiment plaisir de t'avoir de nouveau parmi nous.

— *Choukran*, Warzer.

Elle respira le parfum des roses.

— Ta femme ne va pas être jalouse ?

— Elle le serait si j'étais assez fou pour le lui dire. Comment va Virgil ?

— Bien. Il a hâte de revenir.

Elle laissa sa valise à un porteur et accompagna Warzer jusqu'au Centre de conférences. Les mesures de sécurité avaient été renforcées depuis son dernier séjour, avec plusieurs cercles concentriques de protection armée. Il y avait aussi des capteurs et des caméras de sécurité partout.

Ils durent présenter leurs documents d'identité

trois fois : d'abord à la police militaire derrière ses sacs de sable, ensuite aux hommes de Blackwater, avant de franchir un troisième poste de contrôle tenu par des soldats des Forces de sécurité irakienne, devant l'entrée principale du Centre.

— Dis-moi comment ça se passe ici, demanda-t-elle à Warzer dans le couloir.

— On est au bord du gouffre. Les Iraniens et l'armée du Mahdi font passer des armes et des explosifs en contrebande, les Kurdes sont pratiquement indépendants, et les Américains font ce qu'ils peuvent au milieu – et à la fin du procès de Saddam, quand il sera exécuté...

— C'est couru d'avance ?

— Absolument. Il finira au bout d'une corde. Et ça ne saurait tarder.

— Et donc, qu'est-ce qui va se passer ?

Warzer sourit.

— Ça dépend d'Abou Nazir. Et de toi aussi, Carrie.

Ils arrivèrent devant la porte du prétendu Service d'aide aux réfugiés. À la réception, elle demanda à une employée de l'Agence d'annoncer son arrivée à Perry Dreyer, et aussi de lui trouver un vase pour ses fleurs. La jeune femme revint peu après et dit à Carrie de la suivre.

Une série de photos ornaient les murs de la grande salle où les employés de la CIA s'affairaient autour de leurs ordinateurs et de leurs téléphones. Il y avait des images de l'ambassadeur Robert Benson et du Premier ministre Nouri al-Waliki dans leurs tenues de combat, une photo du chef de poste Perry Dreyer et, sur un mur à part, les portraits de deux marines, avec la légende suivante : « US Marines portés disparus, probablement capturés par AQI, opération Iraqi Freedom ».

La première photographie était celle d'un soldat afro-américain, le « tireur d'élite Thomas Walker, capturé près de Haditha, province d'Anbar, le 19 mai 2003 ». Pauvre gars, trois ans de captivité aux mains d'Al-Qaïda, c'était sacrément long, en supposant qu'il soit encore vivant, ce qui était très peu probable. Haditha, pensa-t-elle, le dernier endroit où la présence d'Abou Nazir avait été signalée. Et aussi la prochaine destination de Carrie.

La deuxième photo était celle du « sergent Nicholas Brody, capturé près de Haditha, province d'Anbar, le 19 mai 2003 ». Ils avaient été faits prisonniers en même temps. Elle examina attentivement le portrait du sergent.

Il avait un visage intéressant.

Composition et mise en pages
Nord Compo à Villeneuve-d'Ascq

Achevé d'imprimer par La Tipografica Varese Srl
en septembre 2014
pour le compte de France Loisirs, Paris

Numéro d'éditeur : 78484
Dépôt légal : octobre 2014

Imprimé en Italie